지역어문학 기반
국문학 연구의
도전과 성과

지역어와 문화가치 학술총서 **7**

지역어문학 기반 국문학 연구의 도전과 성과

전남대학교 BK21플러스 지역어 기반
문화가치 창출 인재 양성 사업단

보고사
BOGOSA

서문

전남대학교 BK21플러스 지역어 기반 문화가치 창출 인재 양성 사업단은 2013년 9월 출범한 이래, 사업단의 목표인 문화 원천으로서 지역어의 위상 제고, 미래 지향형 문화가치 창출, 융복합 문화 인재 양성을 위해 다양한 학술 활동을 펼쳐 나아가고 있다. 이 『지역어문학 기반 국문학 연구의 도전과 성과』는 우리 사업단의 교육·연구 프로그램에 참여하고 있는 대학원생들의 연구 활동 성과물이라는 점에서 큰 의미가 있다.

이번 학술총서는 '지역어와 문화가치 학술총서'로는 7번째 성과물이다. 이 총서는 한 사람 한 사람이 모여 만들어낸 귀한 연구들이다. 이 연구들은 다년간의 사업을 통해 이루어진 43차의 콜로키움, 사업단의 6회 국내학술대회 및 국제학술대회 및 외부 국내외 학술대회, 4회의 BK21플러스 사업단 대학원생 학술포럼 등 여러 발표를 통해 발휘했던 결실이다. 이 총서의 논문들은 이미 투고하여 게재되었던 논문들을 수정하거나 보완한 것도 있고, 인문형 LAB 활동에서 마련한 연구 주제로 논문을 작성한 것도 있다. 그래서 이 학술총서는 학술적·교육적으로는 엄청나게 뛰어난 연구 작업이라고 말할 수는 없지만, 앞으로 공부하는 대학원생들에게는 또 다른 목표를 갖는데 계기를 마련할 수 있을 것으로 본다.

이 총서는 고전문학과 현대문학 두 분과로 나누어 구성하였다.

1부는 고전문학 분과 구성원들의 6편의 논문을 담았다. 2편의 신진연구원 논문과 4편의 참여대학원생 논문이 수록되었다. 신진연구원 백지민은 〈운영전〉에 등장하는 인물 가운데서도 악인의 형상을 들어 그 의미를 파악하였고, 신진연구원 박수진은 조선시대 유산문학(遊山文學)을 중심으로 한 작품들에 나타난 장흥지역의 '천관산'에 대한 작가들의 인식과 문학적 형상화를 논하였다. 또한, 참여대학원생 장람은 황현이 가려 묶은『집련(集聯)』이라는 한시 교재에 수록된 사가(四家)의 연구(聯句)를 대상으로 삼아 사가들의 시 짓는 관점을 설명하고자 하였으며, 신송은 3편의 연행가사를 대상으로 하여 작품에 나타난 연경에서의 기행 체험과 그 양상과 의의를 살피고자 하였다. 박은빈은 〈경복궁가〉의 4가지 이본을 제시하여 그 특징과 이본의 발생 배경, 향유 형태 등을 논하였고, 마지막으로 진건화는『심리록』에 드러난 정조의 살인사건의 판결 기준을 분석하고 〈은애전〉에 적용하여 김은애 사건에 대한 판결 의도를 밝히고자 하였다.

2부는 현대문학 분과 구성원들의 6편 논문을 역시 담았다. 참여대학원생의 논문 6편이 수록되었는데, 그 중 1편은 참여대학원생을 거쳐 지금 강사로 재직 중인 정미선의 논문이다. 정미선은 손홍규 소설에서 비인의 상상력이 새로운 의미로 형상화한 집이라는 장소성의 토포스에 대해 집의 헤테로토포스라는 테제가 지니는 유효성을 논하였다. 또한, 참여대학원생 김민지는 장정일 시의 도시 공간과 군중, 시인의 상호 연관성을 종합적으로 살펴 시의 도시성을 도출하고자 하였으며, 정도미는 한승원 소설에서 색채어가 바다 표상의 방식으로 쓰인 맥락과 색채어가 사용되는 양상 및 효과에 대해 분석하면서 소설가의 글쓰기 전략에 대해 논하였다. 또한, 염승한은 윤대성의 「출세기」는 사물의 소비에서 매스컴에 의한 이미지의 소비로 나아가는 현대사회의 권력-소비의 공모를 보여주는 문제적인 작품이 된다고 주장하였다. 임현은 이승우의 『생의 이면』에 드러난 두 인물이 자서전 규약을 맺는 과정을 살펴 『생의 이면』을 이승우의 자전적 공간의 자격으로 읽어 냈으며, 문지환은 문순태의 자전적 성장소설 『41년생 소설』을 자기 서사의 회복을 지향하는 문학치료학적 관점으로 읽어 가면서 주제의 확장을 모색하고자 하였다.

이번 학술총서는 지난 6년 동안 자신의 자리에서 열심히 노력하며 본인의 일에 최선을 다한 우리 사업단 구성원들의 노력과 수고로 이루어낸 성과물이다. 특히 이 자리를 빌려 사업단 참여 교수님들의 관심과 격려, 헌신에 감사드린다. 또한, 사업단의 학술 연구와 사업 진행에서 묵묵히 자신의 일에 최선을 다한 신진연구인력 및 행정 간사에게 따뜻한 고마움을 표한다. 무엇보다도 우리 사업단을 믿고 어려운 학문의 길을 힘써 함께 걷고 있는 참여 대학원생들에게도 고마운 마음을 전한다. 끝으로 우리 사업단의 연구 성과를 잘 돋보이게 귀한 결과물로 다듬어 주신 보고사 식구들께도 깊은 감사를 드린다.

2019년 8월 25일
전남대학교 BK21플러스 지역어 기반 문화가치 창출 인재 양성 사업단
단장 신해진

차례

제2부
현대문학

제1부

고전문학

작품에 드러난 천관산의 인식과 문학적 형상

조선시대 유산문학을 중심으로

박수진

1. 머리말

인간은 살아가면서 문학과 예술을 만들어내고 그것을 즐긴다. 이런 측면에서 인간은 스스로 문화를 생산하고 소비하는 '문화적 존재'라고 말할 수 있다. 그렇기 때문에 인간에게 산수자연(山水自然)은 문화를 형성하는 중요한 공간[1]인 것이다.

'산'은 문학에서 거의 빠지지 않고 등장하는 소재 중 하나다. 그러므로 산의 이미지는 매우 다양할 수밖에 없다. 산은 그대로 동양의 정신이요, 교양이며, 종교요, 미학이다. 산이 진작부터 수도(修道)의 장소와 산수화 예술의 기본 대상이 된 것도 바로 이러한 이유 때문이다. 그렇기 때문에 산이 많은 한국의 화가나 시인치고 산을 그리거나 노래하지 않은 경우가 거의 없다. 현실 초탈의 산거(山居)와 산수관상(山水觀賞)은 한국의 산수예술의 가장 두드러진 공간적인 기반[2]이다. 또한 산은 사자

---

1 진재교, 「이조후기 문예의 교섭과 공간의 재발견」, 『한문교육연구』 21호, 한국한문교육학회, 2003, 500쪽.

(死者)가 매장되는 이계(異界)의 공간이며, 산신과 조령신(祖靈神)이 머무는 풍수관적인 신성의 곳이다. 더불어 그리운 향수의 대상이기도 하며, 정진과 노력의 단계화를 위한 교훈적인 대상이기도 하다. 그렇기 때문에 한국문학에서 산은 인간의 삶에서 빠지지 않은 친밀한 공간이라 말할 수 있는 것이다.[3]

롤랑 바르트는 "산이란 노력과 고독의 도덕성을 고문한다"고 지적하였다. 하지만, 산은 심미적인 감응과 종교적 경건성의 의미를 지니며, 한국인의 오랜 심성에 내재한다. 그러므로 산은 숭고와 해탈, 부동과 무욕의 대명사로, 예로부터 특별한 숭상의 대상이었던 것이다. 그래서 산은 곧잘 신령(神靈)과 신선(神仙)이나 도승과 같은 신격적이거나 해탈한 노인의 상태 또는 그들의 신성한 거소(居所)로 비유되곤 한다.[4]

이렇듯, '산'은 사람에게 안식과 평안을 주는 공간이기도 하며, 무욕과 수양을 쌓는 초탈의 공간이기도 하다. 그러므로 동양인에게 '산'은 대체적으로 정신(精神)을 의미하며, 유교, 불교, 도교 등과 기타 우리 토속 무속 문화의 공존 공간에서 '산'은 종교의 모티브라고 말할 수 있다. 이러한 이유 때문에 우리 문학은 '산'과 연관된 글들이 많은 것이다.

---

2 산은 미적 가치의 대상이면서 동시에 도덕적인 수양을 위한 정신의 관조적 대상이며, 세속에 살면서 티끌에 묻혀 수시로 흔들리는 마음에 있어서는 만년 부동의 의젓한 산은 눈앞에 있으면서도 언제나 그리운 대상인 것이다. 산은 우리 주변에서 가장 먼저 사계절 옷을 바꾸며 갈아입는 산의 모습과 변화하는 빛깔은 우리에게는 아름다운 축복의 대상이다. 산은 등반 산행의 장이라기보다는 명상과 교양과 지혜, 초탈, 안주, 무욕의 온갖 의미를 깨닫게 하는 수양적인 거울의 근거가 되는 동시에, 자연과의 융합을 구하는 가장 구체적인 장소요, 예술적인 미적 공간 대상이기도 한 것이다. 이재선, 『한국문학의 주제론』, 「한국문학의 산악관」, 서강대학교출판부, 1989, 355~356쪽.

3 이재선, 위의 책, 서강대학교출판부, 1989, 357쪽.

4 이재선, 위의 책, 서강대학교출판부, 1989, 358쪽.

이렇게 산을 소재로 유람하거나 여행한 것을 기록한 작품들을 우리는 '유산기(遊山記)'라고 부른다. '유산기'는 산을 찾게 되는 동기와 과정, 산의 지리적 위치 및 산세(山勢), 산에 남아 있는 역사와 문화유산 등, 산에 오르며 느낀 흥취를 빠짐없이 기록한 기행문학(紀行文學)을 말한다. 산수(山水)를 체험하고 산을 좋아하고 사랑했던 유학자들에게 '유산(遊山)', '유수(遊水)'는 전통적으로 고상한 취미였다. 이는 많은 기록이 전해져 있다는 것으로 알 수 있다. 그러나 실제 산을 유람한 경험을 바탕으로 기록하고 있는 '유산기'는 산에 대해 관념적으로 인식하면서 막연히 산수를 동경하는 글과는 그 성격이 기본적으로 다르다.[5]

산을 노래한 '유산기' 가운데서도, 본고에서는 특히 '천관산(天冠山)'과 연관된 작품들을 찾아보고, 여기에 나타난 조선시대 사람들이 지닌 '천관산'의 인식과 문학적 형상화에 대해 알아보고자 한다.

2. 천관산 소재 문학 작품들

'천관산'은 전남 장흥의 관산읍과 대덕읍 사이에 위치한 산이다. '천관산[723m]'은 지리산, 월출산, 능가산, 내장산과 함께 호남의 5대 명산의 하나로 손꼽혀 왔다. 천관산의 옛 이름은 '천풍(天風)', '지제(支提)', '불두(佛頭)' 등으로 불렸다.[6] '천관산'은 고려, 조선을 포괄한 왕조의 수도와는 거리가 멀었고, 떨어진 변방에 소재하고 있었기 때문에 으레

주목을 받지 못했다고 한다. 그래서 산에 대한 기록은 거의 찾아볼 수가 없었다고 이야기한다. 그럼에도 불구하고 '천관산'에는 많은 사찰들이 존재한다. 그 이유는 '천관산'이 유명한 산이기 때문에 많은 사찰들이 그 산에 위치하게 되었고, 그런 까닭에 사찰에 대한 창건설화가 많이 등장하게 된 것이라 볼 수 있다. 바꾸어 말하면, 명산이라 불리는 천관산에 많은 사찰이 존재하기 때문에 산에 위치한 사찰들에 대한 창건설화가 전해 내려오고 있다고 보는 것이다.

조선시대에 '천관산'을 소재로 한 작품들은 많다. 물론, 장흥지역에서는 유명한 산이기 때문인지 『신증동국여지승람』을 비롯한 많은 지리지에는 천관산에 관한 많은 작품들이 실려 있다. 다음 제시된 표는 한국고전번역원 사이트-한국고전종합DB(http://db.itkc.or.kr)에서 천관산 소재의 작품들 가운데서도 '천관산'이라는 공간을 드러낸 작품들은 선별한 것이다.

번호	작가	생몰년	서명	작품명
1	석천인	1205~1248	《동문선》 68권	〈천관산기〉
2	고경명	1533~1597	《제봉집》 5권	〈贈義圓〉
3	이순인	1543~?	《孤潭逸稿》 卷一	〈天冠寺〉
4	이춘원	1571~1634		〈遊天冠山, 醉題戱東庵僧〉
5	심광세	1577~1624	《休翁集》 卷二	〈遊天冠山〉
6	허목	1595~1682		〈靈臺上遇湜公〉
7	〃	〃		〈登九井峰雲霧作〉
8	〃	〃		〈天冠山記〉
9	〃	〃	《기언》 63권 습유	〈石帆〉 [천관산(天冠山) 꼭대기]
10	〃	〃	《기언 별집》 1권	〈神蒲峯〉 [지제(支題)는 천관산(天冠山)의 별명이니, 장흥(長興) 남쪽 경계에 있어

				바다로 들어간다]
11	노명선	1647~1715	《삼족당가첩》	〈천풍가〉
12	이해조	1660~1711	《명암집》 권4	〈天冠山 塔山寺〉
13	이하곤	1677~1724	《頭陀草》 册九	〈雪後往遊天冠。馬上口占。〉
14	〃	〃		〈入天冠寺。用摩詰香積寺韻。〉
15	〃	〃		〈天冠寺〉
16	이만부	1664~1732	《息山集》別集 券4	〈天冠〉
17	위백규	1727~1798		〈咏天冠山遊〉
18	〃	〃		〈次九龍峰韻 [冠山]〉
19	〃	〃		〈宿冠寺贈僧〉
20	〃	〃		〈詠天冠山呈久菴先生〉
21	〃	〃		〈冠山次曹斯文 [潤洛]〉
22	〃	〃		〈次黄芝室 [仁紀] 支提一名天冠山 詩軸韻〉
23	성해응	1760~1839	《연경재전집》 1	山水記[下] 記湖南山水 〈天冠山〉

위에 제시한 작품은 모두 23편이고, 작가는 12명이다. 한 명의 작가가 여러 작품을 창작하기도, 한 명의 작가가 한 작품을 남기기도 하였다. 그 가운데서도 천관산에 대해 가장 많은 작품을 남긴 작가는 단연 존재(存齋) 위백규(魏伯珪)이다. 위백규(1727~1798)는 장흥지역에서 자란 대표적인 실학자로, 많은 작품들을 남겼을 뿐만 아니라 장흥지역의 발전을 위해 많은 노력을 한 인물로도 알려졌다. 그는 장흥에서 나고 자라면서 아름다운 고향의 정취를 논하기도 하고, 때로는 부패한 관리들을 비판하기도 하는 등 다양한 주제로 많은 작품들을 창작하기도 하였다.

위의 작품들 외에도 천관산을 언급한 작품은 훨씬 더 많다. 많은 천관산 관련된 유산기(遊山記) 가운데서도 한글 가사문학은 〈천풍가〉밖에 없다. 즉, 〈천풍가〉는 유일한 가사작품이기 때문에, 이 작품이야말로 호남 지방의 가사문학을 융성시켰음을 드러내는 영향력 있는 작품이었음을 알 수 있다.

위의 논의에도 불구하고, 논자가 천관산 소재 작품 23개를 선정한 이유는 이 논문들이 공간 인식 양상이 비교적 잘 드러났기 때문이다. 즉, 작가가 개인적으로 스님과 혹은 지인들에게 주며 차운한 시나 그 외에 다른 작품들은 다 배제하였다. 따라서 본 논의에서는 위에서 언급한 다음 작품들을 가지고 '천관산(天冠山)'의 인식 양상과 문학적 형상에 대해 살펴볼 것이다.

3. '천관산(天冠山)'의 공간 인식 양상

위의 작품들은 '천관산'이라는 작중 공간을 드러내고 있다. 그러나 '천관산' 가운데서도 구체적인 공간 즉, 지명을 사용한 경우도 있고, 추상적인 어떤 곳을 나타낸 경우도 있다. 또한, 추상적이면서도 구체적인 장소를 나타내는 경우도 있으며, 그 장소에 대해 따로 설명하지도 나타내지도 않는 경우도 있다.

여기서 주목하고자 하는 작품은 기행가사인 〈천풍가〉이다. 위에서도 제시하였지만, 〈천풍가〉는 천관산에 대해 한글로 표기된 유일한 가사이다. 〈천풍가〉는 청사 노명선의 작품으로, 그가 말년에 '천관산'을 3일 동안 여행하고, 산의 매력에 빠져 자연 풍경을 서경적, 환상적으로 읊은 작품이다. 이는 '천관사'를 시작으로 '구정암 → 대장봉 → 배바회 → 구용봉 → 아육왕탑 → 의상암 → 탑상암 → 영은사 → 창포봉 → 부령대 → 만심대 → 안초당 → 제일봉 → 동일암 → 망야루 → 벽송대 → 금수굴 →

반야암 → 문수암 → 거북봉'을 그렸다.[7] 기행가사이기 때문에 작품에
나타난 공간은 기본적으로 경험에 의한 공간이라 말할 수 있다. 그럼에
도 불구하고, 작가는 상상으로 만들어진 추상·환상적 공간을 만들었고,
작가가 생각하는 이상 세계를 그 공간에 채우기도 했다. 또한, 경험에
의한 공간과 추상적 공간이 혼합된 하나의 공간을 만들어 새로운 공간
으로의 창출을 가져오기도 했다. 이를 바탕으로 '천관산' 소재의 작품들
을 공간 분류에 따라 나누어 그 공간이 어떤 인식들을 갖게 하는지에
대해 알아보고자 한다.

1) 신성하고도 아름다운 총체적 공간

우선, 위의 작품 가운데 천관산을 전체적인 모습으로 묘사한 작품에
대해 살펴보자. 천관산의 전체적인 묘사를 한 작품은 몇 되지 않았다.
그 몇 안 되는 작품들은 천관산을 어떻게 묘사하고 있는지 알아보도록
하자. 그렇다면, 〈천풍가〉에서는 '천관산'을 어떻게 표현하였을까?

　　　천풍산(天風山) 팔만봉(八萬峰)은 각별(各別)한 천지(天地)로다

〈천풍가〉는 '천관산'을 '각별하다'고 했다. 그 이유는 아마도 '천풍산'
이 자신의 고향이기도 하거니와 높은 곳에 위치하고 있기 때문이기도
하다. 논자가 생각하기에 그곳 천관산의 아름다운 풍경을 자랑하고 싶
어 과장된 표현을 썼을 것으로 짐작한다. 화자는 화려하고 아름다운
우리나라 금수강산의 대표적인 산이라 불리는 금강산의 '일만 이천봉'

7　유정선, 「〈천풍가〉 연구」, 『이화어문논집』, 이화여자대학교 이화어문학회, 1997, 417쪽.

의 아름다운 풍경에 장흥의 '천풍산'을 비유하고 있다. 또한, '금강산'을 '일만 이천봉'이라고 불리고 있음을 토대로 장흥의 '천풍산' 역시 '팔만 봉'으로 아름다운 금수강산을 대표한다. 그런 까닭에 화자는 '천풍산' 풍경의 아름다움에 반해 '각별한 천지'라고 논했을 것이다.

『신증동국여지승람』[8]에서 '천관산'은 산의 형세는 몹시 험하고, 경관 또한 몹시 높다고 했다. 위태롭지만 빼어난 풍경을 지닌 산임을 알 수 있다. 이에 비해 뒷부분에는 '흰 연기'라 하여 흰 아지랑이 즉, 아름다움을 연상케 한다. 앞에서도 언급했지만, '흰 연기'는 높고 험한 산임을 강조하는 소재이다. 이는 하늘과 가까운 곳에 있는 신선과의 잦은 연결로도 설명할 수 있다. 그렇기 때문에 이 부분은 산의 '신성함'을 드러낸다로 볼 수 있다. 또한, 신성함을 드러내는 소재인 '흰 연기'는 아지랑이가 아닌 구름으로도 볼 수 있을 것이다. 하늘 높이 우뚝 솟은 천관산에 구름이 그 아래 놓인 것처럼 보이는 광경을 연출했을 수도 있을 법하다. 이는 본문을 통해서 산세가 몹시 높은, 구름처럼 높은 곳의 '천관산'을 유추해 볼 수 있다. 즉, 위의 작품에서도 알 수 있듯이 높고 험난함을 가지고 있는 천관산의 모습과 동시에 신성함을 표현한 신령스러운 산임을 나타내고 있다.

　'천관산'은 장흥부의 남쪽 사십리에 있다. 그 북쪽 산허리에는 **천관사**가 있다. 또 말하기를 '지제산'이라고 한다. 지제라는 것은 탑묘의 이름이다. 절정 아래 **탑산사**가 있다. 옆에는 허물어진 사찰이 있다. 이를 이르러 **의상암**이라 한다. 그 뒤쪽에는 **구룡봉**이 있다. 무릇 물이 가물어 문뜩

---

8 『신증동국여지승람』의 내용은 다음과 같다. "산세가 몹시 높고 험하여 더러 흰 연기 같은 기운이 서린다."

그곳에서 제사를 지낸다. 서쪽에는 **통영대**가 있다. 그 동령 위에는 **신정**이 있고, 탑산 앞에는 **불영봉**이 있다. 봉 위에는 때때로 자줏빛 기운이 있다. <u>혹자는 종소리를 들었다고 한다.</u> **금강굴, 반야대, 신포, 석봉**이 있다. <u>모두 산 속의 심오한 것들이다.</u> 봉에는 세 개의 우뚝한 돌이 있다. **포천**이라고 말한다. 거기에는 구절포가 자란다. 그 동령에는 **신정**이 있다. 그 동쪽 산기슭을 따라 종봉 아래에는 **금수굴**이 있다. 굴에는 샘이 있다. <u>금 기운이 둥둥 떠 가득하다.</u> **석대장**은 탑산의 윗 봉우리에 돌이 겹쳐 있다. 돌은 모두 네모형이다. 글자는 모두 범자로 되어 있으며, 그 옆에 봉우리를 **석범**(돌 돛)이라 한다. 또 그 옆에는 **석당**(돌 깃발)이 있다. **당**(깃) 아래는 **석주**(돌배)가 있다. **석주**(돌배) 위에는 **응석북갑상**(돌이 엉겨 북쪽 산허리에 치마모양)이 있다. **구정사**가 있다. **비로봉**은 구용봉 뒤에 있다. 그 옆에 조금 낮은 곳에 **석사나**를 만들었다. 대장의 북쪽은 **석문주**다. 또 그 북쪽은 **석보현**이고, 그 북쪽 제일 아래 **구정봉**이 있다. **향로봉**은 **석비노**가 있다. 또 그 아래는 **석신상**이다. 석지상은 구용 서쪽 통영대 옆에 있다.[9]

『研經齋全集』 권51 ,「山水記」下,《記湖南山水》,〈天冠山〉

성해응(1760~1839)의 호남 산수를 기록한 작품 가운데 '천관'이라는 작품의 전문(全文)이다. 그는 산에 있는 공간의 위치와 명칭을 간략하게 소개한다. '천관사'를 시작으로 하여 '의상암', '구룡봉', '불영봉', '구용

---

9 "天冠山在長興府治南四十里。其北岬有天冠寺。又曰支提山。支提者。塔廟之名也。絕頂下有塔山寺。側有廢利。謂之義相菴也。其背曰九龍峯。凡水旱輒祀之。西有通靈臺。其東嶺上有神井。塔山前曰佛影峯。峯上時有紫氣。或聞鍾鼓聲。金剛窟, 般若臺, 神浦, 石峯。皆山中之奧也。峯有三石圩。曰蒲泉。産九節蒲。其東嶺有神井。從其東麓鍾峯下窺金水窟。窟有泉。金氣浮滿。石大藏在塔山之上峯疊石。石皆有方函形。有文皆梵字。其側峯曰石帆。又其側曰石幢。幢下有石舟。石舟上有凝石北岬裳。有九精社。毗盧峯在九龍峯後。其側差卑者爲石舍那。大藏之北石文殊。又其北石普賢。又其北最下有九精峯。香鑪峯在石毗盧。又其下石神象。石地藏在九龍西通靈臺側。"

봉', '구정봉', '석신상' 등 그곳의 위치와 생김새를 간단하지만 낱낱이 밝혀놓고 있다. 사물의 명칭과 설명은 누군가에게 들을 이야기를 그대로 적고 있을 뿐이고, 작가의 주관적 내용은 거의 찾아볼 수가 없다. 그러나 본문의 밑줄 친 부분이 주관적 묘사를 하였다고 볼 수도 있으나, 작가만의 주관적 관점이라기보다는 누군가에게 듣거나 책에서 본 것처럼 느껴진다. 그렇다고 이 작품이 단순하게 나열만 한 것은 아닌 듯하다. 단순한 나열처럼 보이기 때문에 이를 보고는 직접 경험하지 않은 일이라 생각할 수도 있다.

> 천관은 남해 위의 신산이다. 장흥부의 남쪽 사십리에 있다. 그 북쪽 산허리에는 **천관사**가 있어서 산명으로 불리었다. …… **반야대**를 따라 **신포석봉**으로 올라가니, 돌 세 개가 우뚝히 있는데, **포천**이라 말하는데 아홉 마디 부들풀이 자라고 있다. **동령**에서 각원과 더불어 올라 **신정**을 보았다. 물의 무게(수량)는 백근(170리터)이다. 동쪽 산기슭을 따라 종봉 아래로는 **금수굴**이 보인다. 굴은 돌 절벽 사이에 있다. 가운데 차가운 샘물이 있다. …… 북쪽 산허리 동쪽에는 **구정사**가 있다. 산 사람(스님)이 꿈에서 해와 달과 별들을 보고 도기(道氣)를 성취하였다. 산은 육지의 경계고, 바다의 모서리여서 왕의 교화가 미치지 못하는 바다. 그러므로 그 고적은 모든 부도의 괴탄한 것들이다. 그 봉우리의 이름은 **보현, 비로, 노사나, 문수, 지장**과 같다. 모두 부도의 이름이다. **비로봉**은 구룡봉 뒤에 있다. 그 옆에 조금 낮은 것이다. 돌로 된 것이 **노사나**이고, 그 북쪽에는 **돌로 된 돛대봉**이 있고, 또 그 북쪽에는 **돌로 된 당번**이 있다. 돌 돛대의 서남에는 **석대장**이 있고, 그 북쪽에는 **석문주**가 있다. 또 그 북쪽에는 **석보현**이 있다. 또 그 북쪽 제일 낮은 곳에는 **구정봉**이 있다. **향로봉**에는 **석비로 아래**에 있고, 또 그 가장 낮은 곳에는 **석신의 무리**가 있다. **석지장**에는 구룡봉 서쪽으로 통하는 영대 옆에 있다. 13년 9월 16일[10]

위는 허목(1595~1682)의 〈천관산기(天冠山記)〉이다. 이 작품 역시 성해
응의 작품과 비슷하게 공간의 명칭과 위치를 소개하고 있다. 그러나
성해응의 작품보다는 작가 자신의 주관적 경향이 좀 짙다고 말할 수
있을 듯하다. 밑줄 친 부분은 단순한 나열을 벗어난 작가의 주관적 경향
을 이야기하고 있는 구절이다. 이 역시 다른 사람에게 들을 이야기도
있고, 책에서 본 것처럼 느껴지는 구절도 있다. 그러나 위의 작품과는
다르게 작가의 주관적 관점을 나타내고 있다. 산의 개괄적인 모습을
형상화하고 있지만, 작가의 경험을 포함하고 있어 위의 작품들과는 다
른 면을 갖게 한다. 이 작품에서 한 마디로 천관산을 표현한다면 맨
첫 구절에 언급하고 있듯 '남해 위의 신산'이다. 장흥에서 뿐만 아니라
남해에서도 그만큼 신령스러우면서도 아름다움을 나타냈다고 할 수 있
다. 위에서 언급한 3편의 작품들을 볼 때, '천관산'은 모두 '신성하고도

---

10 天冠者。南海上神山。在長興府治南四十里。其北岬。有天冠寺。因號爲山名。浮屠覺
圓曰。見華嚴經。又曰。支題山。支題者。塔廟之名。絶頂下。積三大石。方而高。各
數丈餘。相傳古初。得此爲山名云。下有塔山寺。其側有廢利。新羅時有浮屠浮釋者居
之。謂之義相庵云。後頂曰九龍峯。凡有水旱祀之。西有通靈臺其東嶺上煙臺。傍有神
井塔山。前峯曰佛影峯。峯上時有紫氣。山中或聞鐘鼓響云。從北岬登九龍峯。望瀛
洲。其夕塔山西巖賞月。朝日觀金剛窟。從般若臺。上神蒲石峯。有三石圷曰蒲泉。産
九節蒲。登東嶺與覺圓。觀神井。水重百斤。從東麓鐘峯。下窺金水窟。窟在石壁間。
中有寒泉。有金氣浮滿。西日光耀巖窟。登石大藏。在塔山上。峯皆疊石。石方而皆石
函形。有文皆梵字。其側石帆。又其側石幢幡。下有石舟。石舟上有凝石。形如手。北
岬東。有九精社。山人夢日月星辰。成道氣云。山在絶域窮海之隅。王化之所不及。故
其古蹟皆浮屠怪誕。其峯名如普賢、毗盧、盧舍那、文殊、地藏。皆佛號。毗盧峯。在九龍
峯後。其側差卑者。爲石盧舍那。其北石帆。又其北石幢幡。石帆之西南。石大藏。其
北石文殊。又其北石普賢。又其北最下。有九精峯。香爐峯。在石毗盧下。又其最下石
神衆。石地藏。在九龍西通靈臺側。十三年九月旣望。허목, 〈天冠山記〉.

아름다운 모습'으로 나타낼 수 있다.

또한, 이만부(1664~1732)의 〈천관(天冠)〉[11]이라는 작품 역시 위의 작품과 다르지 않다. 이 작품은 천관산 안의 여러 구체적 공간들에 대해 간단히 이야기하고 있으며, 간혹 작가의 주관적 감상을 활용하고 있다. 이외에도 석천인(1205~1248)의 《동문선》 68권에 실린 〈천관산기〉도 있다. 이 역시 위에서 언급한대로 천관산의 개괄적 소개를 나타낸 작품이라 하겠다. 그러나 이 작품은 작가의 주관적 감상을 많이 포함하고 있어 천관산에 대한 작가의 생각을 엿볼 수 있는 작품이라 할 수 있다.

위의 작품들은 '천관산'을 개괄적으로 소개한 것들이다. 작품에서는 '천관산'의 외면(外面)은 '아름다운 풍경'을 산이라는 좋은 글감으로 사용하였으며, 내면(內面)은 '산의 신성함'으로 산의 영험함이 짙게 묻어난 도교와 불교의 절묘한 융합을 절로 실감할 수 있게 해준다.

2) 신선 세계를 표현한 경험·실제 공간

작가는 도가(道家)의 보편적 유토피아 관념을 강호자연 속에서, 혹은 정치현실 속에서 자신들이 꿈꾸는 한국적 유토피아 관념으로 치환(置換)시키려 한다. 이런 의미에서 신선 관념은 자신들의 유가사상과 상치된다는 의식을 곤두세울 필요가 없었다.[12] 이렇듯 신선 모티프를 이용한

---

11 天冠山, 一名天風, 或云支提. 北距定安治五十里, 南海上神山也. 北岬有天冠寺, 其上有三大石. 高各丈餘, 是謂天冠. 石下有塔山寺, 塔山對佛影峰. 峰上時有紫氣, 從北岬上九龍峰. 水旱(衣+壽)之 其上望瀛洲. 東嶺煙臺, 傍有神井, 水重百斤. 塔山西, 有通靈般若臺金剛窟 從船若上神蒲石峰 有三石圵日蒲泉 産九節蒲 東嶺上鐘峰下 有金水窟 其傍石帆, 石幢, 石舟, 石鼓, 九龍北(田+比)廬, 石廬舍耶. 石帆西南, 石大藏, 石文殊, 石普賢, 普賢北九精, 峰下有九精下 有九精杜 山人夢日月星辰, 成道氣云. 石香爐在毗廬下, 最下石神衆, 石地藏. 이만부, 《息山集》別集 券 4, 〈天冠〉.

작품에는 사상과 관련된 문제가 아닌 미학적으로 어떻게 아름다우냐에 따를 수 있다. 그렇지만, 여기서는 이 두 가지 사상과 미학적 문제를 함께 어우러지게 한다는 것이 아니라 미학적 문제를 더 중히 여기는 경우라 볼 수 있을 것이다. 이런 신선 모티프를 어떻게 표현하느냐에 따라 작품은 달라질 수 있기 때문이다. 공간을 예로 들어 작가의 신선 모티프에 대해 이야기해보고자 한다. 작가가 작품 안에서 구체적인 지명을 사용하여 공간에 대한 작가의 생각을 나타내는 경우가 있다. 그 가운데서 작가가 말하고자 하는 공간이 현실·실제 세계에서의 구체적인 지명을 통해서 신선 세계로 어떻게 표현되었는지 알아보고자 한다.

내가 여러 해 전에 바다 가에 놀러갔다가 천관산에 오른 적이 있다. 반야 남쪽 석봉에 올라 패인 돌을 보니, 샘에는 찬 물 기운이 가득하였고 이끼는 언제나 젖어 있어 큰 가뭄에도 마르지 않았다. 그 가운데에서 창포가 자라는데, 그 뿌리가 마치 교룡이 휘감고 있는 듯 돌을 감싸고 있었다. 언제인지는 모르겠지만, 산 속의 사람들이 이를 가리켜 신령스런 풀이라 하였다. 이 풀은 이른바 '요임금의 부추'라는 의미이다. 오랫동안 복용하면 몸이 가벼워지고 총명해지며, 늙지 않는다 한다. 한 치에 아홉 마디가 있는 것은 신선의 심령으로 통하게 한다. 내가 이를 캐서 동쪽으로 사백리 가서는 도굴산의 학봉 아래 암벽의 샘물 바위 사이에 심었다. 스님 영운이 이를 얻어 영각동 바위 샘 가에 심었다. 내가 또한 와정에 이를 심어두고서 항상 이를 즐겼다. 기와 위가 적당하며 하늘의 비로 물을 삼는

---

12 성기옥, 「사대부 시가에 수용된 신선모티프의 시적 기능」, 『국문학과 도교』, 태학사, 1998, 29쪽. 여기서 말하는 작가는 대부분 사대부들이다. 그 이유는 조선시대 문집을 위주로 작품을 선택하였고, 문집을 엮었다면 그만큼 사회적 위상이 있었던 작가가 여겨지기 때문이다. 그러므로 여기서 말하는 작가는 대부분의 사대부들이라 말할 수 있는 것이다.

것이 마땅하니 하천이나 도랑, 더러운 우물에서 키워서는 안 된다. 성정이 깨끗함을 좋아하기에 세속의 더러운 기운이 미칠까 걱정하였다. 남방산의 돌 사이에서 손초가 자라는데, 이를 계손이라 한다. 그 줄기와 잎은 향기롭고 차가워 추위에 잘 견디고 얼음과 눈 위에서도 언제나 푸른빛을 띠고 있다. 그 뿌리는 창포와 유사하지만 잎에 척이(?)가 없는 것이 특징이다. 마을의 의원들이 이를 잘못 알고 이용한다. 이상 정자의가 고서를 읽고 박학과 단아함을 좋아하여 초목의 습성을 두루 알고 있기에 석창포설을 지어 질정을 하노라.¹³

이 작품은 허목(1595~1682)이 지은 《기언》 21 중권에 있는 〈석창포설(石菖蒲說)〉이다. 〈석창포설〉의 공간은 '천관산'이고, 이는 실제 공간이다. 천관산 가운데서도 '반야 남쪽 석봉'이라 하여 구체적 공간을 언급했고, 그 곳에 대한 묘사 또한 빼놓지 않았다. 그러나 이 작품은 어떤 한 공간을 드러낸 사건을 위주로 쓴 글이 아니라 '창포'의 신령스러움을 드러낸 글이다. 이렇듯 현실·실제 공간의 모습을 설정하여 그곳에서 작가의 구체적 경험과 사실에 대해 이야기하고 있으며, 이를 통해 작품의 현실적인 모습을 한층 더 사실적으로 그려냈다고 볼 수 있을 것이다. 또한 다른 공간으로 '도굴산의 학봉 아래'와 '와정'을 들 수 있다. '도굴산의 학봉 아래'는 반야 남쪽 석봉의 동쪽 400리에 있는 곳으로, 작가가

---

13 余數年前。遊海上。登天冠山。於般若南石峯上。窺石圻。泉洌水氣盛。苔蘚常濕。大旱不涸。其中産菖蒲。其根蟠結石上如虯結。不知歲月。山中人指爲神卉。此草木志所謂堯韭。久服。輕身聰明。不老。一寸九節者。通僊靈。余採之。東行四百里。種之闍崛山鶴峯陰崖泉石間。浮屠人靈運得之。種之靈覺洞巖泉上。余又得瓦鼎種之。常玩焉。宜瓦石上。宜天雨水。不宜河渠汚井。性好潔。怕煙塵氣。南方山石間。産蓀草。謂之溪蓀。其莖葉香洌。耐寒。氷雪上常靑。其根類菖蒲。特其葉無脊耳。絶醫誤用之。伊上鄭子儀讀古書。好博雅。通知草木之性。作石菖蒲說以問之。허목,《記言》21중권,〈石菖蒲說〉

'반야 남쪽 석봉'에서 창포를 캐어 '도굴산 학봉 아래'에 심는다. '영각동 샘 가'과 '와정' 또한 창포를 심은 공간이다. 작품에서 살펴본 창포의 특징은 다음과 같다. 기와 위에 살고, 하늘에서 내린 비로 물을 삼아야 하며, 하천이나 도랑과 우물 같은 더러운 곳에서 키워서는 안 된다고 한다. 창포는 성정이 깨끗하여 세속의 더러운 기운이 미칠까 걱정된다 고 하였으니, 이는 아마도 더러운 기운이 미치면 자라지 못하는 창포의 특성을 바로 신령스러운 것이라 생각했던 모양이다. 또한, 창포의 효능 으로는 오래 복용하면 몸이 가벼워지고 총명해지며, 늙지 않는다고 한 다. 즉, 이를 복용함으로 인해 인간인 작가가 신선이 되고자 하는 마음 을 드러냈다고 볼 수 있을 것이다.

이렇듯 작가는 '도굴산 학봉 아래'와 '영각동 샘 가', 자신의 '와정'이 라는 구체적 공간을 언급하여 그곳 역시 신령스러운 곳임을 강조한 듯 하다. 즉, 창포가 가진 신령스러움으로 '도굴산', '영각동', '작가 자신의 집'에 신선의 약초라 불리는 창포를 키워 신선 세계를 향유하고, 이를 복용하여 자신 역시 신선이 되고자 하는 염원이 담겨져 있다고 볼 수 있을 것이다.

천관산 속에는 백길의 돌이 있으니	支提山中百丈石
위의 신선 우물이 있는데 물이 맑고 많다네.	上有仙井之水泓且淸
창포가 열 길 키에 구천 마디가 자라	菖蒲十丈九千節
소반이 생겨나고 굽은 것은 이끼 속에 늙었구나.	盤生屈曲蒼苔老
교룡이 뒤엉킨 것처럼 수염도 푸르다네	蛟螭糾結鬚鬃靑
내가 뜯어오니 정신이 번뜩 나는 것이	我來採得神如旺
그것을 먹는다면 신선이 신령하게 통하리라.	服之可以通僊靈

허목(1595~1682)의 작품으로 작중 공간은 '천관산 속'이다. 《기언별집 (記言別集)》 1권에 수록된 '신포봉' 역시 천관산에 있는 하나의 공간이다. 1~2연에서는 '신포봉'으로 가는 천관산 속의 모습을 볼 수 있고, 3~5연은 창포가 자란 자연환경과 모양에 대해 묘사하고 있다. 또한, 6~7연은 '신포봉'에서 채취한 창포에 대한 에피소드를 드러낸다.

이 작품은 '신포봉'을 제목으로 삼았고, 소제목에 제시된 '지제(支題) 는 천관산(天冠山)의 다른 이름이다. 장흥(長興) 남쪽 경계에 있어 바다로 들어간다.'라 했다. 여기서 '신포봉'은 천관산 속에 있고, '천관산'은 장흥의 남쪽 경계에 있음을 나타낸다. 작가는 '신포봉'을 드러내고자 '천관산 속'이라는 공간을 활용했지만, '천관산'에 대해 언급해야 했기 때문에 천관산이 위치한 '장흥의 남쪽 경계'라 표현할 수밖에 없었을 것이다. 여기 나타난 '신포봉'은 창포가 자라는 곳이다. 창포는 신선의 우물에서 자라며, 창포의 모양은 '소반이 생겨 굽은 것은 이끼 속에 늙었다', '교룡이 엉킨 듯 수염도 푸르다'고 비유하고 있다. 또한, 창포를 먹으면 신선이 신령하게 통한다고 하니 얼마나 신령스러운 풀인가를 알게 해준다. 이렇듯 구체적인 공간인 '신포봉'은 신령스러운 곳임을 드러내고 있다. 작가는 이렇게 신령스러운 곳에서 자신 역시 신선과 통하게 될 것이라 하여 '신포봉'을 신선 공간으로 착각하고 있다.

옛 절은 어느 곳에 있는가	古寺知何處
절집은 높은 봉우리에 있다네.	居僧寄上峯
삼나무 끝 길은 구불구불	杉梢盤一逕
구름 밖에서 맑은 경쇠소리 울리네.	雲外落淸鍾
눈속에 천길 암벽 서 있고	雪立千尋石

몇 리의 소나무는 하늘을 뒤덮었네.	天陰數里松
절문을 몇 해마다 다시 찾았나?	禪門閱幾世
나무는 용처럼 모두 다 늙었구나.	木老盡如龍

이하곤(1677~1724)의 작품이다. 1, 2연은 천관사의 위치를 말하고 있다. '높은 봉우리'를 통해 천관사가 있는 공간을 알려 주고 있으며, 3~8연까지 모두 그 공간으로 다가가는 풍경들을 읊고 있다. 그 주변에는 삼나무가 있고, 길은 구불구불하다. 그리고 하늘에서는 경쇠소리 울리는 듯하다는 절 주변의 상황을 묘사한다. 5연에서는 이 작품이 시간상 겨울임을 알려준다. 절 주변이 '천길 암벽'이라 하여 험한 곳, 높은 곳임을 언급하고 있으며, '소나무'는 신선하고 아름다운 공간임을 제시한다. 앞부분은 절집의 풍경을 드러내고 있는 반면, 뒷부분은 그 절집이 바로 신선 공간으로서의 아름다운 공간임을 강조하고 있다. 절집은 제목에도 나타났듯이 '천관사'다. 〈입천관사(入天冠寺). 용마힐향적사운(用摩詰香積寺韻)〉로, 공간적 배경은 절집을 나타내고 있다. 제목이 없었다면 '옛절', '절집'의 정확한 장소를 알 수 없었지만, 제목을 통해서 현실·실제로 향유할 수 있는 공간이라는 것을 알 수 있었다. 이처럼 현실·실제 공간이 작품 안에 드러나 있지는 않지만, 그 공간을 통해서 작가는 우리의 공간이 바로 "경험·실제 공간 = 신선 공간"임을 나타냈다.

구룡은 구름과 비가 흥하나	九龍興雲雨
평소 고요하여 없는 것과 같구나.	常時寂若無
신공은 인간을 알지 못함에	神工人不識
가물면 기우를 바라네.	遇旱方祈雩

이 작품의 실제 공간은 '구룡봉'을 말한다. 첫 구절에 나오는 '구룡'은 '구룡봉'을 나타낸다. '구룡봉'의 신비한 경관, 신성성을 강조하기 위해 지은 글 같다. 이 역시 위백규의 작품으로, 제목은 〈차구룡봉운(次九龍峰韻)〉[관산(冠山)]이라 한다. 1~2연은 '구룡봉'의 자연환경을 묘사하고 있는 반면 3~4연은 신선 세계를 그리고 있다. '비와 구름이 흥하다'는 것으로 실제 공간임에도 불구하고, 신성성을 돋보이게 하는 효과를 드러냈다고 볼 수 있다. 이는 하늘과의 거리가 그만큼 가깝다는 즉, 높고 험하면서도 아름다운 곳이라는 다른 의미로 쓰였다고도 할 수 있다. 그렇기 때문에 2연에서의 '고요하다'는 것은 두 가지 의미로 풀이될 수 있다. 즉, 이는 신성성을 강조하고 있는 구절이라고도 볼 수 있고, 다른 의미로는 높고 험한 공간을 나타내고 있다. 그러므로 사람들이 쉽게 오르지 못해서 '고요하다'고 표현했을지도 모른다. 3~4연은 신공이 '구룡봉'이라는 실제 공간을 관장하고 있는 듯, 그곳을 신선 공간이라 생각하고 있다. 따라서 이를 정리해보면, 앞 구절은 실제 공간에서 작가가 느끼는 심정으로 고요함을 강조한 것이다. 그렇다고 한다면, 뒷 구절은 현실 공간을 마치 신선 세계로 인식하고 있는 것이며, 이 '구룡봉'은 구름과 비가 많은 고요한 땅이지만, 신공이 축복받은 땅으로 설정하여 그곳이 바로 신선 공간이라는 의미를 더하고 있다고 볼 수 있는 것이다.

관산사에 발길을 옮기니   發跡冠山寺
구름 다리로 봄 하늘에 올랐네.   梯空上春昊
인간 세상을 굽어 보니   俯視人間世
티끌 삼만리.   塵埃三萬里

위백규(1727~1798)가 천관산을 노닐다가 읊었다는 작품이다. 이 작품
의 공간은 '관산사'라는 실제 공간을 나타낸다. 제목 역시 〈영천관산유
(咏天冠山遊) [구세을묘(九歲乙卯)]〉으로 9세인 을묘년에 지었다고 한다.
이 작품은 '천관산'에 올라 '천관사'로 발을 옮기고, 세상을 바라본 작가
의 감정들에 대해 적은 것이다. 그러나 3연에서 '인간 세상'이라 하여
천관산 밖 세상을 이야기했고, 4연은 그 인간 세상을 '티끌 삼만리'라
표현한 것으로 보아 작가는 인간 세상에 대한 불만을 담고 있었던 것은
아닐까 생각해 본다.

이 작품에서의 '천관산'은 '인간 세상'과는 다른 공간으로, 이는 아마
도 작가가 바라고자 하는 이상 세계인 듯하다. 그런 반면, '천관산'이
아닌 곳은 '인간 세상'이라 하여 속세의 탐욕과 부조리를 '티끌 삼만리'
라는 한 단어로 묘사한다. 마지막 구절에서 티끌은 〈상춘곡〉에서 말하
는 '티끌'과 다를 바 없다. 원래 이는 구체적 사물을 말이지만, '시끄럽고
번화한 속세'를 비유하고 있다.[14] 작가는 스스로 '천관산'에서 바라보는
인간 세상을 '티끌 삼만리'라 하고, 이는 작가 스스로 시끄럽고 번화한
속세인 인간 세상에 다시 돌아가고 싶지 않은 소망과 다시 돌아가야
하는 안타까움을 드러낸 표현이라 말할 수 있다. 즉, 천관산과 인간 세
상은 서로 대립되는 공간임에도 불구하고 '티끌 삼만리'와 대립되는 공
간으로서의 '천관산'은 신선 공간으로서의 염원을 알 수 있는 부분이라
하겠다.

---

14 김광조, 「강호가사의 작중 공간 설정과 의미」, 『한국시가연구』 23집, 한국시가학회,
   2007, 119쪽.

3) 대립적 양상에 나타난 관념·추상 공간

작품에 드러난 공간은 '천관산'의 어느 한 공간의 특징에 대해 이야기하고 있는 것은 아니지만, 작중 공간은 '천관산'임이 확실하다. 천관산역시 실제로 경험을 통한 공간만 말한 것은 아니기 때문이다. 그러므로경험·실제 공간 이외에도 다른 어떤 공간이 작품에 쓰이게 되었는지에대해 살펴보아야 할 것이다.

용의 정수리에 사찰을 만들어	龍頂招提闢
새로이 신령스런 모습 펼쳐졌네.	新披靈隱圖
하늘은 낮아 누대는 아득하고	天低臺縹緲
봉우리 꺾이어 바다는 하늘과 맞닿았네.	峰折海虛無
저물녘 두 소나무에 고요해지자	落日雙松靜
가을바람에 탑만 외롭구나.	秋風一塔孤
구름 끝에 보이는 한라산의 빛깔	雲邉漢拏色
옛부터 봉대에 떠 있다네.	依舊泛蓬臺

이 작품 역시 천관산을 작중 공간으로 설정한 작품이지만, 그 가운데서도 어떤 곳을 이야기하고 있는지는 자세히 알 방법이 없다. 작품의공간에 대한 작품의 구체적 지명이 언급되어 있지 않기 때문이다. 그러나 작중 공간이 '천관산'이다보니, 작품의 내용에서 살펴보면 '사찰', '탑'이라는 것은 천관산 안에 있는 어떤 절이 아닌가 짐작해 볼 수밖에없다. 위의 작품은 이해조(1660~1711)의 《명암집(鳴巖集)》 권4에 실린〈천관산, 탑산사〉라는 시다. 이는 천관산 가운데서도 '탑산사'를 공간적 배경으로 하고 있고, 관념·추상적인 모습으로 그려지고 있다. 탑산사의 모습이 신령스럽다고 하며, 그 주변 상황에 대한 아름다움과 외로

움을 전하고 있다. 제목을 제외하고 보면 이 작품은 어떤 구체적인 지명
이나 공간이 아닌 관념·추상적 공간으로 제시한다. 이를 통해서 신령스
러운 천관산의 모습과 현실 세계의 공간으로서의 대립적인 모습을 띠는
반면, 오묘한 조화를 나타낸다고도 할 수 있다.

나는 본래 산수를 좋아하여	我性喜山水
평생토록 미치광이가 되었다네.	平生已成癖
절로 남방으로 쫓아 와서는	自從來南方
도처에 가벼운 발길 옮기었었지.	到處理輕屐
가파른 천관산은	巖巖天冠山
굽이굽이 바다에 이르렀네.	盤屈在海域
예전부터 그 명성 오래도록 들었는데	夙昔久聞名
오늘 아침에서야 흔쾌히 구경하였네.	今朝欣一覿
처음 산 아래의 절에 이르니	初到山底寺
빽빽한 나무들이 눈이 비쳤네.	群巒森在目
대장봉은 우뚝히 솟아 있고	屹屹大藏峯
입장석은 총총이 박혀 있네.	亭亭立墻石
기이함과 빼어남을 다투는 듯	爭奇競秀拔
구름과 하늘이 잇닿아 있다네.	雲霄去咫尺
다음날 비로소 부여잡고 올라	翌日始躋攀
꼭대기에서 멀리까지 바라다보았네.	絕頂散遐矚
우러러 우주의 광대함을 바라보고,	仰觀天宇大
굽어 인간세상 협소함을 보았다네.	俯見邦域窄
아득한 한라산은	縹緲漢挐山
파도 넘어 한 점 푸르구나.	波間一點碧
삼주(삼신산)는 아득히 어느 곳에 있는가?	三洲杳何許
창해는 바라보다 끝이 없구나.	滄海望不極

번잡한 마음 한바탕 씻어내노니	塵胸一洗盪
살랑이는 바람이 겨드랑이에 불어오네.	習習風生腋
그윽한 곳 찾아 마음은 비록 상쾌하나	幽尋意雖愜
나라 일에 구속된 몸이라서	王事見羈束
오래도록 머무를 수 없기에	不可久淹留
돌아 갈 길에 다시 발길 옮기네.	歸路復杖策
수풀 사이 저녁 새들 시끄럽고	林間夕鳥喧
해 떨어져 하늘 반은 붉구나.	落日半天赤

심광세(1577~1624)가 지은 작품으로《휴옹집(休翁集)》권지이(卷之二)에 실린 〈유천관산(遊天冠山)〉이라 한다. 작품의 공간은 '산 아래의 절'과 '꼭대기'이다. 이 두 공간 모두 천관산의 어떤 하나의 공간이라는 것 외에는 구체적인 지명에 대한 언급은 없고, '산 아래의 절', '꼭대기'라는 추상적 공간으로만 드러내고 있다. '산 아래의 절'에서는 주변의 풍경을 그려냈고, 기이하고 빼어남을 산 아래 절에서의 특징으로 꼽았다. 또한, 구름과 하늘이 잇닿아 있다고 하여 그 풍경에 대한 아름다움을 표현하기도 했다. 그런 반면 다음 날에 오른 '꼭대기'에서의 풍경은 아득히 보이는 한라산의 푸르름과 끝없는 바다의 모습을 그렸다. 또 이곳에서는 우주의 광대함과 인간 세상의 협소함을 이야기하였다. 이 부분은 공간에 대한 풍경의 아름다움은 없지만, 산의 아득함과 편안함으로 번잡함을 씻게 한다는 '신비로움과 영험함을 지닌 산'임을 말해주고 있다. 작가는 천관산의 아득한 풍경을 보면서도 오래 머물 수 없는 이유에 대해 '나라일'이라 하였다. 그렇지만 우주의 광대함과 인간 세상의 협소함을 말하는 작가가 인간 세상의 협소함보다 더 작은 '나라일'로 인해 천관산에 오래 머물 수 없다는 것은 무엇을 말하는 것인가? 이는

나라일이 작기는 하나, 작가가 아직 인간 세상에 대한 미련이 남아 있음을 드러내는 구절이라 할 수 있겠다. 즉, 아름답고, 기이하며 빼어난 산이기는 하지만 과감하게 떨쳐버릴 수 없는 현실과 이상과의 사이에서 갈등하고 있는 듯하다.

섬공이 굶지도 늙지도 않은 것은	暹公不飢仍不老
서산에서 팔십 년 도 닦은 때문이라.	學道西山八十年
속세의 명리를 떠나 바위 골짜기에 숨어	逃名絕俗竄巖谷
풀옷 입고 열매 먹어도 외모 곱다.	草衣木食形貌妍
마음은 고목인 듯 그리워함 없으니	心如枯木無所慕
고요한 정신 기운도 온전하도다.	寂然神完而氣專
거듭 나를 좋아해 비결 전해 주니	申申眷我授祕訣
나 또한 세상을 영영 잊으라네.	我亦與世長遺捐
머리 돌려 한 번 웃고 안개 따르니	回頭一笑隨烟霧
손에 부용꽃 들고 뭇 신선을 찾아간다.	手持芙蓉參列仙

이는 허목(1595~1682)의 〈영대상우섬공(靈臺上遇暹公)〉이라는 작품이다. 이는 미수 허목이 천관산에 올라 그 정상에 있는 영대에서 섬공을 만나 지은 7언 10구시[15]의 시이다. 위의 경우와 마찬가지로 작중 공간이 '천관산'이라는 것을 감안할 때, '천관산'의 어떤 공간인지 명확하게 알 수 없다. 다만, 제목을 통해서는 '영대 위'라는 구체적 공간을 알 수 있다. 그러나 '속세의 명리'라 하여 바위 골짜기와 대립되는 모습을 나타내고 있다. 여기서 '영대'라고 나타내고 있지만, 짐작하건대 이곳은 천

---

15 최강현, 『미수 허목의 기행문학』, 신성출판사, 2001, 98쪽.

관산 안의 '영취대'라는 곳인 듯하다. 이 작품은 '영대'라는 곳에서 작가가 경험한 사건에 대해 이야기하고 있다. 그곳에서 80년 동안 도를 배운 어떤 사람을 만나고 주리지도 늙지도 않는다고 하였다. 그 사람은 속세의 명리를 떠나 바위 골짜기에 숨어사는 사람으로 신선을 의미한다. 작자는 섬공처럼 신선이 되기를 원하고, 섬공은 미수에게 신선이 되는 비결을 알려 주며 세상을 잊으라 한다. 이로 말미암아 작가는 신선의 모습을 드러낸다. 이 작품의 마지막 두 구절에서 보이는 미수의 모습은 손에는 연꽃을 들고 여러 신선들과 함께 가고 있는 모습으로, 신선 공간을 나타낸다. 이렇듯 어떤 구체적 지명을 이용하지 않고도 만난 사람에 의해 신선 공간을 묘사하고 있으며, 그 신선 세계는 작가가 염원하고 추구하고자 하는 이상 공간임을 알게 해준다.

4) 공간의 부재에 나타난 새로운 창조

위에서도 언급했듯이 이 작품들의 작중 공간은 '천관산'이다. 그 천관산에 있는 어떤 지명을 사용하여 공간을 나타내고 있는 반면, 다른 공간의 경우는 지명은 사용하지 않았지만, 추상적으로 '어떤' 곳임을 지목하여 공간에 대해 언급하고 있다. 그러나 이는 위에서 살펴본 두 경우와는 다르게 지명에 대한 언급 없이 공간을 이야기하고 있다.

아득한 옛날엔 아주 질박해	邃古旣朴蒙
어리석음 그대로 미개했었지	倥侗而鴻荒
더군다나 이곳은 황복 밖이라	況玆荒服外
애당초 호황도 알지 못했네	初不知昊黃
이상하다 서방에서 들어온 종교	異哉西方敎
불교가 드디어 크게 펴져서	空門遂開張

팔만대장경이	大藏八萬經
우리나라에 전파되었네	流播逮東方
처음엔 신비함을 과장하여서	厥初誇靈異
만리의 험한 뱃길 건너왔도다	萬里窮梯航
세찬 바람에 떠오는 그 돛	祥飆送海帆
아리따운 깃발이 펄럭펄럭 나부낀다	婀娜飄幡幢
얼마 후 그것이 돌로 변했다니	旣而化爲石
해괴한 일이라 그 이름 알려졌네	事怪名仍彰
바닷물은 미려로 새어 들건만	尾閭泄海波
그것은 까마득하게 솟아올랐다	騰卓出蒼茫
전하기를 만고에 그 돌이	流傳萬古石
웅장하게 하늘과 맞닿았다네	礧硊摩靑蒼
성인은 괴이함 말을 않는 법	聖人不語怪
이치 밖에 일들은 알기 어렵지	理外事難詳
괴이하고 허황됨을 오랑캐는 숭상하여	夷俗尙怪誕
다투어 장황함을 과장하여라	誇矜競張皇
어리석은 사람은 현혹을 탈피 못해	昧者踵前惑
죽기까지 갈 길을 헤매고 있네	至死迷趨蹌
시를 써서 그 일을 풍자함이지	題詩諷其事
황당함을 조술하려 함은 아니네	非祖述荒唐

허목(1595~1682)의 《기언(記言)》 63권 습유(拾遺)에 있는 〈석범(石帆)〉으로 소제목은 [천관산절정(天冠山絶頂)]이라는 작품이다. 이 작품은 확실한 실제 공간, 관념 공간이 아닌 공간에 대한 언급이 없다. 작중 공간이 '천관산'임을 감안할 때, 천관산에서 바라본 세상의 모습을 그리고 있는 작품이라 할 수 있다. 그럼에도 불구하고 작품에서의 공간을 찾아보자면 '이곳은 황복 밖이라'는 구절을 통해 천관산 자체가 바로 추상

적인 공간임을 말해주고 있다. '황복'은 천자가 감화되지 않은 나라로 '황복 밖'이라 하여 그보다 더 먼 곳에 있다고 하니 얼마나 멀리 있는 것을 말하겠는가? 즉, 우리나라에 있는 천관산이 중국과의 거리가 멀리 있음을 간접적으로 나타낸 구절이라 할 수 있다. 그러나 작품의 제목에서는 '석범' 즉, 천관산 절정이라는 '천관산 꼭대기'의 공간을 제시하는 것이다. 이런 공간에서 작자는 무엇을 말하고자 하는 것인가? 불교 설화까지 동원하여 예전 불교를 숭상했던 우리나라의 모순점에 대해 말하고, 이에 벗어나지 못하는 안타까움을 글로 전하였다. 즉, 작가의 사상 자체가 불교를 배척하는 것을 직, 간접적으로 드러낸 구절이면서, 그 공간에 대한 아름다운 풍경들로 도교적 아름다움을 창조하는 새로운 공간을 연출하고 있다고 볼 수 있을 것이다.

> 산울림 바람 끌어 밤 골짜기 나오고　　　　山籟引風生夜壑
> 경쇠소리 응답함에 달은 빈 우리에 숨네.　　磬聲和月隱虛櫳
> 모름지기 감응을 보니 모두 말미암아 움직이니　須看感應皆由動
> 그 후 바야흐로 고요히 모자라지 않음을 아네.　然後方知靜不空

이 작품은 위백규가 지은 것으로, 작품 중에 언급하고 있는 공간은 없다. 다만, 위의 모든 작품에서 작중 공간이 '천관산'임을 고려할 때, '산울림', '골짜기', '경쇠소리' 등의 단어들은 '산 속의 어느 사찰'이라 생각된다. 그러나 이 작품의 제목에서 〈숙관사증승(宿冠寺贈僧)〉라 한 것으로 보아 이 작품의 공간은 '관사(冠寺)'로, '천관사'를 나타내고 있다. 작가는 나타낸 공간인 '천관사'의 아름다운 풍경과 작가의 사상을 이 글에 담고 있다. 천관사의 아름다운 풍경은 산울림, 바람, 밤 골짜기, 경쇠소리, 달 등으로 모두 천관사 주변의 상황을 묘사하고 있다. 그런 반면, 작가의 감성을 드러내는 부분으로 '경쇠소리 응답함에 달은 빈 우리에 숨네.'라 하여 달 감응을 느끼고, 이에 모두 움직이며, 고요히 모자라지 않다는 것으로 보아 작품의 공간 자체의 멋스러움을 드러낸다고 볼 수 있다. 이렇듯 작품 가운데서 뚜렷한 구체적 공간이 드러나지는 않았지만, 작품의 소재들로 공간을 유추해 볼 수 있다. 그러므로 이를 통해 새로운 공간으로 탄생되고 있음을 드러내고 있다.

4. 맺음말

'산'을 노래한 작품을 유산문학이라고 한다. '유산문학'에서 느껴지는 기본적 인식은 작가의 세계관에 영향을 미친다는 것이다. 이런 차이는 각 '유산문학'에서 보이는 '유산'의 행태가 풍류 위주의 산행, 역사 문화 체험의 산행, 도(道)의 실천으로서의 산행, 실용적 목적하의 산행 등 각기 다르게 나타나기도 한다.[16] 이렇게 산에 대한 행태가 많이 나타나는 것은 산을 인식하는 사람들에 따라 달라진다고 할 수 있다. '산'이라는 공간은 안식과 평안의 공간이며, 무욕과 수양을 쌓는 초탈의 공간이다. 이렇듯 산은 위대한 문화유산이라 생각할 수 있다.

이 글은 조선시대 '천관산'에 대한 공간 인식에 대해 알아보고자 한 것이다. 조선에서 '천관산'을 나타낸 작품은 문집을 통해서 알 수 있었고, 손에 꼽을 만큼 많지도 않았다. 천관산에 대한 공간인식으로는 크게 세 가지로 나누었다. 경험·실제의 공간, 관념·추상의 공간 그리고 부재

---

16 이혜순, 위의 책, 집문당, 1997, 119쪽.

의 공간으로 나눌 수 있었다. 이렇게 '천관산'이라는 하나의 공간을 작가의 사상이나 의도에 따라 세 가지로 나누었으며, 이를 바탕으로 작가가 느끼는 공간에 대한 생각들에 대해 정리해 볼 수 있었다. 경험·실제 공간에서의 산은 대부분 신선 세계를 그리고 있었고, 관념·추상 공간에서는 신선 세계를 포함하여 이상 공간으로서의 작가의 소망이자 염원을 담고 있었다. 부재의 공간에서는 어떤 곳인지 나타나지 않는 공간에 대한 아름다움을 표현함과 동시에 그 공간에 대한 작가의 사상을 담아 새로운 곳으로의 창출을 가져왔다.

이렇게 다른 인식을 가지고 있는 것을 보면 '산'이라는 곳은 대부분 속세와 단절의 공간이라 생각하는 경우가 많았지만, 신선들이 사는 공간으로 이야기할 수 있었다. 그러나 그 신선 공간을 다시 경험·실제 공간에서는 신선 세계로, 관념·추상적 공간에서는 이상 공간으로 표현하였고, 공간이 드러나지 않는 작품에서는 이상과 현실의 갈등에 대한 갈등이 이루어지고 있음을 발견할 수 있었다.

이 논문은 2008년 『온지논총』 20집의 「조선시대 천관산의 공간인식 양상 – 유산문학을 중심으로」를 수정, 보완한 것으로, 『문화지리학으로 본 문림고을 장흥의 가사문학』, 보고사, 2011에 수록한 원고이다.

참고문헌

김광조, 「강호가사의 작중 공간 설정과 의미」, 『한국시가연구』 23집, 한국시가학회, 2007.

성기옥, 「사대부 시가에 수용된 신선모티프의 시적 기능」, 『국문학과 도교』, 태학
　　사, 1998.

진재교, 「이조후기 문예의 교섭과 공간의 재발견」, 『한문교육연구』 21호, 한국한문
　　교육학회, 2003.

이재선, 『한국문학의 주제론』, 서강대학교출판. 1989.

이혜순, 『조선 중기의 유산기 문학』, 집문당, 1997.

양기수, 『문림고을 장흥』, 장흥문화원, 1999.

유정선, 「〈천풍가〉 연구」, 『이화어문논집』, 이화여자대학교 이화어문학회, 1997.

최강현, 『미수 허목의 기행문학』, 신성출판사, 2001.

_____, 『연경재전집(研經齋全集)』 권51 , 「산수기(山水記)」 下, 《기호남산수(記湖南
　　山水)》, 〈천관산(天冠山)〉.

한국고전번역원(http://www.itkc.or.kr)

〈경복궁가〉의 이본 양상 연구

박은빈

1. 머리말

'경복궁가'는 경복궁 중건을 소재로 한 작품으로 조선 후기 대원군 통치 시절 진행되었던 경복궁 중건 사업을 소재로 하는 '경복궁중건가사' 중의 하나이다. 경복궁중건가사의 작품은 총 네 작품으로 〈경복궁영건가〉, 〈경복궁중건승덕가〉, 〈북궐중건가〉, 〈기완별록〉이 있다[1]. 이 중 〈경복궁영건가〉는 '경복궁가'류에 속하는 가사로 경복궁중건가사 중에서 유일하게 이본의 형태를 나타내는 작품이다.

'경복궁중건가사'는 경복궁 중건이라는 특정 시기의 사건을 소재로 한 작품이기 때문에 모두 비슷한 시기에 창작되어 향유되었을 것으로 보인다. 그런데 그 중에서도 오직 '경복궁가'류 가사만이 이본의 모습을 드러내고 있어 주목된다. 이에 본 연구에서는 '경복궁가'의 이본인 〈경복궁가〉, 〈경복궁영건가〉, 〈경복궁창덕가〉, 〈경복궁영단가〉를 모두 '경복궁가'로 통칭하고 논의를 전개하도록 한다.

---

1 박은빈, 「경복궁중건가사 연구」, 전남대학교 국어국문학과 석사학위논문, 2016.

경복궁가는 1929년 『청년』지에 실린 이중화의 글 「景福宮歌를 讀하고 此宮에 始役을 追憶함」[2]을 통하여 비교적 이른 시기에 학계에 소개되었다. 이중화는 경복궁가의 내용을 소개하면서 경복궁 중건 당시의 경위를 밝히고 중건한지 60년이 못 되어 폐허로 돌아가버린 경복궁의 모습을 한탄하였다. 이때의 '景福宮歌'는 그 전문이 나타나있지는 않지만 글의 내용 속에서 경복궁가의 내용을 살펴볼 수 있다.

이어 1963년, 장대원은 「경복궁 중건에 대한 소고」[3]를 통하여 경복궁가의 이본인 〈경복궁창덕가〉를 학계에 소개하였다. 장대원은 이 연구에서 경복궁 중건에 대한 사적 의의를 논의하고 이후 부록 부분에 〈경복궁창덕가〉의 전문을 수록하였다. 이를 통하여 경복궁가의 전문이 학계에 소개되었다.

같은 해인 1963년, 정익섭은 〈경복궁가〉와 〈경복궁타령〉을 비교 분석함으로써 경복궁 중건의 의미를 고찰하였다.[4] 이어 이듬해인 1964년, 정익섭은 〈호남가〉, 〈훈몽가〉, 〈회문산답산가〉와 함께 경복궁가를 지면상에 실어 〈경복궁가〉의 전문을 소개하였다.[5] 이로써 경복궁가의 이본 두 작품이 학계에 발표되게 된다.

이후 경복궁가는 오랫동안 주목되지 않았다가 1985년, 강전섭이 자

---

2 이중화, 「경복궁가를 독하고 차궁에 시역을 추억함」, 『청년』 제7권 2호, 청년잡지사, 1929.
3 장대원, 「경복궁 중건에 대한 소고」, 『향토서울』 제16호, 서울특별시 시사편찬위원회, 1963.
4 정익섭, 「경복궁타령과 경복궁가의 비교고찰−사설을 중심으로」, 『논문집』 제8집, 전남대학교, 1963.
5 정익섭, 「경복궁가·호남가·훈몽가·회문산답산가」, 『국문학보』 제4호, 전남대국문학연구회, 1964.

신이 입수한 가사집의 고사본을 학계에 발표하면서 경복궁가의 또 다른
이본인 〈경복궁영건가〉가 드러나게 되었다. 강전섭은 〈경복궁영건가〉
의 전문에 해제를 달면서 〈경복궁영건가〉의 작자를 심암 조두순으로
추정하였다.[6]

고순희는 이러한 강전섭의 논의를 받아들여 자신의 논문인「〈경복궁
영건가〉 연구」에서 〈경복궁영건가〉의 작자를 심암 조두순을 보고 〈경
복궁영건가〉의 작품세계를 분석함을 통해 작품의 가사문학사적 의의를
재규명하였다. 또한 고순희는 이 연구에서 경복궁가의 이본을 간략히
정리하였는데, 지금까지 밝혀진 이본으로 총 5편의 작품을 제시하였다.
"장대원이 소개한 〈경복궁챵건가〉, 정익섭이 소개한 〈慶福宮歌〉, 강전
섭이 소개하면서 제목을 붙인 〈景福宮營建歌〉, 『역대가사문학전집』에
게재된 『악부』소재 〈慶福宮營短歌〉, 『아악부가집』소재 〈慶福宮營短
歌〉가 그것"[7]이다. 고순희는 다섯 편의 이본 중 〈경복궁영건가〉가 다소
구절의 착간이 있긴 하나 지금까지 밝혀진 이본 가운데에서 가장 선본
일 것이라고 추정하고 이를 중심으로 경복궁가의 연구를 전개하였다.

그러나 고순희의 논의는 〈경복궁영건가〉의 작품세계에 집중하고 있
어 경복궁가의 이본에 대한 논의는 비교적 소략하고, 〈경복궁영건가〉
를 경복궁가의 선본으로 보고자 하는 근거가 다소 미약한 편이다.

이에 본 연구에서는 경복궁가의 이본들을 비교 분석하여 각각의 이본
들이 어떠한 특징을 가지고 있는지를 살핀다. 그리고 이를 통하여 경복

---

6 강전섭, 「(자료소개)경복궁영건가」, 「(해제) 심암 조두순의 〈경복궁영건가〉에 대하여」,
   『한국학보』제11권 1호, 일지사, 1985.
7 고순희, 「〈景福宮營建歌〉 연구」, 『고전문학연구』제34권, 한국고전문학회, 2008.

궁가의 이본이 어떻게 발생하게 되었는지, 또 어떤 방식으로 향유되며 이본을 남겼는지에 대하여 연구하고자 한다.

2. 경복궁가의 이본 형성과정

경복궁가는 3·4조와 4·4조가 혼용된 형태의 가사로 약 500여구 분량의 장형작품이다. 경복궁가의 작자는 당시 영의정이었던 심암 조두순으로 추정된다. 작품의 내용이 중건 당시의 모습을 상세하게 그리고 있다는 점에서 작자는 경복궁 중건과정에 깊이 관여한 조정대신으로 판명되며, 작품 곳곳에 경복궁 영건에 대한 찬사와 환희의 표현이 나타난다는 점, 본문 내의 "내 나이 칠십이라"라는 구절 등을 통하여 경복궁 중건 시역 장시 나이가 70이었던 조두순에 의해 지어졌음을 알 수 있다.[8] 그러나 경복궁가는 영의정 조두순에 의해 지어졌으나 사대부 계층의 전유물만은 아니었다. 경복궁가는 비교적 다양한 계층의 백성들에게 향유되었으며 작자인 조두순 또한 이를 염두에 두고 작품을 지은 것으로 보인다. 경복궁가의 내용이 이를 뒷받침한다.

경복궁가의 작품 내용을 살펴보면 그 내용을 크게 셋으로 나누어 볼 수 있다. 첫째는 조선이 건국되고 경복궁이 중건되기까지의 역사와 풍수지리적인 요건을 읊으며 국가와 왕실을 송축하는 내용, 둘째는 경복궁 중건 공사의 모습을 자세히 묘사하며 부역군들의 모습을 나타내는

---

8   강전섭, 「(해제) 심암 조두순의 〈경복궁영건가〉에 대하여」, 『한국학보』 제11권 1호, 일지사, 1985.

내용, 셋째는 경복궁 중건에 참여한 백성들을 칭찬하고 격려하며 여민락을 나타내는 내용이다.

경복궁 중건은 백성들의 도움 없이는 이루어질 수 없는 사업이었다. 경복궁을 중건하는 데에 필요한 재력과 인력이 모두 백성들에게서 나왔다는 것을 염두에 둔다면 조정대신이었던 조두순은 국가의 일에 발벗고 나선 백성들을 칭찬하고 격려하지 않을 수 없었을 것이다. 조두순은 이를 작품 속에서 여민락의 형태로 드러냈다. 또한 백성들은 땀 흘리고 수고하는데 자신과 같은 조신들은 한가하니 부끄럽다고 하며 자신을 낮추고 백성들을 칭찬하였다. 이는 백성들의 향유를 염두에 두고 쓰인 표현일 것이다. 실제로 작품 내에서 작자는 경복궁가의 청자를 부역에 나선 백성들로 상정하고 있다. 다음은 작품 내용의 일부이다.

(가)
너희ᄂᆞᆫ 져러ᄒᆞᄃᆡ 우리ᄂᆞᆫ ᄒᆞ유ᄒᆞ니
됴신 되니 붓그럽고 사부 명ᄉᆡᆨ 붓그럽다[9]

(나)
이러한 우리 빅셩 탐학ᄒᆞ고 몹시 ᄒᆞ여
늘근 부모 못 셤기고 쳐ᄌᆞ권속 부황 ᄂᆞ면
홀 길 업셔 호곡ᄒᆞ고 뉴리개걸 ᄒᆞ게 되면
그 아니 불샹ᄒᆞ며 그 아니 ᄒᆞ심ᄒᆞᆫ가
인간텬지 슈령방빅 이ᄂᆡ 말ᄉᆞᆷ 드러 보소
나라를 ᄉᆡᆼ각거든 이 빅셩 편케ᄒᆞ소
임군을 위ᄒᆞ거든 이 빅셩을 ᄉᆞ랑ᄒᆞ소[10]

---

9 강전섭, 「(자료소개)경복궁영건가」, 『한국학보』 제11권 1호, 일지사, 1985, 207쪽.

작자는 (가)에서 "너희는 저러한데"라는 구절을 통하여 땀 흘리고 수고하는 백성들을 가리키며 백성들에게 말을 건네는 듯한 어조를 취하고 있다. 또한 (나)에서는 '인간천지 수령방백'을 듣는 이로 상정하고 그들에게 탐학하지 말고 백성들을 사랑할 것을 권면하고 있다. 즉, 경복궁가의 작자는 작품이 다양한 계층들에게 향유될 것임을 염두에 두고 이를 지은 것이라고 볼 수 있다.

실제로 경복궁가는 많은 이들에게 향유되었는데, 이는 여러 형태의 이본들이 남아있다는 사실을 통하여 알 수 있다. 경복궁가는 경복궁 중건이라는 특정한 시기의 사건을 소재로 한 작품이므로 경복궁 중건을 전후로 비교적 짧은 시기 동안 향유되었다고 볼 수 있다. 그런데도 경복궁가는 여러 이본의 형태를 보이고 있다. 길지 않은 향유시기에도 다수의 이본이 있다는 것은 짧은 기간 동안 많은 이들에게 향유되었음을 보여주는 반증이라고 할 수 있다.

그러므로 즉, 경복궁가의 이본은 많은 이들에게 향유되는 과정에서 형성된 것이라고 볼 수 있다. 지금까지 확인된 경복궁가의 이본은 모두 다섯 작품으로 그 내용 전개에 있어서는 큰 차이를 보이지 않으나 그 제목이 서로 다르게 나타난다. 이 또한 경복궁가가 많은 이들에게 향유되었음을 보여주는 증거다. 경복궁가는 여러 사람들에게 향유되는 과정에서 작품의 제목이 제대로 전달되지 않았을 가능성이 높다. 이에 사람들이 경복궁가의 분명하지 않은 제목 대신에 경복궁 노래(경복궁가)나 경복궁을 세우며 만든 노래(경복궁창건가) 등으로 경복궁가를 부르게 되면서 이본의 제목이 바뀌게 된 것이다.

---

10 강전섭, 「(자료소개)경복궁영건가」, 『한국학보』 제11권 1호, 일지사, 1985, 208쪽.

3. 경복궁가 이본 분석

1) 〈경복궁가(慶福宮歌)〉

〈경복궁가〉는 1929년, 이중화에 의해 그 내용이 소개된 바 있으나 작품의 전문은 알려지지 않았었다. 그러나 1963년, 정익섭이 〈경복궁가〉와 〈경복궁타령〉에 대한 비교연구를 진행하고 이듬해에 지면상에 〈경복궁가〉의 내용을 발표하면서 그 전문이 소개되었다. 비록 원본은 확인되지 않지만 정익섭이 소개한 바에 의하면 원문은 국한문 혼용의 형태로 표기된 것으로 보인다. 작품의 구수는 총 522구이다. 다른 이본들에서 확인되는 다음의 구절 12구가 제외되어 있다.

> 네 절노 용약ᄒ니 나도 ᄌ연 용약ᄒ고
> 네 절노 즐거홀 제 나도 셔셔 즐겁더라
> 뉘라셔 가라치며 뉘라셔 강권ᄒ리
> 무지흔 소리개도 돌을 무러 닛드라데
> 화급금슈 드러더니 어룡츌젼 이 아니냐
> 빅슈솔무 드러더니 봉황닉의 이 아니냐[11]

이상의 12구절 외에도 몇몇 구절이 제외되어 있는 모습을 보이는데, 그 이유는 알 수 없다. 그 구절들을 제외하더라도 내용에 큰 변화가 일어나지 않기 때문에 어떠한 의도를 가지고 제외되었다기보다는 단순히 향유전승과정 중에 누락된 것으로 생각된다. 비록 한문이 혼용되어

---

11 강전섭, 「(자료소개)경복궁영건가」, 『한국학보』 제11권 1호, 일지사, 1985, 207쪽.

표기되어 있지만 한문 표현이 좀 더 풀어져있거나 쉬운 한자로 변환된 형태도 나타난다. 다음은 〈경복궁가〉와 또 다른 이본인 〈경복궁영건가〉의 일부 구절을 비교한 것이다.

〈경복궁가〉	〈경복궁영건가〉
일마다 어진 政事 말삼마다 간측하다	ᄉᆞᄉᆞ(事事)의 어진 정ᄉᆞ(政事) 언언(言言)이 감축(感祝)ᄒᆞ샤
草木은 溝溝하ᄃᆡ 城壁은 依舊하다	송님(松林)은 울울(鬱鬱)ᄒᆞᆫᄃᆡ 셩쳡(城堞)이 의구(依舊)하다
천인이 사례하며 民心이 이러하이	텬의(天意)가 샹합(相合)ᄒᆞ여 민심(民心)이 이러ᄒᆞ니

한문표현이 간결해지거나 발음하기에 편한 방식으로 나타난 부분이 보인다. 이러한 형태와 〈경복궁가〉라는 비교적 단순한 형태의 제목을 고려해봤을 때 〈경복궁가〉는 백성들에게 좀 더 보편적으로 향유되던 형태가 아닐까 싶다.

2) 〈경복궁영건가(景福宮營建歌)〉

〈경복궁영건가〉는 강전섭이 고사본에 수록되어 있는 작품에 해제를 달아 발표하면서 그 전문이 소개되었다. 총 540구의 작품이다. 강전섭은 작품에 해제를 달면서 경복궁영건가의 원문이 어떠한 형태로 나타나는지에 대해서 설명하였다. 〈경복궁영건가〉가 수록되어 있는 필사본의 서지사항은 다음과 같다.

〈경복궁영건가〉가 수록된 필사본은 31.5x19cm의 한 장책으로 표지를 제외하고 모두 28장(35면) 밖에 되지 않는 얇은 책자이다. 「소학」을 베꼈던 폐지를 뒤집어 배접한 허술한 표지 전면에는 오른쪽 위쪽 자리에 달필로 「딕귈칙」이라고 적혀있고, 또 왼편 위쪽에는 필치가 다른 졸필로 「옥셜화담」이라고 적혀있다. 이 중 〈경복궁영건가〉가 실려있는 부분은 앞부분 15면으로 나머지 부분은 〈옥셜화담〉, 〈초한가〉, 〈양인 문답기〉, 〈임고대〉 등으로 이루어져 있다.

〈경복궁영건가〉는 필사본 내에서 그 제목이 명확하게 밝혀져 있지 않다. 그러나 강전섭은 필사본의 표지 이면에 적혀있는 필사자의 기록과 작품 내용을 미루어서 작품의 이름을 〈경복궁영건가〉라고 명명했다.

〈경복궁영건가〉는 다른 이본들과는 다르게 구절의 착간 현상이 나타난다. 다른 이본과 비교해보았을 때 "성첩은 석성이요, 주성은 십리러라"라는 구절 뒤에는 "동서는 삼천보요 남북은 스천뵈라"라는 구절이 들어가야 한다. 그런데 이 사이에 엉뚱한 구절이 끼어있다. 이를 자세히 보면 뒷부분에서 나와야할 구절이 앞부분에 드러난 것이라는 걸 알 수 있다. 고순희는 이에 대하여 "너무나 분명한 착간 현상이어서 이본 소개자의 실수가 있었던 것이 아닌가"[12]라고 추정하였다. 그러나 이는 소개자의 실수라기보다는 필사자의 실수로 인한 것으로 보인다. 자료 소개자는 자료를 수록하며 각 면의 순서를 차례대로 표시하였으며 해제에도 따로 서지사항을 실을 정도로 작품의 원문 소개에 집중하였다. 때문에 소개자인 강전섭이 이러한 착간을 일으켰다고 보기는 어렵다. 오히려 이러한 명백한 착간이 드러난 작품이 그대로 소개된 것은 강전섭이 필사본의 기본 서지형태를 충실하게 따랐기 때문으로 보인다. 〈경복궁영건가〉가 수록된 「딕귈칙」은 부녀자가 글씨 연습을 위해 필사한 것으로 추정되는 책이다. 때문에 필사 과정에서 구절이 착간이 일어나는 것은

---

12 고순희, 「〈景福宮營建歌〉 연구」, 『고전문학연구』 제34권, 한국고전문학회, 2008, 112쪽.

충분히 있을 수 있는 일이라고 생각된다. 그런데 강전섭이 필사 과정에서 착간이 일어난 필사본의 원문을 그대로 소개하면서 〈경복궁영건가〉가 착간이 드러난 형태로 소개된 것이다.

이에 고순희는 구절의 착간을 되돌린 수정본을 〈경복궁영건가〉의 원본이라고 보고 이를 경복궁가의 이본 중의 선본이라고 하였다. 고순희의 의견대로 〈경복궁영건가〉를 〈경복궁영단가〉와 비교해보았을 때 〈경복궁영건가〉가 〈경복궁영단가〉의 저본인 것은 확실해 보인다. 그러나 〈경복궁영건가〉가 〈경복궁가〉와 〈경복궁창건가〉의 저본이라고 할 수 있는지는 의문스럽다. 〈경복궁영건가〉와 〈경복궁가〉, 〈경복궁창건가〉는 누가 먼저라고 할 수 없을 정도로 그 내용 양상이 비슷하기 때문이다. 각 작품마다 몇몇 구절이 제외되거나 추가되었다는 차이점을 제외하면 세 이본은 딱히 누가 먼저라고 볼 수 없고, 비슷한 시기에 많은 이들에게 향유된 경복궁가의 여러 형태라고 볼 수 있다.

물론 〈경복궁영건가〉는 다섯 편의 이본 중에서 가장 길이가 길다는 점에서 원본에 제일 가까운 형태라고 볼 수도 있다. 그러나 설령 그렇다고 하더라도 이것이 조두순이 지은 원본은 아닐 것이다. 때문에 〈경복궁영건가〉는 경복궁가의 선본이라기보다는 비교적 변개가 적게 일어난, 경복궁가의 이본 중의 하나라고 보는 것이 옳을 것이다.

3) 〈경복궁창건가(景福宮刱建歌)〉

〈경복궁창건가〉는 장대원에 의해 소개된 이본으로 총 530구의 작품이다. 다른 이본들과 비교해봤을 때 〈경복궁창건가〉에서만 보이는 구절이 비교적 많은 편이다. 그 중에서도 초반부에 보이는 11구가 주목되는데 그 내용은 다음과 같다.

우리션죠 청셩빅 정안공이
태조조의 일등공신으로
사흔불슈 ᄒᆞ오시나
경복궁 총호ᄉᆞ로
동역 ᄒᆞ오시고
명묘조의 화ᄌᆡ보오셔
각전의 희신후의
우리션조 튱혜공이
도졔주로 듕건ᄒᆞ셔
국승의 츙미ᄒᆞ고
ᄌᆞ손의 감회로다[13]

〈경복궁창건가〉를 소개한 장대원은 이 구절을 근거로 작자가 청성백 심덕부의 후손일 것이라고 추정하였다. 그러나 위의 11구는 경복궁가의 이본 중에서 오직 〈경복궁창건가〉 내에서만 발견되는 구절이다. 이는 경복궁가의 원래 구절이라기보다는 향유자의 개작에 의해 추가된 구절 이라고 할 수 있다. 이 구절의 앞 뒤 구절을 살펴보면 각각 "동서가 삼쳔 보오 남북이 이쳔보오", "광화문 드러가셔 금쳔교 지나가며"로 서로 이 어지는 구절이다. 이렇게 이어지는 내용 사이에 뜬금없이 "우리션조 청 셩빅 정안공이"로 시작하는 구절이 들어간 것은 향유자가 경복궁가의 화자를 자신으로 변경하고자 한 의도가 개입되었기 때문이다.

향유자의 의도가 개입된 개작은 전반부에 삽입된 11구외에도 작품 여기저기에서 확인된다. 경복궁가의 작자를 심암 조두순으로 추정하게

---

13 장대원, 「경복궁 중건에 대한 소고」, 『향토서울』 제16호, 서울특별시 시사편찬위원회, 1963, 60~61쪽.

하는데 결정적인 역할을 했던 "내 나이 칠십이라"라는 구절이 〈경복궁
창건가〉 내에서는 "늬나이 즁년이라"라는 구절로 바뀌어 있다. 향유자
의 나이를 짐작할 수 있게 하는 부분이다. 이는 뒷부분에 삽입되어 있는
"환동토 삼쳔니의 대소인심 흔가지라 츠싱의 쌈겨나셔 스십이 거의되
여"라는 구절을 통하여 더욱 구체적으로 드러난다. 또한 다른 이본에서
는 "조신되니 붓그럽고 사부명색 붓그럽다"라고 나타나는 구절이 〈경복
궁창건가〉에서는 "문무스류 부그럽다"라는 구절로 바뀌어있다. 이를 통
해 향유자는 조두순과 같은 조신은 아니고 일반 문무사류인 것으로 추
정된다.

이를 종합해봤을 때 〈경복궁창건가〉를 향유하고 개작한 인물은 청성
백 심덕부의 후손이며 나이가 사십에 가까운 문무사류였음을 알 수 있
다. 이 인물이 심덕부의 후손인 것은 확실한 사실로 보인다. 이에 대한
증거로 〈경복궁창건가〉 내에 선초 경복궁 창건에 대한 내용이 삽입되어
있다는 점을 들 수 있다.

> 구경군 가득ᄒ니 녜졀노 즈시ᄂ며
> 국ᄉ의 튱심이며 녜졀노 한ᄉ하며
> <u>국초젹 싱각ᄒ여 네ᄆ음 각별ᄒ냐</u>
> 국은을 못갑하셔 네그리 망싱망ᄉ[14]

이는 얼핏 자연스럽게 이어지는 것처럼 보인다. 그러나 밑줄 친 구절
은 〈경복궁창건가〉에서만 나타나 보이는 구절이다. 국사의 충심과 국

---

14 장대원, 위의 글, 71쪽.

은을 이야기하는 사이에 "국초적 생각이 나 네 마음이 각별하냐"라는 구절을 넣은 것은 경복궁 창건에 대해 언급하고자 하는 의도에서 비롯된 것이다. 이와 같이 〈경복궁창건가〉는 경복궁 중건을 소재로 한 작품임에도 선초 경복궁 창건에 대한 내용이 삽입되어 있다. 이는 청성백 심덕부의 자손인 향유자가 경복궁 중건이라는 사건과 자신과의 연결점을 부각시키기 위하여 의도적으로 삽입한 것으로 보인다.

청성백 심덕부는 이성계의 위화도회군을 도운 개국공신으로 개국초 한양의 궁실과 종묘를 세우는 일을 총괄하였으며 경복궁을 세우는 데에도 큰 기여를 하였다. 〈경복궁창건가〉의 향유자는 이를 의식하여 작품 경복궁 창건 때의 일을 계속해서 언급하고 있는데, 이와 같은 개작은 향유자가 심덕부의 자손이라는 것을 증명해주고 있다.

한편, 〈경복궁창건가〉의 끝부분에 추가되어 있는 "을튝 亽월 념오일 구경ᄒ고 미말 소신은 대강 긔록 ᄒ오니 보시ᄂ니 웃지마오시읍"이라는 기록을 통해볼 때 〈경복궁창건가〉를 향유, 개작한 인물은 비록 경복궁가를 제작하지는 않았으나 경복궁 중건 당시에 경복궁 터에 있었던 인물로 보인다.

4) 〈경복궁영단가(慶福宮詠短歌)〉

〈경복궁영단가〉는 학계에 정식적으로 소개된 바는 없으나 『역대가사문학전집』과 『악부』, 『아악부가집』에서 그 모습을 찾아볼 수 있다.[15] 『악부』 소재의 〈경복궁영단가〉와 『아악부가집』 소재의 〈경복궁영단

---

15 『역대가사문학전집』에 수록된 작품은 『악부』 소재의 작품을 실어놓은 것으로 동일본이다.

가〉는 모두 492구이다. 작품의 표기법이 약간 다르게 나타난다는 점[16]만 제외한다면 두 작품은 완벽하게 같은 형태를 보인다. 이에 여기서는 두 작품을 같은 작품으로 보고 논의하도록 한다.

경복궁가의 다른 이본들과는 다르게 〈경복궁영단가〉는 앞부분이 "어화 우리 동포드라 이닉 말슴 드러보쇼"이라는 구절로 시작된다는 점이 특이하다. 또한 경복궁가 이본 중에서 유일하게 변개가 많이 일어난 작품이기도 하다. 지금까지 살펴본 경복궁가 이본들은 제목이나 특정한 구절들에서 약간의 차이를 보일 뿐, 내용상으로 크게 다른 형태를 보이지 않았다. 그러나 〈경복궁영단가〉는 다르다. 〈경복궁영건가〉와 비교해봤을 때, 후반부의 구절이 다수 생략되고 다른 내용의 구절로 바뀌어 있기 때문이다. 〈경복궁영단가〉의 분량이 492구로 짧은 것도 이러한 후반부의 개작 때문이다.

> 스직골 금강산은 션녀도 죠컨니와
> 상장법스 숀오공과 졔팔괘 스승등이
> 좌우로 버려 셔셔 셔쳔으로 향ㅎ는 냥
> 이고기 연화되는 션녀 흑춤 긔이ㅎ데
> 셩균관 연화되는 화관션녀 금쥬ㅎ데

---

16 두 작품에서 표기법의 차이가 드러나는 부분은 다음과 같다.
  가. '이'와 '니', '리'의 표기가 혼동되어 각 표기가 섞여서 나타난다.
  나. 구개음화가 나타나는 경우가 나타나지 않는 경우가 혼합되어 있다.
  다. 'ㅏ'발음의 단어가 'ㅏ'와 'ㆍ'(아래아)의 두 가지 형태로 나타난다.
  라. 단모음화가 나타나는 경우와 나타나지 않는 경우가 규칙성 없이 혼재되어 있다.
  마. '~하니'라는 표현이 'ㅎ니'와 'ㅎ니' 두 가지 형태로 나타난다.
  두 작품 모두 구개음화와 단모음화, 아래아 표기 등에 규칙성이 없으며 이러한 표기는 같은 작품 내에서도 혼재되어 있다.

> 자쏠 아두터의 빅ᄉ동도 긔묘ᄒ데
> 곤당골 호렵도의 융복 긔싱 일ᄉ일네
> 팔역천지 틱평시의 億萬長安 和氣로다.[17]

위의 내용은 〈경복궁영단가〉에서 개작에 의해 새롭게 나타나는 후반부이다. 이는 경복궁 중건 당시에 연희되었던 놀이들을 서술하고 있다. 경복궁 중건 당시의 연희에 대해 자세히 묘사하고 있는 〈기완별록〉에 따르면 이때에 승전놀음과 왈자의 가작놀이, 탈춤놀이, 무동놀이, 사냥놀이, 팔선녀놀이, 금강산놀이, 서유기놀이, 신선놀이, 상산사호놀이, 선동놀이, 기생놀이, 축사놀이, 백자도놀이 등 다양한 놀이가 이루어졌다고 한다[18]. 〈경복궁영단가〉 내에 개작으로 삽입된 부분은 이러한 놀이들을 묘사한 부분이라고 할 수 있다.

"ᄉ직골 금강산은 션녀도 죠컨니와"라는 구절은 금강산놀이를 나타내는 구절이며 "상장법ᄉ 숀오공과 졔팔괘 ᄉ승등이 좌우로 버려 셔셔 셔천으로 향ᄒ는 냥"이라는 구절은 서유기놀이를 묘사한다. "익고기 연화틴ᄂ 션녀 흑츔 긔이ᄒ데 셩균관 연화틴는 화관션녀 금쥬ᄒ데"는 연화대 위의 팔선녀가 춤을 추는 모습을 그린 것이다. "자쏠 아두터의 빅ᄉ동도 긔묘ᄒ데"라는 구절은 백자도 놀이의 어린 아이를 묘사하는 것으로 보인다. "곤당골 호렵도의 융복 긔싱 일ᄉ일네"에서는 호렵도의 옷과 기생의 모습을 서술하고 있다.

---

17 『합지 아악부가집』, 김동욱·임기중 공편, 태학사, 1982, 469쪽.

18 윤주필, 「경복궁중건 연희시가를 통해 본 전통 공연문화 연구」, 『고전문학연구』 제 31집, 한국고전문학회, 2007.

5) 그 외 이본 : 〈景福宮家〉, 〈경복궁영근가〉

이중화가 소개한 〈景福宮歌〉와 정익섭이 소개한 〈慶福宮歌〉는 '경'
의 한문표기가 다르게 나타난다. 景福宮을 慶福宮으로 표기하는 것은
景福宮의 '景'과 慶會樓의 '慶'의 표기가 혼동되어 나타난 결과이다. 이
는 경복궁의 표기에서 자주 나타나는 오기이다. 때문에 이중화가 소개
한 〈景福宮歌〉와 정익섭이 소개한 〈慶福宮歌〉는 서로 다른 이본이라기
보다는 경복궁가의 다른 표기 정도로 이해되어 왔다. 그런데 이중화의
글에서 나타나는 '경복궁가'에 대한 서술을 보면 '경복궁가'의 내용 이외
의 것들이 발견된다. 이는 이중화의 지식에 의해서 추가된 서술일 수도
있다. 그러나 경복궁 중건에 자원해온 마을들을 세세히 설명하는 부분
에서 추가적으로 나타나는 부분은 일반적인 지식으로 추가 서술되었다
고 보기 어렵다. 다음은 이와 관련된 이중화의 서술이다.

　　是月十二日에 上이 景福宮舊基에 親臨하샤 開基式의 擧行이 有하고
翌十三日에 始役할새 京城各洞과 地方各郡이 民이 牌를 作하고 家家戶戶
에 收錢하야 預히 器具를 辯備하야 持부하고 來역하야 三箇日間式自願하
니 三淸洞, 齋洞, 桂洞, 安洞, 泮洞, 村長洞, 貞洞곤당골(美墻洞), 社稷골,
紫霞골, 慕華館, 阿峴, 西江, 麻浦, 纛셤, 舊把撥과 其他城內城外의 各洞과
各郡의 民과 京城各廛民이 日日로 父事에 自來하야 趍함과 如하얏도다[19]

이중화는 경복궁 중건에 자원해온 곳으로 삼청동, 재동, 계동, 안동,
반동, 촌장동, 미장동, 사직골, 자하골, 모화관, 아현, 서강, 마포, 뚝

---

19 이중화, 「경복궁가를 독하고 차궁에 시역을 추억함」, 『청년』 제7권 2호, 청년잡지사,
　　1929, 126쪽.

섬, 구파발을 언급하였다. 그런데 이 중 〈慶福宮歌〉 내에서 서술이 확인되는 곳은 구파발과 모화관 뿐이다. 재동과 계동의 경우 〈경복궁영건가〉 내에서 관련된 서술이 확인되나 〈慶福宮歌〉 내에서는 나타나지 않는다.

이와 같은 사실을 종합하여 볼 때 이중화가 소개한 〈景福宮歌〉는 정익섭이 소개한 〈慶福宮歌〉와 서로 다른 이본이 아닐까 추측된다. '경복궁가'라는 명칭 자체가 일반적으로 통용되는 명칭이었던 만큼 동명의 이본이 존재했을 가능성은 충분해 보인다.

한편, 성대경은 경복궁중건가사 중의 한 작품인 〈북궐중건가〉에 대하여 서술하면서 이와 유사한 목적으로 제작된 〈경복궁영근가〉라는 작품이 있다고 언급한 바 있다. 이는 경복궁가의 또 다른 이본이 존재할 가능성을 제시한다. 그러나 이를 "경복궁 영건도감 도제조인 조두순이 제작하였다고 추정"한다는 서술로 보아 이는 단순히 〈경복궁영건가〉의 오기인 듯하다.

4. 이본을 통해본 경복궁가의 향유 형태

지금까지 살펴본 경복궁가의 이본을 비교해보면 비슷한 형태의 이본이 여럿 존재하나 선본이라고 할 만한 것을 찾기 어렵다. 이는 경복궁가가 오랜 기간에 걸쳐 전승된 것이 아니라 짧은 기간 동안 향유, 전승되었기 때문이다. 즉, 경복궁가는 그 향유 기간이 길지 않았기 때문에 이본 간의 큰 변이는 나타나지 않지만 비교적 많은 이들에게 향유되었기 때문에 이본이 여러 개로 나타나게 된 것이다.

경복궁가의 이본을 자세히 살펴보면 전체적으로 몇몇 구절이 더해지거나 생략되는 등의 차이가 나타나지만 내용상으로는 큰 변화를 보이지 않는다. 대개 이본 간의 차이는 구절로 나타나기보다는 어절로 나타나며 중심단어보다는 어미에서 나타나는 경우가 더 많다. 이외에는 특정한 단어가 비슷한 의미를 가진 단어로 나타나거나 비슷한 음절의 다른 단어로 나타나는 경우가 많다. 또, 한자음 표기가 되어있는 이본을 비교해보면 같은 음을 가진 단어가 다른 뜻의 한자로 적혀있는 경우가 발견된다.

이상의 형태로 미루어 보았을 때 경복궁가는 글로 향유되기 보다는 입에서 입으로 전해지는 구비전승의 형태로 향유되지 않았을까 추측해본다. 이본 간에 가장 빈번하게 나타나 보이는 어미변화는 입에서 입으로 전해졌다면 자연스럽게 일어나는 현상일 것이다.

이본을 서로 비교해볼 때 특정 단어가 비슷한 의미의 단어로 나타나는 경우보다 비슷한 발음의 다른 단어로 나타나는 경우가 더 많이 발견되는데, 이 또한 경복궁가가 입에서 입으로 전승되었다는 증거가 된다. 단어의 변이가 드러나는 경우 전혀 다른 뜻의 단어나 문맥에 맞지 않는 단어가 나타나는 경우가 있는데 이는 경복궁가를 소리나는 대로 듣고 그대로 기록했기 때문에 생긴 변이형으로 보인다.

한자음 표기가 다르게 나타나는 이본은 이를 뒷받침하는 확실한 근거가 된다. 글자의 형태로 전해졌다면 단어의 한자음이 같고 뜻만 다르게 바뀔 수는 없었을 것이다. 그러므로 경복궁가는 문자의 형태가 아닌 소리의 형태로, 들리는 대로, 또 소리나는 대로, 향유되고 전승되었다고 볼 수 있다.

5. 맺음말

지금까지 경복궁가의 이본 다섯 작품을 살펴보고 이를 통해 경복궁가가 어떠한 형식으로 향유되어 왔는지 살펴보았다. 경복궁가의 이본들을 살펴본 결과 각각의 형태가 크게 다르게 나타나지 않아 어떠한 작품이 선본인지는 판별할 수 없었다. 그러나 이는 경복궁가가 짧은 기간 동안 많은 이들에게 향유되었음을 보여주는 증거라고 볼 수 있다. 짧은 기간 동안 향유되었기 때문에 경복궁가의 내용은 많은 변화를 겪지 않았다. 그러나 많은 이들에게 향유되었기 때문에 경복궁가의 이본이 여러 형태로 발견되는 것이다.

또한 경복궁가 이본들의 형태와 지금까지 발견된 이본들의 소재를 보았을 때, 경복궁가는 문자보다는 소리의 형태로 향유전승되었을 가능성이 높다. 경복궁가는 이본 간에 소리는 같으나 뜻은 전혀 다른 형태로 나타나는 경우가 많고 또한 한자음이 표기된 이본의 경우 음이 같으나 뜻이 다른 한자가 표기된 경우가 많다. 이를 통해 경복궁가는 기록물의 형태보다는 구비전승의 형태로 향유되었다는 것을 알 수 있다.

경복궁가의 이본들이 모두 다른 제목을 가지고 있다는 사실도 이를 뒷받침한다. 작품이 기록물의 형태로 향유되었다면 그 제목이 작품의 전면에 드러나겠지만 입에서 입으로 전해졌다면 작품의 제목은 제대로 전해지지 못했을 가능성이 크다. 때문에 지금까지 드러난 경복궁가의 이본은 모두 그 제목이 다르게 나타나는 것이다.

그렇다면 오늘날까지 남아있는 경복궁가의 이본은 대체로 구비의 형태로 향유되던 경복궁가를 기억하기 위해 향유자들이 이를 문자로 기록해놓은 경우라고 볼 수 있다.

그러므로 경복궁가는 경복궁 중건이 시작된 1865년 경 지어져서 인쇄 매체가 형성되기 시작한 1896년 이전까지의 짧은 시기 동안 사람들의 입에서 입으로 전해지며 향유되던 가사라고 볼 수 있다. 여러 종류의 이본의 발견으로 많은 이들에게 향유되었다는 사실이 증명되었지만 비교적 짧은 기간 동안 향유되고 후대로 전승되지 못했다는 점은 꽤나 아쉽다.

2016년 8월에 『어문논총』 29호, 전남대학교 한국어문학연구소에 실린 원고를 재수정한 논문이다.

참고문헌

1. 자료
『국문학보』 제4호, 전남대학교문리과대학국문학회, 전남대학교, 1964.
『운하견문록 외 5종』, 이우성 편, 아세아문화사, 1990.
『한국학보』 제11권 1호, 일지사, 1985.
『합지 아악부가집』, 김동욱·임기중 공편, 태학사, 1982.
『합지 악부(상하)』, 김동욱·임기중 공편, 태학사, 1982.
『향토서울』 16호, 서울특별시사편집위원회, 서울특별시사편집위원회, 1963.

2. 논문
강전섭, 「(자료소개)경복궁영건가」, 「(해제) 심암 조두순의 〈경복궁영건가〉에 대하여」, 『한국학보』 제11권 1호, 일지사, 1985.
고순희, 「〈景福宮營建歌〉 연구」, 『고전문학연구』 제34권, 한국고전문학회, 2008.
박은빈, 「경복궁중건가사 연구」, 전남대학교 국어국문학과 석사학위논문, 2016.

윤주필, 「경복궁 중건 때의 전통놀이 가사집 〈기완별록〉」, 『문헌과 해석』 통권 9호,
　　　문헌과해석사, 1999 겨울.

＿＿＿, 「경복궁중건 연희시가를 통해 본 전통 공연문화 연구」, 『고전문학연구』
　　　제31집, 한국고전문학회, 2007.

이중화, 「경복궁가를 독하고 차궁에 시역을 추억함」, 『청년』 제7권 2호, 청년잡지
　　　사, 1929.

장대원, 「경복궁 중건에 대한 소고」, 『향토서울』 제16호, 서울특별시 시사편찬위원
　　　회, 1963.

정익섭, 「경복궁가·호남가·훈몽가·회문산답산가」, 『국문학보』 제4호, 전남대국
　　　문학연구회, 1964.

＿＿＿, 「경복궁타령과 경복궁가의 비교고찰–사설을 중심으로」, 『논문집』 제8집,
　　　전남대학교, 1963.

〈운영전〉의 악인 형상과 그 의미

백지민

1. 논의 방향

〈운영전〉[1]은 17세기 전반, 낙탁한 선비 유영이 수성궁에 갔다가 잠이 들었는데 꿈속에서 안평대군 생시의 궁녀 운영과 김진사 간의 사랑이야기를 듣게 되는 내용의 한문소설이다. 당시로서도 매우 파격적인 소재인 궁녀의 사랑이야기를 흥미진진하게 다루고 있었기 때문에 이후 국문으로도 번역되어 많은 독자들에게 사랑을 받았다. 〈운영전〉에 대한 관심은 현재까지도 지속되어 연구사가 따로 2차례나 정리될 만큼 지대하다.[2] 이에 따라 〈운영전〉의 창작시기, 이본, 주제나 인물, 갈등 양상, 서술기법, 소설사적 의의 등 다양한 연구 성과들이 축적되어 작품 해석

---

1 〈운영전〉은 국립중앙도서관본을 저본으로 삼아 이본을 참고한 박희병의 교합본 『한국한문소설 교합구해』(소명출판, 2015, 333~383쪽.)을 편역한 박희병·정길수의 『사랑의 죽음』(돌베개, 2013, 29~109쪽.)의 번역을 따르도록 한다.

2 〈운영전〉의 연구사는 성현경(「운영전」, 『고전소설연구』, 일지사, 1993, 845~862쪽.)과 양승민(「운영전의 연구성과와 그 전망」, 『고소설연구사』, 월인, 2002, 123~149쪽.)에 의해 본격적으로 정리된 바 있다. 이후에도 〈운영전〉에 대한 연구성과는 꾸준히 축적된 바, 주요 성과는 논의를 진행하면서 각주로 대신한다.

에 대한 중요한 부분들에 있어서는 어느 정도 해명되었다. 그러나 〈운영전〉은 다양한 시각으로 풍부하게 작품을 읽어낼 여지가 여전히 많다.

본고에서는 〈운영전〉의 인물 형상을 성리학적 세계관을 기준으로 살펴보고, 그 의미를 작품 내적·소설사적 측면에서 찾아보고자 한다. 특히 신분적 제약을 가진 운영과 특을 중심으로 그들의 욕망에 주목하여 살펴볼 것이다. 〈운영전〉의 악인 형상에 대한 그간의 논의에서는 김진사와 운영의 사랑을 이룰 수 없게 만든 인물을 악인으로 상정한다. 이에 따르면 인간의 자연스러운 애정 욕망을 억압한 안평대군, 김진사를 배신하고 결국 그를 죽음으로 몰아간 노비 특을 악인 형상으로 지목한다.[3] 그러나 기존 논의에서 언급한 바와 같이 〈운영전〉에 형상화된 애정금압 논리가 중세적 권위 및 질서의 의미를 지니고 있으며, 이를 구현하는 안평대군이라는 전형적 인물을 통해 이데올로기적 성격을 구체적으로 드러내고 있다고 본다면,[4] 안평대군은 이념이 형상화된 실체로써 그려지고 있기 때문에 그를 악인으로 상정하여 선악의 문제로 판별하기에는 무리가 있다. 조선왕조 지배층의 입장으로 그려지는 안평대군에 대한 의견은 분분하다. 안평대군은 사회가 요구하는 이상을 형상화하고 있는 인물임에도 운영의 사랑에 장애 요소가 되어 선 보다는 악에 가까운 인물로 여겨지기도 하고, 운영의 사랑을 알면서도 직접적으로 치죄하지 않았다는 점과 작품 외적으로 안평대군 역시 정치 현실에서 좌절을 겪었던 입장이었음을 근거로 악인이 아니라고 평가하기도 한다. 이는 성

---

3 김정숙, 「운영전과 동선기 속 악인 탄생의 의미」, 『한문고전연구』 21, 한국한문고전학회, 2010, 221~242쪽.

4 박일용, 『조선조 애정소설』, 집문당, 2000, 169~170쪽.

을 절대적인 것으로 여기는 성리학적 이상과 정이 상황에 따라 허용되는 소설적 현실 사이의 괴리 때문인 것으로 보인다. 본고에서는 〈운영전〉에서의 안평대군을 "악인"이 아닌 "적대자"로 구분하고, 〈운영전〉의 악인 형상으로는 특이라는 인물에 집중하여 논의를 전개하도록 한다.[5] 지금까지 특을 악인으로 보고 이에 주목한 논의에서는 안평대군보다 더 악한 일을 저지르는 특의 악행을 극적으로 그려내 악인 형상으로서 특의 역할을 안평대군의 악인 형상을 희석시키는 역할로만 한정시키고 있다.[6] 특이란 악인의 소설적 기능을 "안평대군으로 대표되는 당시의 절대 권력과 절대 이념이 지니고 있던 악을 우의적으로 표현하기 위한 것"[7]에 한정하기에는 특의 악행이 운영과 김진사의 애정 성취의 좌절에 결정적 역할을 한다고 여겨진다. 따라서 특이 절대적인 악인 형상으로 그려진 것은 반론의 여지가 없지만, 그 의미는 보다 세밀하게 천착해볼 필요가 있다.

---

5 정환국(「17세기 소설에서 악인의 등장과 대결구도」, 『한문학보』 18, 우리한문학회, 2008, 557쪽.)은 17세기 후반 국문장편소설 등에 등장하는 부정적 인물을 구분하였는데, 긍정적인 인물형과 구분할 때는 "부정적 인물"로, 주인공과 맞서는 존재일 때는 "적대자"로, 선인과 구분하여 부를 때는 "악인"으로 호명했다. 필자는 이 호명을 따르되, 상대적인 관계망에서의 호명 외에도 절대적으로 악행을 저지르는 인물 또한 "악인"의 범주로 넣기로 한다.

6 엄기영, 「운영전과 갈등 상황의 조정자로서의 자란」, 『한국문학이론과 비평』 49, 한국문학이론과 비평학회, 2010, 379~397쪽; 『서사문학의 시대와 그 여정』, 소명출판, 2013, 345~371쪽 재수록.

7 김정숙(같은 글, 2010, 230쪽.)은 안평대군이 주인공과 대립적 위치에 있음에도 전혀 부정적 인물로 묘사되지 않은 이유를 다음과 같이 논의했다. 주인공의 애정 욕망 실현의 결정적 장애 요인을 안평대군으로 상정하지만, 그는 대군인데다 또 하나의 소외된 존재이기에 작가가 안평대군 대신 누구나 마음 놓고 비판할 수 있도록 만든 또 하나의 악인이 특이라고 밝혔다.

먼저, 선과 악의 대립 구도 안에서 운영과 김진사의 사랑을 별다른 의심 없이 선으로 전제하는 점에 대해 문제의식을 가지고 작품을 검토하고자 한다. 지금까지의 연구는 운영을 '중세적 현실 세계의 질곡에 일방적으로 억압 받다가 끝내 애정 욕망이 좌절된 피해자의 입장'으로만 조명하고 있다.[8] 이는 중세적 질서가 개인을 억압한다는 다소 단정적인 전제에서 비롯된 편향적인 해석으로 보인다. 물론 결론적으로 인간의 자연스러운 애정 욕망을 금압하여 좌절하게 만드는 중세적 질서에 대한 문제의식에는 동의한다. 그러나 중세적 질서를 부정적인 것으로만 보는 시각은 다소 현대적인 시선에서 작품을 바라본 데 따른 결과라 생각된다. 개인적인 애정 욕망에 지나치게 치중하여 중세적 질서를 깨트리려는 운영과 김진사의 사랑이 과연 선이라 할 수 있을까. 다시 말해 주군인 안평대군을 배신하고 궁녀의 신분으로 김진사와의 애정을 이루는 데 모든 것을 바친 운영이라는 인물이 보여주는 애정이 아무리 지고 지순하게 그려지고 있을지라도 이를 선이라 단언할 수 있는가를 숙고해 보아야 한다고 판단하였다. 다음으로 특이라는 악인 형상의 재조명을 통해 그 의미를 살펴보고자 한다. 특은 절대적인 충성을 바치는 노비가 아닌, 개인적 욕망에 충실하여 주인을 배신하고 끝내 죽음으로 몰아가는 인물로, 전란 이후 붕괴된 신분 질서 내에서 미천하고 비루한 처지에

---

8 정환국(「16세기 말 17세기 초 사상사의 흐름 속에서 본 운영전」, 『한국고전여성문학연구』 7, 한국고전여성문학회, 2003, 263쪽.)은 몇몇의 연구들을 거론하며, 그동안의 연구 결과 〈운영전〉이 애정 행각을 통해서 인간성 해방을 염원한 작품으로 해석되었으며, 이를 반중세적·반봉건적 지향이 반영되어 있는 것으로 결론 내리고 있다고 밝혔다. 여기서 거론된 주요 논의들은 다음과 같다. 신경숙, 「운영전의 반성적 검토」, 『한성어문학』 9, 한성대, 1990, 55~84쪽; 정출헌, 「운영전의 중층적 애정갈등과 그 비극적 성격」, 『한국 고소설사의 시각』, 국학자료원, 1996, 81~121쪽.

서 벗어나고 싶은 욕망을 비틀어진 방식으로 표현하는 악인 형상으로 그려지고 있다. 특은 개인의 욕망을 채우기 위해 타인의 재산을 빼앗거나 타인을 해치는 것을 주저하지 않는 절대적 악인으로 형상화된 인물이다. 운영과 특은 개인의 욕망에 충실했던 인물이었으나, 이들에 대한 평가는 전혀 다르다. 본고는 이러한 인물 형상이 가진 의미를 소설사적 맥락에서 고찰해보고자 한다.

2. 성리학적 세계관과 〈운영전〉의 인물 형상

고소설에 대한 편견 중 대표적인 것은 '권선징악(勸善懲惡)의 구조를 벗어나지 못한다는 것'이다. '권선징악'은 '선을 권하고 악을 징치한다'는 뜻으로 풀이되는데, 흔히 고소설 일반의 특징으로 꼽기도 한다. 이때 악은 도덕적으로 의심의 여지가 없는 절대적인 선과 대립 구도에 있는 것으로 설정된 개념이다. 승리한 선인에 의한 패배한 악인의 징치는 일반 대중의 통속적 욕망을 반영한 것이다. 17세기 후반을 기점으로 창작된 가정·가문소설이나 영웅소설이 대부분 이러한 대립 구도에서 나타난 상투적 서사 구조를 보이고 있다. 그러나 고소설에는 이러한 통속적 작품 외에도 다양한 소설이 존재하며, 특히 초기 고소설에서의 갈등은 도덕적으로 선한 인물과 악한 인물의 대립에 기인한 것이 아니다. 『금오신화』를 비롯한 전기소설과 몽유록 등 초기 고소설에서 주인공과 대립되는 위치에 있는 악(혹은 부정)을 군이 꼽자면 현실 그 자체로 해석할 수 있는데, 사실상 이들 작품은 주인공을 선으로, 그와 대립되는 것을 악으로 명확히 상정하여 선·악 대결 구도로 보기는 어렵다.

최근 고소설의 권선징악 문제와 관련해 많은 연구자들이 관심을 갖고 논의를 진행하였다.[9] 이 중에서 특히 권선징악 개념이 플롯 개념과 텍스트 효과의 개념으로 모호하게 혼용되고 있음을 지적하고 유가적 심성론과 권선징악의 관계를 살피며, 이에 따라 악의 종류를 '도덕적 악'과 '자연적 악'으로 분류하여 논의를 전개한 연구가 주목할 만하다.[10] 이 논의에서는 전기소설과 몽유록에 나타나는 세계의 횡포를 '자연적 악'의 관점에서 이해할 수 있으며, 이와 같은 악이 일반적으로 소설에서 '권선징악'을 언급할 때의 그 '악', 즉 '도덕적 악'과는 거리가 있음을 인정하고, 본격적으로 권선징악에 가까운 악인은 17세기 후반 작품인 〈사씨남정기〉에서 등장한다고 한다. 그러나 고소설에서 현실이라는 추상적 악이 구체적으로 형상화되기 시작한 것을 17세기 전반 창작된 〈운영전〉으로 보고, 특히 전기소설이 장편화·통속화 되는 과정에서 등장인물의 증가와 공간의 확대, 인물 간의 갈등이 구체화 되어 악인이 등장함을 지목한 논의도 있었다.[11] 필자 또한 17세기 전반 창작된 작품인 〈운영전〉에서 악인 형상의 단초가 마련되었다고 생각한다. 자연적 악은 인간이 당하는 것이지만, 도덕적 악은 인간의 능력·이성·의지·행위 등에 의해 생겨난 것으로 인간이 저지르는 것이다.[12] 〈운영전〉에서 살펴볼 악은 도덕적 악에 해당하는 것으로, 작품에서 악은 악한 행위를

9 이러한 논의의 결과는 『고전소설과 권선징악』(화경고전문학연구회 편, 단국대학교 출판부, 2013.)으로 엮어져 해당 주제의 이해에 많은 도움이 되고 있다.

10 조현우, 「고소설의 악과 악인 형상에 대한 문화사적 접근」, 『우리말글』 41, 우리말글학회, 2007, 191~216쪽.

11 김정숙, 같은 글, 2010, 224쪽.

12 김종식, 「칸트와 악의 문제」, 『대동철학』 28, 대동철학회, 2004, 6쪽.

하는 인물 형상을 통해 나타난다. 이 장에서는 〈운영전〉에 등장하는 인물 형상, 그 중에서도 운영과 특을 중심으로 성리학적 세계관을 통해 살펴보도록 하겠다.

'존천리 거인욕(存天理 去人欲)'은 성리학을 단순하게 이해할 수 있는 표지이다. 천리 즉 세계가 요청한 질서를 지키고 이를 해치는 어떠한 욕망도 제거해야 한다는 의미로, 천리가 지켜지려면 인욕은 제거되어야 한다. 즉 양자는 늘 이율배반적인 관계에 놓인 것으로, 천리가 공이라면 인욕은 사이고, 천리가 옳은 것이라면 인욕은 옳지 않은 것, 천리가 자연이라면 인욕은 부자연스러운 것이었다.[13] 그러나 천리에 대비되는 인욕은 도덕적 판단에서 악이라고 할 수도 있지만 인욕에 가린 마음은 회생 불가능한 악이 아니라 수양을 통해 인욕의 사사로움을 없애면 언제든지 선으로 복귀할 수 있다는 '가선가악(可善可惡)'의 유동적인 개념이 성리학적 선악관이다.[14]

조선의 성리학은 자연이나 우주의 문제보다 인간의 내면적 성정(性情)과 도덕적 가치의 문제를 추구한 것이 특징이다.[15] 『중용』에 따르면 인간의 본성, 즉 인성은 하늘이 부여해 준 것으로, 본성 속에 이미 천리가 내재되어 있다. 인성은 크게 이치로서의 성(性), 기질을 통해서 성을 구체적으로 표현하는 정(情)으로 구성되며, 성과 정을 통괄하는 주체는 심(心)이다. 이 중 성은 천리로서의 이치를 뜻하고, 절대세계의 선험적인 본연지성(本然之性)과 상대세계의 경험적인 기질지성(氣質之性)으로

---

13 김호, 「조선후기적 조건의 탄생과 성즉리의 균열」, 『인문과학연구』 12, 카톨릭대 인문과학연구소, 2007, 29~30쪽.

14 김정숙, 같은 글, 2010, 225쪽.

15 류승국, 『한국유학사』, 성균관대학교출판부, 2009, 188쪽.

이루어진다.[16] 정은 본성이 기질을 통해서 구체적으로 표현된 것으로, 사단(四端, 惻隱·羞惡·辭讓·是非)과 칠정(七情, 喜·怒·哀·懼·愛·惡·慾)으로 이루어진다. 퇴계 이황은 사단과 칠정을 각각 도심(道心)과 인심(人心)으로 보았는데 본연지성에서 발하는 사단 즉 도심은 순선무악하지만, 형기에서 발하는 칠정 즉 인심은 선하게도 되고 악하게도 된다. 이렇게 기질을 통해서 발현되는 정은 한 방향을 계속 지향하는 속성과 심화·확대되어 고착되는 경향을 지니고 있어 때로는 성이 정으로 발현될 때 지나침과 모자람을 낳은 원인이 되기도 한다. 그리고 이 지나침과 모자람 때문에 중용을 잃어버리게 되어 인욕은 곧 악으로 나아가게 된다.[17] 『중용』에서 주자는 도심을 천리지공(天理之公)으로 인심을 인욕지사(人欲之私)로 규정하는데, 이는 도심을 공으로 인심을 사로 상정하여 공적이고 보편성으로서의 성질을 갖는 도심을 선의 근거로, 사적이고 개별성으로서의 성질을 갖는 인심은 악이 될 수 있음을 내포하는 것이다.[18] 그렇다면, 사적인 욕망 즉 개인적인 욕망의 추구가 중도를 잃게 되어 의도했든 하지 않았든 공적인 선을 해치는 결과로 나타났을 때 이를 악이라 규정할 수 있다. 선·악의 이분법적 규정은 징벌의 단계에서 필요하다. 그런데, '가선가악'의 유동적인 선악관을 가진 성리학적 세계관에서는 잠시 악으로 나아가다가도 결과적으로 선으로 귀결되는 경우가 발생하는데, 이런 경우는 악이라 단적으로 규정하기 어려워진다. 〈운영전〉의 여주인공 운영이 바로 그러한 경우의 인물이다.

---

16 오석원, 『유교와 한국유학』, 성균관대학교출판부, 2014, 144~145쪽.

17 류승국, 같은 책, 2009, 218~219쪽.

18 김용기, 「사씨남정기에 나타난 인물 고찰」, 『온지학회 2017년도 학술대회 발표 자료집 고전에 나타난 악인의 형상』, 온지학회, 2017, 62쪽.

〈운영전〉에 등장하는 운영과 특은 각각 궁녀와 노비로 둘 다 자유가 없는 예속된 신분이면서, 그 신분의 범위를 벗어나는 개인적 욕망을 지녔으며 그 욕망을 적극적으로 실현하고자 하는 의지를 가지고 행동한다는 공통점이 있다. 운영과 특의 욕망은 각기 다른 것이지만, 이를 이루고자 하는 과정에서 대립 구도를 형성한다. 성리학적 세계관에 따라 운영과 특의 욕망을 선악의 문제와 관련지어 살펴볼 수 있고, 이 욕망이 선악으로 구분되면 이 욕망을 이루기 위한 행위를 하는 인물 또한 선인과 악인으로 규정할 수 있을 것이다.

본래 남녀 간의 애정은 칠정의 하나로 자연스러운 것이며, 그 자체로는 선·악의 도덕적 판단 이전의 것이다. 이점에서 〈운영전〉의 주인공인 운영의 애정 성취 욕망도 자연스러운 것이지만, 다만 운영의 애정은 궁녀와 궁외인의 사랑으로 중세적 질서를 깨트려야만 이루어질 수 있는 금단의 것이기 때문에 도덕적 판단의 대상이 된다. 실제로『경국대전』에 따르면 궁녀의 간통과 혼인은 법적으로 금지되어 있었다. 때문에 운영의 사랑은 도덕적 지탄 뿐 아니라, 법적으로도 허용될 수 없는 것이다. 따라서 현실적으로 보면 개인이 추구하는 욕망, 즉 애정을 이루고자 중세적 질서를 깨트리려는 소설의 주인공을 선한 인물이라고 규정하기 어렵다. 〈운영전〉에서 운영의 애정은 안평대군으로 대표되는 사회 질서와 규범을 깨트려야만 이룰 수 있는 것으로, 사적 애정을 이루고자 공적 질서를 해치는 주인공은 불온한 인물이다. 안평대군은 궁녀 중에서 나이가 어리고 용모가 아름다운 열 사람을 뽑아 가르쳤는데, 그 궁녀들을 항상 눈앞에 두고 직접 지도 할 만큼 매우 아꼈다. 항상 궁중에 가두어 기르며 다른 사람과는 마주하여 말도 못하게 할 정도로 궁녀들이 외부인과 접촉하는 것을 철저히 금지했다. 그러한 와중에 안평대군이 잠시 방심한 사이에 운영은 김진사를 만나게 되고, 그 날 이후로 이루어질 수 없는 사랑에 근심이 깊어 점점 야위게 되었다. 주렴 사이로 훔쳐만 보다가 편지를 전달했고, 이에 그치지 않고 급기야 김진사로 하여금 궁의 담을 넘어오도록 하며 야합하는 데 이르렀다. 이러한 만남이 지속되어 궁내에 소문이 퍼지고 발각될 위기에 처하자 야반도주를 계획하기도 한다. 조선왕조의 지배층은 지배체제를 공고히 하기 위해, 절제되지 않은 인간의 감정을 위험한 것으로 보는 성리학적 성정론과 정절에 대한 강요를 통해, 통제를 벗어난 남녀 간의 자유로운 사랑을 억제하고자 했다.[19] 작품에서 여주인공의 신분을 남녀의 애정의 성취를 바랄 수 없는 궁녀로 설정한 것은 이를 극단적으로 보여주기 위한 장치라고 할 수 있다. 그러나 운영은 애정 욕망을 이루지 못하고 현실적인 선택을 했다. 결론적으로 중세적 질서를 깨트리지 않는 범위로 수렴되었으므로, 운영의 사적 욕망은 비록 선이라 할 수는 없지만, 악이라고 할 수도 없다. 따라서 본고에서는 운영의 애정 욕망을 불온한 것이라 명명하기로 한다.

한편, 김진사의 노비인 특은 처음에는 운영과 김진사의 사랑이 이루어질 수 있도록 도와주는 조력자 역할을 하면서 등장한다. 그러나 특의 조력은 주인의 근심을 풀어주고 받을 보상에 대한 기대에서 연유한 것이고, 차츰 재물에 대한 탐욕을 드러내며 주인을 해하려는 음모를 꾸미는 데까지 나아간다. 특의 욕망은 주인을 향한 음모와 배신을 통해 이루어질 수 있는 것이다. 주인의 여인과 재물을 탐하며 저지르는 특의 욕망

---

19 강상순, 「운영전의 인간학과 그 정신사적 의미」, 『고전문학연구』 39, 한국고전문학회, 2011, 133쪽.

은 거짓말과 자해와 모함으로 나타나며 그 과정에서 폭력을 사용하는 것이나 살해 계획을 세우는 데에도 망설임이 없다. 사람의 본성이 선하다는 근거가 되는 '사단' 중 특은 '불쌍히 여기는 마음이나 부끄러움을 아는 마음, 사양하는 마음, 옳고 그름을 아는 마음' 그 어느 것도 지니고 있지 않은 것처럼 그려지고 있다. 특히 노비인 특이 저지르는 주인에 대한 하극상은 정명론에 따른 강상의 질서를 어지럽히는 매우 커다란 죄이다. 특은 그 자체만으로도 절대적 악인으로 형상화 되고 있는 것이다. 특의 욕망은 운영의 애정 욕망과 결이 다름에도 결국 운영의 애정 실현에 장애가 되어 대립 구도를 형성하고 있다. 특의 악행에 대해서는 다음 장에서 보다 자세히 살피도록 하겠다.

3. 불온함의 미화를 위한 서사 전략

〈운영전〉에서 서사의 가장 큰 부분을 차지하고 있는 내용은 운영과 김진사의 사랑이다. 전장에서 운영의 맹목적인 애정 욕망의 불온함을 살펴본 바 있다. 운영은 평범한 궁녀가 아닌 안평대군에게 은혜를 입은 인물이다. 일개 궁녀인 운영으로서는 상상조차 할 수 없었던 교육을 받을 수 있도록 파격적인 대우를 해주었고, 특히 안평대군이 궁녀들을 항상 눈앞에 두고 시를 짓게 한 뒤 지도를 하고 작품의 잘잘못을 품평하여 상벌을 내렸다는 것으로 보아, 운영은 보통 궁녀들이 하는 물리적인 일을 하지 않고 안락하고 편안한 생활을 하였음을 짐작할 수 있다. 그렇게 물질적인 부족함 없이 오로지 시를 짓고 경서를 배우는 일만 하던 운영이 궁녀의 신분을 망각하고 애정 욕망을 실현하기 위해 금지된 행동을 하는 것은 안평대군의 은혜를 저버리는 일이었다. 애초에 궁녀인 운영과 궁외인인 김진사의 사랑은 이루어질 수 없는 것이었다. 현실에서 살아있는 미혼 남녀의 사랑인데도, 이들의 사랑은 이전 전기소설에서 보여지는 여귀와의 사랑만큼이나 실현이 불가능한 것이다. 특히 "궁녀가 한 번이라도 궁문을 나서면 그 죄는 죽음에 해당한다. 외부인이 궁녀의 이름을 알게 되면 그 죄 또한 죽음에 해당한다."[20]는 안평대군의 엄명도 내려진 상황이다. 성리학적 체제 내에서 군주가 내린 명은 천명과 같은 것으로, 이를 어기고 애정 성취의 욕망을 따르는 운영과 김진사는 불온한 인물임이 틀림없지만, 작자는 이들의 사랑을 억제해야할 것이 아닌, 자연스러운 것으로 긍정하도록 전략적으로 그리고 있다. 그 첫 번째로 작품 내에서 주인공 운영의 맹목적인 애정이 어디에서 비롯되었는지에 대해서 비교적 많은 지면을 할애하여 소상히 밝히고 있다는 점을 주목할 수 있다. 이는 운영의 사랑에 필연성을 부여하는 역할을 한다.

> "제 고향은 남쪽 지방이랍니다. 부모님은 여러 자식 중에서도 유독 저를 사랑하셔서 집 밖에서 장난하며 놀 때에도 저 하고 싶은 대로 놓아두셨더랬어요. 그래서 동산 수풀이며 물가에서, 또 매화나무와 대나무, 귤나무와 유자나무가 우거진 그늘에서 날마다 놀곤 했어요. …중략…열세 살에 주군의 부르심을 받게 되었기에 저는 부모님과 헤어지고 형제들과 떨어져 궁중으로 들어오게 되었습니다. 하지만 고향을 그리는 정을 금할 수 없었기에, 보는 사람들이 저를 천하게 여겨 궁중에서 내보내도록 만들려고 날마다 헝클어진 머리에 꾀죄죄한 얼굴로 남루한 옷을 입은 채 뜨락에 엎드려 울고 있었어요."[21]

---

20 박희병·정길수, 같은 책, 2013, 38쪽.

운영은 남쪽 지방에서 태어난 재녀로 궁 밖에서 자유로운 어린 시절을 보냈으나 열세 살에 궁녀가 되어 억압된 삶을 살게 된 인물이다. 궁에 들어오기 전에는 집 밖으로, 동산 수풀이며 물가로, 자유를 당연한 것으로 여기며 마음껏 누리면서 생활하였다. 그러다가 처음 궁에 들어와서 갑작스레 제약이 많아진 생활을 하게 된 운영이 고향을 그리는 정을 금할 수 없었던 것은 부모 형제의 보호 속에서 마음껏 자유를 누릴 수 있었던 때가 그리웠기 때문임을 알 수 있다. 그리하여 어린 마음에도 자신의 처지를 받아들이지 못하고 궁에서 벗어나기 위해 일부러 몸단장을 지저분하게 하여 쫓겨날 계획을 꾸미고 실천에 옮겼지만 성공하지 못했다. 그러던 어느 날, 안평대군의 부인을 만나 보살핌을 받게 되고 공부를 시작한 이후로는 점차 궁궐 생활에 적응해가는 듯 했다. 그러나 뜻밖에 고등 교육을 받고 출중한 능력을 갖게 된 운영은 본인의 뛰어난 재주를 제대로 쓸 수 없음에 또 다른 좌절을 경험하게 된다.

"공부를 시작한 뒤로는 자못 의리를 알고 음률에 정통하였으므로 나이 많은 궁인들도 모두 저를 공경했습니다. 급기야 서궁으로 옮긴 뒤로는 거문고와 서예에 전념하여 더욱 조예가 깊어졌으니, 손님들이 지은 시는 하나도 눈에 차는 것이 없었지요. 재주가 이러함에도 여자로 태어나 당세에 이름을 날리지 못하고, 운명이 기구하여 어린 나이에 공연히 깊은 궁궐에 갇혀 있다가 끝내 말라 죽게 된 제 처지가 한스러울 따름이었습니다. 사람이 태어나 한 번 죽고 나면 누가 알아주겠습니까? 이 때문에 마음속 굽이굽이 한이 맺히고 가슴속 바다에는 원통함이 가득 쌓여, 수놓던 것을 문득 등불에 태우기도 하고 베를 짜다 말곤 북을 던지고 베틀에서 내려오

---

21 박희병·정길수, 같은 책, 2013, 77~78쪽.

기도 했으며 비단 휘장을 찢어 버리기도 하고 옥비녀를 부러뜨리기도 했
습니다. 잠시 술 한 잔에 흥이 오르면 맨발로 산보를 하다가 섬돌 곁에
핀 꽃을 꺾어 버리기도 하고, 뜰에 난 풀을 꺾어 버리기도 하는 등 바보인
듯 미치광이 인 듯 정을 억누르지 못했어요."[22]

교육을 통해 갈고 닦은 자신의 재능을 여자라는 제약 때문에 펼칠
수 없게 된 운영은 마음 속 깊은 곳에서부터 끓어오르는 울분을 주체하
지 못하는데, 운영이 보여주는 파괴적인 기행들은 이전의 소설에서는
보지 못했던 새로운 장면이다.[23] 특히 운영이 수를 놓던 천이나, 짜던
베, 비단 휘장이나 옥비녀, 꽃 등 '여성'과 관련된 물건을 파괴하는 것은
드높은 자부심을 가질 정도로 뛰어난 능력을 가졌음에도 여성이기 때문
에 그 가진 능력을 제대로 쓰지 못한 울분이 무의식중에 드러나고 있는
것이며, 그만큼 운영이 느끼는 절망이 깊은 것임을 알 수 있다. 자신의
절망을 알아주고 함께 나눠줄 사람 없이 고독하고 적막한 나날을 보내
다 마침내 이 고독감을 해소해 줄 김진사를 만나게 되었으니, 이 사랑이
운영의 삶에는 유일한 구원으로 여겨졌을 것임을 어렵지 않게 추측할
수 있다. 이는 전기소설의 주인공이 가진 전형적인 고독감과 지우와
인정에의 욕망으로 그려져 뛰어난 능력을 지닌 여성 인물의 애정 성취
를 위한 적극적 행위를 독자가 도덕적 판단 없이 자연스럽게 받아들일
수 있도록 하는 장치가 되었을 것이다.

김진사를 만나기 전까지는 운영이 간혹 울분을 이기지 못하고 기행을
일삼긴 하였지만, 운영의 애정 욕망은 구체적인 방식으로 형상화되지

---

22 박희병·정길수, 같은 책, 2013, 78~79쪽.
23 정길수, 『17세기 한국소설사』, 알렙, 2016, 151쪽.

않았다. 그러나 김진사를 만난 후부터는 애정의 성취라는 욕망을 위해 안평대군의 엄명을 거스르고 야반도주를 계획하는 금지된 행동을 시도 하게 된다. 다른 전기소설의 여주인공들 중에도 〈최적전〉의 옥영이나 〈주생전〉의 선화와 같은 적극적이고 다소 충동적인 인물 형상이 있었 고, 이들의 애정 실현은 결혼이라는 사회적 질서 안으로의 복귀를 염두 에 두고 있기 때문에 결국 잠깐의 '탈선' 정도로 여길 수 있지만, 〈운영 전〉의 운영은 결연을 앞두고 결혼을 전혀 염두에 두고 있지 않다. '궁녀' 라는 신분 때문인 것으로 보여지는데, 궁녀의 애정은 법으로도 금지된 것이며, 현실적으로 궁녀와 외인의 결혼은 불가능한 것이다. 그런데 상 기해야할 것은 운영이 태어나면서부터 '궁녀'가 아니었다는 점이다. 부 모님의 사랑을 듬뿍 받으면서 13년 간 자유롭게 유년기를 보냈던 운영 에게 갑작스럽게 주어진 궁녀의 삶은, 벗어날 수 없기에 더욱 가혹하며 받아들일 수 없는 형벌과도 같은 것으로 여겨졌으리라 생각된다. 독자 는 운영의 가혹한 운명을 동정하고 동시에 운영의 불온한 애정조차 안 타깝게 여기게 되었을 것이다.

두 번째는 적강 모티브를 통해 이들이 전생에 천상에서부터의 인연이 있었는데, 죄를 지어 속세로 내려오게 되었다는 내용을 서술한 것이다.

> "우리 두 사람은 본래 천상의 신선으로, 오랫동안 옥황상제를 곁에서 모시고 있었지요. 그러던 어느 날 상제께서 태청궁에 납시어 내게 동산의 과실을 따오라는 명을 내리셨습니다. 나는 반도와 경실과 금련자를 많이 따서 사사로이 운영에게 몇 개를 주었다가 발각되고 말았습니다. 그래서 속세로 유배되어 인간 세상의 고통을 두루 겪는 벌을 받았지요. 이제는 옥황상제께서 죄를 용서하셔서 다시 삼청궁에 올라 상제 곁에서 시중을 들고 있습니다. 그러다가 때때로 회오리바람 수레를 타고 내려와 속세에

서 예전에 노닐던 곳을 찾아보곤 한답니다."[24]

위의 인용문에서와 같이 운영과 김진사가 이미 천상계에서부터 이어져 온 연인 관계였다면, 옥황상제에게 죄를 지어 지상에 내려왔을지언정 두 사람이 인간세계에서 사랑을 이루는 것을 한갓 인간세계에서의 규범이라는 잣대로 문제 삼기 어려워진다. 두 남녀의 사랑은 궁녀와 궁외인의 금지된 사랑이 아니라 천상계에서 인간세계로 유배 온 신선과 선녀의 자연스러운 이끌림이 되는 것이다.[25] 발각되면 목숨이 위태로운 상황 속에서도 계속 사랑을 우선시하는 이들의 모습조차도 개인의 욕망에 의해 나락으로 떨어지는 비참한 인물이 아닌 선인적 면모로 포장할 수 있는 것이다. 천상계에서 운영과 김진사가 죄를 짓고 벌을 받게 된 이유는 애정 그 자체가 아니라 사사로이 동산의 과실을 주고받았기 때문이었다. 속세에서 사랑의 시련과 미완성은 하늘이 준 고통이었다. 그 고통을 이겨내고 사랑을 지키자 죽은 후에 다시 천상에서의 지위를 회복하고, 김진사와 운영은 다시 만나게 된다. 따라서 운영은 최종적으로 천상계에서 사랑을 이루었으되, 현실 세계에서는 그 사랑을 이루지 못하고 죽은 것이 된다. 허구적 인물의 이야기일지라도 이들의 사랑이 현실 세계에서 이루어지는 것으로 그리게 되면 그 파장이 자못 클 것을 염려한 작자는 궁녀의 사랑이 결국 이루어지지 못함을 제시하여 사회질서가 균열되는 것을 저지했다고 볼 수 있다. 한편으로는 운영의 사랑이 천상에서나마 이루어지지 못했다면 줄곧 운영의 사랑을 지지하고 응원

---

24 박희병·정길수, 같은 책, 2013, 107~108쪽.
25 정길수, 「17세기 소설의 사랑과 운명-적강 모티프 활용의 맥락」, 『고소설연구』 41, 한국고소설학회, 2016, 184쪽.

했을 독자의 원성을 샀을 것이다. 이 두 가지 문제를 적절하게 해결해 줄 수 있는 전략이 바로 적강 모티브였다.

세 번째는 운영이 스스로의 욕망을 성취하고자 하는 일련의 과정에서 짓게 된 죄를 끊임없이 의식하고 있으며, 끝내 자결을 선택하는 것으로 결국 중세적 질서를 깨트리지 않는 결말을 보여준다는 점이다. 작품의 전반부에서 운영은 궁녀들에게 놀림을 받을 때마다 부끄러워하긴 했지만, 애정을 이루기 위한 적극적 행동을 멈추지 않았다. 그런 운영의 행보에 제동이 걸린 것은 자란의 충고와 안평대군이 모든 사실을 알게 되었을 때이다.

> ① "서로 즐긴 지 오래되더니 스스로 재앙을 앞당기려는 거니? 한두 달 사귀었으면 또한 만족할 만하건만 담장을 넘어 달아나겠다니, 그게 사람이 차마 할 짓이니? 주군께서 네게 마음을 쏟은 지 이미 오래인 점이 떠나서는 안 될 첫째 이유요, 부인의 자상한 보살핌이 떠나서는 안 될 둘째 이유요, 재앙이 네 부모님께 미치리라는 점이 떠나서는 안 될 셋째 이유요, 네 죄가 서궁에까지 미치리라는 점이 떠나서는 안 될 넷째 이유야.'[26]
> ② "주군의 은혜가 산과 같고 바다와 같건만 정절을 지키지 못한 것이 저의 첫째 죄입니다. 전후에 지은 시로 주군의 의심을 받았으면서도 끝내 바른대로 아뢰지 않은 것이 둘째 죄입니다. 서궁의 죄 없는 사람들이 저 때문에 함께 죄를 받게 된 것이 셋째 죄입니다. 이 세 가지 큰 죄를 지었으니 제가 산들 무슨 면목이 있겠습니까? 혹여 죽음을 늦추신다면 마땅히 자결하겠나이다." …중략… 그날 밤 저는 비단 수건으로 목을 매 스스로 목숨을 끊었습니다.[27]

---

26 박희병·정길수, 같은 책, 2013, 91~92쪽.
27 박희병·정길수, 같은 책, 2013, 102쪽.

①은 운영이 김진사와 야반도주를 행하고자 할 때 자란이 말리는 부분이다. 운영이 김진사와의 애정을 성취하고자 하는 모든 행동은 이미 죽음을 각오한 것이라 할 수 있다. 운영에게 있어 이 사랑을 이루지 못하면 마음의 병이 들어 결국 죽게 되는 것은 마찬가지였을 것이다. 그러나 그로 인한 피해가 타인에게 미칠 것을 깨닫게 되자 애정을 이루고자 하는 욕망을 단념하게 된다. ②는 안평대군이 사건의 전말을 추궁할 때 운영이 진술한 내용이다. 운영은 정절을 지키지 못했고, 주군에게 거짓을 아뢰었으며, 죄 없는 친우들까지 죄를 받게 만들었기 때문에 면목이 없다는 마지막 진술을 끝으로, 죄책감에 자살로 생을 마감한다. 결국 이루지 못한 운영의 불온한 사랑은 징벌의 대상이었으나 그 징벌의 주체가 운영을 용서하고 직접적인 처벌을 내리지 않은 것으로 나타난다.

네 번째는 절대적인 악인 형상을 등장시켜 주인공과 대결 구도를 형성한다는 점이다. 〈운영전〉에서 악인 형상으로 주목되는 인물이 김진사의 노비 특이다. 그간 연구자들에게 악인 형상으로서의 특이라는 존재는 평가절하 되어 다루어지고 있었다. 심지어 특이라는 존재가 문제의식을 희석시키며, 완성도를 떨어트린다는 평가도 있다.[28] 그런데 이

---

28 정길수(같은 책, 2016, 163~165쪽.)는 특이라는 인물에 대해 "특의 등장과 함께 〈운영전〉은 저마다 사랑의 근거를 가진 인물들이 진지한 방식으로 자신의 의지를 펼쳐 가던 다층적인 서사에서 악인의 파렴치한 행동과 그로 인한 주인공의 시련을 그리는 선악 구도의 단순 서사로 돌변했다. 특이 주도하는 서사는 악인에 대한 즉자적인 분노를 자아내는 효과를 얻는 데 그칠 따름이어서, 특 등장 이전 각자의 '진정'에 충실한 인물들 사이의 긴장된 분위기 속에서 진지하게 전개되던 서사와는 대단히 이질적이다. 작품의 전체적인 완성도와 문제의식의 측면에서 특은 오히려 역기능을 하고 있는 것으로 보인다."고 평가하였다. 또 작가가 특이라는 악인을 주도적으로 내세운 이유에 대해 '억압적인 체제와 금지된 사랑'이라는 첨예한 문제를 유연하게 해결할 수 있는 방법이 없었기 때문에

러한 의견을 그대로 수용하기에는, 특이라는 인물이 주도하는 갈등이 서사 전체에 미치는 영향이 매우 지대하다. 따라서 특이라는 인물이 저지르는 악행에 대해 보다 구체적으로 살펴 볼 필요가 있다.

특은 이름부터 '수컷 특'자를 쓰는 사내로서의 강함이 드러나는 인물이다. 김진사의 노비로써 김진사의 고민을 듣는 '즉시' 계책을 마련하고 사다리를 만들어 오는 순발력과 추진력을 지녔으며, 발소리가 날 것을 염려하여 가죽으로 만든 버선을 챙겨주는 주도면밀함까지 갖춘 인물이다. 게다가 김진사의 고민을 토로하도록 하기 위해 주인에게 "필시 오래 사시지 못할 것 같습니다."라는 말까지 서슴지 않는, 일견 불측해 보이는 대담성을 지녔다. 그런 특이 갖지 못한 것이 '높은 신분'이다. 이와 관련하여 공명첩과 납속책의 성행으로 당대의 노비들에게 부의 축적은 곧 신분을 상승시키는 큰 요소가 되었으며 특이라는 인물을 통해 이러한 시대적인 흐름을 반영한 것이라는 견해도 있는데,[29] 이는 작품 내의 시간적 배경을 간과한 것이다. 공명첩과 납속책은 임진왜란 이후 실시된 제도이고, 〈운영전〉의 배경은 안평대군 생시이기 때문에 작품 내의 시간적 배경 상 실제로 특이 재물을 모은다고 해도 노비를 벗어나는

악인이 주도하는 서사 진행을 따라가는 가운데 그동안 진정을 가진 인물들 사이의 대립과 긴장 속에서 제기되었던 작품의 핵심 문제가 망각되는 것을 의도했다고 보고 있다. 그러나 '선악 구도' 때문에 단순 서사가 되어 작품의 완성도에 흠집이 난 것으로 해석하는 시각에는 동의하기 어렵다. 〈운영전〉에서 '선악 구도'를 통해 악인 인물을 등장시키는 것은 주인공 운영의 불온함을 미화시키기 위한 서사 전략적 차원에서 대립 구도를 형성하여 인물과 인물 간의 갈등 양상을 보여줄 필요에 따른 것이었으며, 또한 악인 형상 자체가 갖는 의미도 중요하다고 생각되기 때문이다. 특이 주도하는 서사가 단순히 악인에 대한 즉자적인 분노를 자아내는 효과를 얻는 데 그친다는 것은 노비 신분의 특이 갖는 의미를 간과한 것으로 여겨진다. 이에 대해서는 4장에서 구체적으로 살펴보았다.

29 마종필, 「운영전의 인물형상과 작가의식」, 순천대 석사학위논문, 2007, 74쪽.

것은 어렵다. 그러나 비록 신분 상승까지는 어렵다고 할지라도 재물의 축적을 통해 일신의 안위를 보다 안락하게 하고자 하는 특의 욕망은 노비지만 재물에 대한 탐욕을 채우기 위해 수단과 방법을 가리지 않는 행위로 나타난다. 성리학적 세계관에서는 자신의 위치에 걸맞는 생각과 행동을 하는 것이 중요하다. 이른바 정명(正名)과 연결해보면, '이름을 바르게 한다'는 뜻으로, 사회적 신분과 가족 구성원 상의 역할의 강조를 통해 질서를 확립하고자 하는 것이다.[30] 특은 노비이기 때문에 주인의 안위를 최우선으로 하고 자신의 욕구는 그 다음이어야 한다. 그런데 특의 욕망은 점차 도를 지나쳐 주인을 해치는 데까지 나아가게 된다. 운영의 욕망을 묘사할 때와는 달리, 특의 과도한 욕망은 그 욕망이 어떤 결핍에서 연유한 것인지에 대한 설명이 전혀 나타나지 않아 동정의 여지가 없이 그려진다. 등장 초반에 꾀를 내어 김진사와 운영의 첫날밤이 성사되는 데 결정적 역할을 한 특이 충복인 것처럼 그려지지만, 곧바로 "내 공이 매우 큰데 여태껏 상을 안 주실 수 있는 겁니까?"[31]라는 힐문에 가까운 물음을 통해 특의 목적이 주인 김진사의 애정 성취가 아닌 단순히 '상'을 받기 위한 데 있었음을 알 수 있다.

김진사와 운영의 야합이 여러 날 지속되어 들킬 위기에 처하자 특은 진사의 새로운 고민에 해결책을 제시하는데, 그 해결책이 바로 야반도주였다. 이후 특은 운영이 도주를 위해 내놓은 재물을 궁에서 몰래 반출하고 도망갈 때까지 보관할 계획을 세워주기도 한다. 이때까지만 해도 특은 그저 김진사와 운영의 조력자로서 등장하는 것처럼 보인다. 조력

---

30 이장희, 「정명론의 명실 관계에 대한 고찰」, 『철학논총』 32, 2003, 75쪽.
31 박희병·정길수, 같은 책, 2013, 87쪽.

자로 보였던 특이 가진 탐욕이 드러났을 때 나타난 놀라움이 주는 반전의 효과는 그의 탐욕이 점차 극단적인 방향으로 실행될 때마다 독자의 반감도 상승하는 데 큰 역할을 한다. 특히 김진사 앞에서 겉으로는 주인을 생각하는 충실한 노비로 행세하지만 속으로는 사특한 욕심으로 가득하여 김진사가 모르는 곳에서 나타나는 특의 악행은 독자는 알지만 등장인물들은 모르게 함으로써 긴장감을 높인다.

운영의 재물을 스스로 취하고자 했던 특은 김진사를 안심시키기 위해 몸을 바쳐서 보물을 지킬 것임을 과장되게 이야기 한다. 그러나 곧바로 이어지는 운영의 이야기를 통해 특의 사악한 목적이 드러난다. 야반도주를 결심하지 못하는 운영 때문에 김진사가 앓아눕자 특은 "한밤중 인적이 없는 때에 담을 넘어 들어가 솜으로 입을 틀어막고 업어 나오면 누가 감히 저를 뒤쫓겠습니까?"[32] 라고 계책을 제시한다. 목적을 위해서라면 수단 방법을 가리지 않는 특의 악한 본성이 엿보이는 부분이다. 특은 악행을 저지를 때 옳고 그름에 대한 고민이 전혀 없으며, 오직 그 일로 차지하게 될 이익만을 생각하고 행동한다. 결국 위험성 때문에 김진사가 동의하지 않아 납치는 무산되었지만, 운영이 궁을 떠나오는 것이 어렵게 된 것을 알자 특은 미리 빼돌린 운영의 재물을 탐하는 본색을 드러낸다.

> 하루는 특이 스스로 제 옷을 찢고 제 코를 때려 코피로 온몸을 칠하고는 머리를 마구 헝클어뜨린 채 맨발로 뛰쳐 들어오더니 뜰에 엎드려 울며 말했습니다.

---

32 박희병·정길수, 같은 책, 2013, 94쪽.

"강도에게 당했습니다요!"

그리고는 더 말을 못하는 것이 기절한 사람 같았습니다. … 중략… 특이 10여 일 만에 자리에서 일어나 이렇게 말했습니다.

"저 홀로 산속에서 지키고 있는데 도적 떼가 들이닥쳤습니다. 때려죽이려는 기세여서 목숨을 걸고 달아나 겨우 살아났습지요. 그 보물이 아니었다면 제가 어찌 이런 재액을 당했겠습니까? 타고난 명이 이처럼 험하니 제명에 못 죽지 않겠습니까?"

그러더니 발로 땅을 구르고 손으로 가슴을 치며 통곡했습니다.[33]

스스로 재물을 빼돌리고서 강도에게 당한 것으로 위장하는 데 그치지 않고 오히려 그 보물 때문에 목숨이 위험에 처했음을 주장하는 특의 뻔뻔함이 잘 드러나는 부분이다. 본인의 거짓말을 믿게 하기 위해 스스로 몸을 상하게 하고, 발로 땅을 구르고 손으로 가슴을 치며 통곡하는 등 억울함을 강조하기 위한 연극도 불사한다. 이런 특에게는 옳고 그름의 판별이나 나아가 악행을 저질렀을 때 부끄러워하는 마음을 찾을 수 없다. 결국 특의 자작극을 알게 된 김진사가 친구 몇 사람과 종 10여 명을 거느리고 특의 집을 수색했으나 겨우 금팔찌 하나와 거울 한 개만 찾을 수 있었다. 김진사는 운영과의 모든 일이 탄로 날까 염려되어 관아에 신고도 하지 못하였지만, 죄가 탄로 난 특은 새로운 음모를 꾸민다. 궁궐 담장 밖에서 점을 보는 맹인을 통해 운영과 김진사의 사연을 발설하고, 그에 그치지 않고 김진사를 모함하기에 이른다. 결국 운영과 김진사의 소문이 궁궐까지 전해지게 되었다. 안평대군이 이 사실을 알게되어 절체절명의 위기 상황에 직면했다가 암묵적으로 용서를 받았지만,

33 박희병·정길수, 같은 책, 2013, 96~97쪽.

운영의 자결로 사건은 비극적으로 전개된다.

이미 많은 재물을 빼돌린 특의 악행은 여기에서 멈추지 않았다. 운영의 죽음으로 실의에 빠진 김진사가 선비로서 가진 전부라 할 수 있는 문방 도구까지 모두 팔아 불공을 드리라고 부탁한 쌀 40석을 술과 고기를 사서 사람들과 즐기는 데 썼다. 이 와중에 절에 들른 여인을 겁탈하기까지 했으며, 스님들의 거듭되는 재촉에 한 기도는 "진사는 오늘 빨리 죽고 운영은 내일 다시 살아난 내 아내가 되게 해 주소서!"[34] 따위의 음험한 내용이었다. 특은 주인의 신의를 저버렸을 뿐만 아니라 주인의 연인까지 탐하는, 사단(四端)이 존재하지 않는 것 같은 절대적 악인으로 그려지고 있는 것이다. 그런 후에 돌아와서 운영이 꿈에 나타나 지극정성으로 불공을 드려주어 감격했다는 거짓말을 하는 철면피의 모습을 보여준다.

> "…부처님, 특이란 종놈의 목숨을 끊고 쇠로 만든 칼을 씌워 지옥에 가두어 주옵소서. 부처님, 특이란 놈을 삶아 개에게 던져 주옵소서.…"
> …중략…
> 이레 뒤에 특은 우물에 빠져 죽었습니다.[35]

결국 모든 사실을 알게 된 김진사가 부처님께 특의 징벌을 간절히 기도하게 되는데, 그 내용이 매우 구체적이고 잔인해보이기까지 하다. 그리고 김진사의 기도대로 특은 우물에 빠져 죽게 된다. 극중에서 김진사는 특에게 직접적으로 징벌을 내릴 수 없으니 하늘이 나서 간교한

---

34 박희병·정길수, 같은 책, 2013, 105쪽.
35 박희병·정길수, 같은 책, 2013, 106쪽.

악행을 일삼은 특을 처벌한 것으로 그린 것이다. 신성한 공간인 절에서 거침없이 저지르는 난행이나, 이미 죽은 운영이 살아 돌아와 자신의 아내가 되게 해달라는 절대 이루어질 수 없는 기도를 하는 행동을 통해서 신에 대한 믿음이나 존중이 없는 것으로 그려진 특은 신에 의해 벌을 받게 되었다. 일반적으로 권선징악 소설에 있어 선·악의 대립은 주체와 주체의 대립이 아니라 선인 주체와 악인 객체와의 대립이다.[36] 그런데 〈운영전〉에서의 대립은 불온한 주체와 악인 객체와의 대립을 보여주고 있는데, 이 대립이 악인 객체에 의해 일방적으로 당하는 불온한 주체의 모습으로 그려진다. 이는 불온한 주체를 긍정적으로 보도록 하는 일종의 전략이라 할 수 있다.

4. 〈운영전〉의 악인 형상의 의미

〈운영전〉은 전대의 애정전기소설의 전통을 잇고 있으면서도 17세기 애정전기소설의 변화를 보여주는 작품이다. 전대의 애정전기소설에서는 적극적인 여주인공과 그에 비해 다소 소극적인 남주인공이 등장하고, 이들의 사랑은 한 명이 이계의 인물이기 때문에 이루어지지 못하고 비극적인 결말을 맞이하게 된다. 〈운영전〉에서도 몽유자 유영을 만난 운영과 김진사는 이미 고인이 된 이들이지만, 이들의 사랑은 현실계에서 살아있는 상태에서 진행된다. 그 과정을 살펴보면, 역시 전대 애정전기소설에서와 마찬가지로, 운영이 두 사람의 결연에 보다 적극적으로

---

36 강재철, 『권선징악 이론의 전통과 고소설의 비평적 성찰』, 단국대출판부, 2012, 165쪽.

행동하는 것을 볼 수 있다. 이에 비해 김진사는 운영과 노비 특의 결정에 의존하는 유약한 인물로 그려지고 있다.

전대의 전기소설에서는 여주인공이 남주인공보다 적극적인 면모를 보여주었음에도 남주인공의 이름이 작품의 제목에 나타났다면, 〈운영전〉은 여주인공 운영을 제명에 내세우고 있다. 작품 내의 비중도 운영이 매우 큰데, 전지적 시점에서 서술자가 되기도 하고, 궁녀라는 신분적 제약으로 인해 중세의 질곡과 억압을 가장 잘 보여줄 수 있는 인물로 설정되기도 하였다. 주목할 만한 것은 기존의 애정전기소설에서 주인공의 애정 성취가 좌절된 이유가 세계의 횡포 때문이었다면, 〈운영전〉에서는 운영의 애정 성취 좌절의 직접적인 원인을 특이라는 인물이 제공한다는 점이다. 〈운영전〉에서 주인공 운영과 그의 애정 성취를 방해하는 대립 구도에 있는 인물 특은 작품 내에서 한 번도 직접 대면하지 않는데, 중요한 점은 특의 악행이 운영과 김진사의 애정 성취를 방해하고자 했던 것이 아니라, 재물에 대한 탐욕 때문이었다는 것이다. 각자의 욕망이 상충하여 서로의 욕망 성취에 방해가 되는 것이다. 이것이 운영과 특이 한 장면에서 등장하지 않았지만 대립 구도로 나타날 수 있게 된 까닭이다. 물론 특이 악의를 가지고 음모를 꾸민 것에 비해 운영은 특에게 악의를 가진 바가 없었기 때문에 이들의 대립은 치열하게 나타나지 않아서 완전한 인물 간의 갈등 구도로 자리잡은 것은 아니지만, 그 단초를 제공하고 있다는 점에 의의가 있다.

앞서 악인 특의 인물 형상에 대해 자세히 살펴보았다. 개인의 욕심 때문에 별다른 제약 없이 타인에게 악의를 가지고 해를 끼치는 절대 악인 형상으로 나타나는 특이라는 인물은 김진사와 운영의 사랑을 끊임없이 방해하는 것으로 설정되어 독자로 하여금 악인의 반대편의 인물은

선인이라는 선입관을 무의식중에 갖도록 일조하였다. 특의 악행이 심할
수록 독자는 김진사와 운영의 고난에 연민을 갖게 되며, 이들의 사랑이
반드시 실현되기를 바라게 된다. 김진사와 운영을 여러 차례 계략에
빠트리는 특의 검은 속내는 특의 독백이나 운영과 김진사의 입을 통해
설명되며, 그 악행이 매우 구체적으로 드러나고 있다.

초반 조력자로 여겨졌던 특이 악인으로 드러나고, 이후의 전개에서
흉악한 음모로 김진사와 운영을 파국으로 치닫게 하는 그의 악행은 서사
의 진행에서 독자들에게 불안감과 긴장감을 고조시킨다. 금지된 사랑을
아슬아슬하게 이어가는 운영과 김진사의 행동만으로도 언제 들킬지 모
르는 위기감이 조성되는데, 특의 방해가 그 긴장감을 한층 강하게 만든
다. 안평대군이 모든 것을 알고도 운영을 죽이지 않고 별당에 격리시키
는 선에서 가까스로 위기를 넘겼으나, 운영은 스스로 목숨을 끊어버린
다. 궁 밖의 외간 남자와 사통한 운영을 죽이지 않고, 다른 궁녀들을
풀어준 안평대군의 행위는 실상 운영을 용서한 것과 마찬가지이다. 그
런데도 죽음을 선택한 운영의 모습을 통해 이들의 사랑이 이루어질 수
없게 방해한 결정적 원인을 특이 제공한 것으로 귀결하고 있는 것이다.

잔꾀가 많고, 순발력과 추진력을 갖춘 비교적 유능한 인물이었던 특
의 최후는 허무하게도 우물에 빠져 죽는 것으로 그려진다. 특은 소설의
초반에 김진사가 운영을 만나기 위해 궁의 담장을 넘을 때 혹시라도
발소리가 나 들킬까봐 가죽 버선을 챙겨주기도 하고, 빼돌린 재물을
빼앗길까 미리 모처에 숨겨두어 김진사의 수색에도 고작 팔찌 하나와
거울 하나만 빼앗겼을 만큼 주도면밀한 모습을 보여주었다. 그런데 그
사인은 '우물에 빠져서'라는, 평소 특의 성격을 생각한다면 전혀 어울리
지 않는 죽음이다. 이렇게 특이 허무한 최후를 맞게 되는 이유는 악인의

징치와 관련해서 생각해 볼 수 있다. 고소설의 권선징악적 면모 중 '악인의 징치'가 〈운영전〉의 특을 통해 형상화 되고 있는 것이다. 개인의 탐욕을 위해 음모를 꾸미고 거짓말로 주인공을 속이고 살인 계획까지 수단과 방법을 가리지 않으며, 그 모든 악행을 저지르면서도 일말의 죄의식조차 없는 것으로 보아 특은 '사단'과 전혀 관련이 없을 것 같은 진정한 악인으로 그려지고 있음을 알 수 있다. 특히 특의 악행은 그의 신분이 노비였으며, 그의 악행이 주인을 대상으로 하고 있다는 점에서 하극상으로 사회의 질서를 무너뜨리는 일임을 주목할 필요가 있다. 심지어 『경국대전』에는 노비는 상전이 모반 음모가 아닌 어떠한 범죄를 저질렀다 하더라도 관청에 고발할 수 없으며, 상전의 죄를 관에 고발하는 것은 도덕적으로 강상을 무너트리는 것으로 간주되어 중죄로 규정되어 있다. 그런데 특은 주인은 "원래 예의염치와는 거리가 먼 사람"[37]이라며 자신의 물건에 욕심을 내며 심지어는 자신을 죽이려고 한다는 모함을 한다. 이러한 특의 모함은 운영과 김진사의 애정이 발각되도록 하는 데 결정적 역할을 한다. 특은 절대적 악인으로 형상화된 까닭에 그의 비참한 최후에 대해서는 독자와 작자, 누구도 거리낄 것이 없다. 특의 징치는 당연한 것인데, 특히 특의 악행이 극심했으므로 피해자이면서 주인인 김진사에 의한 잔혹한 최후를 기대했을 법도 하다. 그런데 김진사에게는 특을 징치할 만한 힘이 없었고, 특은 부처의 영험에 의해 죽는다. 천명을 어겼으니 하늘이 직접 징벌을 내린 것이다. 이러한 악인 특의 허무한 최후는 권선징악적 결말의 단초를 제공한다.

작품 내에서 특의 악행은 운영과 김진사의 사랑이 이루어지지 못하게

---

37 박희병·정길수, 같은 책, 2013, 97쪽.

하는 직접적 장애 요소로 그려지고 있는데, 특이 운영과 김진사의 만남을 성사시키는 계략을 세워주며 작품에 등장하기 전까지 그가 어떤 삶을 살았는지 전혀 드러나 있지 않다. 작자는 특이 그렇게까지 맹목적으로 재물을 탐하게 된 부득이한 이유라던가, 주인을 배신하면서 느끼는 죄책감 같은 것은 전혀 문면에 나타내지 않는다. 사욕을 채우기 위해 배신과 음모를 기꺼이 수행하는 인물로 형상화하였으나, 작품 내에서 특이라는 인물은 운영과 김진사의 사랑의 장애 요소로 제한되어 기능적 역할만을 수행하는데, 이 때문에 절대적 악인 형상이 등장했음에도 작품 내에서 치열한 갈등 양상으로 나타나기 어려웠을 것으로 보인다.

그렇다면, 악인 특의 신분이 굳이 노비로 설정된 까닭은 무엇일까. 당시의 성리학적 체제 내에서, 노비인 특에게 요구되는 선함은 단 하나, 주인에게 절대적인 충심을 가지고 그에 따라 행동하는 것뿐이다. 그런데 〈운영전〉에서 노비 특은 주인인 김진사에게 거짓말을 일삼고 스스로의 욕구만 채우는 데 급급할 뿐더러 김진사의 애정 성취를 결정적으로 방해하는 역할로 그려지고 있다. 그가 가진 뛰어난 능력은 모두 주인을 위해 쓰이지 않고 본인의 욕구 충족을 위해서만 쓰인다. 당시의 지배 계층에게 노비들은 본인들의 필요를 해결해주는 수단이었기 때문에, 그들은 노비들을 통제하기 위해서 각별한 주의를 기울였다. 비록 노비를 재물과 같은 소유대상으로 파악하기는 했지만, 구체적인 노비와의 관계에서는 반드시 같은 인간의 차원에서 인식하고, 노비를 잘 부리기 위한 최상의 경지가 노비의 마음, 즉 주인에게 충성을 바치려는 마음을 얻는 것에 있다고 보았다.[38] 그런데 이러한 노비 통제는 일차적으로 노

---

38 지승종, 「노비의 사회사 – 노비와 양반」, 『역사비평』 36, 역사비평사, 1996, 321쪽.

비 소유자의 직접적이고 개별적인 통제 능력에 의존하였는데, 가세가
보잘 것 없는 잔약한 노비 소유자의 경우에는 효율적인 통제가 이루어
질 수 없었다.[39] 〈운영전〉에서 특은 사욕을 채우기 위해 주인을 배신하
고 거짓말을 일삼는 행위를 하는 데 추호의 망설임도 없다. 특은 김진사
를 배신하는 데 있어 일말의 죄책감이나 부끄러움조차 보이지 않는 철
저한 악인으로 묘사된다. 노비인 특에게 김진사는 충성을 바쳐야할 주
인이 아닌, 본인의 사욕을 채우기 위해 속여야 하는 대상으로 여겨진
것이다. 이러한 노비 특의 악인 형상화는 임진왜란과 병자호란 등 조선
중기에 발발한 전쟁을 겪으면서 생업의 터전을 잃고 버려진 노비들이
주인과의 결속력이 약해지던 역사적 상황과 관련 지어 살펴볼 필요가
있다.[40] 그 중 일부는 토적이 되어 낮에도 약탈과 살인을 저질렀을 뿐만
아니라 군량을 약탈하고 옥을 습격하기도 하였으며, 전쟁 후에도 흩어
지지 않고 여전히 자신들의 생활 근거지를 중심으로 활동하였다. 특이
가까이 지낸다고 하는 "날마다 깡패 짓을 일삼고 다니지만 사람들이
감히 당해 내질 못하는" "힘 깨나 쓰는 장사 스무 명"도 이러한 무리일
것이며[41], 특의 말에 그대로 복종한다는 것으로 보아 장사 스무 명과
특의 사이는 한통속일 가능성이 높다. 그러면서도 한편으로는 특은 김
진사와 거처가 따로 분리되어 있었다는 점으로 미루어 상전이나 소속
관사의 경제기반과 관계없이 생활하면서 신공만을 납부하는 외거노비
에 해당하는 노비를 형상화한 인물이었을 것이다. 이들 외거노비들은

---

39 지승종, 같은 글, 1996, 323쪽.
40 우혜숙, 「17세기 노비층의 작변과 사회개혁안」, 연세대 석사학위논문, 2009, 9~10쪽.
41 박희병·정길수, 같은 책, 2013, 88쪽.

신분적으로는 주인에게 예속되어 있었으나, 경제적으로는 비교적 자유롭게 경제활동을 할 수 있었다. 노비 특이 주인인 김진사에게 대가를 요구한 것 등은 이렇게 성장한 노비 계층의 실상을 반영한 것이라고 할 수 있다.[42]

의식주 차원에서 온전히 주인에게 의지할 필요가 없었기 때문에 특은 김진사를 배신하고 재물에 대한 욕심을 끝없이 채우고자 했을 것이다. 지배 계급의 입장에 가까운 〈운영전〉의 작가는 당대의 이런 사회 현상에 문제의식을 갖고 노비를 악인으로 형상화한 것이다.[43] 경제적 예속 상태가 지속되어야 신분적 예속도 의미를 지닐 수 있을 것인데, 특이 이미 경제력에 대한 강한 욕구가 탐욕으로 나타나 주인의 재물까지 넘볼 만큼 성장한 것으로 그려진 것은 당시 주인과 노비의 관계가 변화하고 있음을 일정 부분 반영하고 있기 때문이라 할 수 있다.[44]

초기 전기소설에서는 실체화된 악인의 형상 보다는, 세계의 횡포로 인한 비극적 상황이 형상화되었다. 즉, '악'이 배경 혹은 상황으로 제시될 뿐, 주인공과 관계를 맺는 구체적인 악인으로 수렴되어 제시되지는 않았다.[45] 고소설의 악인 형상을 논의할 때 최초의 악인 형상으로 전계

---

42 이상구, 「운영전의 갈등양상과 작가의식」, 『고소설연구』 5, 한국고소설학회, 1998, 168쪽.
43 〈운영전〉의 작자는 미상이다. 그러나 고아한 문체의 시로 주인공의 내면을 표출하는 한 문소설을 지을 수 있는 식자층이었다는 점, 노비에게 휘둘리기만 하는 김진사에 대해서 독자들로 하여금 연민을 갖도록 형상화하고 있다는 점, 몽유자 유영의 처지 등을 고려했을 때, 김진사와 유영의 입장에 상당 부분 공감하는 문제의식을 지닌 지식인이었을 가능성이 높을 것으로 추정할 수 있다.
44 신경숙, 같은 글, 1990, 79쪽.
45 서인석, 「조선후기 향촌사회의 악인 형상」, 『인문연구』 20-2, 영남대 인문과학연구소, 1999, 5쪽.

소설 〈유연전〉의 심통원을 꼽기도 하고,[46] 가정소설 〈사씨남정기〉의 교
채란을 꼽기도 한다.[47] 〈유연전〉의 심통원은 공적 영역에서의 악인이
고, 〈사씨남정기〉의 교채란은 사적 영역에서의 악인이다. 〈유연전〉에
서의 악인 형상은 순수한 허구적 악인 형상이 아니라, 소재의 원용에
의한 실재적 인물 형상으로 나타난다.[48] 한편, 허구적 악인 형상으로
등장하는 교채란의 단초를 〈유연전〉의 백씨에게서 찾을 수도 있다.[49]
애정전기소설의 양식적 변모가 두드러지던 17세기 전반에, 〈운영전〉의
특이라는 인물이 〈유연전〉과 〈사씨남정기〉 사이에 자리하고 있음을 주
목해 볼 만 하다. 〈운영전〉은 주제 및 형식적인 측면에서도 매우 시험적
인 면모를 보여주지만 아직은 앞 시기 소설과 그 이후 소설 문학이 나아
갈 방향 사이에 놓여 있다고 할 수 있다. 예컨대 '인물-인물'로 구축된
새로운 갈등 구도가 아직 완전한 구도로 자리하지 못했지만, 갈등의
구체적 대상이 인물로 형상화 되었다는 유의미한 의의가 있다. 물론,
주인공은 악인의 수차례에 걸친 음모에 제대로 대응하지 못하고, 악인
의 징치는 하늘의 힘을 빌어야 했다. 이러한 불완전한 대결 구도는 악인
이 주인공과 동등한 자격을 갖지 못했을 뿐더러, 불온한 주인공을 직접
적으로 내세우기도 어려웠던 데 원인이 있는데, 이러한 면모는 17세기
후반에 가서 완전한 형태로 자리 잡는다.[50] 그럼에도 불구하고 〈운영전〉

---

46 신해진, 「유연전의 악인 형상과 그 행방」, 『어문연구』 54, 어문연구학회, 2007,
243~274쪽.
47 조현우, 같은 글, 2007, 204쪽.
48 신해진, 같은 글, 2007, 265쪽.
49 신해진, 「사씨남정기 교씨의 인물 형상과 의미」, 『고전과 해석』 11, 고전문학한문학연구
학회, 2011, 33~62쪽.
50 정환국, 같은 글, 2008, 151쪽.

에서 특이라는 인물은 사회 공동체가 추구하는 이상보다 개인적 욕망의 추구에 중점을 기울이는 악인으로 형상화 되었고, 그의 악행으로 생성되는 주인공과의 대결구도가 비록 미완일지라도 서사적인 편폭과 재미를 확장시켰으며, 갈등의 구체적 대상으로 등장하여 주인공의 불온함을 상쇄시키는 한편, 서사의 전개에 상당 부분 중요한 비중으로 그 소임을 다했다는 점은 분명하다. 따라서 〈운영전〉에서의 이러한 시도가 이후의 소설에서 보다 첨예한 문제의식을 통해 인물 형상과 갈등 구조 등을 그릴 수 있도록 일조했으리라 생각되며, 차후 구체적 논의를 통해 그 실제를 살필 필요가 있다.

5. 결론

본고는 〈운영전〉의 주요 인물 형상을 선과 악의 구도로 살펴보고, 주인공 김진사와 운영을 선인으로 분류할 수 있는가에 대한 의문을 가지고 출발하였다. 악인 형상의 문제를 살펴보기 위해 '권선징악'이라는 개념을 살피고, 성리학에서의 선악관을 검토해보았다. 이를 중심으로 중세 사회가 추구하는 이상과 개인적 욕망의 괴리가 소설로 형상화 되는 것을 살폈다. 당대의 도덕적·윤리적 규범을 거스른 궁녀의 사랑은 불온한 것이었다. 따라서 당대의 시선에서 운영의 애정 욕망을 선이라 말하기 어렵다. 그럼에도 불구하고, 작자는 그들의 지고지순한 사랑을 독자로 하여금 자연스러운 것으로 긍정하게 만들었다. 이를 위한 서사 전략으로 첫째, 작품 내에서 주인공 운영이 맹목적인 애정을 욕망할 수 밖에 없게 된 과정에 대해서 비교적 많은 지면을 할애하여 소상히 밝힘으로써 운영의 사랑에 필연성을 부여하고 있다. 둘째, 김진사와 운영을 적강한 인물로 설정하여 두 사람의 애정은 단순히 궁녀와 궁외인의 사랑이 아니라 천상계에서부터 지상계로 내려온 신선과 선녀의 자연스러운 사랑으로 만들었다. 셋째, 운영이 스스로 욕망을 성취하고자 하는 일련의 과정에서 지은 죄를 의식하고 있으며, 끝내 자결하여 중세적 질서를 무너트리지 않는 결말을 보여줌으로써 운영의 일탈에 대해 동정과 연민을 갖도록 하였다. 넷째, 절대적인 악인 특을 등장시켜 그들의 사랑을 방해하도록 하였는데, 이는 악인과의 대립 구도를 형성하여 무의식적으로 악인의 대척점에 있는 이는 선인이라는 선입관을 형성하도록 했다. 노비 특은 매우 간악한 악행을 일삼으며 주인공인 운영과 김진사의 사랑에 직접적 장애 요소로 등장한다. 노비 특이 악인으로서 개인의 욕망에 충실한 모습으로 그려지는 것은 당대 역사적 사실—조선 중기 이후의 노비들의 신분변화과정을 일정 부분 반영한 것이기도 하다. 〈운영전〉의 악인 형상을 통해 17세기 후반 뚜렷한 선악의 대결구도가 구체화되기 이전에 인물—인물의 갈등이 불완전하나마 그려지고 있었음을 확인할 수 있었다.

이 글은 『어문론집』 69집(중앙어문학회, 2017.3.)에 수록된
논문을 재수록 한 것이다.

참고문헌

강상순, 「운영전의 인간학과 그 정신사적 의미」, 『고전문학연구』 39, 한국고전문학회, 2011, 125~160쪽.

강재철, 『권선징악 이론의 전통과 고소설의 비평적 성찰』, 단국대출판부, 2012.

김용기, 「사씨남정기에 나타난 인물 고찰」, 『온지학회 2017년도 학술대회 발표 자료집: 고전에 나타난 악인의 형상』, 온지학회, 2017, 59~78쪽.

김정숙, 「운영전과 동선기 속 악인 탄생의 의미」, 『한문고전연구』 21, 한국한문고전학회, 2010, 221~242쪽.

김종식, 「칸트와 악의 문제」, 『대동철학』 28, 대동철학회, 2004, 1~25쪽.

김 호, 「조선후기적 조건의 탄생과 성즉리의 균열」, 『인문과학연구』 12, 카톨릭대 인문과학연구소, 2007, 27~50쪽.

류승국, 『한국유학사』, 성균관대학교출판부, 2009.

마종필, 「운영전의 인물형상과 작가의식」, 순천대 석사학위논문, 2007.

박희병·정길수, 「운영전」, 『사랑의 죽음』, 돌베개, 2013, 29~109쪽.

서인석, 「조선후기 향촌사회의 악인 형상」, 『인문연구』 20-2, 영남대 인문과학연구소, 1999, 47~78쪽.

성현경, 「운영전」, 『고전소설연구』, 일지사, 1993, 845~862쪽.

신경숙, 「운영전의 반성적 검토」, 『한성어문학』 9 , 한성대 한성어문학회, 1990, 55~84쪽.

신해진, 「유연전의 악인 형상과 그 행방」, 『어문연구』 54, 어문연구학회, 2007, 243~274쪽.

_____, 「사씨남정기 교씨의 인물 형상과 의미」, 『고전과 해석』 11, 고전문학한문학연구학회, 2011, 33~62쪽.

양승민, 「운영전의 연구성과와 그 전망」, 『고소설연구사』, 월인, 2002, 123~149쪽.

엄기영, 「운영전과 갈등 상황의 조정자로서의 자란」, 『서사문학의 시대와 그 여정』, 소명출판, 2013, 345~371쪽.

오석원, 『유교와 한국유학』, 성균관대학교출판부, 2014.

우혜숙, 「17세기 노비층의 작변과 사회개혁안」, 연세대 석사학위논문, 2009, 1~72쪽.

이상구, 「운영전의 갈등양상과 작가의식」, 『고소설연구』 5, 한국고소설학회, 1998,

133~176쪽.

이장희, 「정명론의 명실관계에 대한 고찰」, 『철학논총』 32, 새한철학회, 2003,
　　　73~88쪽.

정길수, 「17세기 소설의 사랑과 운명-적강 모티프 활용의 맥락」, 『고소설연구』
　　　41, 한국고소설학회, 2016, 177~208쪽.

_____, 『17세기 한국소설사』, 알렙, 2016.

정환국, 「16세기 말 17세기 초 사상사의 흐름 속에서 본 운영전: 운영전의 사상적
　　　기반에 대한 시론」, 『한국고전여성문학연구』 7, 한국고전여성문학회,
　　　2003, 261~292쪽.

_____, 「17세기 소설에서 악인의 등장과 대결구도」, 『한문학보』 18, 우리한문학
　　　회, 2008, 557~587쪽.

조현우, 「고소설의 악과 악인 형상에 대한 문화사적 접근」, 『우리말글』 41, 우리말
　　　글학회, 2007, 191~216쪽.

지승종, 「노비의 사회사-노비와 양반」, 『역사비평』 36, 역사비평사, 1996,
　　　315~324쪽.

화경고전문학연구회 편, 『고전소설과 권선징악』, 단국대학교 출판부, 2013.

19세기 연행가사에 나타난 연경 체험과 의의

〈무자서행록〉, 〈임자연행별곡〉, 〈병인연행가〉를 대상으로

신 송

1. 들어가며

19세기 전·중반기에 사신 또는 사신의 수행인으로 중국에 다녀온 조선 지식인들의 체험을 바탕으로 기록한 가사 작품을 통해 그들의 연경 [지금의 북경] 기행 체험의 양상을 살펴보고자 한다. 분석하고자 하는 작품은 바로 사신이 임무를 수행한 뒤에 공적으로 조정에 올린 보고를 제외한 사적 기록으로서의 문학, 사신의 수행인이 사적으로 남긴 가사 작품이 이에 해당된다. 당시에 사신 또는 사신의 수행인으로 중국에 다녀오는 일을 흔히 연행(燕行)이라 하였고, 이후 학계에서는 그 체험을 기록하거나 창작한 문학을 연행문학이라 일컬었다. 명나라의 수도도 연경이었으나, 명나라에 사행(使行)을 다녀왔던 조선의 사신들이 남긴 기록이나 문학 작품의 제목에는 주로 '조천(朝天)'[1]을 붙인 것과는 달리, 심양을 거쳐 연경에 도읍한 청나라에 사신으로 다녀왔던 조선의 선비들

---

[1] 허봉의『조천기』, 조헌의『조천일기』, 최기의『조천일기』, 홍익한의『조천항해록』, 작자 미상의『조천록』, 작품이 전하지 않는 이수광의『조천가』 등이 이에 해당한다.

은 그 체험을 형상화한 기록이나 작품의 제목에 대부분 '연행'을 붙이는
것이 일반적이었으며 연경을 뜻하는 연(燕), 연계(燕薊), 계산(薊山)을 붙
인 경우도 있었다.

본고는 연행문학 중에서도 연행가사에 나타난 조선 지식인들이 체험
한 연경의 모습에 주목하고자 하였다. 연행가사[2]는 사신행차의 일원으
로 연경을 다녀 온 사람들이 여행하면서 보고, 듣고, 경험한 것을 가사
의 형식으로 기록한 것이다. 이는 사신이 임무를 수행한 뒤에 공적으로
조정에 올린 보고가 아니기에 여정에 따른 견문이 주류를 이루고, 그에
대한 감상과 개인적인 사유가 내용의 많은 부분을 차지한다.

이러한 연행의 체험을 기록으로 남긴 이들은 다름 아닌 조선의 지식
인들이었다. 조선시대의 사신들이 중국에 다녀 온 횟수는, 13~14세기
에 119회, 15세기에 698회, 16세기에 362회, 17세기에 278회, 18세기에
172회, 19세기에 168회로 이를 합하면 모두 1,797회가 된다.[3] 조선과
명·청과의 외교는 정조사(正朝使), 성절사(聖節使), 천추사(千秋使), 동지
사(冬至使)로 1년에 네 차례 정기 사행[4]과 사은사(謝恩使), 주청사(奏請

---

2 연행가사란 조선시대에 연경 사행자들이 쓴 가사를 말한다. 사행자 문학은 기행문학에
   속하는데 조선시대의 기행문학은 그 여행 방식에 따라 사행자문학, 여행자문학, 유배자
   문학, 망명자문학, 포교자문학, 참전자문학, 표류자문학 등의 하위 장르들이 있다. 즉
   사행자문학의 하위 영역에 사행가사가 포함되고, 청나라 사행과 관련된 작품들을 연행가
   사로 통칭한다. 본고에서는 19세기 연행가사를 중점적으로 다루고 있으므로, '연행가사'
   라는 용어를 사용함을 밝혀둔다. 임기중, 『연행가사연구』, 아세아문화사, 2001, 21쪽
   참조.
3 임기중, 「연행록 세계인 인식 담론에서 가치와 역가치」, 『국학연구론총』 제9집, 택민국
   학연구원, 2012, 13~14쪽.
4 1644년(인조22) 이후부터 1712년(숙종38) 이전에 이루어졌다. 1712년부터는 이 네 차례
   사행을 단일화하여 삼절겸연공사(三節兼年貢使: 일명 절사節使)라 하여 동지에 보냈다.
   김유경, 「19세기 연행 문학에 나타난 중국 체험의 의미」, 『열상고전연구』 제21집, 열상고

使), 진하사(進賀使), 진위사(進慰使), 진향사(進香使) 등 임시 사행이 있었
다. 사절단의 정관(正官)은 30여 명에 불과했으나 실제 참여한 인원은
2~300여 명, 많게는 500여 명에 이르기도 하였다. 이 가운데에는 중국
과의 무역을 위해 참여한 숫자도 상당하였지만 중국을 체험하기 위해
참여한 선비의 비중이 상당하였으며 이들이 그 체험의 결과를 시, 일기,
록, 가사 등으로 형상화한 작품의 숫자도 엄청나다.[5]

조선을 비롯한 동아시아는 19세기에 이르러 새로운 사회로의 급격한
변화를 맞이하게 된다. 19세기 전·중반기는 급격한 변화의 물살을 타는
시기로 이어지는 중요한 시기였다. 이 시기에 조선 지식인들의 연행은
선진 문물을 경험하고 체험하는 유일한 통로이자, 세계를 인식하는 계
기가 되었을 것이다. 이런 이유로 인해 연행에 참여한 조선 지식인들은
그 체험과 견문을 기록으로 남기는 일에 사명감을 지니기도 했다. 특히
나 이러한 연행의 기록은 작자의 철저한 내면의식이 바탕이 되어 있다.
작자가 어떠한 의식으로 현실을 어떻게 인식하느냐에 따라 대상의 선택
뿐 아니라, 서술 방식을 통해서 작자의 감정을 드러내기도 하고, 객관적
체험을 있는 그대로 전달하기도 한다. 또한 작품에 나타난 작자의 다양
한 시각은 작자의 역사의식은 물론 세계관과 대외인식을 이해할 수 있
게 하는 역할을 해주기도 하며, 나아가 당대 사대부들의 의식까지도
대변할 수 있는 근거를 마련해 준다.

연행문학 중에는 한문으로 기록된 연행록이나 한시들이 차지하는 비
중이 가장 많다. 그러나 본고에서 다루고자 하는 연행가사는 한글로

전연구학회, 2005, 34쪽.
5 김유경, 위의 논문, 34쪽.

기록되었다는 점에서 기존의 연행록이나 한시들과 비교했을 때 차이를 나타낼 수 있을 것이라 생각한다. 조선시대의 사대부들은, 그들에게 유리한 '한문'으로 작품을 많이 남겼다. 그럼에도 불구하고 한글 연행가사를 작품으로 남긴 이유는, 그들 또한 '한문'으로 상세하게 기록할 수 없는 것들은 '한글'을 사용함으로써 자신들의 심리 상태와 풍경의 묘사를 상세히 묘사할 수 있었기 때문이라고 본다. 즉, 연행을 하면서 느끼고 경험했던 것들을 한문으로 쓰기 보다는 한글로 기록하는 것이 작가들에게도 적합하였을 것이다.

이러한 배경 속에서 본고가 19세기 연행가사를 주목하는 이유는 청국으로의 사행 체험을 본격적으로 담아내고 있기 때문이다. 연행가사의 통시적인 흐름을 살펴보면, 17세기 말에 3편의 단형 가사들이 전할 뿐, 한참을 건너뛰어 19세기에 이르러서야 장형의 가사 작품들이 보고된다. 19세기에 지어진 연행가사는 외형상 작품의 정조와 길이만 대비해 보아도 차이가 많이 난다. 17세기 말 작품들은 단편에 머문 반면, 19세기에는 작품의 길이가 대장편화 하고 있는데, 이는 청국에서의 견문체험을 비중 있게 다루고 있기 때문이다. 즉, 연행가사는 19세기에 이르러서야 청국에서의 견문 체험이 본격적으로 다루어진다.

그래서 19세기 연행가사에 관한 기존의 연구들은 주로 다음의 관점에서 이루어져 왔다. 19세기 연행가사 전반에 관한 연구[6], 19세기 연행가사 중 중국의 사행을 소재로 한 연행가사 전반에 관한 연구 및 개개

---

6 홍진영, 「19세기 연행가사의 성격 연구: 서술 양상을 중심으로」, 동국대학교 석사학위논문, 2010; 김윤희, 「조선후기 사행가사의 세계인식과 문학적 특질」, 고려대학교 박사학위논문, 2010.

작품에 대한 개별 작품론[7]이 있다. 또한, 선행의 연구들을 살펴보면, 17세기 작품 3편과 18세기 작품 1편, 19세기 작품 4편으로 연행가사의 시기적 특성을 연구해 왔음을 확인할 수 있다.

현재까지 밝혀진 연행가사는 남용익의 〈장유가〉(1666), 유명천의 〈연행별곡〉(1694), 박권의 〈서정별곡〉(1695), 홍대용의 〈연행장도가〉(1797), 김지수의 〈무자서행록〉(1828), 서염순의 〈임자연행별곡〉(1852), 홍순학의 〈병인연행가〉(1866), 유인목의 〈북행가〉(1866) 등 모두 8편이다.[8]

---

7 유정선, 「19세기 중국 사행가사에 반영된 기행체험과 이국취향 -〈서행록〉과 〈연행가〉를 중심으로-」, 『한국고전연구』 제17집, 한국고전연구학회, 2008; 김윤희, 「사행가사 〈임자연행별곡〉의 창작 맥락과 문학적 특질」, 『고시가연구』 제25집, 한국고시가학회, 2010; 곽미라, 「〈임자연행별곡〉의 작자와 창작시기 변증」, 『한국시가문화연구』 제30집, 한국고시가문학회, 2012; 안혜자, 「〈무자서행록〉 연구」, 영남대학교 석사학위논문, 2012; 김정화, 「〈무자서행록〉과 〈병인연행가〉의 서술 양상에 대한 비교 연구」, 『국어교육연구』 제56집, 국어교육학회, 2014; 우하림, 「〈병인연행가〉의 작자의식과 서술특성」, 서울시립대학교 석사학위논문, 2014; 서수인, 「홍순학의 〈병인연행가〉」, 창원대학교 석사학위논문, 2015; 김윤희, 「19세기 장편 연행가사에 보이는 연경 풍물의 감각적 재현 양상」, 『우리어문연구』 제54집, 우리어문학회, 2016; 박수진, 「19세기 연행가사에 나타난 연희 양상 -〈무자서행록〉과 〈병인연행가〉를 중심으로-」, 『한국시가연구』 제42집, 한국시가학회, 2017; 박수진, 「타자의 시선으로 바라본 북경(北京)[연경(燕京)]의 재현 양상 -〈무자서행록〉과 〈병인연행가〉를 중심으로-」, 『한국언어문화』 제68집, 한국언어문화학회, 2019.

8 한글로 된 연행가사 8편을 표로 정리하면 다음과 같다. 김윤희는 한글로 된 연행가사가 총 12편이 있다고 언급했다. 하지만, 지역으로 중국, 목적으로는 사행의 형태를 중점으로 작품을 선별하면, 아래의 총 8편이 한글로 된 연행가사에 속한다. 김윤희가 연행가사로 정의했던 12편 중에서 본고가 연구 대상으로 삼지 않은 4편은, 〈일동장유가〉(1764), 〈표해가〉(1797), 〈유일록〉(1902), 〈서유견문록〉(1902)이다. 김인겸의 〈일동장유가〉는 사행의 지역이 일본이었기 때문에, 이방익의 〈표해가〉는 사행이 아닌 표류가 소재로 다루어졌기 때문에, 이태직의 〈유일록〉과 이종응의 〈서유견문록〉은 각각 사행의 지역이 일본과 영국이었기 때문에 연구 대상에서 제외하였다. 그러므로 한글로 된 연행가사는 아래와 같이 8편으로 정리할 수 있다. 김윤희, 『조선 후기 사행가사의 문학적 흐름』, 소명, 2012, 16쪽 참조.

본고는 연행가사 작품들 중에서도 김지수의 〈무자서행록〉, 서염순의 〈임자연행별곡〉, 홍순학의 〈병인연행가〉를 대상으로, 19세기 연행의 시대적 맥락 속에서 작품에 나타난 연경에서의 기행 체험의 양상 및 의의를 살펴보고자 한다.

2. 19세기 연행가사에 묘사된 연경의 모습

일반적으로 연행가사의 구성은 '도입부-국내노정-국외노정-회정-복명'으로 구성된다. 도입부에서는 사행에 참여하게 된 과정, 사행의 일원들을 소개, 사행의 목적 등에 대해 소개한다. 다음으로 국내노정에서는 관가를 중심으로 한 공식적인 접대 절차를 주로 기록하고 있으며, 그로 인한 외교적 절차를 수행하는 데 있어 사절로서의 책무감과 심리적인 부담감을 토로한다. 또한 여정에서 마주하는 고적들에 대한 감회를 덧붙이고 우국충정을 다짐하고 있다.

그 다음으로 국외노정에서는 외교사절로서의 본격적인 외국기행이 펼쳐진다. 국서전달이라는 공식적인 절차를 마치고 나서는 개인적인

	작품명	작자	창작연대	분량
1	장유가	남용익	1666년경	646구
2	연행별곡	유명천	1694년경	201구
3	서정별곡	박 권	1695년	324구
4	연행장도가	홍대용	1797년	26구
5	무자서행록	김지수	1828년	2710구
6	임자연행별곡	서염순	1852년	358구
7	병인연행가	홍순학	1866년	3782구
8	북행가	유인목	1866년	2110구

견문의 내용이 중심을 이룬다. 이후 회정에서는 본국으로 귀환하는 과정이 간략하게 소개된다. 작품에 따라서는 귀국 후 임금에게 사행의 경과를 보고하는 복명의 절차를 제시하기도 한다.[9]

19세기에 중국으로의 사행 길은 예전에도 그랬듯이 선택된 사람만이 오를 수 있는 길이었다. 청국으로의 사행은 고단하고 길며 일정한 책무를 지닌 여정이었지만, 풍요로운 대국의 풍물은 당대 지식인들의 호기심을 불러 일으켰을 것이다. 19세기 연행가사에서 특이한 점은, '연경'에서 있었던 일을 다른 여정보다 더 자세하고 세세하게 묘사하고 있다는 점이다. 이 글에서는 19세기 사절로 참여했던 조선의 선비들에게 비춰진 타국의 수도(首都) 풍경을 확인해 보고자 한다.

> 슬푸다 문산ㅅ당 쇠시가 여긔런가
> 소상과 비셕화샹 참담히 안졋시니
> 아이불사 ㅎ온긔졀 쳔츄의 빗치난다
>
> — 〈무자서행록〉[10]

> 민산각이 어듸메내 녯일이 시고왜라
> 갑신 삼월 십구일의 슝졍황뎨 슌졀터라
> 셔리지회 그음업셔 다시곰 브라보니
> 창오산 져문구름 지금의 유유ㅎ고
> 상원의 누은버들 어ㄴ 씨 일어ㄴ리
>
> — 〈병인연행가〉[11]

---

9 유정선, 『18·19세기 기행가사 연구』, 역락, 2007, 164쪽 참조.

10 필사본 〈셔힝녹(西行錄)〉(임기중 소장본)을 원전으로 삼았다. 이하 인용된 내용도 이와 같다.

위의 내용은 연경에 도착해서 아직 예전의 자취가 남아 있는 곳을 방문한 대목이다. 각각 충절의 고사로 이름난 송나라 때 문신 문천상의 사당과 명나라 숭정황제가 순절한 곳을 방문하고 있는데, 쇠락하고 쓸쓸한 풍경이 이미 쇠망한 명에 대한 기억을 불러일으킨다. 이외에도 고사에 얽힌 고적들은 충절을 지키려다 스러져간 인물들과 같이 이미 사라진 것에 대한 덧없음과 비감함을 환기하는 경우가 많다.

고대(古代)의 수도는 고귀한 의미를 가지는 의식(儀式)의 중심지로 출발했으며 그 규모의 장엄함을 통해 힘과 명성을 성취하는 동시에 세속인들의 활동을 끌어들인 곳이었다. 하나의 장소이자 의미의 중심지로서 도시는 가시적 상징을 가장 많이 확보한 곳이며 그 자체로서 하나의 상징이 될 수 있기 때문이다.[12] 그로 인해 과거는 물론 현재에 와서도 여전히 수도는 가시적 재현의 장소이자 민족적 자아감을 확보하게 해주는 상징적 도시로서 기능하고 있다고 볼 수 있다.

일반수행원으로서 공식적 임무가 많지 않았던 김지수의 작품인 〈무자서행록〉은 물론, 서장관 신분인 홍순학이 지은 〈병인연행가〉의 경우도 이와 마찬가지여서 연경에서 보고 느낀 것들을 묘사하는 내용이 주로 구성되어 있다. 특히, 여정 속에서 마주한 청나라 건국 이전의 역사 고적들은 대개 회고의 정감을 환기하는 정서적 긴장성을 보여준다.

> 홍노연예와 오문지영을 추례로 지는후의
> 산천형승과 성궐제동을 녁녁히 슬펴보니

---

11 필사본 〈년힝가〉(조윤제 소장본)를 원전으로 삼았다. 이하 인용된 내용도 이와 같다.
12 이-푸 투안 지음, 구동회·심승희 옮김, 『공간과 장소』, 대윤, 2011, 278~279쪽 참조.

순천부 딕도회의 풍긔도 다를시고
영낙년 틱평시의 경뉴도 장훌시고
뎡양문 너른 길의 오국습죠 둘너잇고
틱화뎐 놉흔 집의 만호뎐문 열녀셔라
경산 화목이 울울 총총흔딕
쥬광각 만셰루는 반공의 소수잇고
오룡청 쳔불수는 경즁의 즘겨셔라
동옥동 셔금오는 이경긔를 볼작시면
냥가화각 쳥즁긔요 한졔금경 운의직을
문창일누는 삼광이 어레잇고
셕고십민는 만고의 유젼이라

          – 〈임자연행별곡〉**13**

위의 내용을 살펴보면, 산천과 성궐의 주요 지명과 경치가 형상화되
어 있는데 그 출발점이 '넉넉히 살펴보니'로 시작하고 있는 것이 흥미롭
다. 간략하지만 화자의 시선이 자금성 주변의 경치를 살펴보고 있다는
것을 알 수 있으며, 대도호 풍속이 조선과 다르다는 구절을 통해 자국과
의 차이점에 주목하고 있다는 것도 확인해 볼 수 있다. 이를 통해 연경
내의 구체적 문물에 대한 인식이 기능하고 있다는 것을 파악할 수 있다.

법장탑 올나보니 동수졔명 녁녁ᄒᆞ다
노구효월이요 연딕셕죠로다
황셩도 조커이와 희뎐을 보리로다

---

13 필사본 〈연힝별곡(燕行別曲)〉(담양 가사문학관 소장본)을 원전으로 삼았다. 이하 인용된
 내용도 이와 같다.

셔화문 닉다라셔 딕종사 줌간 보고
업슈동문 휘여드러 곤명지 다다르니
거와요초 깁흔 곳의 별유천지 여긔로다
옥천스 녀적 쇠북 풍편의 들니는듯
슈긔교 올나보니 옥야천니 열녀고다
셕경 어딕 가고 동아가 누어고나
십칠교 도라드니러 동정유 상쾌흘시고
뎡국의 착거런거 니빙의 잇슈런냐
천부금탕을 관즁분 일너시냐

– 〈임자연행별곡〉

위의 내용을 통해 화자가 법장탑에 올라 아름다운 경치를 감상하고 황성에 대해서 긍정적인 관심을 분명하게 드러내고 있다는 것을 발견할 수 있다. 특히 위의 부분에서는 화자가 높은 위치에 올라서서 연경을 바라보기 때문인지 유람과 관찰의 시선이 나타나는데, 더욱이 곤명지에서는 그 곳을 별천지로 인식할 만큼 화자의 촉발된 감흥을 여실히 보여주고 있다. 뿐만 아니라 지명과 관련된 고사로 문학적 감흥이 배가되고 있으며 '천부금탕을 관즁분 일너시냐'라는 구절은 연경의 문물에 대한 화자의 인식을 잘 압축하여 보여준다고 할 수 있다. 연경이 그만큼 지리적으로 좋은 곳이라 관중의 계책으로도 공격할 수 없다는 것을 의미하고 있으며, 청나라의 발달한 문물을 보고 연경이 훌륭한 곳임을 부각하고 있는 것이다.

궁뎐이 몃 곳인지 쳐쳐의 조첩ᄒ여
아로삭인 장원이며 치식칠흔 바람벽과

벽돌 쌀아 길을 닉고 박셕 쌀아 쓸이로다
울긋불긋 오쇠기와 스면의 녕농ᄒ니
것흐로 얼는보아 져러틋 휘황홀졔
안의 들어 ᄌ셰보면 오쯕히 장홀호냐

– 〈병인연행가〉

위의 내용은 각각 상점과 궁궐의 모습을 묘사한 부분으로, 금벽의 찬란함이나 울긋불긋한 오색기와의 영롱하고 휘황하게 반짝이는 모습이 나타난다. 이와 같이 대국으로서의 연경은 불사나 궁궐의 규모가 기이하고 뛰어나거나 황홀할 만큼 장대하며, 물화가 찬란하게 다양한 장시의 외형적 풍경이 그려진다. 특히 대국적 면모의 상징은 무엇보다도 천자와 천자의 존재감을 느끼게 해주는 궁궐로서, 이러한 궁궐은 천자의 위엄 및 그 치세를 짐작하게 한다.

보통 연행가사의 일반적인 구성은 시간적 흐름에 따라 공간적 이동을 하는 방식으로 이루어지고 있지만 일단 연경에 도착해서는 시간적 흐름이 크게 드러나지 않는다. 이러한 이유는, 연경의 풍물을 바라보며 표출되는 화자의 감정적 추이를 부각하기 보다는 볼거리의 재현에 충실한 결과라고 볼 수 있다. 연경 시내를 유람하며 구체적인 계기 없이, 포착한 대상을 중심으로 장면의 전환과 연속이 이루어지는 병렬의 기법과 묘사한 대상을 세세히 묘사하여 재현하는 기법이 구사되고 있음을 확인해 볼 수 있다.

3. 19세기 연행가사에 나타난 연경 체험

　조선시대에 국외로의 체험은 공식적인 외교 활동을 위한 여행으로
한정되는 것이 일반적이었다. 중국으로의 사행과 일본으로의 통신사행
이 대표적인 외교 기행으로, 사행은 공식적인 사절의 신분으로 떠나는
여행이다. 당시 이러한 외교 여행은 표류하는 경우를 제외하고는 외국
을 여행할 수 있는 유일한 기회였다. 이러한 점에서 19세기 연행가사는
조선시대 지식인들의 청국에 대한 세계관을 잘 보여준다고 할 수 있다.

　조선시대에 사행을 목적으로 한 총 12편의 작품들 중에서 19세기에
창작된 사행가사는 청[지금의 중국]으로의 연행만을 소재로 다룬 작품들
이다. 보통 연행가사의 작가가 조선시대의 사대부들로서, 외교사절로
서 청나라를 여행하는 까닭에 공식적인 외교절차에 따른 구성을 갖추고
있을 것이라는 생각이 일반적이나, 19세기에 창작된 연행가사를 살펴보
면 본격적으로 작품의 분량이 장편화하고 있음을 확인할 수 있다.

　주지하듯 연행은 공식적 외교를 위한 여정이었지만 쉽게 체험하기
어려운 타국으로의 여행이라는 점에서 경험의 실체와 바탕이 개인의
의식에 미치는 영향은 상당했을 것이다. 그러므로 그 과정에서 촉발된
개인적 소회와 경험에 대한 인식이 연행가사에 나타나고 있다. 또한
이때부터 연행가사는 이국기행의 체험을 세세하게 재현하는 문학적 관
습을 마련하고 있다. 그리고 점차 공식적인 외교 일정에 따른 사행으로
서의 무게를 허물고, 다채로운 이국체험을 재현하고 있음을 아래 제시
된 내용을 통해서 확인해 볼 수 있다.

구경가즈 구경가즈 창시구경 가즈셰라
오륙십간 윈통집의 층누각과 층간간의
가온디는 누를ᄒ되 ᄉ면이 ᄉ간되게
그뒤희는 간을막고 희즈놈들 거긔잇고
좌우편의 문을닉여 들낙날낙 ᄒ는고나
슈노흔 비단휘장 간간이 둘너치고
금즈쥬련 현판ᄒ고 비단긔치 청홍기며
나발호적 져피리며 북장고며 증쾡과리
ᄒ금비파 느러안즈 곡조마다 춤을츄고
칼도쓰고 창도쓰고 근두박즐 쉬염질과
희즈놈들 창을ᄒ고 각식의관 가관이라
아모리 졀도흔들 말을알손 곡졀알손냐
굿보는 ᄉ름들은 샹하좌우 등상노코
층층쥴쥴 느러안즈 겹겹이 이러ᄒ니
분요흔일 젼혀업고 즈리마다 셰를준다

– 〈무자서행록〉

창희(唱戲)는 중국의 전통극으로, 조선에서는 볼 수 없는 공연 양식을 가지고 있다. 창시는 연극과 노래, 춤으로 이루어진 오늘날의 뮤지컬 종류의 극이라고 할 수 있다.[14] 위의 내용은 화자가 창희를 구경하고 있는 부분으로, "구경가즈"를 통해 화자 이외에 다른 사행단들도 함께 창희를 구경하고 있음을 유추해 볼 수 있다. 특히 위의 부분에서는 무대의 모습에서부터 배우들의 역할, 관객에 이르기까지 창희가 이루어지고

---

14 박수진, 「19세기 연행가사에 나타난 연희 양상」, 『한국시가연구』 제42집, 한국시가학회, 2017, 267쪽.

있는 전반적인 상황을 묘사하고 있다. 창희를 구경하기에 앞서 무대 모습과 무대 장식 등 눈으로 볼 수 있는 무대 장면을 구체적으로 나타내고 있다. 좌우에 문을 놓아 배우들이 출입할 수 있도록 하였고, 수놓은 비단 휘장은 양쪽에 있으며, 금색 글자로 시를 만들었다. 비단 깃발은 청개와 홍개로 나눠 무대를 장식하고 있다.

배우들은 나팔, 날라리, 피리, 북, 장고, 징, 꽹과리, 해금, 비파 등의 여러 악기들의 곡조에 맞춰 춤을 춘다. 칼, 창 등의 무기를 사용하여 뛰기도 하지만, 아름다운 의상을 갖춰 입고 노래를 하기도 한다. 그러나 작가는 아무리 감탄할 만큼 화려한 무대장치와 아름다운 곡조에 멋진 배우가 있다고 해도 창희의 내용을 알아들을 수 없다며 불만을 토로하고 있다. 그러면서 창희에 집중할 수 없는 결과로 관객들을 묘사한다. 관객들은 저마다의 관람비를 주고 앞뒤 옆에 쭉 늘어선 나무 의자에 줄지어 앉는다. 화자는 멋진 공연을 보기 원했지만 무슨 말인지 알아듣지 못해 결국 공연 보는 것을 포기하고 돌아선다.

> 동쥬셩늬 들어가셔 야시를 구경ᄒ자
> 길가의 시젼들은 좌우로 여럿ᄂᆞᆫᄃᆡ
> 잠의도 닷지안코 젼마다 양각등의
> 큰등의 불을혀서 년ᅌᅮᆼ십니 혀여시니
> 광치의 죠요홈이 낫이나 다름업다
> 셔문으로 닉ᄃᆞ르니 북경이 오십리라
> 예서붓터 북경가지 탄탄ᄃᆡ도 넙은길의
> 박셕을 깔앗스니 장하다 텬ᄌᆞ긔구
> 영통교 건너가셔 동악묘라 ᄒᆞᄂᆞᆫ졀의
> ᄃᆡ문의 들어갈ᄉᆡ 흉영ᄒ다 신장들은
> 갑쥬투구 팔쳑장신 창검을 손의들고

두눈을 부릅쓰고 아가리를 싹버리고
이편져편 갈나셔셔 위풍이 늠늠ᄒ다

- 〈병인연행가〉

위의 내용도 마찬가지로, 화자가 사행단들과 함께 통주(通州)에 들어
가서 밤시장을 구경하고 있는 부분이다. 통주는 연경의 동쪽 백하(白河)
와 팔리보(八里堡) 사이에 있는 지역이다. 화자가 본 밤시장의 풍경은,
길가에 상인들이 좌우로 열려 있으며 밤에도 문을 닫지 않고 집집마다
양각등이나 큰 초에 불을 켜서 십리까지 불을 밝히고 있으니 광채의
빛남이 낮과 다름없다고 했다. 조선에서는 보기 힘든 밤시장의 모습이
화자에게는 새롭게 느껴지고 있으며 특히 낮이나 다름없을 정도로 밝게
불을 비추고 있는 밤시장의 풍경이 화자에게는 흥미롭게 보인다.

화자는 연경이 화려하고 남다른 도시임을 형상화 하고 있다. 그리고
연경까지 가는 길목이 넓고 그 넓은 땅에 돌을 빼곡하게 깔아 잘 만들어
놓은 길을 보고 놀라워하며 천자의 기구를 장하다고 평가하고 있다.
이를 통해 화자가 청나라의 발전된 문물을 보고 감탄하고 있는 모습을
알 수 있다.

환희을 구경코져 희ᄌ를 불너오니
세놈이 드러와셔 요술노 진슐ᄒ다
잉도ᄀᆺ튼 다숫구실 졍년이 난화노코
ᄉ발노 덥헛다가 열어보면 간디업고
뷘ᄉ발 업흔속의 서너구슬 들어가고
ᄒ나히 둘도되고 잇던것도 업셔젓다
뷘손쩔고 부뷔치면 홀연히 생게난다
큰쇠고리 여슷기을 난화들고 맛부디쳐

ㅅ슬고리 만드러셔 어금맷겨 이엿다가
ㅅ발ᄒ나 ᄯ희업고 보ᄌ기로 덥허노코
발굽치로 ᄂ리치니 ᄉ발이 간ᄃ업다
보을들고 ᄎᄌ보니 ᄯᄒ로셔 소ᄉ난다
ᄇᄂᆯᄒᆫ줌 입의너코 ᄭ륙ᄭ륙 삼킨후의
실ᄒᆫ님을 ᄎᄎ삼켜 ᄉᆺ츨잡고 쎅여ᄂ니
그바늘을 모도숴여 쥬렁쥬렁 달엿고나
오ᄉᆯ실 ᄒ타리을 잘게잘게 ᄲᅳ흐러셔
활활셕거 뷔뷔여셔 한줌이나 잔쪽쥐고
ᄒᆫᄉᆺᄒᆯ 잡아쎅니 ᄯᆫ너진실 도로이여
ᄉᆯᄉᆯ이로 연히쎅면 실ᄒᆫ타ᄅ 도로된다
상아ᄶᅥ로 ᄭ가민든 이ᄲ오시ᄀ ᄀᆺ튼거시
두치기ᄅ 되ᄂ거슬 ᄒᆫ기를 코의너허
눈구셕의 ᄉᆺ치나와 비쥬룩 ᄒᆞ엿다가
코굼그로 도로쎅니 년ᄒᆞ여 지ᄎ기의
ᄯ무슈히 나오ᄂ것 그와ᄀ튼 상어쌘ᄃ
쎅ᄂᄃ로 혜여보니 칠팔십ᄀ 되ᄂ고나
ᄉᆯᄃ자 허리ᄯ를 칼노졍녕 ᄯᆫ어다가
둣긋츨 ᄒᄃᄃ여 손으로 뷔뷔치니
녜란둣 도로이여 흔젹도 못보겟고
뷘ᄉ발 업허짜가 열어보면 가화ᄶᅩᆺ과
난ᄃ업ᄂ 뉴리어항 금붕어도 쉬ᄂ것과
챵긋히 ᄉ빌들어 ᄯ러지지 아니훔과
화기ᄒᆫ쥭 이고셔셔 쉬염박질 ᄒᆞᄂ것과
쥭방을 놀니임과 공긔단ᄌ 더지난것
이런지죠 져런요술 이로긔록 못헐네라

– 〈병인연행가〉

위의 부분은 여러 환희를 구경하는 장면이다. 환희를 구경하기 위해 세 명의 배우를 불러 구슬 환희에서부터 사슬, 바늘, 그릇, 자잘한 환희에 이르기까지 다양한 환희를 선보이고 있다.

처음 등장하는 것은 구슬 환희로, 구슬이 생기고 없어지는 요술이다. 그리고 다음에 등장하는 환희는 고리와 사발을 사용하는 요술이다. 고리는 나눠서 들고 부딪치면 연결되고, 사발은 땅에 엎어 보자기로 덮어 놓아 발로 내리치면 사라지며, 보자기를 들어보면 사발이 생겨나는 요술이다. 세 번째 요술은 바늘과 실을 입에 놓고 씹고 삼켜 끝을 빼내면 실과 바늘이 연결되어 나오는 요술이다. 네 번째는 이쑤시개를 이용한 요술인데, 두 치 길이나 되는 긴 막대를 코에 넣고 코로 빼는 것으로 하나가 급기야 70~80개에 이르고, 그것을 재채기로 빼내는 요술이다. 다섯 번째는 오색 허리띠를 칼로 끊어 손으로 비비면 다시 연결되게 하는 요술이다. 마지막 요술은 빈 사발에 물건이 생기는 것, 유리 어항에 있는 금붕어가 뛰는 것, 창끝의 사발이 떨어지지 않는 것, 사발 10개를 머리에 이고 뜀박질 하는 것, 죽방울을 가지고 노는 것, 공기단자 던지는 것 등 자잘한 묘기들을 보여주고 있다.[15]

인용된 내용을 살펴보면, 화자는 환희에 대해서 특별한 소감을 드러내지 않는다. 하지만 요술 장면을 이처럼 자세하게 설명한 것은 그전과는 다르게 19세기에 이르러 요술에 대한 조선 선비들의 인식이 달라졌다는 점을 나타낸다고 할 수 있다. 이전 시기에는 요술이 기이하고 낯선 광경이어서, 사특하다고 하여 피하는 데에만 그쳤다. 그러나 위의 부분에서는 연경에서 보았던 요술의 종류와 장면을 아주 상세하게 기록하고

---

15 박수진, 앞의 논문, 265쪽.

있다.

이처럼 새로운 문물에 대한 관심이 문학적으로 형상화된 부분들을 통해서 청나라에 대한 긍정적 시선과 화자가 보고 느낀 체험을 확인해 볼 수 있다. 그로 인해 19세기 연행가사를 창작했던 작가들이 청의 문물에 대해 관심이 많았다는 것을 파악해 볼 수 있으며, 연경에서의 체류가 작자들에게는 중요한 경험으로 다루어지고 있었음을 확인할 수 있다.

4. 나가며

조선 후기 연행과 관련된 문학 작품들 중에서도 연행가사는 4음보 운율을 바탕으로 연속되는 장르로, 근대 이전의 서사적 체험을 표현하는 데 있어 매우 유효한 고전시가 장르였다. 또한 사행은 그 체험이 특별하고 서사적 요소가 풍부함은 물론 낯선 시공간에서 화자가 보고 느낀 풍경이나 사물에 대한 묘사와 감정을 솔직하게 드러내어 표현해 낼 수 있다는 점에서 가사문학으로서의 형상화가 용이하다고 볼 수 있다. 또한, 국내가 아닌 해외로의 체험은 주체와 자국에 대한 객관적 거리를 확보하게 하는 경험이며, 외부 문물과 접촉하는 과정에서 '타자'와 '자아'에 대한 인식을 통해 양자의 거리를 확인할 수 있다는 점에서 의의가 있다. 그러므로 사행가사에 나타나는 시적 화자의 인식은 타국을 체험하는 과정에서 시대와 국가에 대한 인식이 변화하는 양상을 보여준다.

본고가 앞에서 다루었던 세 편의 작품들에서 두드러지게 나타나는 특징은, 서사화와 장편화가 이루어지고 있다는 점이며 '연경'에서 있었던 일을 다른 여정보다 더 비중 있게 서술했다는 것이다. 주지하다시피 연행가사는 서사적 이야기를 담아내며 장편화 되기 시작했다. 조선후기로 접어들면서 기행가사가 장편화 되고 서사적 성격이 농후해진 것은 가사의 복합 장르적 요소들 가운데 서사성의 극대화나 묘사와 전달의 효율성이라는 현실적 필요성 때문이었던 것으로 보인다.

이 글은 2018년 10월 27일, 전남대학교 대학원 국어국문학과 BK21플러스사업단과 중국 중앙민족대학교 조선언어문학학부 및 조선-한국학연구센터가 공동으로 주관한 대학원생 국제 학술 포럼에서 발표한 원고를 수정·보완하였다.

참고문헌

곽미라, 「〈임자연행별곡〉의 작자와 창작시기 변증」, 『한국시가문화연구』 제30집, 한국고시가문학회, 2012.

김유경, 「19세기 연행 문학에 나타난 중국 체험의 의미」, 『열상고전연구』 제21집, 열상고전연구학회, 2005.

김윤희, 「조선후기 사행가사의 세계인식과 문학적 특질」, 고려대학교 박사학위논문, 2010.

_____, 「사행가사 〈임자연행별곡〉의 창작 맥락과 문학적 특질」, 『고시가연구』 제25집, 한국고시가학회, 2010.

_____, 『조선 후기 사행가사의 문학적 흐름』, 소명출판, 2012.

_____, 「19세기 장편 연행가사에 보이는 연경 풍물의 감각적 재현 양상」, 『우리어문연구』 제54집, 우리어문학회, 2016.

김정화, 「〈무자서행록〉과 〈병인연행가〉의 서술 양상에 대한 비교 연구」, 『국어교육연구』 제56집, 국어교육학회, 2014.

박수진, 「19세기 연행가사에 나타난 연희 양상 -〈무자서행록〉과 〈병인연행가〉를 중심으로-」, 『한국시가연구』 제42집, 한국시가학회, 2017.

_____, 「타자의 시선으로 바라본 북경(北京)[연경(燕京)]의 재현 양상 -〈무자서행록〉과 〈병인연행가〉를 중심으로-」, 『한국언어문화』 제68집, 한국언어문화학회, 2019.

서수인, 「홍순학의 〈병인연행가〉」, 창원대학교 석사학위논문, 2015.

안혜자, 「〈무자서행록〉 연구」, 영남대학교 석사학위논문, 2012.

우하림, 「〈병인연행가〉의 작자의식과 서술특성」, 서울시립대학교 석사학위논문, 2014.

유정선, 『18·19세기 기행가사 연구』, 역락, 2007.

_____, 「19세기 중국 사행가사에 반영된 기행체험과 이국취향-〈서행록〉과 〈연행가〉를 중심으로-」, 『한국시가문화연구』 제17집, 한국고시가문화학회, 2008.

이-푸 투안 지음, 구동회·심승희 옮김, 『공간과 장소』, 대윤, 2011.

임기중, 「기행문학사의 신기원 서행록」, 『문예중앙』 가을호, 1978.

_____, 「연행가사의 연구」, 『한국문학연구』 제10집, 동국대 한국문학연구소, 1987.

_____, 『연행가사연구』, 아세아문화사, 2001.

_____, 「연행록 세계인 인식 담론에서 가치와 역가치」, 『국학연구론총』 제9집, 택민국학연구원, 2012.

한영규, 「19세기 한중 문인 교류의 새로운 양상 -『부연일기』, 「서행록」을 중심으로」, 『인문과학』 제45집, 성균관대학교 인문과학연구소, 2010.

_____, 「새자료 〈무자서행록〉의 이본으로서의 특징」, 『한국시가연구』 제33집, 한국시가학회, 2012.

홍진영, 「19세기 연행가사의 성격 연구: 서술 양상을 중심으로」, 동국대학교 석사학위논문, 2010.

황현의 『집련(集聯)』에 수록된 사가(四家) 연구(聯句) 고찰

장 람

1. 머리말

매천(梅泉) 황현(黃玹, 1855~1910)은 1883년에 관료사회의 부패를 겪고
난 뒤, 일찍이 벼슬을 포기하고 학문 탐구와 후학 양성에 전념하였다.
그는 낙향하여 1884년에 후학을 가르치기 위해 역대 한시에서 연구(聯
句)를 선집(選集)하여 『집련(集聯)』[1]이라는 학시(學詩)[2] 교재를 편찬하였
다.[3] 이 책에는 모두 3,118연[4]의 연구가 인용되었는데, 중국 시인은 육조

---

1 황현의 『집련』 원본은 현재 순천대박물관에 소장되어 있고, 호남지방문헌연구소에 복사
   본으로 소장되어 있다. 본고에서는 후자를 연구 대상으로 하였다.
2 여기서 학시는 역대 훌륭한 시인의 시를 모범으로 삼아, 그로부터 작시 방법이나 풍격을
   배워 자신만의 독특한 창작 기법을 터득하는 것이다.
3 余於甲申冬 爲授兒子計 輯此本(黃玹 編, 「集聯序」, 『集聯』)
4 5언(1571연)과 7언(1547연)의 연구가 대부분이고, 연구뿐만 아니라 절구의 기구와 결구
   도 조금 포함되고 있다. 전반적으로 시대, 작가의 구분이 분명하지만 그 중의 590연은
   주제별로 편집한 것으로 나타난다. 여기서 주제별로 立春, 元日, 人日, 元夜, 寒食, 淸明,
   端午, 伏日, 立秋, 七夕, 中元, 中秋夜, 重九, 冬至, 臘日, 除夜, 遊春, 送春, 山行, 江行,
   春望, 秋望, 春懷, 夏日, 秋懷, 冬日, 斜陽, 月, 待月, 日蝕, 祈雨, 旱, 雪, 虹, 霞, 霧,
   經籍, 勤學, 借書, 詩, 書簡, 儒師, 交友 등등 적혀 있다.

부터 청나라까지, 한국 시인은 신라부터 조선 후기에 이르기까지 역대
문인의 연구가 수록되어 있다.

그동안 황현의 학시와 『집련』에 관련된 연구(研究)는 주로 학시의 전
범이 된 시에 대한 황현의 차운시 연구[5], 전체 학시의 기초적인 연구[6],
황현의 초기 교육사상 연구[7] 등을 중심으로 이루어졌다. 기존 연구에서
황현의 학시 주요 대상의 연구(聯句)를 분석하면서 그 영향 관계를 많이
밝혔으나, 주로 책에 수록된 중국 시인의 연구에 치중하였다. 사실 황현
은 『집련』에서 중국 시인 외에도 여러 한국 시인의 연구를 선별하였다.[8]
특히 『집련』 서문에서 한국 시인 가운데 사가(四家, 즉 李德懋, 朴齊家,

---

5 기태완, 『황매천시연구』, 보고사, 1999, 16~106쪽. 이 논문에서 처음으로 황현의 학시
   주요 대상 시인을 제시하였고 이들의 시를 중심으로 황현의 차운시를 고찰하였다. 이는
   황현의 한시 연구에서 그의 학시 경향을 밝히는 첫걸음이라고 할 수 있다.
6 배종석, 「『집련』을 통해 본 매천의 학시경향」, 『열상고전연구』 30, 열상고전연구회,
   2009; 배종석, 「매천 한시의 서정적 특징 연구」, 성균관대학교 대학원 박사학위논문,
   2012. 이는 『집련』에 대한 본격적인 연구이며 이를 통하여 황현의 학시가 『집련』과 밀접
   한 상관관계가 있음을 알 수 있다. 특히 『집련』의 연구는 황현이 가지고 있는 학시의
   경향을 넓혀주는 단서임을 밝혔다.
7 김영붕, 「황매천 시문학 연구」, 전북대학교 대학원 박사학위논문, 2014. 김영붕은 황현
   의 교육사상을 고찰할 때 황현의 초기 교육 사상과 사고의 면모를 파악할 수 있는 자료로
   「집련서」을 들었다.
8 『집련』에서 인용된 한국 시인을 살펴보면 백낙륜의 연구가 가장 많이 차지하고, 다음은
   사가, 신위이다.

시대	작가	5언	7언	합계
朝鮮	白洛倫	56	183	239
朝鮮	申緯	/	57	57
朝鮮	朴齊家	/	50	50
朝鮮	李德懋	8	36	44
朝鮮	金麟厚	20	/	20
朝鮮	柳得恭	8	12	20
朝鮮	李書九	/	18	18
高麗	李奎報	8	5	13

柳得恭, 李書九)⁹를 거론하고 있는데, 이를 통해 황현이 사가의 연구를
특별히 모범으로 여기고 있음을 알 수 있다. 때문에 그 양상에 대해
살펴보면 다음과 같다.

> 어떤 사람이 그랬는데 시학의 영역에 지금 세상의 사람이 옛사람보다
> 낫다고 하니 어찌 그러하겠는가! 오직 옛것에서 법을 취하고 나서야 시
> 어도 예스러워진다. 신자하와 사가는 지금의 모범이 되기에 무방하며,
> 청나라의 여러 대가는 중국에 있지만 우리나라 사람의 모범이 되기에 무
> 방하니, 처음 시를 배우는 자는 흐름을 거슬러 올라가고 근원을 궁구하
> 여 옛 작가의 뜻을 탐구하게 되는데 또한 이 책에서 그 길을 찾을 수 있을
> 것이다.¹⁰

황현은 시를 배울 만한 모범으로 중국 청나라 시인, 신위(申緯)와 사가
를 들었다. 사실 조선 후기부터는 실학이 대두되면서 새로운 기풍을
다방면적으로 조성하게 되었다. 학시에 있어서는 송시(宋詩)를 고취하

---

9 청나라 문인 이조원과 반정균은『한객건연집』서문에서 각각 이덕무, 유득공, 박제가,
   이서구 이 네 사람을 엮어 '사가', '해동사가(海東四家)'라 명명하였다. 이로부터 '四家'라
   는 명칭이 보편화되었고, 그 이후 '후사가', '북학파', '백탑시파' 등으로도 불렸다. 일반적
   으로 한국한문학에서는 이정구, 신흠, 장유, 이식 등을 '전사가(前四家)'라 하고, 이덕무를
   비롯한 세 사람을 '후사가(後四家)'라고 지칭하고 있다. 필자는 '후사가'가 조선후기의
   한시사가를 지칭한 호칭인데, 한문사대가(전사가)와 대칭되면 뒷시대의 한문사대가로
   이해할 수도 있다고 생각한다. 따라서 본고에서 청나라 시인이 이덕무를 비롯한 세 사람을
   묶어 처음으로 '사가', '해동사가'라고 부르는 점과,『한객건연집』은 나중에『사가시집』이
   라고 불리게 되었고 후에 주를 달고『전주사가시(箋註四家詩)』라는 표제로 재판을 간행한
   점을 감안하여 '사가'라는 호칭을 사용하고자 한다.
10 而或謂詩學一路 今人勝古人 豈其然哉 惟取法於古 然後詞亦古耳 紫霞四家 不害爲今日之
   古 淸人諸家 在中國 不害爲東人之古 則初學之士 溯流窮源 究古作者之旨 亦有問津於此者
   乎(黃玹 編,「集聯序」,『集聯』)

는 사조와 함께 이용휴, 박제가 등이 보인 당시 문인들의 당시(唐詩) 위주의 편향적 학시 태도에 대한 비판 의식에서 영향을 받아 소식시는 물론이고, 육유 시도 학시의 정칙으로 크게 주목을 받게 되었다.[11] 이러한 주류(主流) 경향 속에 황현이 시 학습책의 서문에서 특별히 신위와 사가를 언급하는 점은 주목할 만하다. 그러나 기존 연구에서는 황현과 신위[12], 백낙륜[13]의 영향 관계만 치중하여 사가 연구에 대하여 자세한 분석이 없었다. 황현이 왜 사가의 연구를 중요하다고 여겼는지 그 궁금증에서 출발하여 본고에서는 『집련』에서 수록된 사가 연구를 연구 대상으로 삼고자 한다. 먼저 기존 연구(研究)를 참고하면서 황현의 몇 가지 작시관(作詩觀)을 정리할 것이다. 다음으로 이러한 황현의 작시관이 사가 연구를 선별할 때 어떻게 구현되고 있는지 사가 연구의 분석을 통해 설명하고자 한다. 이로써 황현이 사가 연구를 전범으로 삼아 초학자(初學者)들에게 가르치고자 했던 것이 무엇이었는지를 밝힐 것이다. 이는 황현의 시 교육 연구에 또 하나의 접근 방법이 될 수 있으리라 기대한다.

11 장인진, 「조선조 문인의 육방옹시 수용에 대하여」, 『한문학연구』 제6집, 계명한문학회, 1990, 22~23쪽.
12 정시열, 「신자하와 황매천의 논시절구 비교 연구 – 동인논시절구와 독국조제가시를 중심으로」, 서강대학교 대학원 석사학위논문, 1999; 한재표, 「매천 시의 형성 기반과 시적 교류의 양상」, 성균관대학교 대학원 박사학위논문, 2010.
13 배종석, 앞의 논문, 2009, 31쪽. 이 논문에서 황현이 인용한 사가의 연구는 다사(多師)의 학시 경향을 지니고 있다고 하면서 황현이 이들과 같은 시관을 가지고 있었다고 귀결하였다.

2. 황현의 작시관(作詩觀)

『집련』은 황현이 호양학교에서 초학자들을 가르칠 때 사용하였던 한시 학습교재이다. 그는 서문에서 『집련』을 편집할 때 호응린(胡應麟)의 『시수(詩藪)』를 저본으로 삼았다고 언급하였다.[14] 또, 이와 함께 참고한 책은 서거정의 『동문선』, 심덕잠(沈德潛)의 『청시별재집(淸詩別裁集)』, 『한객건연집(韓客巾衍集)』 등이 있다.[15] 이를 통해 황현이 다양한 시대의 책을 보고 다양한 시인의 시를 참고하여 『집련』을 편찬했다는 것을 확인할 수 있다. 황현의 이러한 학문 태도는 「소천의 시집 뒤에 제하다(題小川詩卷後)」에서 "대개 자기 뜻에 따라 말을 만들고 어느 특정한 한 시가(詩家)에 닮으려고 하지 않았기 때문에 정신과 정이 이른 곳에서 자연스런 솜씨가 나오게 된다."[16]라는 서술과도 일맥상통한다. 이처럼 황현이 연구를 선별할 때 자신의 작시 태도를 녹였을 것이다.

황현의 작시관에 대한 직접적인 서술은 없으나 그의 몇몇 글을 통해 엿볼 수 있다. 「소천의 시집 뒤에 제하다」에서도 다음과 같은 언급이 있다.

---

14 始取胡應麟詩藪爲藍本 因於兔園敗册中 隨得隨鈔 紙盡而止(黃玹 編, 「集聯序」, 『集聯』)

15 『집련』을 살펴보면 한국 시인의 연구 중에서 『동문선』 편찬 시기 이전의 연구는 거의 『동문선』과 같은 편차로 편집되었고, 청나라 시인의 연구는 심덕잠의 『청시별재집』과 같은 편차로 편집되어 있고, 사가(이덕무, 유득공, 이서구, 박제가)의 연구는 거의 『한객건연집』과 같은 편차로 편집되었다. 따라서 이 세 시집은 『집련』의 저본이라고 할 수 있는 듯하다. 그리고 인용 수량이 많은 개인 작가의 경우(예로 두보, 육유, 소식, 백낙룬, 신위 등)는 개인 문집에서 참고했을 가능성이 높다.

16 蓋隨意命詞, 不求似乎一家, 而神靑所到, 脫乎天然.(黃玹, 「題小川詩卷後」, 최승효 편, 『황매천 및 관련인사 문묵췌편』 상권, 미래문화사, 1985, 64~66쪽.)

　무릇 학문이라는 것은 옛 것을 배우는 것을 귀히 여기고, 옛 것에 얽매이는 것을 귀하게 여기지 아니한다. 신기(神氣)로이 밝히는 것을 일러 사(師)라 하고, 얽매어 통하지 않는 것을 일러 이(泥)라 하니, 다 같이 옛 것을 본떴는데도 옛 사람과 요즘 사람의 성공과 실패의 사례가 분명하다.[17]

　황현은 법고를 '사고(師古)'와 '이고(泥古)'로 구별하는데 옛 것을 배우는 것은 중요시하면서도 옛 것에 얽매이는 것은 꺼려하였다. 즉 법에 구속되지 않고 범주 내에서 자신의 개성을 발휘하라는 뜻이다. 법 자체를 거부하여서는 안 되나 그것에 전적으로 얽매여서는 독창적인 작품을 쓸 수 없으니 고법에서 자유로울 줄 알아야 한다고 여겼다.[18] 때문에 황현은 시 창작에서 옛 것을 배척하지 않은 동시에 신의(新意)도 추구하였다. 이와 관련된 내용은 그가 박지원의 『연암속집(燕巖續集)』에 쓴 발문[19]에서도 확인할 수 있다. 황현은 독특하면서도 진부하지 않은 연암의 글을 좋아하고 높게 평가하였다. 연암은 법고창신(法古創新)을 주장하여 창신에 의미를 두고 날마다 새로워지고 거기서 새로운 신의를 얻으려 하였다.[20] 이와 마찬가지로 황현의 주장은 비록 옛 법을 버릴 수 없으나

17　凡以學問稱者, 貴乎師古, 而不貴乎泥古. 神而明之之謂師, 拘執不通之謂泥 均是古也, 而古今得失之蹟瞭然矣.(黃玹, 「題小川詩卷後」, 최승효 편, 같은 책, 64~66쪽.)

18　法終可捨歟, 曰胡可捨也. 惟不拘乎法, 而求以得其意, 則其佳者自與法合, 斯乃不法之法耳. (黃玹, 「答李石亭書」. 신혜숙, 「매천 황현의 문학사상 고찰」, 『동원논집』 제2집, 동국대학교 대학원, 1989, 85쪽에서 재인용.)

19　蓋古人之文其取材不必純, 擇語不必莊, 立心也不必有用, 而結體也不必相類, 興會所至, 不過吐其胸中之奇而發抒其獨得之妙, 居然成天下之至文……嗚乎! 國朝之文至先生, 抑可以觀止矣. 余雅好先生文, 適金于霖募力刊先生文, 而馳書徵跋, 故爲之書如此.(黃玹, 「燕巖續集跋」, 한국고전번역원DB.)

20　황수정, 「매천 황현의 시문학 연구」, 조선대학교 대학원 박사학위논문, 2006, 231쪽.

여기에 전념하지 않고 그 참뜻을 터득하여 자신의 의사를 자유롭게 표현할 수 있어야 한다고 한 것이다. 이것은 황현의 법고창신적(法古創新的)인 작시관으로 볼 수 있다.

박지원과 뜻을 같이 하는 사가도 개성이 없이 남의 것을 답습하는 것을 거부하였다. 때문에 한 개인이나 한 시대의 작품을 학시의 대상으로 삼지 않고 역대 시인의 작품을 두루 섭렵하고 그들의 장점을 터득하여 아울러 자신들의 역량을 바탕으로 개성적인 시작 활동을 하였다. 이는 『집련』 서문에서 보여주었던 황현의 학문 태도와 유사한 면모다. 더구나 사가는 옛 시인의 폐단을 잘 피하며 좋은 것을 받아들이면서 참신하고 개성적인 시풍을 이루었다. 이는 황현이 사가와 같은 시대의 시인인데도 그들의 시작을 중요시하고 연구(聯句)를 선별한 이유 중의 하나로 짐작해 볼 수 있다.

한편 황현은 시에서 신운론(神韻論)에 대한 태도를 표한 바 있다. 그는 〈논시잡절〉에 청나라 시인으로 오직 왕사정(王士禎)을 꼽았고[21] 추존하였다. 왕사정은 명청 교체기의 혼란스러운 정치 상황에서 탈속적인 성향을 드러냈으며 당대의 편협한 시단의 폐단을 바로 잡기 위해 노력하였는데, 이 두 경향이 복합적으로 작용해 신운설을 주장하였다.[22] 신운의 개념에 대해서는 왕사정도 명확히 규정하지 않았으나, 그 대략적인 특징은 엄우(嚴羽)[23]의 '이선유시(以禪喩詩)'와 '흥취'에 영향을 받아 '언외

---

21 模山範水境生屑, 憐汝風騷絶世能. 一部精華堪下拜, 帶經堂裏炯孤燈.(黃玹, 〈丁掾日宅寄七絕十四首依其韻戱作論詩雜絶以謝〉 제12수, 한국고전번역원DB.)

22 박종훈, 「조선 후기 왕사정 신운 시론 수용 양상 —한시 사가를 중심으로—」, 『태동고전연구』 24, 한림대학교 태동고전연구소, 2008, 218쪽.

23 엄우는 중국 송나라의 시론가(詩論家)이다. 호는 창랑(滄浪)이며 자는 의경(儀卿)이다.

지미(言外之味)'를 추구한 것이라 할 수 있다.[24] 황현은 이러한 신운시의
풍격을 중요하게 여겨 추구하였다.

왕사정이 왕유의 시를 신운시의 모범으로 삼았고, 왕유의 시에 드러
난 '시중유화'의 운치를 신운시의 중요한 요건으로 보았다. 황현 또한
시를 창작하는 데에 있어 '시중유화'의 운치를 적극적으로 추구하였다.
그의 논시(論詩)에서는 남종화파(南宗畫派)의 원말(元末) 사대가 가운데
한 사람인 운림거사(雲林居士) 예찬(倪瓚)을 원나라의 대표적 시인으로
꼽았다.[25] 예찬의 시는 "도연명, 위응물, 왕유, 맹호연과 같으나 제멋대
로 하는 습기(習氣, 습관이나 버릇)는 하나도 없다"[26]라는 평을 받았는데,
바로 시중유화의 운치가 있음을 말하는 것이다. 때문에 황현이 예찬을
원나라의 대표 시인으로 꼽은 이유도 예찬시의 '시중유화'의 운치를 높
이 평가해서였다고 여겨진다.[27] 그 뿐만 아니라 황현도 남종화파의 명나
라 진계유를 학시의 대상으로 삼아 진계유의 시를 많이 차운하였는데,[28]
역시 같은 이유에서이다.

관직에 뜻을 두지 않고 일생동안 은일자로서의 지조를 고집하였다. 여기저기를 유람하며
많은 승려·도사들과 교유하였다. 『창랑시화』는 송나라 때에 배출된 시론 중에서 가장
뛰어난 체계를 정립한 시론서로서 선학적인 발상에 바탕을 두고, 시의 원리론적 소향성
이 강하였다. 때문에 시학이론의 구상력과 분석력에 매우 탁월하였다.(두산백과 참조)

24 박종훈, 위의 논문, 2008, 218쪽.

25 竹桐猶洗沈塵心, 淸閟堂中道氣深, 豈盡元人纖麗已, 當時眞逸有雲林.(黃玹,〈丁豫日宅寄
七絶十四首依其韻戲作論詩雜絕以謝〉제10수, 한국고전번역원DB.)

26 詩如陶韋王孟, 而不帶一點縱橫習氣乎.(陳繼儒,「倪雲林集序」,『陳眉公全集』下, 上海中
央書店, 1936, 127쪽.)

27 기태완, 같은 책, 157쪽.

28 장람,「매천 황현의 중국문인 차운시 연구」, 전남대학교 대학원 석사학위논문, 2015,
60쪽. 황현의 차운시에서 진계유의 시에서 볼 수 있는 시중유화의 미와 솔직하고 자연스
럽지만 아름다운 표현 기법을 찾아볼 수 있다.

황현은 생활 주변 모든 것에 대한 감각적 인식과 사실적인 묘사를 중요시한다. 그가 평소 즐겨 말하기를, "시문은 성정(性情)에서 나오는 것인데, 사람의 습성(習性)은 고금이 서로 다르기 때문에 후세에 태어나서 전고(前古)의 것만을 억지로 본받는다면 결코 이루어질 리가 없다."라고 하였다.[29] 그는 자기가 사는 시대의 글을 창작해야 한다고 지적한 것이다. 황현은 농촌에서 오래 살았기 때문에 늘 주변에서 창작 소재를 찾고 사실적으로 묘사하였다. 그는 늦여름에 장마가 갠 촌가를 묘사하는 시에서 "긴 장맛비 속에 소와 염소 게을러지고, 궁벽한 산골마을에 풀 열매 과일 익기도 더디네."[30]라고 하였다. 시구를 보면 현실의 모습을 그대로 드러내어 별다른 조탁을 하지 않았다. 평범하지만 꾸밈없는 농촌의 정경을 사실적으로 읊어내고 있는 것이다. 시를 창작할 때 상상력에 의하여 현실 경물을 묘사하는 경우도 있으나, 황현은 주변에서 늘 접하는 경물, 자연풍물 등을 소재로 삼아 사실적으로 그려내는 것이 더 중요하다고 여겼다.

황현의 작시관은 워낙 다양한 면모를 보여주고 있기 때문에 앞서 서술만으로 다 설명할 수 없다. 따라서 본고에서는 주제와 관련된 몇 가지만을 살펴보았다. 종합해 보면 황현은 법고창신적 작시관을 가지고 있으며, 신운시의 중요한 특성 중에 하나인 시중유화의 운치를 추구하고, 생활 주변에서 창작 소재를 찾고 사실적으로 묘사하는 시창작 방식을 중요시하였다. 다음 장에서는 이러한 황현의 작시관이 반영된 『집련』에

---

29 常曰, 詩文出於性. 人之習性, 古今殊異, 生乎後世而強效前古, 則決無能成之理.(朴文鎬, 「梅泉黃公墓表」, 한국고전번역원DB.)

30 積雨牛羊倦, 窮村苽果遲.(黃玹, 〈夏晴〉, 한국고전번역원DB.)

수록된 사가 연구의 양상을 살펴보도록 하겠다.

3. 『집련(集聯)』에 수록된 사가 연구의 양상

『집련』에 인용된 사가 연구는 모두 『한객건연집』[31]의 편차대로 수록
되어 있다. 따라서 황현은 『한객건연집』을 참고하여 사가의 연구를 선
정하였음을 알 수 있다. 이 『한객건연집』은 유금(柳琴)에 의해 사가의
초기 시집에서 각각 약 100수씩 뽑아 엮은 선집이다. 유금은 연행(燕行)
에서 이 선집을 청나라 문인인 이조원(李調元)과 반정균(潘庭筠)에게 보
여주고 서문과 평어를 받았다.[32] 이 책은 현존하는 18세기 문집 가운데
청나라 문인에게 자세한 평을 받은 유일한 시선집이다. 그리고 『한객건
연집』은 사가의 초기 시 선집으로 이덕무·박제가·유득공이 검서관(檢
書官) 출사 이전이었던 사가의 전성기에 창작되어 한시사(漢詩史)에서
새로운 시풍을 선도했다고 평가를 받은 작품들을 수록하고 있다. 한말
문인 여규형(呂圭亨)은 논시에서 당시 시를 배우는 초학자들이 『한객건
연집』을 교과서로 삼아 익히던 현상을 언급하였는데,[33] 황현 또한 비슷
한 생각으로 이 책에 주목하고 참고하면서 연구를 선정하였을 것이다.

---

31 柳琴 編, 李德懋·柳得恭·朴齊家·李書九 著, 『韓客巾衍集』, 국립중앙도서관 소장본. (국
　립중앙도서관 홈페이지에서의 온라인 원문을 참조함.)
32 이조원과 반정균은 각각 비점(批點)과 권점(圈點)을 찍었으며, 각권 끝에는 이조원의 총
　평과 반정균의 발미(跋尾)가 있다.
33 世稱四家詩, 合璧巾衍集. 中朝人批評, 柳琴所編什. 初學小兒輩, 謄寫競傳習. 薰染效聲
　口, 乖張鬪階級. (呂圭亨, 〈論詩十首 其四〉, 『荷亭集』 卷一; 류재일, 『이덕무의 시문학
　연구』, 태학사, 1998, 277쪽에서 재인용.)

또한 황현이 인용한 총 132연의 사가의 연구 가운데, 이조원과 반정균이 비점이나 평어를 찍은 연구는 78연이다. 평어의 내용을 살펴보면, 이조원과 반정균은 사가의 참신한 작시방식과 그들의 우수한 표현력, 회화성 등에 긍정적 입장을 표명하였다. 황현은 역시 이를 동의하면서 자신의 작시관과 결합하여 연구를 선별한 것을 추측해 볼 수 있다. 사가 연구는 주로 다음 세 가지 양상을 띠고 있다.

1) 참신한 시어(詩語)와 전고의 연용(連用)을 통한 신기(新奇) 추구

사가 연구를 살펴보면 이들은 여러 측면으로 신기의 경지를 추구하였다. 이 '신기'는 진부한 표현을 지양하고 참신한 표현을 통해 자신의 독특한 개성을 창출하는 것을 가리킨다. 먼저 한 측면은 수사(修辭)와 미적(美的) 지향으로서의 참신한 표현을 중시하고, 독특한 발상을 통해 신선한 시경을 창출하는 것이다.

붉은 잎 채찍 따라 춤추듯 맴돌며 지고,   趁鞭形葉回旋舞
삿갓 위에 뛰는 검푸른 벌레 야무지게 나네.[34]   跳笠紺蟲的歷飛

(이덕무, 〈龍仁途中〉二首 其一)

'策策'과 '堂堂'이라는 물고기,   策策堂堂者
느릿느릿하고 빌빌거리네.   洋洋圉圉然

(유득공, 〈觀魚〉五首 其二)

---

34 사가 연구의 번역은 『四家詩選』(이덕무 외 저, 김상훈·상민 역, 여강출판사, 2000.)과 한국고전번역원DB를 참고하여 필자의 해석을 토대로 일부 수정하였다.

연못의 꽃은 몰골화법으로	池花沒骨徐郎墨
그린 徐郎의 그림과 같고,	
들 가운데 비낀 강물 갈라짐은[35]	野水分頭酈水經
酈道元의 水經注 같네.	

(이서구, 〈野亭晚行〉)

수묵은 완전히 밤경치를 풀어내고,	水墨全然鋪夜色
須眉는 모두 가을 소리를 내고자 하네.	須眉盡欲作秋聲

(박제가, 〈曉渡銅雀江〉)

이덕무의 연구에서는 시각적으로 시골에서 가을을 맞이하는 풍경을 곡진하게 묘사하고 있다. 붉은 단풍잎은 휘두르는 채찍에 맞아 춤추는 것처럼 빙빙 돌면서 떨어진다. 이에 나뭇잎에 있던 파란 벌레는 갓 위로 뛰어올라 금방 야무지게 날아간다. "동엽(彤葉)"과 "감충(紺蟲)", "무(舞)"와 "비(飛)"의 대우는 시각적 색채에 동적인 이미지를 결부하여 기묘한 느낌을 준다. 이덕무의 다른 연구를 보면 옷에 밝은 빛은 나무 끝에 강성의 달을 비추는 것이며, 짚신의 따뜻함은 성 밑에 꽃밭 길을 거닐기 때문이라고 하면서[36], 독특한 발상으로 정자에서 보는 광경을 묘사하였다.

다음 유득공의 연구를 보면 전구의 '책책(策策)'과 '당당(堂堂)'은 물고기의 이름[37]인데 첩자(疊字)로 되어 있다. 후구의 "양양(洋洋)"은 물고기

---

35 『한객건연집』(국립중앙도서관 소장본)에는 "野水分頭酈氏經"으로 되어 있다.

36 衣明樹末江城月, 靴煖城根逕入花.(黃玹 編, 『集聯』)

37 南唐·譚峭 『化書·食化·庚辛』: "辛氏之魚可名堂堂." 宋·孫奕 『履齋示兒編·雜記·物重名』: "鯉日六六魚、策策、堂堂(辛魚名)." 淸·金農 〈海會寺池上觀魚呈道禪師〉 詩之二:

가 느릿느릿하게 꼬리를 흔드는 모양이고, "어어(圉圉)"는 간힌 물고기의 괴로운 모습을 표현한 것이다.[38] 첩자의 대우를 통해 물고기의 모습을 생동감 있고 현장감 있게 묘사하였다. 유득공의 다른 연구에서 "영신초는 이제 작은 풀이 아니고, 소미 별자리는 옛날부터 추운 밤의 별이었네."[39]라고 하여 특별한 쌍관어를 쓰며 인상적으로 처사(處士)의 한탄을 읊었다.

이서구의 연구를 보면, 연못에 피어 있는 꽃은 마치 서낭(徐郎)이 몰골화법(沒骨畵法)으로 그린 것처럼 예쁘고, 들 물의 갈라짐은 역도원(酈道元)의 『수경주(水經注)』에서 생동적인 필치로 묘사한 것처럼 아름다웠다. 직접적인 묘사 대신 독특한 발상으로 자연 풍경을 그려내어 신선한 시경에 이르게 하였다. 이서구의 다른 연구인 "머리 붉은 잠자리가 물을 치며 낮게 날고, 제비는 깃털 털며 진흙 물어 스쳐가네."[40]를 보면 독특한 발상에서 비롯된 참신한 시어를 활용하였다.

박제가의 연구에서는 시각과 청각을 동원하여 가을밤의 경치를 감각적으로 묘사하였다. 어두운 밤은 수묵으로 물들인 듯하고 수염과 눈썹에 스치는 바람은 가을소리처럼 스산함까지 느껴졌다. 세련된 언어구사력 뿐만 아니라 내용면에서도 참신함이 돋보인다. 박제가의 연구를 보면 "새·짐승도 모두 다 절 종소리 들어 함께 어울리고, 구름과 안개

"未必歲收千百利 堂堂策策少驚呼."(百度百科 引用)

38 『孟子·萬章上』, "昔者有饋生魚於鄭子産, 子産使校人畜之池, 校人烹之, 反命曰, 始舍之, 圉圉焉, 少則洋洋焉, 攸然而逝. 趙岐 圉圉, 魚在水羸劣之貌. 洋洋, 緩搖尾之貌."(百度百科 引用)

39 遠志如今非小艸, 少微從古是寒星.(黃玹 編, 『集聯』)

40 點水丈人低赤弁, 含泥公子拂烏衣.(黃玹 編, 『集聯』)

언제나 돌 기운 드러내네."⁴¹라고 했는데, 신성한 사찰의 분위기가 자연
경물과 서로 어울리며 참신한 표현을 통해 이 조화로움을 경탄하였다.
　다른 측면은 고사를 절묘하게 활용함으로써 기발하고 개성적인 발상
을 시화하면서 신기를 추구하는 것이다.

오리떼 너머 물결은 순간에 핀 꽃이요.	頃刻花惟鳧外浪
말머리 위에 구름은 날아온 봉우리네.	飛來峯是馬頭雲

(이덕무, 〈銅雀津〉)

모자 가다듬고 신 끌면서도 商頌을 노래하고,	整冠納履猶商頌
삿갓 쓰고 수레 타도 越歌를 읊조리네.	戴笠乘車亦越吟

(유득공, 〈芙蓉山中話舊述懷〉五首 其三)

청산에 앉아 이를 잡으며 이야기하고,	坐處靑山捫虱話
백석에 돌아와 반우가 부르네.	歸來白石飯牛歌

(이서구, 〈寒夜贈李山人德初明復〉)

앞 사람은 내 이마를 밟듯 뒷꿈치만 보이고,	人方履頂吾看趾
올려다보면 혹 달린 듯 내려다보면 아찔하네.	仰似懸尤俯眩睛

(박제가, 〈白雲臺〉)

　이상 제시된 네 연구는 모두 『한객건연집』에서 비점이 찍혀 있다.
먼저 이덕무의 연구에 대해 이조원은 "참신함의 절정이다.(新至)"라고
하였으며, 반정균은 "명구(名句)"라고 평하였다. 전구의 "경각화(頃刻

---

41 鳥獸俱合鍾磬響, 雲霞常見石金精.(黃玹 編, 『集聯』)

花)"는 한유(韓愈)와 그 조카인 한상(韓湘)에 관련된 고사[42]인데 갑자기 핀 기이한 꽃이라는 뜻이다. 후구의 "비래봉(飛來峯)"은 진(晉)나라 혜리(慧理) 스님이 하는 말[43]에서 나온 것으로 날아온 봉우리라는 뜻이다. 여기서 말한 "경각화"와 "비래봉"은 기존 고사가 지닌 상투적 의미에서 벗어나 새로운 의미의 시어로 구사되고 있다. 즉 경각에 핀 꽃은 오리가 헤엄칠 때마다 생기다가 사라지는 물결을 비유한 것이고, 날아온 봉우리는 말머리 위의 구름 모양이 순식간에 날아온 것 같다는 의미로 전용(轉用)한 것이다. 눈앞에 순간적으로 펼쳐진 미경을 포착하여 고사에 빗대어 절묘하게 표현하였다.

유득공 연구의 전구는 증자(曾子)와 관련된 고사를 인용하였다. 증자는 위(衛)나라에서 빈한한 생활을 하였다. 모자를 쓰려고 했는데 갓끈이 끊어지고, 신발을 신었는데 뒤꿈치가 터질 지경이었다. 이러한 상황 속에서도 증자가 『상송』을 노래하자 그 소리가 천지까지 울려 퍼졌다고 한다.[44] 고사에 심지(心志)를 고상하게 갈고 닦으면 자신의 모양도 잊고, 양생법으로 잘 하면 관록도 잊으며 구도(求道)에 정진하면 걱정도 할

---

42 宋·劉斧, 「青瑣高議·韓湘子」, "唐韓愈任韓湘, 落魄不羈, 對酒則醉, 醉則高歌. 愈教而不聽, 湘笑曰, 湘之所學, 非公所知. 卽作言誌詩壹首, 中有解造逡巡酒能開頃刻花之句, 愈欲驗之. 適開宴, 湘預末坐 取土聚於盆用籠覆之. 巡酌間, 花已開, 巖花二朶, 類世牡丹, 差大艶美, 合座驚異."(漢語大詞典 引用)

43 『咸淳臨安志』卷二三, "晏元獻公輿地志云, 晉咸和元年, 西天僧慧理登玆山. 歎曰, 此是中天竺國靈鷲山之小嶺, 不知何年來. 佛在世日, 多爲仙靈所隱, 今此亦復爾邪. 因挂錫造靈隱寺, 號其峰曰飛來."(漢語大詞典 引用)

44 『莊子集釋』卷九 下, 「雜篇·讓王」, "曾子居衛, 縕袍無表, 顔色腫噲, 手足胼胝. 三日不擧火, 十年不制衣, 正冠而纓絶, 捉衿而肘見, 納屨而踵決, 曳縰而歌《商頌》, 聲滿天地, 若出金石. 天子不得臣, 諸侯不得友. 故養誌者忘形, 養形者忘利, 致道者忘心矣."(搜韻網 (https://sou-yun.com) 引用)

줄을 모른다는 것을 알려주고 있다. 후구에는 월인(越人) 장석(莊舃)이 초나라에서 벼슬을 잘 했으나 월나라 노래를 부르면서 고국을 그리워하는 고사[45]를 인용하여 부귀를 누리면서도 나라를 잊지 말자고 하는 것이다. 두 고사는 서로 연관되지 않고 이질적이지만 시인이 고상하게 살자는 의지를 뚜렷하게 드러내고 있다.

이서구의 연구를 보면 '문슬(捫虱)'은 진(晉)나라의 왕맹(王猛)이 당시의 권력자 환온(桓溫)을 처음 만났을 때 이를 잡으며 세상사를 당당하고 차분하게 말했다는 고사[46]에서 나온 말이다. '반우가(飯牛歌)'[47]는 춘추시대 고사로 현명한 군주를 만나지 못한 제(齊)나라의 영척(甯戚)이 소를 기르다가 자신의 한탄을 노래로 불렀는데, 마침 제환공(齊桓公)이 듣고 영척을 중용하였다. 이 고사를 통하여 청산에 앉아 있어도 당당하고 차분하게 세상사를 논하고, 자신의 능력이 쓰이지 못해도 침착하게 반우가를 부르는 은일자의 모습이 그려진다. 자신이 동경하는 은일자의 모습을 고사를 활용함으로써 개성 있게 표현한 것이다.

박제가의 연구는 높고 험한 백운대를 올라가면서 어질어질한 광경을

---

45 『史記』卷七十, 「張儀列傳」, "韓魏相攻, 期年不解. 秦惠王欲救之, 問於左右. 左右或曰救之便, 或曰勿救便, 惠王未能為之決. 陳軫適至秦, 惠王曰, 子去寡人之楚, 亦思寡人不? 陳軫對曰, 王聞夫越人莊舃乎? 王曰, 不聞. 曰, 越人莊舃仕楚執圭, 有頃而病. 楚王曰, 舃故越之鄙細人也, 今仕楚執圭, 貴富矣, 亦思越不? 中謝揖曰, 凡人之思故, 在其病也. 彼思越則越聲, 不思越則楚聲. 使人往聽, 猶尚越聲也. 今臣雖棄逐之楚, 豈能無秦聲哉!"(搜韻網(https://sou-yun.com) 引用)

46 『晋書』卷一百十四, 「符堅載記下王猛」, "桓溫入關, 猛被褐而詣之. 壹面談當世之事, 捫虱而言, 旁若無人."(搜韻網(https://sou-yun.com) 引用)

47 『楚辭』, 「戰國楚・屈原」, 〈離騷〉, "甯戚之謳歌兮, 齊桓聞以該輔. 東漢王逸註, 甯戚衛人, 該備也. 甯戚脩德不用, 退而商賈, 宿齊東門外. 桓公夜出, 甯戚方飲牛, 叩角而歌. 桓公聞之, 知其賢, 舉用為卿, 備輔佐也."(搜韻網(https://sou-yun.com) 引用)

현장감 있게 묘사하였다. "앞서 간 사람은 내 이마를 밟고 있는 듯하고, 우러러보니 암벽에 혹처럼 매달려 있는 듯하며, 내려다보면 어지러울 정도로 높은 산"이라 하였다. 백운대의 높고 가파름을 효과적으로 드러내기 위해 마제백(馬第伯)의 「봉선의기(封禪儀記)」 한 구절을 가져와 차용하였으며, 『장자(莊子)』의 "그들은 삶을 군살이나 혹이 달라붙고 매달린 것처럼 생각한다.(彼以生爲附贅懸疣)"라는 구절을 변용하였다.[48] 이 연구에 대해 반정균은 '신기하고도 아름답다(奇麗)'라고 호평하였으며, 이조원도 "아주 뛰어난 필체[筆有鬼工]"라고 극찬하였는데 고사를 활용하여 독특한 발상을 시화하는 데에 착안한 평가로 볼 수 있다.

이처럼 황현은 새로운 의미를 창출하기 위해 감각적이면서도 생동감 있는 시어를 사용하는 작시 방법을 중요하게 여기고 이러한 사가의 연구를 선별하여 『집련』에 수록하였다. 이 연구들은 기존의 진부한 표현에서 벗어나고자 노력하는 과정에서 떠오른 기발한 발상을 포착하였고, 그 과정에서 현장감을 동반한 묘사와 생동감 있는 표현을 통해 새로운 시어를 창출하고 있다. 또한 다양한 고사를 적재적소에 오묘하게 조합하고 자유자재로 활용하였다.[49] 이처럼 전고를 연용(連用)함로써 자신만의 독특한 시경을 재치 있게 열어나갔다.

---

48 박종훈, 「초정 박제가 초기 시 고찰–『한객건연집』의 평어를 중심으로」, 『한국언어문화』 35, 한국어문화학회, 2008, 13쪽 여기서 마제백의 '봉선의기'에서 차용한 구절은 "兩從者扶挾, 前人相牽 後人見前人履底. 前人見後人頂, 如畵重累人矣."

49 고사 활용의 예로, "懶可蝶菴爲配享, 貧難麴部做尚書."(이덕무); "別來幾日非吳下, 和者無人又郢中"(유득공); "書未張軍韓阿買, 詩能名世鄭都官"(이서구); "梅花人比林和靖, 雪齋山如趙大年"(박제가) 등을 들 수 있다.

2) 색채의 대비와 조화를 통한 시중유화(詩中有畵)의 미적(美的) 표출

수록된 사가 연구의 또 한 가지 특징은 자연 경치의 묘사가 아름답고 회화적이라는 것이다. 사가는 그림을 보는 듯 생동감 있는 묘사를 시어로 담아내는 것에 주력하기도 한다. 이덕무는 "그림을 그리면서 시의 뜻을 모르면 색칠의 조화를 잃게 되고, 시를 읊으면서 그림의 뜻을 모르면 시의 맥락이 막히게 된다."[50]라고 하였다. 즉 시와 그림을 창작할 때 서로 통용되는 점이 있음을 말하는 것이다. 유득공은 이서구의 『호산음고(湖山吟稿)』 서문에서 이서구의 말을 인용하면서 "시 아닌 그림은 메말라서 운치가 없고, 그림 아닌 시는 어두워서 빛이 없다. 시문과 서화는 반드시 서로 어울릴지언정 홀로 익혀서는 안 된다."라고 지적한 바 있다. 즉 그림에서의 운치, 시에서의 빛깔은 창작 과정에서의 상호 보충적 역할과 더불어 창작자로서 갖추어야할 높은 요구를 제기한 것이다.[51] 또한 박제가는 "정은 있어도 그려내기 어렵다지만, 시화의 경지는 자못 서로 어울리네."[52]라고 함으로써 시화일치론(詩畵一致論)을 실천의 면에서 설명하였다.[53] 『집련』에서 수록된 사가 연구는 아름다운 필치로 눈앞에 펼친 자연 경을 그림처럼 묘사하여 시중유화의 미감을 표출한다.

---

50 畵而不知詩意, 畵液暗枯. 詩而不畵意, 詩脈永晋滯.(이덕무, 『青莊館全書』 卷六十三, 「天涯知己書」, 한국고전번역원DB.)

51 不詩之畵而無韻, 不畵之詩而無詩. 詩文書畵, 可以相須, 不可以單一功也.(유득공, 『영재집』 권7, 「湖山吟稿序」; 김병민 『조선중세기 북학파문학 연구』, 태학사, 1992, 288~289쪽에서 재인용.)

52 有情無相廆, 詩畵境相通.(『한객건연집』 권3, 〈通津雜漆首〉 其一)

53 안대회, 『18세기한국 한시사 연구』, 소명출판, 1999, 377쪽.

기울어진 햇빛에 산머리는 웅황으로 뿌리는 듯하고,　仄暉山忽雄黃潑
찬 햇무리에 하늘은 달걀색 주름으로 잡히려 하네.　冷暈天將卵色皺
(이덕무, 〈廣州途中〉)

해질녘 물결은 꽃을 적셔 자줏빛이 나고,　晚浪涵花紫
봄철의 강물은 달이 솟아 비추어 누런빛일세.　春江湧月黃
(유득공, 〈錦壁亭暮峀〉)

선명한 무지개 물가에 드리우니 비로소 갈증을 풀고,　飲渚雄虹初觧渴
성긴 버드나무 제방에 누우니 잠 못 이루네.　臥堤踈柳不成眠
(이서구, 〈湖上急雨有懷仲牧〉)

저 멀리 돌아가는 새 때때로 푸르게 보이고,　歸禽入遠時看碧
허공의 석양은 붉은 빛으로 가득 채우네.　落日盈空揔是紅
(박제가, 〈法華庵〉)

　첫 번째 이덕무의 연구를 보면, 해질 무렵의 산과 하늘의 실경을 그려
냈다. 기울어진 햇빛으로 인한 산과 하늘의 색깔 변화에 초점을 맞추어
아름다운 산수의 진경(眞景)을 보여주고 있다. 해가 서쪽으로 지면서
산색과 햇빛의 조화가 어우러지게 된다. 붉은 빛과 노란 빛이 섞여 산
전체를 물들이고, 하늘 위 구름에는 가을의 서늘한 기운이 달걀빛깔로
옅게 펴져 있 두 가지 색감을 조화하여 그림처럼 묘사하면서 이를 통해
독자로 하여금 시중유화의 미를 느끼게 한다. 두 번째의 유득공 연구에
서 또한 해질녘 때의 경치를 묘사한 것인데, 물결을 적신 자줏빛과 강물
에 비친 달의 누런빛이 서로 어우러져 회화적인 미감을 준다. 이서구의
연구에는 색깔이 선명한 무지개가 수평면에 맞닿아 갈증을 풀기 위해

강물을 마시는 것처럼 보인다. 게으른 버드나무가 제방에 누워 있어 산뜻한 바람에 흔들리면서 잠 못 이뤄 설레는 듯하다. 시 속에 그린 화면은 눈앞에서 한 폭의 그림처럼 펼쳐진다. 박제가의 연구에서는 해질녘이 되어 저 멀리 둥지로 돌아가는 새들이 파란 하늘 속으로 한순간 사라지니 푸르게 보인다. 석양의 빛에 하늘이 온통 붉은 색으로 물든 광경을 그려냈다.

특히 유득공의 연구에서는 '만랑(晩浪)-춘강(春江), 함(涵)-용(湧), 화(花)-월(月), 자(紫)-황(黃)'이 절묘하게 대우를 이루고 있으며, 이 가운데 '자'와 '황'은 대비가 되는 색채이면서도 풍경과 어우러져 조화롭게 묘사되어 있다. 이덕무는 '웅황(雄黃)-난색(卵色)', 이서구는 '홍(虹)-류(柳)', 박제가는 '벽(碧)-홍(紅)'이라는 시어를 통해, 이질적 색채를 대비하였는데, 이 색채는 객체로서 보다는 그림이라는 전체의 틀에서 조화롭게 구성되어 있다고 볼 수 있다.

반정균은 『한객건연집』의 서문에서 "해동사가의 시에는 경물 형상, 기개와 포부를 묘사한 것이 많으며 아름답고 오묘하니 반가운 작품들이다."[54]라고 평가하면서 사가의 시에 나타난 회화성[55]을 잘 파악하여 지적하였다. 황현 역시 이러한 점을 읽어내고 시화일치의 이론을 내세우며 섬세하게 묘사하는 회화성을 보여주어 시중화의 미를 표출하는 사가의 연구를 선별했을 것이다.

---

54 海東四家之詩, 多刻畵景物, 擺寫襟抱, 姸妙可喜之作.(『한객건연집』, 반정균 서문)

55 교묘한 색채의 조화로 시중유화의 미를 표출한 예로, "半黃楊委髮, 純赤棗呈心."(이덕무); "靑燈讀易人如玉, 荷綠經秋露有珠"(유득공); "微紅藥草藏階足, 迴白梨花表屋頭"(이서구); "遲出空靑眉際落, 長林全碧晝中分"(박제가)이 있다.

3) 사실적(寫實的)인 필치를 통한 농촌 실경의 재현

조선 후기에 지속적으로 전개된 문학사조는 사실주의(寫實主義)라 할수 있다. 특히 18세기 이전에는 작가의 낭만적 상상력에 의한 현실의 경물 묘사가 지나치게 과장되는 반면 18세기에 들어와 조선인의 인정(人情)과 감각에 부합하는 시가 창작되고 있다.[56] 수록된 사가 연구를 보면 당시 농촌과 그 속에서 살아가는 진솔한 일상사 등을 제재로 대상에 대한 세밀한 관찰을 통해 사실적으로 묘사하고 있다. 과대한 표현이나 상상이 개입되지 않고 직면한 정경을 그대로 충실히 그려내어 사물을 객관적으로 파악하였다.

늦게 난 물고기 손가락보다 가늘고 魚種晚生纖勝指
몸체 갖춘 햇병아리 주먹보다 크네.[57] 雞孫俱體大於拳

(이덕무, 〈題田舍〉四首 其二)

추우면 붉은 나뭇잎을 태우고[58] 冷燃殷色葉
주림을 참고 『초사』를 읽누나. 飢讀楚聲書

(유득공, 〈歲暮山中客〉五首 其四)

하늬바람에 옛 성에 소와 양들 내려오고, 西風古郭牛羊下
해질 녘 황폐한 마을에 산짐승들 날뛰네. 落日荒村虎豹橫

(이서구, 〈秋廬卽事有懷牧〉)

---

56 안대회, 앞의 책, 51~52쪽 참조.
57 『한객건연집』(국립중앙도서관 소장본)에는 "雞孫具軆大於拳"으로 되어 있다.
58 『한객건연집』(국립중앙도서관 소장본)에는 "冷燃銀色葉"으로 되어 있다.

대낮의 마을에 자연의 소리만 들리고 　　　　　午時墟落惟天籟
'卯'자로 된 사립문은 옛 글자처럼 뚜렷하네. 　　　卯字柴門宛古文

(박제가, 〈信宿李心溪鄕廬〉六首 其一)

　이덕무의 연구에서 시인이 농촌에서 보는 물고기와 병아리의 크기를
표현할 때 사람의 신체 부위의 크기와 견주어 묘사함으로써 독자로 하
여금 실제의 모습을 보다 명확하게 이미지화할 수 있도록 하였다. 이
밖에 다른 시에서도 농촌에서 살고 있는 아낙네와 사내의 실제 모습을
그려내기도 하였다.[59] 농촌을 추상적으로 묘사하지 않고 그 실상을 섬세
하게 보여준 것이다. 유득공의 연구에서는 농촌에서의 빈한한 현실 생
활을 그려내고 있다. 추우니 나뭇잎을 태우고, 배고픔을 참아 가며 『초
사』를 읽는 생활을 보여주면서 빈한한 농촌의 현실 생활을 사실적으로
그려내고 있다. 이를 통하여 시인의 학문 태도도 엿볼 수 있다. 이서구
의 시에서 해질 무렵의 마을의 실경을 그리고 있다. 해가 지고 가끔
호랑이와 같은 맹수들이 출몰하는 광경은 캄캄해진 마을의 황폐함을
더하여 시인의 쓸쓸한 감정을 내포하고 있다. 그리고 이는 서풍이 불어
방목하는 양과 소들을 집으로 모는 정경과 선명한 대비를 이룬다. 마지
막 박제가의 연구를 보면 대낮의 마을의 실경을 보여주고 있다. 오시(午
時)가 되어 사람들이 모두 낮잠을 자니 조용한 마을에 자연의 소리만
들린다. 멀리 있는 '묘(卯)'자 모양의 사립문은 분명히 옛 글자와 같다.
대낮에 농촌에서 본 실경을 담아내었다. 꾸밈없이 조선의 농촌을 섬세
하게 주시하여 시화(詩化)하고 전달한 것이다.[60]

---

59 寬衣健婦淳風返, 頓飯痴男慧竇塡.(黃玹 編, 『集聯』)

황현은 정감이 일어나는 대로 진솔하게 표현하는 것을 중요하게 여겼다. 또한 자신이 사는 시대의 풍기(風氣)에 맞는 글을 창작해야 한다고 강조하기도 하였다. 때문에 황현은 생활 주변에서 시의 소재를 찾고 이러한 사실주의를 지향한 사가의 연구들을 선별하였다. 아름답고 이상적으로 현실을 묘사하지 않고 비록 평범한 현실일지라도 있는 그대로를 생생하게 드러내고자 하였다.

4. 맺음말

본고에서는 『집련』에 수록된 사가 연구를 연구 대상으로 삼아 황현의 작시관과 함께 고찰하였다. 정리하자면, 황현은 사가의 『한객건연집』에 있는 사가의 시작품에 주목하였고, 여기에 내재된 신기(新奇)를 중요시하였다. 신기는 창작 주체의 개성과 관련된 것이었고 수사와 미적 지향으로서의 표현기법도 함께 수반되었다. 뿐만 아니라 색채의 대비와 조화를 통한 시중유화의 미를 표출하는 연구를 선별하고 보다 새로운 의경을 구축할 수 있었다. 또한 황현은 조탁 없이 농촌 실경을 사실적으로 구현한 연구에도 주목하였다. 이처럼 『집련』에 수록된 사가 연구의 양상에 황현의 작시관이 투영되고 있었다. 황현은 한시 학습책을 편집할 때 맹목적으로 유명한 시인의 시만을 선별한 것이 아니고, 자신이 공부하면서 얻는 경험이나 작시할 때 가지고 있는 생각과 융통하여 학습자에게 시 창작할 때 중요시해야 하는 것은 가르쳐 주었음을 알 수

---

60 박제가 연구의 다른 예로 "居民小說風塵事, 胖子能知利義分."도 들 수 있다.

있었다.

황현은 학문에 대하여 있는 그대로 본받으려 하지 않고 늘 비판적인 태도를 가지고 있었다. 이는 그가 신운시의 폐단을 지적한 점을 통해서도 확인되었다. 그러나 선별된 사가 연구를 살펴보면 신운풍이 내포되어 있었다. 신운설에 대하여 사가는 맹목적으로 답습한 것이 아니라 그 폐단을 탈피하여 비판적으로 수용하면서 자신만의 참신한 시풍을 이루었기 때문에 포함된 것이었다. 이러한 태도는 황현의 작시 태도와 상통하기 때문에 『집련』에서 왕사정의 연구[61]보다 사가 연구를 더 많이 인용했다는 것을 알 수 있었다. 따라서 황현이 후학에게 가르쳐 주고 싶은 것은 사가 연구의 공부를 통해 비판적 수용의 학시 방법을 터득하는 것도 있었다.

황현이 『집련』 서문의 후반부에서 언급했듯이, 지금의 사람이 시 창작할 때는 옛것에서 법을 취하는 것은 중요하나, 그 틀에 구속되지 않아야 한다고 말하였다. 또한, 그는 다른 글에서 "지금 여러 대가를 고찰해 보면 그 장단점을 감출 수가 없다. 가짜의 옛 것은 진짜의 현재 것만 못하다. 겉모습만 취한 것은 마음으로 얻은 것만 못하다."[62]라고 하였다. 즉 '옛 법'의 겉만 모방하지 않고 그 정수까지 잘 터득해야 자신만의 개성을 발휘할 수 있다는 뜻이었다. 초학자들이 시를 감상하는 능력이 아직 부족하여 쉽게 옛 법을 맹목적으로 따르게 된다. 그러나 후대 와서 시인들은 옛 시인의 한계를 거론하고, 경우에 따라서는 개선을 통해

---

61 『집련』에서 인용된 왕사정의 연구는 총 8연이다.

62 今考諸家 其瑕瑜不可掩 贋古不如眞今 貌取不如心得(黃玹,「讀初學集」其二, 『梅泉全集』 卷三, 전주대학교 호남학연구소, 1984, 380쪽.)

발전하였다. 이시인들의 시부터 보면 전대 시의 장점을 어떻게 취하고 단점을 어떻게 보충하는지도 공부할 수 있었다. 때문에 황현은 가까운 시대 시인의 시, 즉 청나라 시인이나 신위, 사가의 시를 먼저 읽고 나서 시의 흐름을 거슬러 올라가는 학습 방법을 취하는 것이 효율적이라고 생각한 것이다.

이처럼 『집련』은 교육서(敎育書)로써 연구를 가르칠 뿐만 아니라 시 창작 방법까지 학생들에게 알려주기도 했던 것이다. 이 책은 시를 공부하면서 작시관까지 터득할 수 있도록 하였다. 그러므로 본고에서는 황현이 사가 연구를 통해 학생들에게 가르쳐 주려는 내용과 방법을 밝히고자 한 것이다. 이로써 황현이 교육자로서의 또 다른 면모를 확인할 수 있었다.

이 논문은 『한국시가문화연구』 제43집에 등재된 것을 바탕으로 수정·보완한 논문이다.

참고문헌

1. 자료
黃玹 編, 『集聯』 (순천대학교박물관 소장)
柳琴 編, 李德懋·柳得恭·朴齊家·李書九 著, 『韓客巾衍集』 (국립중앙도서관 소장본)

2. 단행본
기태완, 『황매천시연구』, 보고사, 1999.

김병민, 『조선중세기 북학파문학연구』, 목원대학출판부, 1992.

류재일, 『이덕무의 시문학 연구』, 태학사, 1998.

안대회, 『18세기 한국 한시사 연구』, 소명출판, 1999.

이덕무 외 저, 김상훈·상민 역, 『사가시선』, 여강출판사, 2000.

정양완, 『조선조후기 한시연구: 특히 사가시를 중심으로』, 성신여자대학교출판부, 1983.

최승효 편, 『황매천 및 관련인사 문묵췌편』 상권, 미래문화사, 1985.

3. 논문

김영붕, 「황매천 시문학 연구」, 전북대학교 대학원 박사학위논문, 2014.

김원준, 「『한객건연집』을 통해 본 형암 이덕무 시의 특징 – 영남대학교 도남문고 소장 '봉호산방'본을 대상으로」, 『민족문화논총』 54, 영남대학교 민족문화연구소, 2013, 33~63쪽.

박종훈, 「조선 후기 왕사정 신운 시론 수용 양상 –한시 사가를 중심으로」, 『태동고전연구』 24, 한림대학교 태동고전연구소, 2008, 207~244쪽.

_____, 「초정 박제가 초기 시 고찰–『한객건연집』의 평어를 중심으로」, 『한국언어문화』 35, 한국어문화학회, 2008, 1~28쪽.

_____, 「형암 이덕무의 초기 시 고찰 –『한객건연집』을 중심으로」, 『한문학논집』 30, 근역한문학회, 2010, 383~412쪽.

배종석, 「『집련』을 통해 본 매천의 학시경향」, 『열상고전연구』 30, 2009, 5~34쪽.

_____, 「매천 한시의 서정적 특징 연구」, 성균관대학교 대학원 박사학위논문, 2012.

신혜숙, 「매천 황현의 문학사상 고찰」, 『동원논집』 제2집, 동국대학교 대학원, 1989.

이윤숙, 「한시사가의 초기시 연구–『한객건연집』을 중심으로」, 동국대학교 대학원 석사학위논문, 1999.

장 람, 「매천 황현의 중국문인 차운시 연구」, 전남대학교 대학원 석사학위논문, 2015.

장인진, 「조선조 문인의 육방옹시 수용에 대하여」, 『한문학연구』 제6집, 계명한문학회, 1990.

황수정, 「매천 황현의 시문학 연구」, 조선대학교 대학원 박사학위논문, 2006.

국립중앙도서관(http://www.nl.go.kr/nl/)
두산백과(http://www.doopedia.co.kr)
한국고전번역원DB(http://db.itkc.or.kr/)
한국고전적종합목록시스템(https://www.nl.go.kr/korcis/)
百度百科(baike.baidu.com)
搜韻網(https://sou-yun.com)
中國國家數字圖書館(http://mylib.nlc.cn/web/guest)
中國哲學書電子化計劃(http://ctext.org/zhs)
漢語大詞典(商務印書館香港有限公司)

〈은애전〉에 드러난 정조의 판결의도 고찰

『심리록』을 바탕으로 하여

진건화

1. 머리말

〈은애전〉은 실제 일어난 사건을 소설화 한 작품이다. 이 작품은 정조 14년(경술, 1790)에 전라도 강진현의 양가집 여성인 김은애 살인사건의 전말과 판결을 전계소설(傳系小說)의 형식으로 기록되었다. 〈은애전〉은 정조의 어명을 받들어 당시 겸검서관신(兼檢書官臣)이었던 이덕무(李德懋)가 1790년에 지은 것으로, 『내각일력』과 『아정유고』, 『조선왕조실록』에도 실려 있다.[1] 이는 강진에 사는 김은애가 결백을 증명하려고 자신을 모함하는 이웃 노파인 안조이를 살해하여 여러 차례 심판을 받고 결국 정조의 어명으로 석방된다는 내용의 작품이다.

그 동안 〈은애전〉에 대한 연구들은 살인사건의 발생 및 서사화를 '소문'이라는 중요 키워드로 잡아 윤리와 연관시켜 〈은애전〉을 살펴보고자 하는 논의[2]가 있었고, 〈은애전〉의 제재가 된 김은애 옥사에 관한 기록과

---

1 홍성남, 「〈은애전〉 연구」, 『시민인문학』 35, 시민인문학, 2018, 138쪽.
2 정인혁, 「소문과 배제의 윤리-〈은애전〉을 대상으로」, 『고소설연구』 44, 한국고소설학

〈은애전〉을 비교하여 그 서사화 방식을 살펴 정조가 김은애의 살인 행위를 기절(氣節)을 드러낸 행위로 규정함으로써 예교(禮敎)를 강조하여 유가적 사유의식이 무너지기 시작한 조선 후기에 유가적 가치질서를 회복하기 위해 사용한 권도(權道)이라고 주장한 논의[3]도 있었다. 더불어 〈은애전〉의 창작의도를 은애의 일을 처리하는 과정을 통해 정조가 왕의 직분을 잘 수행하고 있음을 밝혀서 이를 모든 백성들이 알고 중세 이념을 준수하는 삶을 살면 언젠가는 보상을 받는다는 것을 각인하는 데 있음을 창작의도로 드러낸 논의[4]도 있었다. 또한, 〈은애전〉의 문학적 특징과 교육적 효용성을 다루면서 정조의 사상인 도덕정치의 꿈을 이루고자 하는 의도와, 임금의 명을 받은 이덕무가 여성 교육의 필요성을 인식하고 도리를 실천하기 위한 방편으로 〈은애전〉을 활용하였다[5]고 보는 논의도 있었다.

그러나 본고에서는 아직까지 다루지 않았던 '정조의 판결의도를 중심으로' 하여 〈은애전〉 관련 여러 문헌들을 살펴 보고자 한다. 〈은애전〉은 역사에 실제로 일어난 김은애 옥사 소재로 하여 창작되었고, 『정조실록』을 비롯하여 여러 문헌들에 기록되었[6]다는 점을 감안할 때, 이 작품은 사건과 기록이 함께 존재하기 때문에 왕이 사건을 바라보는 의도가 다

회, 2017.

3 정인혁, 「〈은애전〉의 서사화 방식과 그 의미 연구」, 『동악어문학』 62, 동악어문학회, 2014.

4 최천집, 「〈은애전〉의 창작의도 고찰」, 『어문학』 131, 한국어문학회, 2016.

5 조도현, 「〈은애전〉의 문학적 특징과 교육적 효용성」, 『어문연구』 70, 동아어문학회, 2011.

6 홍성남, 위의 논문, 『시민인문학』 35, 2018, 149면에서는 '김은애 옥사 사건'과 관련한 기록들을 출전, 저자, 제목, 입전대상, 비고로 나눠 제시하고 있다.

분히 잘 드러났다고 볼 수 있으며, 여러 기록들을 통해 사건의 과정과
결과를 정조의 판결의도로써 더 자세히 알 수 있을 것이다.

기존의 연구에서는 정조의 판결 의도에 초점을 맞춰 다루어진 연구는
아직까지 없다. 본고는 기존의 연구 성과를 바탕으로 하여 〈은애전〉에
드러난 정조의 판결문을 비판적 시각으로 분석하겠다. 또한 정조가 살
인사건에 대한 판결을 기록한 『심리록』을 분석하면서 정조의 살인사건
판결기준의 분석을 통해 김은애 사건에 대한 판결의도를 밝히고자 한
다. 또한 기존의 연구에서 아직까지 주목하지 않은 '호남 지역' 문제를
고려해서 정조의 판결의도를 분석하는 데에 새로운 가능성을 모색해

출전	저자	제목	입전대상	비고
내각일력	이덕무	은애전	良人 김은애와 신여척	1790년 9월 1일
청장관전서 20권 (아정유고 12권)	이덕무	은애전	良人 김은애와 신여척	1790년
청장관전서 71권	이덕무	없음 (김은애전과 신여척 기사)	김은애와 신여척	1790년
조선왕조실록 (영인본 46집) 기사		전라도 강진현 은애 여인 살인죄 의논함	김은애	1790년 8월 10일
조선왕조실록 (영인본 46집) 기사		장흥사람 신여척이 이웃집 형제간의 싸움을 말리다 살인한 죄를 의논함	신여척	1790년 8월 10일
심리록 21권 기사		강진 김소사의 옥사, 장흥 신여척의 옥사	김은애, 신여척	1790년 1월 (전라도)
연경재전집 17권	성해응	김은애전	강진 양가녀와 신여척	1819년(기묘)
연경재전집 6권	성해응	김은애	김은애 강진 양가녀	草榭談獻三 (江上烈孝女와 金銀愛 合傳)
흠흠신서 23권	정약용	情理之恕八(室女被誣自殺 奸婆 根由奸淫實因被刺)	김은애	1822년(임오)

보고자 한다.

2. 〈은애전〉의 사건 전개 및 구조

〈은애전〉은 실제 발생한 사건에 대해 이덕무의 상상력이 덧붙여져서 창작한 작품이다. 〈은애전〉의 내용은 사건 발생의 인과 과정과 판결 부분을 전반부와 후반부로 나눠서 살펴볼 수 있다. 왜냐하면 전반부는 살인 과정을 생생하게 묘사하여 서사성을 강조하고 있는 반면, 후반부 는 판결 절차를 보여주고 정조의 판결문을 그대로 싣고 있기 때문에 서사성보다는 논리성을 강조하고 있어 앞뒤의 내용을 구별해서 봐야 할 것이다. 〈은애전〉에는 장흥에 발생한 신여척 살인사건도 함께 기록 하고 있다. 본 논문에서는 김은애 사건에 초점을 맞추고자 하기 때문에 신여척 사건에 대해서는 다루지 않겠다. 마지막으로 저자인 이덕무가 쓴 '정조 판결에 대한 찬(贊)'의 내용도 함께 실려 있다. 〈은애전〉의 구조 를 정리하면 다음과 같다.

전반부:
① 평소 안조이는 은애 어머니에게 쌀 등을 꾸러 다녔는데 은애 어머니 는 간혹 주지 않을 때도 있어 안조이는 이를 분개하며 그의 딸 은애를 해치고자 하였다.

② 안조이는 시누이의 손자 최정련에게 은애와의 혼사를 약속하며 은애 가 그와 남몰래 간통했다는 거짓말을 흘리고 다니라고 하였다.

③ 안조이는 먼저 이 거짓말을 자신의 남편에게 하여 남편이 그의 언행 을 질책했다. 그러나 소문이 성 안에 퍼져서 은애는 거의 시집갈 수가

없게 되었다.

④ 같은 마을 사람 김양준은 은애에 관한 소문이 거짓임을 알고 은애와 혼인하였다. 그러나 결혼 후 안조이가 더욱 심한 거짓말을 하여 은애에 대한 모함이 더욱 깊었다.

⑤ 2년 동안 소문과 모함을 당한 은애가 더 이상 참지 못해 안조이를 여러 차례 칼로 찔러 죽였다.

후반부:

① 1차 판결: 강진 현감 박재순이 사정을 알고 은애를 장하다고 여겨 죄를 용서하고 풀어주고 싶었지만 법을 어길 수 없어서 평의하는 문서를 대강 적어 관찰사에게 올렸다.

② 2차 판결: 관찰사 윤행운과 윤시동은 다시 은애를 심문하여 법 적용하는 것은 늦추도록 하여 이 사건을 은근히 돌려서 쓰어 임금에게 보고했다.

③ 3차 판결: 임금은 은애를 살려주려 했으나 이 사건을 중히 여겨 형조에 명령 내려 대신들에게 의논하게 했다. 결국은 은애를 용서할 수 없다는 의견을 올렸다.

④ 4차 판결: 임금의 비답을 내려 장흥 신여척 살인사건을 언급하면서 윤리의 상도를 숭상하고 기절을 소중히 여기는 뜻에서 두 범인을 모두 무죄로 석방하였다. 또한 이 두 옥안의 줄거리를 호남에 반포하여 사람마다 모르는 사람이 없게 하라고 하교했다.

전반부에는 저자인 이덕무는 사건에 대한 기록을 상상력으로 가공하여 인물의 성격 묘사, 사건의 진행 과정, 대화로 활용하여 김은애의 살인사건의 원인을 풍부하게 서술하고 있다. 전반부에서는 2년 동안 모함한 안조이의 형상과 김은애의 심정을 생생하게 부각하면서 은애의 억울함을 이해하고 동정의 마음을 드러내도록 하였다. 이런 묘사는 뒤에 나온 정조의 판결에 있어 정당성을 부여하는 데 작용하고 있다.

김은애의 살인사건이 전반부의 내용이라면, 이 내용을 토대로 하여 이루어진 판결은 후반부의 내용이라 볼 수 있다. 즉, 강진현의 현감이었던 박순재는 김은애 살인사건에 대해 쉽게 판결을 내릴 수 없어 이 사건을 관찰사에게 보고하였지만, 관찰사 역시 판결을 늦추도록 하여 결국 사건이 임금에게까지 보고되기에 이르렀다. 정조의 판결은 다른 살인사건과는 달리 풍속과 교화를 펴는 명목으로 은애의 목숨을 살려주려 하였다. 즉, 후반부에는 하나의 김은애 살인사건에 대한 심리 과정을 묘사하고 있지만, 동시에 조선시대에 일어났던 이와 유사한 사건의 심리 과정도 여실하게 드러내고 있다. 앞에서 살펴본 바와 같이 김은애 살인사건에 대하여 무려 4차례의 판결을 거쳤다는 것은 이 사건에 대한 판결이 매우 어려웠음을 짐작하게 한다. 글의 마지막에는 저자 이덕무가 정조의 판결에 대해 '찬'을 부친 내용을 덧붙혀 제시한다. 그 내용은 다음과 같다.

"아래와 같이 찬(贊)한다. 금상(今上)이 성덕(聖德)이 너그럽고 어지시어 중한 죄수를 심리하면 아프고 병 되는 것이 몸에 있는 것같이 생각하시었다. 해가 늦어서야 어찬을 드시고 밤에도 촛불을 여러 번 잇대면서 정상을 캐고 의심스러운 자취를 상고하여, 정의에 근본하였으며 문득 사유하신 것이 거의 2백 인이나 되었다. 덕음(德音)이 한 번 내리매 나라 안이 크게 기뻐하고 감격하여 눈물을 흘리는 자도 있었다. 김은애·신여척 같은 사람은 모두 능히 의리로 살인하여 살리는 데에 붙여진 사람들이다. 슬프다! 만일 은애·여척이 밝은 임금의 평반(平反)하는 것을 만나지 못하고 문득 죽임을 당하였다면, 필부(匹夫)·필부(匹婦)가 원통한 것을 씻지 못하고 의리가 펴지 못할 뿐 아니라 장차 참소하는 사람이 두려워할 것이 없고 우애하지 못하는 자가 잇달아서 일어날 것이다. 그러므로 은애가 석방되면서 인신(人臣)은 충성으로 권하였고, 여척이 석방되면서 인자(人子)가 효도를 힘쓰게 되었다. 왜 그런가? 오직 충신만이 그 몸을 깨끗이 하고 오직 효자만이 그 아우를 우애하나니, 충효가 흥기되면 밝은 임금의 교화는 넓어지는 것이다."[7]

위에서 제시하듯이 이덕무가 찬한 정조의 성품은 너그럽다고 제시한다. 즉, 죄가 무거운 죄수라 하더라도 죄에 대한 중함보다는 사람에 대한 안타까움에 늦도록 고민을 거듭하며 일상생활에서도 백성을 위한 마음을 드러내고 있다. 그러면서 김은애, 신여척 사건을 예로 들어 언급하며 남을 헐뜯어 없는 죄가 있는 것처럼 꾸며 거짓으로 죄를 입게 되는 억울한 일에 대한 원통함이 없도록 하고자 함을 제시한다. 이러한 판결로 인해 "인신(人臣)은 충성을 다하고 백성들은 효도를 힘쓰게 되겠다"고 한다. 이는 즉, 이덕무가 정조의 백성들에 대한 관심과 너그럽고도 밝은 덕에 대해 칭찬한 부분이다. 또한 정조의 판결은 충효의 이념을 일으킬 수 있는 계기를 마련할 수 있고, 이는 곧 임금의 교화를 넓힌다고 본 것이다. 이러한 정조의 판결은 정당한 것으로 정조의 판결에 대해 자세히 검토할 필요가 있다고 본다. 이 사건의 속성을 파악하기 위해 김은애가 안조이를 살해한 과정에 대해 살펴보겠다.

---

7 "贊曰, 今上聖德寬仁, 審理重囚, 念若洞瘝. 日旰進御膳, 夜必燭屢跋, 究南而卽于疑, 考跡而原于義, 則輒宥之幾二百人, 德音一下. 國中大驩, 至有感激弟需者, 如銀愛申汝倜, 皆能義殺而傅生也者. 嗟夫. 倘使銀愛汝倜不遇明主, 爲之平反, 一朝居然就戮, 不惟匹夫 匹婦 冤莫雪義莫伸, 將見讒人無所畏, 而不友者接跡而起也. 故銀愛釋而人臣勸忠, 汝倜放而人子勉孝, 何哉. 惟忠臣潔其身, 惟孝子友其弟, 忠孝興而明主之化溥矣."

(1) "강진 김조이 옥사

여인 김은애는 안 여인이 거짓말을 꾸며 모함한 것에 성이 나서 칼로 찔러 그날로 죽게 하였다.

[상처] 인후, 결분골, 견갑에 찔린 흔적이 있었다.

[실인] 칼에 찔린 것이다.

기유년 윤5월에 옥사가 이루어졌다."[8]

(2) "은애는 몸을 기울여 재빨리 할미의 목덜미 왼편을 찔렀으나. 할미는 오히려 죽지 않고 칼을 쥐고 있는 은애의 손목을 급히 잡았다. 은애가 재빨리 손을 뽑아내고는 또 할미의 목덜미 오른편을 찌르며 할미는 그제야 오른쪽으로 쓰러졌다. 은애는 쓰러진 할미 곁에 웅크리고 앉아서 할미의 왼쪽 어깨뼈 오목하게 들어갈 곳을 찌르고, 또 어깨. 겨드랑이, 팔다리, 갈비, 목덜미, 젖가슴 등을 찔렀는데 모두가 왼쪽이었다. 끝으로 오른쪽 등골뼈 등을 찔렀는데 두 번 찌르기도 하고 세 번 찌르기도 하였다 재빨리 칼을 들어 올려서 한 번 찌를 때마다 한 번씩 꾸짖었는데, 모두 열여덟 군데를 찔렀다."[9]

첫 번째 인용문은 『심리록』 21권에서 김은애 옥사의 사실을 기록한 부분이고, 두 번째 인용문은 이를 바탕으로 이덕무가 창작한 〈은애전〉의 일부 내용이다. 이 두 인용문에는 모두 은애가 안조이와 대면해서 잔인한 수법으로 안조이를 살해한 내용을 서술하였다. 첫 번째 인용문

---

8 "康津 金召史獄 金女銀愛, 怒安女構誣. 手刃, 卽日致死. (傷處) 咽喉缺盆骨肩胛刺痕 (實因) 被刺. 己酉 閏五月成獄." 『審理錄』 21권 庚戌年 1, 108쪽.

9 "側身俟刺其喉左. 嫗猶活. 急把其持刀之腕. 銀愛瞥然抽掣. 又刺喉右. 嫗始右仆. 遂蹲踞于旁. 刺缺盆之左. 又刺肩胛. 腋肘腨膊頸及乳皆左也. 末迺刺右脊背. 或二刺三刺. 揮刃飛騰. 一刺卽一罵. 凡十有八刺. 未暇拭刀血."

보다는 두 번째 인용문이 그 사건의 내용을 더 자세히 서술하고 있다.

은애는 안조이를 칼로 여러 군데 찔러 살해하였지만, 모두 급소를 피해 찔렀다. 이것은 은애가 피해자를 바로 죽으려던 것이 아니라 그에게 아픔을 주어 서서히 죽여 괴롭게 하려는 의도라 할 수 있다. 이러한 정황으로 보았을 때, 김은애가 비록 억울한 사정이 있었음에도 강진 현감에서부터 형조의 대신에 이르기까지 그녀를 용서할 수 없겠다는 의견을 드러낸 것에 대해 이해할 수 있다. 그러나 정조와 다른 의견을 지닌 현감에서 형조의 대신들의 주장은 바로 이 사건에 대한 당대인 인식의 한 면을 보여준다고 볼 수 있을 것이다.

따라서 김은애 살인사건의 전말을 헤아리고, 정조는 오히려 무죄한 판결을 내려 김은애를 처벌하지 않은 채 방면해준 의도가 무엇인지를 살펴보아야 이 작품의 창작 의도를 고찰할 수 있을 것이다.

3. 〈은애전〉에 드러난 정조의 판결

〈은애전〉의 뒷부분에 실려 있는 정조의 비답은 『정조실록』에서 그대로 인용한 것이고, 정조의 판결문 혹은 이 사건과 견련된 기록은 여러 문헌에서 기록하고 있는 것이다. 그러므로 『정조실록』에서 실려 있는 판결문을 인용하여 김은애 살인사건의 전말을 헤아리고, 그녀의 방종에 대한 정조의 태도를 보겠다.

> "정조를 지키는 여자가 음란하다는 모함을 당하는 것은 천하에 가장 원통한 일이다. 은애는 정조를 지키는 여자였으니, 한번 죽는 것으로 결판을 내려고 한 것이야 쉬운 일이었을 것이다. 그러나 그저 죽기만 해서는

알아주는 사람이 없을 것이 염려되었던 까닭에, 부엌칼을 들고 원수를 죽여 마을 사람들로 하여금 자신에게는 흠결이 없고 원수는 살을 도려내어서라고 갚아야 한다는 것을 환히 알게 하고자 한 것이다. 만약 은애의 일이 중국 전국시대에 생겼더라면 그 자취는 비록 다르다 하더라도 의당히 섭생과 그 이름을 나란히 했을 것이니, 태사공 또한 의협전을 짓는 것에만 어찌 그쳤겠는가?

수십 년 전 해서지방에 처녀가 사람을 죽인 일이 이 옥사와 비슷했는데 감사가 놓아주기를 청하자, 선왕께서 이를 칭찬하여 알리고 즉시 놓아주었다. 그 처녀가 출옥하자 중매쟁이가 구름처럼 모여들어 천금을 다투어 내놓고 데려가려 하여 결국 사족의 아내가 되었는데, 지금까지 미담으로 전해지고 있다. 그러나 은애는 원통함을 억지로 머금었다가 급기야 시집까지 간 뒤에 비로소 원한을 갚았으니 더욱 어려운 일이도다. 은애를 놓아주지 않는다면 무엇으로써 풍속과 교화를 펼 수 있겠느냐? 특별히 은애의 목숨을 살려주라.

일전에 장흥 사람 신여척을 석방해준 것도 윤리의 상도를 숭상과 기절을 소중히 여기는 뜻에서 나온 것이고, 이 번에 은애를 놓아주는 것도 역시 이와 같은 의미이니, 은애와 신여척에 관한 두 옥안의 대강의 줄거리호남에 반포하여 사람마다 모르는 사람이 없게 하라"[10]

---

10 "判付曰 天下之切膚徹骨之冤憤, 莫過於貞女之以淫被誣, 乍冒此名, 便溺於萬仞坑塹, 坑可攀而登, 塹可躍而出, 此名欲辨何以辨, 欲洒何以洒乎? 往往冤切而憤徹, 自經溝瀆, 欲暴其碧碧之情實者, 間或有之. 是如乎 銀愛者, 果不過十八歲女子耳. 果以江漢守紅之跡, 忽遭漱有㫚白之辱, 而所謂安女粧出掠花之虛影, 閃弄㫚箕之饒舌, 雖在結縭之前, 尙且決性命辨眞僞, 要作分明之身, 是去等 況㫚新緣縱觀於旭鳰, 毒射復肆於沙蛷, 一言脫口, 百喙吠影. 堞城之歌, 四面皆楚, 則冤切憤徹, 將判一死, 但恐徒死傷勇, 人無知者. 於是乎提出㫚刀, 走到仇家, 說得痛快, 罵得痛快, 畢竟白白晝, 刺殺一箇潑婦, 使鄉黨州閭, 曉然知自己之無累, 彼仇之可報, 而不效巾幗䰄婦, 旣犯殺變, 反事變化, 以㫚其僥倖㫚縷者流. 此誠熱血漢子所難辨, 而又非褊性弱女, 匿冤憤而經溝瀆之比也. 若使玆事, 在列國之時, 其外死生尙氣節, 可與聶嫈而齊名, 太史公亦當取, 而書之於 《游俠傳》 末. 分吡不喩 往在數十年前, 卽英宗朝 海西有似此獄事, 按道者請原之, 朝廷下褒諭, 卽令釋之. 厥女出獄, 媒儈

위 인용문은 〈은애전〉 속에 실려 있는 김은애 살인사건에 대한 정조의 비답이다. 이 비답의 내용은 3부분으로 구성되어 있다. 그 첫 번째는 김은애의 살인 행위의 타당성을 부여하기 위해 중국 전국시대의 섭앵(聶榮)을 비유하였고, 태사공이 그녀에게 의협전을 짓겠다고 그녀의 협의를 찬(贊)한 부분이다.

섭앵은 섭정[11]의 누나로, 신앙과 가족을 위해 자신의 목숨을 희생하고 동생의 명예를 위해 나서는 인물이다. 그녀의 성격은 강건하고 결단력이 있어 목숨보다 의리를 중히 여겨 중국에서는 협녀라 불리었다. 그렇기 때문에 정조는 섭앵을 비유하여 자신의 결백함을 지키고자 살인을 저지른 김은애와 유사하다고 제시하고 있다.

태사공은 『사기(史記)』의 저자인 사마천으로, 정조는 『사기』를 높이 평가해 『사기영선(史記英選)』을 편찬하기도 하였다. 정조는 역사를 기록한 사마천이 만약 이 옥사를 알게 된다면 김은애를 위해 의협전을 지어줄 것이라 주장하였다. 이것은 은애의 행위에 대한 정당성을 부여하기

雲集, 以千金賭, 其女終爲士妻, 至今傳爲美談. 惟今銀愛, 辦此擧於旣嫁之後, 尤豈不卓然乎哉? 銀愛身乙特放. 日前長興申汝倜之傳生, 出於重倫常, 重氣節也. 惟今銀愛之特放, 亦類是耳. 兩案梗槪及所下判辭, 謄頒道內, 仰知人而無倫常無氣節者, 與禽獸無異, 則未必不爲風敎之一助."『조선왕조실록』, 『정조실록』, 정조 14년 경술 , 8월 10일.

11 섭정은 전국시대 위(衛)나라 엄수(嚴遂)에게 발탁됐지만 엄수를 배신한 협루(俠累)를 죽인다. 거사를 치른 후 스스로 눈알을 뽑고 얼굴 피부를 도려내 철저히 신분을 숨기고 나서야 자결하는데, 이는 자신과 연루된 측근들에게 그 어떤 피해도 입히지 않기 위해서였다. 협루의 무리들은 그의 신원을 알아내려 저자거리에 시신을 던져놓고 현상을 걸기에 이른다. 이를 듣고 맨 먼저 달려온 이는 섭앵이었다. 섭정은 누이가 가장 먼저 달려올 것을 알고 있었으리라. 그는 자신의 모습을 훼손해 누이를 감추야만 했고, 누이는 아우의 의기를 세상에 드러내야만 했다. 결국 섭앵은 자신만 구차하게 살아남아 아우의 뜻을 왜곡시킬 수 없었기에 돌기둥에 머리를 찧고 죽음을 선택했다. 바이두, 백과사전, https://baike.baidu.com/item/%E8%81%82%E6%94%BF/590679?fr=aladdin.

위한 시도였다고 볼 수 있다. 하지만, 김은애가 사람을 죽인 이유는 의리를 지키기 위함이 아니라 자신의 원함을 풀기 위해서였다. '의협'이라는 사전적 의미는 '자신에게 은혜를 베푼 사람에 대해서는 목숨조차 돌보지 않고 충심으로 섬기거나, 목표 혹은 대의를 이루기 위해 자신뿐 아니라 처자의 목숨까지도 버릴 수 있는 의기와 용기를 지닌 것'을 말한다. 이렇게 보면, 은애의 행위는 철저히 개인적인 선택이며 자신의 목숨이 아닌 타인을 해치는 행위이기 때문에 김은애를 협녀 혹은 의협을 지닌다는 찬(贊)이 과연 타당할 수 있을지 의문이 생긴다.

"얼마 있다가 형조에 하교하기를, 지난번 호남지방의 죄수 중 은애는 그 처사와 기백이 뛰어났기 때문에 특별히 방면하라는 하명이 있었는데, 그처럼 강하고 사나운 성질로 그와 같이 분풀이를 하였으니 처음에 손을 대려다가 뜻을 이루지 못한 최정련이 다시 은애의 독수에 걸려들 우려가 없을지 어떻게 알겠는가. 그렇게 된다면 은애를 살리려다가 도리어 최정련을 죽이게 될 것이니, 사람의 목숨을 소중히 여기는 뜻이 어디에 있겠는가. 어젯밤에 마침 심사하여 내린 판결문을 뒤적이다가 이런 전교를 내리게 되었는데 이는 사실 공연한 생각이다. 공연한 생각이지만 사람의 목숨에 관계되니 해조로 하여금 사실을 낱낱이 들어 밝혀 해당 도에 공문을 띄워 그로 하여금 지방관을 엄히 신칙하여 다시는 최정련에게 손을 대지 않겠다는 다짐을 받아 감영에 보고하도록 하라."[12]

---

12 "尋敎刑曹曰, 向以湖南死囚中銀愛, 處事與氣魄之卓然, 有特放之命, 而以若强悍, 雪 若冤慎, 則初欲下手而未果之崔正連, 安知無更遭銀愛毒手之慮乎. 然則欲活銀愛, 反殺崔漢, 烏在其重人命之意乎. 昨夜適閱審理判辭, 有此下敎. 此誠浮念, 則浮念所關, 在於人命, 令該曹枚擧, 行會該道, 使卽嚴飭地方官, 招致銀愛於公庭, 以更無敢犯手於正連之意, 捧供報營." 『正祖實錄』 31卷, 正祖 14年 8月 10日.

『정조실록』에서는 정조가 김은애에 대하여 의협을 가진 여성으로 인식하지 않고, 오히려 그녀가 '강하고 사나운 성질'로 다시 살인을 저지를 수 있는 범죄자로 인식하고 있다. 그렇기 때문에 비록 그녀가 석방을 하더라도 남은 인생에 지방관의 감시를 받으면서 살아야 한다. 즉 정조는 그녀를 석방해도 그녀가 죄가 없다고 생각한 것이 결코 아니다. 그러므로 그녀의 의협을 찬양하여 그녀의 행위에 정당성을 부여하는 것을 다시 살펴볼 필요가 있다. 즉, 정조는 그녀를 범죄자로 인식하여 겉으로 화려하게 포장하고 있다. 그러나 진실로 그녀의 행위에 대한 정당성을 부여하는 것이 아니라 자신의 판결에 정당성을 부여하는 것으로 간주된다고 볼 수 있을 것이다.

두 번째는 선왕인 영조 때에 일어난 사건의 인용으로, 김은애 살인사건과 비슷한 사건을 제시하고 있다. 당시 영조가 석방한 여인이 나중에 사족(士族)의 아내가 되어 미담으로 전해진 사례를 인용하면서 자신이 본받아서 풍속과 교화를 펴기 위해 김은애의 목숨을 살려주겠다는 결론을 내렸다. 영조는 왕권 강화를 위해 힘을 기울었던 왕이었다. 정조가 즉위하자 영조의 치국(治國) 정책을 계승하고 여러 개혁 정책을 도모하여 왕권을 강화하고자 했다. 이를 위해 가장 근본적인 요구가 바로 민심을 얻는 것과 인정(仁政)을 실행해야 한다는 것이었다. 이러한 정조의 정치적 주장은 다음과 같이 확인할 수 있다.

"왕은 형옥(刑獄)에 있어서도 신중에 신중을 기하여 오직 불쌍하고 가엾은 마음으로 단 한 명이라도 잘못된 억울함이 있을까를 염려한 나머지 각도의 녹안(錄案)을 친히 염려 열람하느라 여러 자루의 촛불을 태웠고 …(중략)… 형(刑)은 정치의 보좌 도구이기 때문에 사람 목숨이 비록 중하다 해도 사건이 윤기(倫紀)나 교화(敎化)에 관련이 있으면 꼭 법에만 구애받을 것은 없는 것이다." 하였다."[13]

이처럼 정조는 죄 있는 사람에게 법을 집행하는 것보다는 억울함을 풀 수 있는 계기로 삼아 인륜의 교화(敎化)에 이바지하고자 했음을 알 수 있다. 이러한 백성에 대한 관심은 그가 인정(仁政)을 실행하고자 하는 의도와 영조의 뜻을 계승하여 근본적으로 왕권을 강화하고자 한 취지에 있다고 본다. 왜냐하면 전란을 겪었던 조선사회가 후기에 들어서자 국태민안(國泰民安)을 실현하는 것이 급선무가 되었다. 이러한 사회분위기에서 왕은 인도적인 정치를 실행하여 백성들을 윤리로 교화시킴으로써 통치를 공고히 하고 있기 때문이다. 즉 정조의 판결은 겉으로는 은애의 억울함을 해소하기 위한 것처럼 보이지만 실로 자신의 통치이념과 왕권을 강조하려는 의지를 담고 있었다.

마지막 세 번째 부분에는 정조가 신여척 옥사를 인용하고, 이 두 사건을 호남 사람에게 반포하여 이를 모르는 사람이 없도록 명을 내렸다. 결국 이 사건은 이덕무에 의해 〈은애전〉으로 만들어졌고, 김은애의 이야기가 지금까지 전해져 오게 된 것이다. 신여척도 마찬가지로 김은애와 같은 전라도 사람이다. 이 사건은 신여척 역시 사람을 죽였지만, 정조에 의해 무죄 판결을 받았다. 이 두 사건에 대하여 정조의 무죄 판결은 '윤리의 상도를 숭상과 기절(氣節)을 소중히 여기는 뜻'에서 나온다고 직접 밝히고 있다. 그러나 이 두 사건이 공통적으로 호남에서 발생한

---

13 『조선왕조실록』 〈정조대왕 행장(行狀)〉. "申明太學月講之式 拜永祐園 敎曰 孤露不死 來 謁象設 穹壤罔極 …(중략)… 其於刑獄 兢兢致愼 哀矜惻怛! 惟恐一夫之冤枉 親閱諸道錄案 筵燭屢跋 …(중략)… 刑者 所以輔治 人命雖重 事在倫紀敎化邊 則不當徒拘於法."

점을 무시할 수 없다. 또한, 마지막에 정조가 이 두 판결을 호남에 반포
하라는 명령을 고려하면 그 의도는 다르게 해석할 수 있다.

  물론 이 판결에 드러난 표면적인 내용을 고려한다면, 정조가 법보다
윤리를 숭상하여 인정(仁政)으로 백성들을 교화하려는 정치적 의도를
담고 있다는 것이 분명하다. 그러나 그가 김은애를 범죄자로 인식하면
서도 무죄 판결을 내린 숨겨진 의도가 과연 무엇인지 문제가 된다. 그리
고 살인사건을 심리할 때 정조가 어떤 기준으로 판결을 내렸다는 것에
대해서도 주목할 필요가 있다.

4. 『심리록』에 드러난 정조의 판결의도

  『심리록』은 조선후기의 대표적인 형사판례집으로 1775년 12월부터
1800년 6월까지 정조가 심리한 중죄인의 사건개요와 판결내용을 기록
하고 있다. 『심리록』은 동시대 다른 형사판례집에 비해서 사건개요 그
리고 가해자와 피해자의 인적사항 등이 부족하나마 기재되어 있다.[14]
정조년 간에 다루어진 사죄사건 1,112건이 왕의 判付를 중심으로 수록
되어 있는 자료이다.[15] 심리는 수령 → 관찰사 → 형조 → 국왕[16]으로 이

14 김현진, 「『심리록』을 통해 본 18세기 여성의 자살실태와 그 사회적 함의」, 『조선시대사학
   보』 52집, 조선시대사학회, 2010, 201쪽.

15 조순희, 「『審理錄』을 통해 본 死罪事件의 審理와 正祖의 刑政觀」, 국민대학교 대학원
   석사학위논문, 2004, 1쪽.

16 "살옥의 경우 수령이 두 차례 檢驗과 조사를 실시한 뒤 관찰사에게 보고하고, 관찰사는
   사건 내용에 의심스러운 점이 없다고 판단되면 錄啓하였다. 서울에서는 五部와 한성부에
   서 1, 2차 검험을 실시한 뒤 형조 당상이 完決하여 보고하였다. 형조가 錄啓文案과 完決文

어지는 절차에 따라 진행되었다. 위에 살려본 〈은애전〉의 심리과정은 이런 절차를 수행함을 확인할 수 있다. 『심리록』에서 정조의 판부를 기록하고 있기 때문에 정조가 사좌사건의 판결 혹은 죄를 저지른 백성들에게 관심을 기울었던 것을 알 수 있다.

『경국대전』에는 형사사건의 경우, 사건의 경중(輕重)에 따라 대·중·소로 나누어져 있다. 임금이 직접 판단하는 가장 중대한 형사사건은 대사(大事)라 하여 『심리록』에 기록되어 있다. 이 중에 살인사건에 대한 형사재판을 조선시대에는 살옥(殺獄)이라 불렀다.[17] 김은애의 사건은 바로 대사 중에 살옥에 해당되며, 정조의 직접적인 판결을 받은 사건이다. 그렇다면, 김은애 사건과 같이 『심리록』 안에 실려 있는 다른 사죄사건(死罪事件)에 대한 판부(判付)를 통해 정조가 살인사건에 대한 판결 기준과 특징을 고찰해 보겠다.

　　(1) "의심스러운 죄는 가볍게 처벌하는 것이 억울함을 풀고 화해하게 하는 하나의 방안이 되는 것임을 분명히 알겠다."[18]
　　(2) "의심날 때에는 가벼운 쪽으로 형벌을 내려야 한다는 조목에 붙여서 사형을 면제하여 주는 것이 옥사를 신중히 하고 죄수를 불쌍히 여겨야 한다는 정사에 해가 되지 않을 것이다."[19]

案에 대해서 적용할 律文을 검토하여 왕에게 보고하고 왕이 判付하는 단계가 조정에서 행해지는 실질적인 심리였다." 조순희, 위의 논문, 국민대학교 대학원 석사학위논문, 2004, 4~19쪽.

17 정순옥, 「정조의 법의식-『심리록』 판부를 중심으로」, 『역사학연구』 21, 호남사학회, 2003.

18 『심리록』 6권, 〈강진 소창현 옥사〉.

19 『심리록』 13권, 〈장흥 노 후동 등의 옥사〉.

우선 사건에 대한 의심스러운 점이 있으면 심중하게 처리해야 되고 처벌에 있어 가벼운 쪽으로 형벌을 내리는 것이 정조의 원칙이다. 이런 점에서 정조는 "옥사를 판결하는 데 있어서 실정이나 법에 있어 털끝만큼도 의심할 만한 것이 없다 해도 또 의심할 것이 없는 곳에서 의심을 일으키고 의심하고 또 의심하여 충분히 의심할 것이 없어야 비로소 판결을 내릴 수 있다"[20]는 말을 통해 그의 태도를 확인할 수 있다.

> (3) "살인 옥사에서 용서를 해주는 기준은 실인이 밝혀지지 않았거나 사장(시장)에 확인된 상처가 무겁지 않거나 살인을 목격하여 증언할 사람이 없는 경우를 제외하면 그 처벌을 낮추자는 의견을 낼 수가 없는 것이다. 설혹 세 가지를 모두 낮추었다 하더라도 법리 밖에서 찾아보아야 할 것이 있는 데 첫째는 천륜과 관련되는 것이고 둘째는 본심을 참조하여 헤아린다는 것이다."[21]

위의 인용문에서는 정조가 살인사건을 판결하는 데에서 증거의 중요성을 말하고 있다. 또한 천륜과 본심을 참고해야 한다고 주장하며, 윤리와 인간의 본성을 참고해서 사건의 속성을 대해 살펴봐야 한다고 했다. 이를 통해 정조가 살인사건에 대한 심중한 태도와 함께 인간 본성에 대한 사고와 윤리의 실천을 중요시하고 있음을 알 수 있다.

『심리록』을 통해 정조의 판결 특징을 살펴보기 위해 가장 주목할 점은 정조가 범죄자를 법에 따라 엄격하게 처벌하지 않았다는 것이다. 위에 살펴본 듯이 정조는 범죄자에 대한 감형, 심지어 무죄방면을 실행

---

20 『홍재전서』 166권, 『일득록』 6, 정사, 원임직제학 성유방, 갑진년 기록.
21 『심리록』 17권, 〈영암 천업봉의 옥사〉

했다. 그러나 이러한 과정에서 정조가 또한 자신의 기준을 가지고 있다. 그 중에 범죄 원인이 유교윤리 실천과 관련되면 감형된 사례 중에서 가장 빈도가 높았다. 김은애와 신여척처럼 윤리를 지키고 실천하기 위해 살인을 저지른 경우 감형 혹은 무죄 판결을 받을 수 있다는 것이다.

그것이 정조는 윤리 규범을 실천하기 위해 범죄를 저질렀을 경우에 그들을 엄격한 법으로부터 보호함으로써, 조정의 본뜻이 법을 굽혀서라도 풍속을 교화하는데 있다는 사실을 알리고자 하였다.[22] 반대로 윤리에 어긋난 범죄를 엄격하게 처벌함으로서 백성을 교화하려는 모습도 나타나고 있었다. 이런 경우에 정조는 여러 법전을 철저히 이용하면서도 법과의 대립적인 면모를 드러내지 않았다. 이런 점을 통해서 정조가 살인사건을 심리할 때 윤리를 강조하여 백성들을 교화하려는 정치적 인식이 강하게 부각되었음을 알 수 있다.

이처럼 정조는 살인사건에 대한 인식과 판결기준에 대해 살펴보았다. 이를 통해 정조는 백성들의 억울함이 없도록 신중하게 판결하여 윤리를 철저하게 운용하며 백성을 교화하려는 의도를 잘 드러내고 있다. 겉으로 보면, 정조의 판결은 사건 개체에 대한 파악이 아니라 관용적 판결을 통해 백성들의 풍속 교화를 목적으로 하고 있었음을 알 수 있다. 그러나 사건 개체의 속성이 다르게 때문에 정조의 판결 의도도 다르게 부각되고 있다고 여겨진다. 따라서 위에 살펴본 것을 바탕으로 〈은애전〉에 드러난 정조의 판결 의도에 대해 살펴보도록 하겠다.

정조가 김은애를 범죄자로 보고 있다는 것이 분명하고 그녀가 윤리를 실현함으로써 정조의 판결기준에 따라 무죄 판결을 받았다. 즉 그것은

---

22 『심리록』 14권, 〈남평심복 김옥사〉.

정조가 인정을 실현하기 위해 백성들의 억울함을 풀기 위한 시도였고, 정조의 애민주의적 통치이념을 엿볼 수 있다. 이를 통해 백성들을 교화하고, 유교적 윤리를 강조하여 통치 질서를 강화하려는 의도였음을 알 수 있다.

〈은애전〉의 창작 시기가 18세기인데, 이 때의 조선은 양란을 겪은 후에 사회적, 경제적, 정치적인 변화를 초래하였다. 특히 당쟁으로 표현되는 양반세력 내부의 갈등부터 '왕권주의'와 '신권주의'의 대립으로 집약할 수 있다.[23] 이러한 사회 배경 속에 정조는 불안정한 왕권을 보호하기 위해 탕평책과 같은 정책을 구상하면서 왕의 공권(公權)을 확립하려는 목적으로『심리록』을 편찬하여 주도적 위치를 확인하려고 했다.

> "오륜과 삼강은 결단코 범해서는 안 된다. 나라에는 군주와 신하가 있고 집에는 노비와 주인이 있다. 신하로서 군주를 범하면 역신이 되고 노비로서 주인을 범하면 역노가 된다. 세속의 교화가 날마다 무너져 가고 백성들의 풍속이 날마다 야박해져 장차 사람이 타고난 본성과 사물이 본래 가진 법칙들이 금수의 영역으로 떨어지게 될 지경이니, 이 어찌 조정이 범연하게 볼 사안이겠는가"[24]

정조는『심리록』의 사건을 이용해서 왕과 신하가 엄격히 구별되어야

---

23 "왜냐하면 양반과 노비의 관계를 규정한 奴主主義가 조선의 통치조직을 유지한 기본 원리인 군신주의와 그 형식과 내용에서 동일하였음으로, 이전의 명분논적 사화체제가 脫명분적인 방향으로 진행되는 것은 전통적인 지배체제 차체를 부정하는 방향이었기 때문이라는 것이다." 김현옥, 「정조의 경세사상 연구-『책문』을 중심으로」, 공주대학교 대학원 박사학위논문, 2010, 10~11쪽.

24 『심리록』 16권, 〈남부 노 득복의 옥사〉.

하며, 신분적 윤리를 잘 수행함으로써 왕권을 강화하고자 하였다. 즉, 사건에 대한 판결을 통해 자신의 통치이념과 군주 집권적인 의식을 반영하려던 것으로 볼 수 있다.

또한 김은애 사건에 대한 정조의 판결 의도를 분석하기 위해 가장 눈에 띄고도 가장 쉽게 간과할 수 있는 것, 즉 사건이 발생한 '공간'에 대해서도 무시할 수 없다. 정조는 왕권을 강화하고자 지방에 대한 관심부터 많은 개혁활동을 실현해보았다.[25] 정조는 중앙뿐만 아니라 지방으로 확대하여 나라를 장악하려는 의도도 지니고 있다. 특히 사건 발생지인 호남지역은 중앙과 멀리 떨어져 있다. 국가의 통제와 지배가 원활하지 못하기 때문에 호남을 비롯한 먼 지방의 백성들을 통치하기 위한 효과적인 방법으로 김은애를 방면하여 인정(人情)을 이용해서 호남 사람들을 교화하고자 한다는 가능성고 있다.

특히 조선후기 전라도의 경우에는 토지문제[26]로 인해 백성들의 부담이 많아지고 토지가 없는 사람들이 점점 많아지게 되어 도적떼가 된 상황이 많았다. 이런 배경에서 호남지역은 혼란에 빠지게 되었다. 『심리록』에 의하면 전라도 지역에서 살인사건을 발생한 빈도가 전국적인 범위에서 가장 높았다. 이는 아래 도표와 같이 확인할 수 있다.

---

25 정조는 왕권을 강화하기 위해 지방에 대한 관심을 많이 기울었다. 정조에 의해 전국적인 읍지 편찬을 집중적으로 진행하였고, 지방 인재 선발하는 데에 많은 노력도 기울었다.
26 "양난을 겪고 위정자들이 위기를 극복하고자 대동법과 군역법 등의 제를 시행하고 영농방법을 개선하여 移秧法과 畎種法을 실시하였고, 새로운 상품작물을 개발하였다. 이 시기 전라도의 경우를 보면 소작농가가 전체 농가 의 70%를 차지한다. 그러나 이앙법과 견종법의 보급으로 한 사람이 보다 넓은 땅을 경작할 수 있게 되자 소작할 땅을 얻는 데 있어 치열한 경쟁이 벌어졌다." 김현옥, 앞의 논문, 9~10쪽.

〈표1〉 심리록 수록 사건의 연도별·지역별 추이[27]

연도 \ 지역	서울	경기	경상	전라	충청	강원	황해	평안	함경	합계
1776년	5				4			5	2	16
1777년	8	1	3	1		1	2	1	1	18
1778년	6	2	1	1	1		1	3	1	16
1779년	7	11	8	11	5	4	14	9	1	70
1780년	14	4	2	1			4	7		32
1781년	2	9	20	39	14	4	5	7	4	104
1782년	13	8	12	8	4	4	3	9	3	64
1783년	5	7	13	12	16	3	9	17	1	83
1784년	11	9	14	15	9	5	16	10	4	93
1785년	1	6	8	13	14		10	17	3	72
1786년	5	3			1	2		1	1	13
1787년	2	2	7	9			3	6		29
1788년	1		3	1			4			9
1789년	20	10	17	11	11	1	3	12	3	88
1790년	10	3	6	8	14	4	30	14	2	93
1791년	3			4	1					8
1792년	3				7				3	13
1793년	5	2		14		1		1	1	24
1794년	8	1	15	9	5	5	5	2	1	51
1795년	6	4	7	2	2			3	1	25
1796년	5	5			3	1		10	3	27
1797년	6	17	13	12	10	2	12	7		79
1798년	4	9	8		8				1	30
1799년	6	3	3	9			7	2	2	32
1800년	5	1	5	5	2		4		1	23
합계	161	117	165	185	131	37	132	143	41	1,112

---

27 조순희, 앞의 논문, 8~9쪽.

그렇다면, 이 사건을 호남에 반포하게 하고 풍속과 교화를 이루어 호남지역의 안정을 실현하여 정조의 통치이념을 알리며 왕권을 강화하고자 하는 의도를 지닌 가능성도 크다고 볼 수 있을 것이다. 물론 정조는 법보다 윤리를 중히 여겼으며, 이 사건으로 백성들을 교화하고 인정을 실행하고자 하는 의도도 부정할 수 없다. 이를 바탕으로 정조가 지역에 대한 관심이 동시에 작용하고 있다고 볼 수 있을 뿐만 아니라, 이는 정주가 왕권을 강화하고자 생산된 신물이며 김은애 옥사를 서사화하여 〈은애전〉을 활용했던 것이라 생각해 볼 수 있을 것이다.

5. 맺음말

본고는 〈은애전〉을 중심으로, 정조가 김은애 사건에 대한 판결 의도를 밝히는 데에 목적을 두었다. 이를 위해 〈은애전〉의 서사전개 및 구조를 분석하여 이 사건의 기본적인 성격을 확인한 뒤, 정조의 판결문을 대해 분석하였다. 그 결과 정조의 판결은 겉으로 보는 것과 달리 정조는 김은애 기절(氣節)과 억울함으로 인해 무죄판결을 내린 것이 아니고 이 사건을 여성 윤리로 포장한 것을 보았다.

정조의 숨겨있는 의도를 밝히기 위해 『심리록』에 대한 분석을 중심으로 정조가 살인사건에 대한 판결기준과 특징을 살펴보았다. 정조는 살인사건을 심리할 때 언제나 신중하게 처리하여 백성들이 억울함이 없이 처리하도록 했다. 또한 인간 본성에 대한 사고와 윤리의 실천에 있어 중요시하고 있기도 했다. 그 의도는 정조가 인정(仁政)을 시행하여 애민주의적 통치이념을 펼치는 데에 있다고 본다.

정조의 판결 특징에서의 범죄 원인은 유교윤리 실천과 관련되면 감형 혹은 무죄 판결을 하는 반면에 윤리에 어긋난 범죄를 엄격하게 처벌하였다. 이것이야말로 정조가 살인 사건을 심리할 때 윤리를 강조하여 백성들을 교화하려는 인식이 강하게 부각되었음을 알 수 있다.

조선 후기에는 당쟁으로 인해 '왕권주의'와 '신권주의'의 대립적 관계가 이루어진다. 정조는 탕평책 등의 정책을 시행하여 『심리록』 판부를 통해 군신지도(君臣之道)의 윤리를 드러냄으로써 왕권을 강화하고자 했다. 또한 정조는 중앙과 멀리 떨어진 지방에 대한 관심도 기울었다. 특히 사회적으로 혼란스러운 호남지방에 대해서 국가의 통제와 지배가 원활하지 못하기 때문에 김은애의 방면(放免)을 통해 호남 사람들을 교화하고자 했다.

이렇듯 정조는 법보다 윤리를 중히 여겼으며 살인사건의 판결로 백성들을 교화하고 인정을 실행하고자 했다. 또한 지방에 대한 관심이 많았고 교화와 통치를 실현하려고 했음을 알 수 있다. 이는 모두 왕권강화를 이루고자 하는 과정에서 생산된 산물이며, 김은애 옥사를 서사화하여 〈은애전〉을 활용했던 것으로 여겨진다.

참고문헌

1. 자료
『은애전』
『조선왕조실록』
『정조실록』
『심리록』

2. 논문
김현옥, 「정조의 경세사상 연구-『책문』을 중심으로」, 공주대학교 대학원 박사학위
　　논문, 2010.
정순옥, 「정조의 법의식-『심리록』판부를 중심으로」, 『역사학연구』, 21, 호남사학
　　회, 2003.
정인혁, 「〈은애전〉의 서사화 방식과 그 의미 연구」, 『동악어문학』 62, 동악어문학
　　회, 2014.
＿＿＿, 「소문과 배제의 윤리-〈은애전〉을 대상으로」, 『고소설연구』 44, 한국고소
　　설학회, 2017.
조도현, 「〈은애전〉의 문학적 특징과 교육적 효용성」, 『어문연구』 70, 동아어문학
　　회, 2011.
조순희, 「『심리록』을 통해 본 사죄사건의 심리와 정조의 刑政觀」, 국민대학교 대학
　　원 석사학위논문, 2004.
최천집, 「〈은애전〉의 창작의도 고찰」, 『어문학』 131, 한국어문학회, 2016.
홍성남, 「〈은애전〉 연구」, 『시민인문학』 35, 시민인문학, 2018.

제2부

현대문학

장정일 시의 도시성 읽기

1. 서론

장정일은 1987년 첫 시집 『햄버거에 대한 명상』을 시작으로 『길안에
서의 택시잡기』 등 단독 시집 5권을 출간한 바 있다.[1] 상술한 2개 시집의
시들은 80년대 대중소비사회와 그곳에서 살아가는 사회 구성원의 욕망
을 날것으로 보여준다는 특징이 있다. 이에 대해서는 장정일의 시에
대한 기존 연구들 역시 공통된 의견을 보이고 있으나 그에 대해 충분한
검토가 이루어졌는지는 의문스럽다.

선행 연구들은 1980년대에 활동한 60년대 출생의 '신세대' 작가, 혹
은 해체시인으로서 그의 포스트모더니즘적 면모를 분석하거나[2] 일군의

---

1 장정일은 1962년 경북 달성에서 출생하여, 1984년 《언어의 세계》 3집에 「강정 간다」
외 4편의 시를 발표하며 등단하였다. 첫 단독 시집 이전에 박기영과 2인 시집 『성(聖)
·아침』(1985)을 출간하였고, 단독 시집으로는 『햄버거에 대한 명상』(1987)』, 『상복을
입은 시집』(1987), 『길안에서의 택시잡기』(1988), 『서울에서 보낸 3주일』(1988), 『통일
주의』(1989), 『천국에 못 가는 이유』(1991)가 있다.
2 김미미, 「1990년대 '신세대'작가의 당대형상화양상 고찰 – 시집 『햄버거에 대한 명상』,
『우울氏의 一日』을 대상으로」, 어문논총 제29호, 전남대학교 한국어문학연구소, 2016,

도시시에 대한 고찰로서 그 의식을 살펴보는 방식[3]으로 진행되었다. 이들 연구는 모두 장정일의 특성을 잘 짚어내었으나, 시의 한계를 밝히는 데 있어 '불완전'하다거나 대안이 없는 자기파괴를 보이고 있는 것으로 결론짓고 있다. 하지만 장정일 시에 대한 그러한 평가는, 세계에 대한 관점이나 대상에 대한 인식을 염두에 두지 않고 내린 불충분한 해석이다. 또한 그의 시에서 자본주의 사회 속 도시의 풍경을 들여다보는 연구 역시 일종의 재현 양상(어떤 모습을 표현했는지)을 서술할 뿐, 그것이 표현된 방식이나 인식하는 주체의 의식과의 연관성은 언급하지 않았다.

　1980년대 후반 출간된 장정일의 시집 중『햄버거에 대한 명상』,『길안에서의 택시잡기』에 수록된 일군의 시에는 그의 출생시기인 1960년대에서 첫 시집이 출간된 1980년대까지의 한국 사회의 경제 개발 시기의 사회 구조 및 사회 구성원의 인식 양태가 시적 사건으로서 내재해 있다. 그리고 시인으로서의 화자가 그 시적 사건과 함께 나타난다는

123~141쪽.

이형권, 「80년대 해체시와 아버지 살해 욕망: 황지우, 박남철, 장정일의 시를 중심으로」, 『어문연구』제43집, 어문연구학회, 2003, 581~608쪽.

윤석성, 「대중소비사회에서의 시적대응」, 『한국문학연구』제20호, 동국대학교 한국문학연구소, 1998, 51~81쪽.

강소연, 「소통을 욕망하는 일탈의 시쓰기 -황지우, 장정일 詩篇의 중층텍스트 연구」, 『이화어문논집』제23집, 이화어문학회, 2005, 199~226쪽.

이연승, 「장정일과 황지우 시에 나타난 유희적 해체의 양식에 대한 연구」, 『비평문학』제25호, 한국비평문학회, 2007, 289~313쪽.

3　전재형, 「장정일 시에서 반영되고 있는 소비사회」, 『한남어문학』제32호, 한남대학교 한남어문학회, 2008, 159~180쪽.

강철수, 「80년대 시에 나타난 도시공간의 의미 연구 - 도시적 실험파에 속하는 시인들을 중심으로」, 『한민족문화연구』제17호, 한민족문화학회, 2005, 35~66쪽.

임영선, 「80년대 도시 연구 - 최승호, 장정일을 중심으로」, 『국제한인문학연구』제5호, 국제한인문학회, 2008, 99~129쪽.

점은 도시성 읽기 작업에서 중요하다.

장정일의 시에서 '도시'는 단순히 장소에만 국한되지 않는다. 장정일의 '도시'는 그곳에서 생활하는 군중을 포함하며, 보다 근본적으로는 그들이 놓인 구조를 감싸 안고 있다. 크게 바라볼 때 이것은 자본주의 사회가 당면한 문제일 것이다. 그러나 이를 모두 '자본주의 테제'로 포괄해 버린다면, 도시에 대한 문제의식은 다시금 흐려지게 된다.

본고에서는 선행 연구의 한계를 보완하는 방향에서, 자본주의 사회 도시에 상호작용하는 군중이자 시인으로서의 총체적 체험을 형상화한 장정일의 시를 살필 것이다. 도시를 텍스트로 접근하여 읽어낸 시도의 선두에는 발터 벤야민(Walter Benjamin)이 있다. 그는 보들레르의 작품에서 19세기 파리의 정치적·경제적·문화적 특성들을 읽어내고자 하였다. 기존의 보들레르 연구가 만물 조응이나 예술지상주의 사상에 경도되어 있던 것과는 차별되는 접근이었으며, 그의 불안정성과 정치적 애매함을 당시 사회사적 배경 간의 연관성 속에서 이해 가능하게 하였다. 19세기 파리는 산업혁명의 완성기에 이르렀으나 정치적으로는 검열이 공존하고 있었다. '자유'는 경제적으로나마 허용되는 것처럼 보였다. 그러나 그 역시 거대한 자본 논리 안의 구속에 지나지 않았다. 벤야민은 보들레르에게서 자본주의 사회 발전에 놓인 19세기 파리와, 그곳의 여러 문화적 현상들과 상호 관계하는 주체의 시적 표현을 발견한다.

장정일의 시에서 발견되는 도시 체험, 넓게는 한국 사회에 대한 체험도 정부의 주도로 이루어진 전에 없던 경제 발전과 제한된 정치적 자유를 바탕에 두고 있다. 또한 그러한 사회의 모습을 묘사하며 비판하는 것이 아니라, 그 변화에 놓인 군중의 한 사람이자 시인으로서의 불안정함을 표출하고 있다는 점에서 벤야민이 읽어낸 보들레르와 유사성을 갖는다. 다시 말해 장정일과 보들레르는, 도시 독법 내에서 군중과 시인이 자본주의 사회에서 느끼는 불안 또는 그 사회적 위치의 변화를 시적으로 표현함으로써 그들이 속했을 사회 구조의 이면을 들여다보게 한다. 이러한 시도는 도시를 실현 무대로 삼는 자본주의 사회의 국면을 읽어내는 하나의 시도이기도 하다.

2. 안과 밖의 도시 공간

60년대 초부터 추진된 경제 개발은 도시를 현대적 면모를 갖춘 공간으로 탈바꿈시키기 시작했다. 전에 없던 건물 양식들과 상업 시설들이 등장하였고, 그에 따라 도시민을 비롯한 전 국민들의 생활양식들도 조금씩 갈등을 빚으며 변하였다. 장정일의 시에서는 이와 같이 새롭게 등장하거나 부상한 시설들에 대한 시대적 고민과 불안이 담겨 있다. 다시 말해 도시의 공간들은 그를 체험하는 이들의 의식과 불가분의 관계에 있으며, 장정일의 시에서 그 공간들을 살피는 것은 시적 화자의 의식과 연계된 당시 공간 경험에 대한 추론을 가능케 한다. 먼저 그의 도시에 대한 의식이 분명히 드러나는 지하공간에 대한 시를 보고자 한다.

공습같이 하늘의 피 같은 소낙비가 쏟아진다/ 그러자 민방위 훈련하듯 우산 없는 행인들이/ 마구잡이로 뛰어 달리며 비 그칠 자리를 찾는다/ 나는 오래 생각하며 마땅한 장소를 물색할 여유도 없이/ 가까운 지하도로 내려가 몇 분쯤 비를 피하기로 했다 (중략) 사십 일간의 홍수가 다시 진다 해도 끄떡하지 않을 지하도/ 나는 느릿하게 지하도의 끝과 끝을 거닌다/

검둥개라도 한 마리 끌고 다녔으면 그 참 멋진 산보일 것인데./ 슬금슬금
윈도를 훔쳐보는 나에게 어린 점원들이/ 들어와 구경하시라고도 하고 어
떤 걸 찾으세요 묻기도 한다/ 각종 의류며 생활 용품 그리고 식당에서
화장실까지 거의 완벽한 지하도/ 그러면 이런 공상을 해보기도 한다. 이
곳에서 여자 만나/ 연애하고 아이 낳고 평생 여기 살 수도 있을 것이라
고……

「지하도로 숨다」(『햄버거에 대한 명상』) 부분

　화자는 지상의 비를 피해 지하도로 숨는다. 이 지하도는 화자에게
비를 피할 수 있는 장소이면서, "사십 일간의 홍수"에도 안전할 방주를
의미한다. 보도 전용의 지하도 개발은 1966년 서울을 기점으로 도시계
획의 한 영역으로 눈에 띈 증가를 보인다. '새 서울'의 시정 10개년 계획
에 포함되어 있던 지하도공사 중 명동 지하도공사는 상가 없는 인도로,
예산 2천만원이 책정되었다.[4] 다음 해 67년 서울시는 시청 앞 광장에
양쪽으로 상가를 설치한 지하도를 공사할 계획을 밝힌다.[5] 이후로 상가
를 낀 지하도는 새로운 시장으로서 주목을 받게 되었고, 지하철도 및
지하보도를 포함한 지하공간에서 상가를 보는 것은 어려운 일이 아니게
되었다. 이제 지하도는 단순한 통로의 역할을 넘어 "각종 의류며 생활
용품 그리고 식당에서 화장실까지" 갖춰져 지상의 역할을 해낸다. 더욱

4　「새서울靑寫眞」(2), 『경향신문』, 1966.01.05.
5　"16일 김현옥 서울시장은 시청 앞 광장 둘레의 건널목에 모두 지하도를 파기로 결정,
　이미 공사중인 중앙산업-조선호텔 쪽 간의 태평로 지하도에 이어 개풍빌딩-구 대한일
　보, 반도아케이드-경남극장, 시청-태평로 파출소 간 등 3곳에 또 지하도를 만들기로
　했다고 말했다. 이들 세 지하도는 공사비 1억 5천여만원으로 오는 8월경에 착공 예정이며
　기존 지하도와 달리 양편에 상가를 설치할 계획이라고. 이 세 곳엔 당초 보도육교를 세울
　방침이었으나 변경된 것." (「시청 앞 광장에 지하도」, 『동아일보』, 1967.3.16.)

이 지상의 비와 같은 일종의 고난으로부터 안전하다는 점에서 오히려 지상보다 우위의 가치를 획득한다. 따라서 화자는 "평생 여기 살 수도 있을 것"이라 가정도 해 보는 것이다. 지하도에서의 산보 중에 화자는 어린 점원의 관심을 받는 것에 은근한 도취감을 갖는다.

> 바깥에서 비가 그쳤는지 어떠한지 도무지 여기서는 알 수가 없다/ 도무지 바깥의 기상을 알 수 없는 여기는 무덤인가/ 장신구며 말이며 몸종과 비단 옷감이며 씨앗 단지들/ 그 많은 부장품을 함께 매상한 여기는 고대인의 무덤인가/ 지하도의 끝에서 끝으로 한 번 더 걸으며 윈도에 비친 얼굴을/ 쳐다본다. 창백해진 얼굴, 아아 내가 이 무덤의 주인인가?/ 그러고 보니 이번에는 아무 점원도 나를 불러 세우거나 묻지 않는다/ 그래 나는 유령 이제는 비가 그쳤기도 하련만 지상으로 올라가기가 싫다 (중략) 하지만 나는 유유히 돌아가리라 그리고 나는 부활했다/ 휘황찬란한 백 촉 전구가 불 밝히고 늘어선 문명의 무덤을 걷어차고/ 나는 솟아올랐다. 들어라 나는 재림 예수라고 소리치면/ 사람들은 믿을 것이다 안 믿을 것이다 아마 믿을 수밖에 없을 것이다/ 안 믿을 수밖에 없을 것이다 아아 믿거나 말거나/비를 피해 나는 지하도로 숨은 적이 있는 것이다
>
> 「지하도로 숨다」(『햄버거에 대한 명상』) 부분

그러다 그는 그곳을 "무덤"으로 인식하기에 이르는데, 모든 것이 갖춰진 지하도의 모습이 "장신구며 말이며 몸종과 비단 옷감이며 씨앗 단지들"을 매장한 "고대인의 무덤"으로 보였기 때문이다. '모든 것이 있다'는 긍정적인 측면을 무덤이라는 부정적 의미와 연결시키는데, 이때 안전과 편의를 보장해주었던 장소가 무덤으로 환기되면서, 화자는 '멋진 산보자'에서 "무덤의 주인", "유령"으로 뒤바뀐다. 여기서 지하도는

삶에의 의지를 의미하는 공간에서 죽음의 공간으로 변한다. 하지만 이 죽음의 공간은 삶 이후의 죽음에서 끝나지 않고, "부활"을 준비할 공간으로 다시 의미화되고 있다. 따라서 화자에게서 지하도는 모순을 지니는 공간이다. 지상을 '피해' 당도한 지하도는 그를 지상으로부터 보호하고 삶의 편의를 제공함과 동시에 "문명의 무덤"으로서 도시계획의 결과물이며 지상에게서 밀려난 공간이다. 이 같은 모순적 공간이 시 텍스트 안에서 정합성을 갖는 이유는 그것이 변증법적 이미지로 작용하고 있기 때문이다.

<표1> 「지하도로 숨다」의 지하/지상 공간

	지상(2)
지상(1)	지하(2) ↑
↳ 지하(1)	

화자는 지상(1)에서 지하(1)로 이동한다. 이는 정(正)에서의 반(反)으로의 이동이며, 다시 지상으로 솟아오르려는 화자의 인식에서 지하(2)는 지상(1)과 지하(1)이 통합된 도시 현실에 대한 알레고리적 공간이 된다. 이 지점에서 지상(2)는 현실로부터 도피하여 당도할 수 있는 유토피아로 상정된다(합(合)).

지상의 비를 피해 지하도로 왔으나, 어쩌면 그는 '도망'을 강요당한 것이다. 지상으로부터 밀려난 화자는 지하에서도 지상에서의 삶을 유지하고 싶어 한다. 그리고 지상으로 돌아가 "재림 예수"로 솟아나고자 싶다. 이는 밀려난 곳으로 재진입하고자 하는 욕망을 의미한다. 결국 여기에서 지하도는 도시계획의 결과로서 탄생한 지상에 대한 가치절하된

미메시스와 다르지 않다. 지하도는 지상과의 대척점에 있다는 점에서 그와 대조적인 의미로 쉽게 해석될 수 있으나 장정일의 시에서 지하도는 오히려 지상에 대한 아류적 모방이자 자본주의 논리에 따른 개발 **무대의 뒤편**이라 할 수 있다.

장정일은 외부자인 화자를 내세우면서 지하/지상, 건물의 안/밖을 상정하여 도시민의 경험을 형상화한다. 이러한 공간 설정은 도시 경험을 형상화함과 동시에 그 곳에 놓인 관찰자의 위치를 드러낸다는 점에 주목할 필요가 있다. 즉 그는 외부자로서 공간을 경험하고 있지만 한편으로는 내부자로의 진입 혹은 이미 내부자가 되어버린 이중적 위치에서 있다.

> 파란 쥐약을 먹고 여관방 쓰레기통을/ 안은 채 새우처럼 등이 굽어버린 사내에/ 대하여 들은 적이 있는가. 커다란 첩보원 가방에/ 월부책 카다로 그를 가득 넣고, 전국을 개처럼 돌아다닌/ 그의 말 없는 가죽구두에 대하여――그의 가죽구두는/ 네 짝―― 그 외롭고 큰 네 발에 대하여 당신은/ 들은 적이 있는가? 가족을 지척에 두고 간이역과/ 간이역을 내쳐 뛸 때, 그는 깨달았다. 날이 갈수록/ 집으로 돌아가는 일은 어렵다는 것을// 하여 그는 끝장냈다. 더는 울지 않고――언젠가 초라한/ 여관의 꿉꿉한 이불 위에서 그는 울먹인 적이 있다/ 끝? 끝? 이라고――스스로의 목구멍을 막았다. 견디지/ 못하여!――누구도 그것을 막을 수 없다. 그의/ 생을 우리가 대신 살아줄 수 없는 그 때문에,/ 우리가 목격하는 자살은 언제나 타인의 몫이 된다/ 결국, 그것이, 그렇다――
>
> 「세일즈맨의 죽음 ― 속, 안동에서 울다」(『햄버거에 대한 명상』)

집은 인간의 기본적인 욕구라 할 수 있을 '숙(宿)', '식(食)', '성(性)'을 동시에 충족시킬 수 있는 공간이다. 반면 여관은, 일정 시간 돈을 주고 빌린 집이라는 점에서 차이가 있다. 「세일즈맨의 죽음」에서 세일즈맨은 "집으로 돌아가기 어렵다는 것을" 느끼는 상황 속에서 여관을 집으로 삼아 전국을 돌아다니다 그곳에서 자살을 택했다. 여관의 용도를 상기시켜 본다면 여관은 여행객이 '내일'을 준비하기 위한 공간일 것이다. 하지만 세일즈맨에게 여관에서의 '내일'은 여행객의 그것과 다르다. '떠남'이 목적인 여행객에게 '내일'은 새로움과 희망에 대한 기대일테지만, 정착(집)을 갈망하는 세일즈맨에게 '내일'은 반복되는 오늘에 지나지 않기 때문이다. '지하'의 공간이 결코 '지상'이 될 수 없었듯이, '여관'도 그에게 '집'이 될 수 없었던 것이다. 여관이 성행한 배경에는 근대화와 자본주의 사회로의 진입, 성매매와의 연결이 깔려 있다. "성매매와 여관의 연결은 자본주의 사회의 탄생과 더불어 조직된 남성 노동자 문화, 공/사영역의 분리와 연관된다."⁶ 여관은 단순히 잠을 자기 위한 공간이 아니라 육체적 욕망을 해소시키려는 사적 영역으로 분리된다. 정확히 말하자면 만들어진 사적 영역으로 추방된 것이다.

　여관은 사적 영역에 놓여진, 그래서 '개인의 욕망'이라는 서술이 자연스러운 '욕망'과 함께 공적 영역 바깥에 있다. "세일즈맨"의 여관에서의 죽음은 "전국을 개처럼 돌아다닌" 그가 진입하고자 하는 어떤 영역에 대한 "말 없는" 저항에 다름 아니다. "간이역과/ 간이역을 내쳐 뛸 때" 도시는 그에게 정착의 공간으로 여관을 허락한다. 그에게 여관은 일종의 노동으로부터의 '도피처'이자 안에서 바깥으로 '추방된 곳'이다. 따라서 여관이라는 사적 영역에서의 그의 죽음은 그와 같은 사정들을 사적 영역으로 감추어 버린 데에 대한 폭로로 작용하는 것이다. 그러므로 여관은

6　이나영, 「욕망의 사회사, '러브모텔'」, 『사회와역사』 96권, 한국사회사학회, 2012, 197쪽.

지하도와 마찬가지로 현대사회를 상징적으로 보여주는 공간이다.

자본주의 사회의 발전은 가난으로부터 벗어나 풍족함을 얻게 하였으나 거기에는 끝없는 노동력 재생산이 요구된다. 도시는 '풍족함'과 역동성 등을 가시적인 '공적 영역'에 두지만, 노동력 재생산에 대한 군중의 피로와 괴로움은 도시 무대 뒤편인 비가시적인 '사적 영역'의 공간으로 위치시킨다. 때문에 "세일즈맨의 죽음"은 여관에서의 자살이자 현대사회에서의 자살이다. "세일즈맨"은 살아있는 내일로부터 도망쳐 "꿈이 없는 잠"에 든다.

한편 도시의 건물 중 안으로의 진입이 허용되지 않은 공간도 나타나는데, 이는 앞선 공간의 속성과 반대의 모습을 보여준다는 점에서 특기할 만하다. 「백화점 왕국」과 「20밀리」에서 화자는 시의 소재가 되는 공간의 바깥에 위치한 채로 언술한다.[7] 이들 작품은 각각 도시의 백화점과 은행을 배경으로 갖고 있다. 이 두 장소는 모두 자유로운 출입을 허용하고 있지만, 그것은 어디까지나 경제적 활동이 전제되어야만 가능하다. 이와 대조적으로 지하도와 여관에서의 화자는 모두 공간 안으로 진입하여 그곳에서의 경험들을 술회하였다. 하지만 자본주의 사회 도시

---

7 "밀대와 빗자루가 작은 내 생활의 가게를 쓸고 있을 때/ 쳐들어오는 것이다. 허벅지에 꿀을 가득 묻힌 벌떼같이/ 낮게 웅웅거리며 황금색 상호로 번뜩이는/ 왕국의 차들이 오는 것이다.(중략) 여점원들에 대해서라면 몇 가지 부기할 것이 있다/ 기사식당에서 나는 늘 그녀들의 일부를 만나곤 했지(중략) 이 왕국엔 보안이 없다. 오고 싶은 자는 오라지/ 당신 어깨 두드리며 아마 그는 그렇게 속삭일걸/ 우리 친구가 되지./ 어때?"(「백화점 왕국」 부분)
"유리로 만들어진 거대한 문/ 이 문에는 주인이 없다 그 대신/ 유리로 만든 명확한/ 사용규칙이 있다/ 누구나 사용할 수 있다는 것/ 그것이 유리로 만든 그 문의 헌법이었다// (중략) 누구나 사용할 수 있는 문을/ 통행 불가능한 칸막이로 착각한 거지 노인이/ 잘 닦여 반짝이는 두께 20밀리 유리/ 문 밖에서 고집스레/ 죽음을 맞이한다"(「20밀리」 부분)

에서의 이 안과 바깥의 경험은 경제적 활동의 유무에 따른 화자의 사회
적 박탈감을 담지하고 있다. 지하도는 '지상'으로부터의 도피라는 측면
에서 아직 누구에게든 '열려있는' 공간이다. 그러나 백화점과 은행은
경제적 활동을 약속하고, 무거운 문을 열어야만 '열리는' 공간이다. 한
편 여관은 그 안에서의 경험이 '사적인 영역'으로 분리된다는 점에서
'공적인 영역' 혹은 "왕국"의 바깥에 자리한 공간이다. 다시 말해, 시의
장소들은 경제적·사회적 맥락에서 화자에게 안과 바깥의 공간 속성이
배치되는 것이다.

3. 상품과 인간의 욕망

도시 공간은 그 안과 밖의 공간 논리에 따라 필연적으로 안으로 진입
하고자하는 욕망을 내포한다. 자본주의 사회에서 '상품'은 그와 같은
욕망을 자체로 보여주는 사물이다. 상품은 안과 바깥의 문턱에 진열돼,
그것 자체가 '안'에 대한 가치를 담은 것처럼 보이지만, 그것은 분명히
문턱에 놓여 바깥을 향해 있다. 그것은 구매자로부터 선택받는 순간
안으로 진입할 가치를 인준받는 것이다.

현대인들은 그들이 가진 노동력을 상품화하여 선택받고, 인정받기를
욕망한다. 그리하여 현대 인간의 자아실현에 대한 욕망은 이 상품의
욕망이 함께 뒤엉켜 있다. 앞서 언급했듯이 '욕망'은 자본주의 사회에서
'개인의 욕망'이라는 호명으로 사적 영역에 놓여 있는데, '상품'이 사실
은 이 사적 영역에 '놓인' 욕망에 기생함으로써 공적 영역으로 진입한다
는 점에서 '상품'은 결코 온전한 '안에서의 가치'를 획득하지 못한다.

달리 말해 자본주의 사회의 공적 영역과 사적 영역의 구분 혹은 분리는
도리어 그들의 공존의 필요로 인해 탄생한 것이며, 따라서 공적 영역과
사적 영역 모두 도시의 내부임을 반증하는 것이다.

　장정일 시의 도시 공간 욕망은 강요되고. 따라서 왜곡되고 뒤틀린
모습을 보인다. 일반적으로 이러한 양태는 병적 증세로 설명할 수 있을
것이다. 그러나 그 욕망의 모습이 병적 증세로 보이는 현상의 근간에는
위와 같은 안과 밖의 끊임없는 소외 현상으로 '상품'의 욕망이 작동하는
자본주의 사회의 도시성이 있다. 왜곡된 욕망을 가진 이들이 등장하는
그의 시는 자본주의 사회의 무비판적인 대중을 향한 시위가 아니라,
강제되고 뒤틀린 욕망을 모두 '개인의 히스테리'로 치부하는 사회에 대
한 고발이다.

　　광고가 끝나면 사내는 무기력하게/ 티브이를 꺼버린다. 매일 저녁 15초
　가 필요할 뿐/ 사내는 사진을 들여다본다. 짝사랑하는/ 그녀 사진을 사내
　는 모은다. 방에 붙이기도 한다/ 흰 이를 드러내고 웃는 모습, 수영복을
　입은 모습/ 승마복을 멋지게 입은 사진을 그는 모은다./ 그리고 칼을 대어
　잘라낸다. 샴푸의 요정이/ 어느 영화에 출연해서 보여주는/ 곧 입술이
　닿으려는 찰나의 남자 배우 입술을/ 면도날로 잘라낸다.// 선전 문안이
　들끓는 밤 열한시/ 나지막이 샴푸의 요정이 속삭이지 않는가/ 그녀의 노래
　가 귓전에 맴돌지 않는가./ 쓰세요, 쓰세요, 사랑의 향기를/ 느껴보세요.
　그리고 그녀의 약속이/ 가슴속에 고동치지 않는가. 오늘 밤/ 당신을 찾아
　가겠어요. 광고 속에서/ 그녀는 약속했었지. 욕망이 들끓는 사내의 머리통
　　　　　　　「샴푸의 요정」(『햄버거에 대한 명상』) 부분

　화자는 샴푸 광고 모델의 사진을 모으며 그녀를 욕망한다. 광고는

소비자의 욕망을 자극하여 상품을 사도록 유도한다. 소비자의 편에서 그 유도는 일종의 강요의 형식이다. 화자에게 있어 대상인 샴푸 광고 모델은 그 주체성이 은폐되어 있는 존재다. 그는 모델로서 노동을 하지만, 결국 광고 속의 상품의 소비를 유도하는 또 다른 상품에 불과하기 때문이다. 화자는 광고가 판매하고자 하는 샴푸를 욕망하지 않고, 샴푸를 광고하는 모델을 욕망한다. 이 지점에서 서로간의 소외가 발생한다. 화자는 상품으로서의 모델을 만나기 때문에 진정한 관계 맺기에 실패하며, 모델은 광고에서 이미지이자 상품으로서 재생산되고 반복될 뿐 화자를 절대 만날 수 없기에 관계 맺기에 실패한다. 결국 광고를 사이에 두고 양방향의 소외와 충족되지 않는 욕망이 반복된다. 상품을 욕망하고, 사물에 히스테리적 집착을 하는 것은 사실상 이와 같은 구조를 바탕으로 갖는다. 즉 개인의 왜곡된 욕망이 아니라 왜곡된 구조로 인한 결과가 현사회의 욕망인 것이다.

> 그 역시 배가 고팠고, 그의 가족은 매일 굶주렸다. 하여 그는 때리는 남자가 되려고 했다. 그러나 장안에는 굶는 사람이 많았는지 카바레마다, 때리는 남자 응모자들로 들끓었다. 그들은 거한이면서 묘한 성적 매력마저 소유하고 있었으나, 그의 풍신은 조신했고 밤새도록 다섯 발이나 되는 가죽채찍을 휘두를 근력도 없었다. 때리는 남자를 포기한 그는 가로, 세로, 높이, 1평방 미터의 철제 우리를 만들고 그 속에 들어가 굶기를 자청했다. 그러자 장안의 3류 써커스단에서 그를 고용했다. 단식 광대를 보러 오시오, 굶는 묘기를 보러 오시오! 써커스단은 굶는 남자로 유명해졌고 굶는 대가인 그의 임금은 매일 쌀 한 봉지로 바꾸어져, 굶는 가족에게 보내어졌다.
>
> 「연명」(『길안에서의 택시잡기』) 부분

'먹고 사는 일'은 언제나 문제적이다. 화자는 먹고 살기 위한 직업으로 "때리는 남자"가 되려 하지만, 그마저도 허락되지 않는다. 그의 몸이 상품가치로서 우월하지 못하기 때문이다. 그래서 그가 선택한 일은 아이러니하게도 '먹지 않고 사는 일'이다. 화자가 피하고자 하는 '굶기'가 상품화될 수 있는 맥락에서 그는 오히려 그것을 벌이로 삼아 그 대가로 먹을 것을 받는다. '굶기'가 묘기, 상품이 될 수 있는 이유는 굶는 일이 더 이상 흔치 않은 사회적 맥락 때문이다. 그런 와중에 화자는 굶는 일로 골몰한다. 그것은 사회의 아이러니를 꼬집는데, 즉 굶는 일이 흔치 않은 사회가 아니라는 것이다. 시의 말미에 화자는 "하지만 그런 일은, 까마득한 옛날, 몇 백 년 전에나 있었던 일이라고 ⋯⋯"라는 언술은 지금까지 서술한 내용을 모두 허구적 사실로 붙임으로써, 아이러니를 증폭시키는 효과를 가져온다. 굶지 않기 위해 굶는 묘기로 그것을 해결할 수 밖에 없는 일이 불가능한 일로 여겨질수록, 도시가 얼만큼 풍요란 이미지를 재생산하고 조작했는지를 드러내는 척도가 되기 때문이다.

한편 몇 달간의 녹음으로 초주검이 된 가수는/ 레코드회사 사장이 빌려준 승용차를 타고/ 자신의 아파트로 기어들어가 뻗는다/ 그리고 몇 달간의 밀린 잠을 잔다/ 그 사이 전국의 레코드 상회에서는/ 새로 발매된 그의 레코드가 전시되고/ 레코드 상점의 점원은/ 포장된 한 인간을 팔기 시작한다./ 「새로 나온 레코드 들어보시겠어요?」/ 성대이상이 생긴 가수가 이비인후과에 다닐 때/ 잠도 자지 않고 목도 쉴 줄 모르는 레코드는/ 저 혼자 불티나게 팔리고 부지런히 전파를 탄다/ 녹음이 끝나는 순간 가수는 죽어 버렸고/ 그는 갈갈이 찢긴 채 플라스틱 수지 속에 포장됐다.

「포장상품」(『길안에서의 택시잡기』) 부분

"포장된 한 인간"은 "새로 나온 레코드"다. 몇 달간의 노동은 레코드가 판매되고 방송되어 나온 수익으로 보상받을 것이다. 하지만 레코드는 성대 이상을 가져온 노동과 별개의 것인 것처럼 "잠도 자지 않고 목도 쉴 줄" 모른다. 레코드는 판매량과 대중상품으로서 평가를 받음으로써 그 가치를 인정받는다. 몇 달간의 노동 시간은 그 가치를 평가하는 데 어떤 영향도 미치지 않을 것이다. 그래서 녹음이 끝난 가수는 포장상품으로서 살아 있고, 인간으로서는 "죽어 버렸"다. 예술가는 작품을 통해 가치를 인정받고, 예술은 작품의 가치가 영원불멸함으로써 그 가치를 인정받았다. 그러나 이 시에서 문제시되는 것은 그와 같은 작품에 대한 평가가 아닌, 포장으로 은폐된 노동 과정이다. 그런 측면에서 '포장'은 인간과 레코드를 경계 짓지만 한편으로 그것은 노동하지 않는 성대이상 환자를 비가시화한다.

> 스물 아홉 살의 돈많은 독신녀./ 그녀는 매일 W·X·Y 비디오로 전화를 한다./ 그리고 자신이 쓴 극본에 따라/ 비디오를 찍는다. 일인극의 주인공이 되어/ 비디오 찍히는 것이 그 독신녀의/ 오래된 취미이자 생활이다.(중략) 이렇게 완성된 10분짜리 필름. 그녀는/ 거기에 더빙을 하여 「나를 사랑하려는 욕망」이란 제목을/ 갖다 붙인다. 그리고 이 최신작을 똑같이 복사하여/ 유명감독과 인기배우들에게 발송한다. 그녀는 8미리 스타.(중략) 30만원만 주면, 누구나 찍힐 수 있다./ 누구나 주인공이 된다.(중략) 이제는 그녀가 영화를 찍는 것인지, 영화 속의 그녀가 그녀를 대신 사는 것인지 모르게 됐다.
>
> 「8미리 스타」(『길안에서의 택시잡기』) 부분

상품에 대한 감정이입은 그렇게 자아실현에 대한 혼란을 가져오기도 한다. 「8미리 스타」 속 그녀는 8mm 무비카메라로 직접 배우와 작가, 감독이 되어 영화를 찍는다. 영화 촬영은 그녀에게 "나를 사랑하려는 욕망"이다. "비디오 찍히는" 대상이 되기를 자처함으로써 욕망을 채우려는 그녀는 자기만족에서 그치지 않고, 다른 이에게도 완성된 작품을 보여 배우로서의 존재를 알리려 한다. 하지만 비디오를 찍는 것은 직업으로서의 배우와 더불어 '주인공' 위치를 얻기 위한 작업이다. '대상'이면서 '주인공'이기를 원하는 그녀의 욕망은 자본주의 사회에서의 대중이 느끼는 상품에 대한 감정이입과 다르지 않다. 이 '주인공'이라는 단어에는 능동성과 수동성이 함께 공존한다. '주인공'은 흔히 극 중에서 서사의 중심에 서 있으면서 그 주체적 행동을 통해 이야기가 진행되듯 보이나, 주변인물이나 그 바깥의 관객의 시선 없이는 존재할 수 없기 때문이다. 다시 말해 '주인공'은 필연적으로 누군가의 시선을 요청하고 욕망한다. 상품이 진열장에 전시되어 구매자들의 시선을 요구하듯이, 그리고 구매자들의 입장에서 마치 상품이 주체가 되어 자신들을 유혹한다고 느끼듯이 말이다.

그러나 "30만원만 주면, 누구나" 대상이 되고 주인공이 될 수 있는 것은 자본주의 사회의 또 다른 면을 시사한다. 기술발전으로 인해 8mm 영화촬영기가 보급화되어 그 값을 지불할 수 있다면, 소수의 사람들만 가능했던 경험을 누릴 수 있다. 하지만 이 사실은 또 다시 그 값을 지불하기 어려운 사람들이 여전히 존재함을 전제한다.

4. 시 쓰는 상품으로서 시인

앞선 장에서 도시 속 군중에 초점을 둔 시들을 보았다면, 여기에서는 자본주의 사회 도시 속 시인의 불안을 드러낸 시에 주목하고자 한다. 시인인 화자는 도시의 넝마주이와 거리산보자의 모습을 동시에 보여준다.[8] 도시의 폐품을 수집하여 시를 쓰는 시인은 한편으로 그의 시 쓰는 노동력을 전시하며 거리를 걷고 있기 때문이다. 장정일은 시인인 화자를 시에 들여오는 일종의 메타시[9]를 선보인 대표적 시인이기도 하다. 장정일의 메타시와 해체시에 대한 평가는 대부분 '해체주의적' 방법론의 일환으로 이야기되어 왔다. 그러나 본고가 살펴보고자 하는 자본주의 사회 풍경이라는 맥락에서, 그의 메타시는 일견 다른 면으로 해석된다. 메타시는 시와 시인, 시쓰기의 과정을 작품으로 들여온다는 점에서 그동안 장르해체에 대한 능동적 발상이거나 텍스트 바깥에는 아무것도 없다는 포스트모더니즘적 사상의 발현이었다. 이는 달리 말해 문단 안에서의 저항적 작용일 것이다. 하지만 앞선 군중의 상품에 대한 감정이입의 맥락에 메타시가 놓일 때, 시와 시쓰기, 시인에 대한 언급은 상품으로서의 예술작품, 노동으로서의 시쓰기, 노동자로서의 시인을 말하

---

8 벤야민은 샤를 보들레르에게서 넝마주이의 면모를 발견하였다. "그것은 각운이라는 노획물을 찾아 거리를 헤매는 시인의 발걸음이다. 그것은 또한 말할 것도 없이 걸어가는 도중에 눈에 띈 쓰레기를 줍기 위해 순간마다 멈추어 서는 넝마주이의 발걸음이다." (발터 벤야민, 김영옥·황현산 옮김, 『보들레르의 작품에 나타난 제2제정기의 파리| 보들레르의 몇 가지 모티프에 관하여 외』, 도서출판 길, 2010, 142쪽.)
9 1980년대 말 1990년대 초 '시란 무엇인가'에 주목한 새로운 시 경향이 등장했으며 90년대 문학 담론에서는 이를 '메타시'라 명명하였다. 메타시는 시나 시인, 혹은 시 쓰기 행위 자체를 그 대상으로 삼는 시를 이른다.

는 사회반영적 시 장르로 읽힌다.

　장정일은 그의 첫 시집 『햄버거에 대한 명상』의 서문에 "세상의 시집은 모두 다 유고시집이지요"라고 적었다. 시인은 시집(상품)을 출판(생산)하고 죽음을 맞이하는 존재임을 상기시키는 문구다. "녹음이 끝나는 순간 가수는 죽어"(「포장상품」) 레코드만 포장상품이 되어 팔리듯이 시인의 운명도 다르지 않다.

> 　시로 덮인 한 권의 책/ 아무런 쓸모 없는, 주식 시세나/ 운동 경기에 대하여, 한 줄의 주말 방송프로도/ 소개되지 않은 이따위 엉터리의./ 또는, 너무 뻣뻣하여 화장지로조차/ 쓸 수 없는 재생 불능의 종이 뭉치./ 무엇보다도, 전혀 달콤하지 않은 그 점이/ 내 마음에 들지 않는다.
>
> 　　　　　　　　　　　　　　　　　　　「시집」(『햄버거에 대한 명상』) 부분

　「시집」은 자조적인 어조로 시와 시집의 "쓸모"에 대해 말한다. 화자가 말하는 "쓸모" 있는 것은 운동 경기나 방송프로에 대한 소개, 국립극장 초대권 정도다. 이는 상품 층위를 지시한다. 시집은 시를 묶어놓은 상품이라는 점에서 시에 대한 종이 뭉치이며 국립극장 초대권과 운동 경기 소개는 공연과 운동 경기에 대한 종이 뭉치이다. 따라서 시집과 국립극장 초대권 등은 모두 어떤 내용물을 판매(상품화)시키고자 하는 수단이라는 측면에서 동일성을 갖는다. 이러한 관점에서 볼 때, 사실상 쓸모는 시와 운동 경기, 방송프로, 공연에 적용된다. 화자에게 있어 운동 경기나 방송프로는 대중에게 무리 없이 소비되는 상품들이지만, "시집"과 "시"는 "이제 막 연애를 배우는 어린 소녀들", "장서를 모으는 수집가", "성도착증의 젊은 부인", "강단에서 시를 해석하는 문법학자"들에게나 소비되는 것이다.

이러한 화자의 자조적인 어조에는 시의 쓸모를 포함하여 상품의 속성 및 '쓸모 있음'에 대한 근본적 물음이 담겨 있다. 이 물음은 특히 "끈끈한 조사와 형용사로 단어와 단어 사이를 교묘히 풀칠"하며, 서로 "맞붙어 싸우는" 시인에게로 향한다. 큰 틀에서는 시에 대한 정의와 시인의 역할을 강조하는 메타시의 자기반영성의 한 면모라 할 수 있으나 상품이 되어 팔리고자 경쟁하는 자본주의 사회의 군중으로서 시인의 모습을 함께 드러낸다고 할 수 있다.

한편 시인 사이의 경쟁은 예술의 '새로움'과 관련된다.[10] 그가 『햄버거에 대한 명상』에서 선보인 메타시는 당시 문단의 흐름 내에서도 새로운 경향성으로 꼽힐 만큼 주목을 받았다. 특히 시작 과정을 시화한 「길안에서의 택시잡기」는 메타시의 전형으로서 자주 언급되는 작품이다.

길안에 갔다.
길안은 시골이다.
길안에 저녁이 가까워 왔다. 라고
나는 썼다. 그리고 얼마나
많이, 서두를 새로 시작해야 했던가?
타자지를 새로 끼우고, 다시 생각을
정리한다. 나는 쓴다.

길안에 갔다.

---

10 "보들레르는 시장의 성격에 부응하는 독창성이라는 것을 최초로 생각한 사람이었으며, 따라서 이 독창성은 그 당시에 다른 모든 독창성보다도 독창적이었다. …… 그의 시편들은 경쟁 상대인 시들을 물리치기 위한 특수한 조치들을 간직하고 있다." (발터 벤야민, 「중앙공원」, 위의 책, 300쪽.)

길안은 아름다운 시골이다.
그런 길안에 저녁이 가까워 왔다.
별이 뜬다.

이렇게 쓰고, 더 쓰기를
멈춘다. 빠르고 정확한 손놀림으로
나는 끼워진 종이를 빼어,
구겨 버린다. 이놈의 시는
왜 이다지도 애를 먹인담. 나는
테크놀러지와 자연에 대한 현대인의
갈등을 추적해 보고 싶다. 종이를 새로
끼우고, 다시 쓴다.

「길안에서의 택시잡기」(『길안에서의 택시잡기』) 부분

장정일은 시 쓰기 과정을 반복하는 시인 화자를 등장시켜 시 쓰는 과정을 시화(詩化)하고 있다. 전면에 내세운 이 시 쓰는 작업은 시의 이해를 돕기 위해 시작 노트를 첨부한 것 이상의 의미를 갖는다. 시인에게 시 쓰는 과정은 노동 과정과 같기 때문에, 시 쓰는 과정이 첨부된 시는 상품의 내용과 상품 형식을 종합하는 시라 말할 수 있다. 「길안에서의 택시잡기」는 시인이 시를 쓰는 데 그 의미를 온전히 충족시킬 텍스트를 창작해내는 노동 과정의 어려움과, 시가 독자를 만나기까지의 일종의 유통 과정 및 그 배경 구조를 시로써 총체적으로 보여준다.

"독자로 하여금 계속 읽어내려 가게 할 만큼 경쾌"하게, "출판사의 사장이자 시인인 한 선배로부터, 비약이 심하다는 평"을 의식해 구체적으로 쓰겠다고 밝히는 화자의 고백에서 시의 창작이 더 이상 시인의 독자적인 표현물이 아님을 알 수 있다. 상품의 유효성이 판매량에 달려

있듯이 작품의 유효성 역시 독자의 수요에 의존한다. 이제 시인은 시장
의 개개인을 의식하게 되었다. 시는 자본주의 사회에서 쓸모에 대해
질문 받고, 시인은 '먹고 살기 위해' 팔릴 시를 부단히 창작해야 하는
운명에 놓였다. 즉 「연명」과 「포장상품」 등의 화자(군중)와 메타시의 화
자(시인)는 같은 사회 구조 속에서 운명을 공유하는 것이다.

> 그러다가 103동 커브를 돌아오는 검은 점을 보고서/ 시인 장정일씨 얼
> 굴은 똥빛이 되었다/ 검은 가죽옷 껴입은 월부수금원이/ 검은 오토바이를
> 타고, 두 달 전에 10개월 월부로 구입한/ 현대의 한국문학(범한출판사 간,
> 32권. 12만 8천원)의/ 3분기 월부금을 받으러 오고 있었다.// 기겁한 장정
> 일 시인, 그는/ 빨리 도망가야겠다고 급히 옷을 챙겨 입었다./ 그러다가
> 좋은 싯귀가 떠올라/ 흰 종이를 타자기에 끼우고 이렇게 두들겼다// 월부
> 수금원이 온다. / 나는 죽음을 월부로 샀다. / 월부수금원이 무섭다!
>
> 「조롱받는 시인」(『길안에서의 택시잡기』) 부분

「조롱받는 시인」도 시구(詩句)의 창작 배경을 함께 이야기한다는 점
에서 상품 형식과 상품 내용이 종합된 메타시로 볼 수 있다. 월부금을
사이에 둔 시인과 월부수금원의 관계가 중점적으로 다루어진다. 화자인
"장정일 시인"에게 월부수금원은 영화 〈아마데우스〉의 검은 옷을 입은
사신 '살리에르'처럼 보인다. 〈아마데우스〉에서 모차르트는 자신을 찾
아와 곡을 의뢰하는 검은 옷을 입은 자(살리에르)가 주는 돈을 받기 위해
작곡을 하다 과로로 죽고 만다. 시의 화자에게도 월부수금원의 방문은
시를 쓰는 노동으로 돈을 벌다 죽기를 바라는 것처럼 보인다. "10개월
월부"의 "3분기 월부금"이 죽음처럼 느껴지는 상황은 2개월 만에 월부
금을 갚기 어렵게 되어버린 시인의 변변찮은 경제적 능력을 조롱조로

보여준다. 또한 시인인 그가 32권의 "현대의 한국문학"을 월부로 구입했을 배경은, 농사를 짓기 위해 땅과 농기계를 임대하는 농민 또는 장사를 하기 위해 임대료를 지급하는 상인이 놓인 현대사회의 맥락에 있다.

어쩌면 시인은 자연의 목소리를 듣고, 그와 조응할 수 있는 천재로서 다른 직업보다 우위에 있었을지도 모른다. 하지만 자본주의 사회에서 시인의 위치는 그 아우라를 상실하고 상품 판매자로 전락했다. 오히려 시인은 월부금을 받으러 오는 월부수금원을 피해 달아나는 우스꽝스러운 모습을 보이고, "쓸모 있는 시"를 쓰기 위해 "철강 노동자"의 이야기를 받아쓰는 입장에 처해 있다.[11]

또한 장정일의 시의 경향 중 하나인 패러디시는 일종의 거리산보자의 '넝마주이'적 태도를 보여주는 작업이다. 그는 예술작품이 진열되어 있는 거리를 걸으며 그것들을 주어다 자신의 이야기를 결합하여 이야기한다. 대표적인 그의 패러디시로는 「라디오같이 사랑을 끄고 켤 수 있다면」으로, "김춘수의 「꽃」을 변주하여"라는 부제가 붙어 있다. 라디오의 단추를 누르기 전에는 하나의 라디오에 지나지 않았다가 단추를 누르고서야 전파를 받는 라디오를 "끄고 싶을 때 끄고 켜고 싶을 때 켤 수 있는" 현대사회의 사랑에 대한 태도를 우의(寓意)하는 작품이다.

그의 패러디시에는 다른 작품을 패러디한 유형 외에 다른 매체의 텍스트를 패러디한 유형도 존재한다. 「포장상품」은 "노래부를 수 있도록

---

11 받아쓰십시오. 분위기 있는/ 조명 아래 끙끙거리며/ 좋은 시를 못 써 안달이 나신/ 시인 선생님.// 나의 직업은 철강 노동자/ 계속 받아쓰십시오. 내 이름은/ 철강 노동자. 뜨거운 태양 아래/ 납 덩이보다 무거운 땀방울을/ 흘리는 철강 노동자. (중략) 조금더 받아쓰십시오./ 내가 얼마나 쓸모 있는 시를 쓰는지/ 지금 끓이는 한 덩어리의 주석이/ 바로 당신이 받을/ 원고료 한 닢!(「철강 노동자」 부분)

가사를 첨부시킨 시"라는 부제대로 그 내용에 가수인 화자가 불렀을 것으로 생각되는 사랑에 관한 노래가 액자식으로 삽입되어 있다. 「햄버거에 대한 명상」의 부제는 "가정 요리서로 쓸 수 있게 만들어진 시"로, 햄버거를 만드는 과정을 이야기한다. 이들은 각각 '~할 수 있는' 유용성과 관계하며, 자본주의 사회에서 시의 정의 및 존재 가치에 대한 물음에 맞닿아 있다.

그래서 장정일은 메타시의 시인 화자처럼 상품의 욕망을 욕망하는 군중과 같은 위치에 있지만, 그러한 시대경험을 포착하여 시로 드러내 질문한다는 측면에서 군중으로부터 조금 비껴나 있다. 그는 자본주의를 바탕에 둔 도시 공간의 안과 밖, 그를 경험하는 군중의 불안을 시인으로서 형상화하였다.

5. 결론

본고는 장정일 시를 도시 텍스트로 바라봄으로써, 도시 공간과 그 안의 군중, 시를 생산하는 시인이 상호 연관되는 영향 관계에 있으며 그것이 표현되는 방식 역시 무관하지 않음을 종합적으로 살펴, 장정일 시의 도시성을 도출해 보고자 하였다. 장정일이 경험하고 형상화한 도시 공간은 지하와 지상, 안과 밖이라는 틀이 변증법적으로 제시됨으로써 현대 도시의 알레고리로 나타났다. 한편 대중소비사회의 상품에 감정이입한 군중의 욕망을 적나라하게 드러냄으로써, 실은 그것이 자본의 논리에 의해 왜곡된 구조를 바탕에 둔 욕망임을 폭로하였다. 그리고 이러한 사회의 변화와 불안은 고스란히 시를 쓰는 시인에게도 흘러 들어오는데, 그를 시화한 것이 그의 메타시이다. 그는 시 쓰는 시인을 화자로 내세워, 시 쓰는 과정을 시로 표현함으로써 상품 내용과 상품 형식을 종합한 시 장르를 개척하였다.

그의 도시에 대한 인식과 그곳에 놓인 군중, 그리고 시인 주체에 대한 고민은 외부의 관찰자의 비판적 문체를 통하지 않고 내부에서, 그리고 조금 비껴난 위치에서 그대로 받아쓴다. 그래서 대개 그에 대한 평가가 대안적 미래를 제시하지 못하고 허무주의에 빠진다거나, 아버지 살해 욕망에 대한 저항적 표현이라는 것은 온전한 평가라 하기 어렵다. 그는 사회의 급속한 발전에 따라 불안에 떠는 시인이자 군중을 형식으로써 보여주고 있기 때문이다. 특히 그의 메타시, 패러디시 작업은 상품에서 은폐된 노동과정을 가시화하여 인식가능하게 한다는 점에서 문학사적·문화사적으로 특수한 의미를 갖는다 말할 수 있을 것이다.

이 글은 지난 2018년 한국비평문학회에서 발간한 『비평문학』
제69호에 게재된 논문을 수정·보완한 것이다.

참고문헌

1. 기초자료
장정일, 『햄버거에 대한 명상』, 민음사, 2002.(제3판)
_____, 『길안에서의 택시잡기』, 민음사, 1988.

2. 논문 및 단행본

강철수, 「80년대 시에 나타난 도시공간의 의미 연구 – 도시적 실험파에 속하는 시인들을 중심으로」, 『한민족문화연구』 제17집, 한민족문화학회, 2005, 35~66쪽.

김미미, 「1990년대 '신세대'작가의 당대형상화양상 고찰 – 시집 『햄버거에 대한 명상』, 『우울氏의 一日』을 대상으로」, 어문논총 제29호, 전남대학교 한국 어문학연구소, 2016, 123~141쪽.

김수미, 『아이스테시스: 발터 벤야민과 사유하는 미학』, ㈜글항아리, 2011.

김영옥, 「근대의 심연에서 떠오르는 '악의 꽃' – 벤야민의 보들레르 읽기」, 『뷔히너 와 현대문학』 제22집, 한국뷔히너학회, 2004.

문광훈, 『가면들의 병기창–발터 벤야민의 문제의식』, ㈜도서출판 한길사, 2014.

박기현, 「대도시 파리와 현대성: 보들레르와 벤야민」, 『한국프랑스학회 학술발표 회』 제10집, 한국프랑스학회, 2011.

발터 벤야민, 김영옥·황현산 옮김, 『보들레르의 작품에 나타난 제2제정기의 파리| 보들레르의 몇 가지 모티프에 관하여 외』, 도서출판 길, 2010.

수잔 벅모스, 김정아 옮김, 『발터 벤야민과 아케이드 프로젝트』, ㈜문학동네, 2004.

심광현, 「시공간의 변증법과 도시의 산책자 –대안적 도시인문학의 철학적 기반구 축을 위해」, 『시대와철학』 21권 3호, 한국철학사상연구회, 2010, 255~312쪽.

윤석성, 「대중소비사회에서의 시적대응」, 『한국문학연구』 제20호, 동국대학교 한 국문학연구소, 1998, 51~81쪽.

이나영, 「욕망의 사회사, '러브모텔'」, 『사회와역사』 96권, 한국사회사학회, 2012.

이승철, 「장정일 시에 나타난 도시 공간의 인지적 특성 고찰」, 『한국언어문화』 제51 집, 한국언어문화학회, 2013.

이형권, 「80년대 해체시와 아버지 살해 욕망; 황지우, 박남철, 장정일의 시를 중심 으로」, 『어문연구』 제43집, 어문연구학회, 2003, 581~608쪽.

임영선, 「80년대 도시 연구 – 최승호, 장정일을 중심으로」, 『국제한인문학연구』 제5집, 국제한인문학회, 2008, 99~129쪽.

전재형, 「장정일 시에서 반영되고 있는 소비사회」, 『한남어문학』 제32호, 한남대학 교 한남어문학회, 2008, 159~180쪽.

문순태 소설의 해한 과정 연구

『41년생 소년』을 중심으로

문지환

1. 들어가며

문순태는 유년 시절 겪었던 전쟁과 가난의 참혹함, 그리고 그로 인한 삶의 질곡을 소설의 질료로 삼으면서 당대 현실의 문제를 함께 엮어내어 세상과의 소통을 끊임없이 시도한 작가이다. 그에게 있어서 소설 쓰기란 '자신을 위한 치유의 행위'이자 '사회적으로 세상과 소통하는 도구'[1]와 같다. 문순태의 소설에서 특히 주목을 요하는 지점은 시간의 흐름에 따라 작가의 원체험에 기반한 한의 정서가 해한의 과정으로 나아가고 있다는 것이다. 이러한 정서적 이행은 그의 작품 세계와 의미를 더욱 다채롭게 만들면서 소설의 지평을 확장하는 계기가 된다.

직접 사건을 겪어보지 않은 사람들에게 일상화된 폭력과 죽음은 그저 '소설 같은 이야기'일 뿐이며, 해한과 화해의 가능성을 논하는 것 역시 타인의 몫에 불과하다. 그러나 가해자와 피해자의 경계마저 불분명한,

---

1 조은숙, 『생오지 작가, 문순태에게로 가는 길』, 역락, 2016, 15쪽.

동족상잔의 비극이 일상이 되어버린 사람들에게 해한과 화해는 설령 그것이 이루어지지 않는다하더라도 비난할 수 없는 것이고, 이루어진다 하더라도 지난한 과정일 수밖에 없는 것이다. 문순태는 이 지난한 과정을 외면하지 않으면서 해한과 화해의 실마리를 찾기 위해 자신이 체험한 당시의 상황과 심리를 치밀하게 묘사한다. 때문에 역사의 변곡점에서 생존을 위해 치열하게 살아온 이들의 체험에서 발아된 이야기들은 문순태의 소설 안에서 통한과 현실 비판에 그치지 않고 지속가능한 화해의 길을 모색하는 방향으로 나아갈 수 있게 된다. 요컨대 문순태에게 있어서 작가의 원체험은 사실주의적 서술의 원동력이자 해한과 화해의 실마리가 되는 소설의 핵심 요소로 작용하고 있다. 그러므로 문순태의 작품 세계를 이해하기 위해서는 먼저 작가의 생애를 통해 그의 원체험[2]

2　문순태는 1939년 전남 담양군에서 농군의 장남으로 태어났다. 당시 출생신고를 늦게 한 탓에 호적상 출생연도는 1941년이다. 그가 열두 살이 되던 1950년에 발발한 6·25 전쟁은 그의 삶을 송두리째 바꾼 변곡점이 된다. 고향에서 가족과 친구들과 어울리며 평온한 삶을 살아온 문순태에게 한국전쟁의 경험은 깊은 트라우마를 남긴다. 때문에 『징소리』를 비롯한 『달궁』, 『시간의 샘물』, 『41년생 소년』 등 많은 작품에서 문순태는 열두 살 때의 6·25 전쟁과 지속적으로 접속한다. 공산당 토벌을 명분으로 살던 마을이 전소되면서 일가족이 피난길에 오르게 되고, 문순태는 처음으로 가족과 떨어지는 두려움을 경험한다. "난리 통에는 형제가 함께 피란을 가는 것이 아니다"라는 아버지 말을 거부하지 못해 혼자 외가로 떠났으나 다음 날 다시 집으로 돌아간다. 그의 소설에서 열두 살의 나이에 고향을 떠났다가 성인이 되어 돌아오는 설정이 다분하고 평화로운 마을공동체가 존재했던 6·25 전쟁 이전의 고향에 대한 향수를 그리는 것은 이러한 작가의 원체험에서 기인한 것이라 볼 수 있다. 그가 유년기에 겪은 일상화된 죽음의 체험은 그의 일생을 지배하는 트라우마로 남아 있다. 특히 빨치산으로 위장한 토벌대가 마을 사람들을 무차별 학살한 것을 목격한 후 문순태는 죽음이 아니라 세상과 사람의 폭력을 더 두려워하게 되었고, 총을 든 자들에 대한 분노와 강한 적개심을 갖게 된다. 6·25 전쟁 이후 문순태의 고향이었던 백아산은 '빨치산의 본거지'로 지목된다. 이로 인해 마을 사람들은 밤에는 빨치산에게, 낮에는 경찰에게 시달리며 이념적 갈등을 겪다가 서로를 죽이기에 이른다. 문순태에게 고향 사람들의 분열은 죽음보다 더 충격적인 상처로 남는다. 그는 소설을

통해 이들의 '헛된 죽음'을 해명하고자 하였고, 그 과정에서 그들의 죽음이 무등산과 백아산의 한가운데 자리했던 고향의 지리적 특성 때문에 벌어진 운명이었음을 깨닫게 된다. 마을이 토벌대에 의해 불타 없어진 후 문순태 가족은 토굴을 파서 낮에는 전투를 피해 토굴에 숨어 있고, 밤에는 불타 버린 집터를 뒤져 끼니를 해결하는 생활을 하게 된다. 결국 고향을 떠나지 못한 문순태는 땅굴생활을 하며 처참히 죽은 시체들을 수도 없이 보게 된다. 전쟁이 가져온 광기는 사람뿐만 아니라 자신이 키우던 강아지 워리도 시체를 뜯어먹는 짐승으로 변화시켰다. 결국 문순태의 가족들은 살의와 시체 썩는 냄새로 가득한 마을에서 살아갈 수 없다고 판단하고 월산으로 옮겨간다. 그 후 가족들은 화순군 이서면 월산리의 논바닥에 토굴을 파고 생활한다. 이때 그가 가장 두려워했던 것은 토굴을 기어다니던 뱀도, 죽음도 아닌 '배고픔'이었다. 아버지는 결국 고향에 있는 전답을 구걸하다시피 팔아 생계를 이었고, 더 이상 팔 전답이 남아있지 않자 무등산 아래로 방을 얻는다. 아버지는 두부 배달과 막노동을, 어머니는 도붓장사로 생계를 이었지만 광주에서의 삶을 버틸 수 없었고, 신안군 비금도로 향한다. 가는 길에 문순태는 여인숙에 묵고 갈 돈이 없어 터미널 대합실에서 잠을 자다가 헌병에게 권총으로 머리에 피가 나도록 얻어맞는 경험을 하게 되는데, 때문에 그가 처음 본 바다는 끝없는 공포와 절망의 공간이 된다. 문순태가 비금도에서 겪은 혹독한 굶주림의 체험은 『41년생 소년』, 「물레방아 돌리기」, 「그리운 조팝꽃」 등에서 엿볼 수 있다. 「그리운 조팝꽃」에서 친구들과 놀던 나는 어머니가 뚝배기에 흰 쌀밥을 가득 담아 먹고 있는 것을 보고 화가 나 어머니에게 달려든다. 그러나 어머니가 들고 있는 뚝배기에는 '흰 쌀밥'이 아닌 '흰 조팝꽃'이 들어있는 것을 보고 어린 나는 어머니가 배가 고파 조팝꽃을 따 먹었다는 사실보다 뚝배기에 들어 있는 것이 '쌀밥'이 아닌 것에 서럽게 운다. 문순태는 '흰 쌀밥'을 통해 수치심을 경험한다. 비금도에서 일 년쯤 살다가 그의 가족들은 외가가 있는 화순군 북면으로 옮겨온다. 그들은 전쟁이 끝났음에도 생계를 위해 전답을 모두 팔아버린 탓에 고향으로 돌아가지 못하고 외가살이를 하게 된다. 외가에서 주는 눈치에 불편을 느낄 때마다 문순태는 책으로 도피했고, 아버지의 반대에도 불구하고 그는 '배움'을 택한다. 문순태는 25km 남짓 되는 산길을 걸어야 했음에도 끈질기게 학업을 이어나간다. 그는 고등학교 3학년 때 시와 단편소설 「소나기」가 신춘문예에 당선되었고 대학에도 입학한다. 그러나 1963년 아버지가 세상을 뜨게 되면서 가족의 생계를 위해 잠시 문학 활동을 미루고 1965년 조선대학교 부속고등학교의 독일어 교사로 발령을 받는다. 1년 뒤 고향 사람들에게 힘이 되어주고 싶다는 동기로 1966년 전남매일신문사 기자로 입사하지만 유신헌법이 선포된 후 언론의 자유가 봉쇄되면서 사실을 그대로 기사화할 수 없게 된다. 때문에 그는 소설의 형식을 빌려 현실을 풍자하게 되었는데, 당시 한승원과 염무웅의 조언에 큰 힘을 얻어 1974년 「백제의 미소」로 『한국문학』 신인상을 받으면서 서른여섯의 늦은 나이에 소설가의 길을 걷게 된다. 문순태는 문학이 사회 현상을 반영하는 데 그치지 않고 사회를 변혁시키는 '역사의 칼'이 되어야 한다는 기조 아래 역사의 흐름을 놓치지 않으면서 과거의 비극을 당대의에 대한 이해가 선행되어야 하며, 그의 소설 작품에 대한 분석을 통해 한에서 해한으로, 해한에서 화해로 도약케 하는 단서들을 찾아 의미화하는 작업이 수행되어야 할 것이다.

본 논문은 문순태의 자전적 성장소설로 꼽히는[3] 『41년생 소년』[4]이 작가의 원체험을 가장 잘 담고 있다고 보고 이를 소설에 나타난 해한 과정 연구를 위한 대상 텍스트로 삼고자 한다. 가장 먼저 눈에 띄는 부분은 서술자 문귀남이 작가 문순태가 걸어온 길과 유사하게 교사, 기자, 대학 교수라는 이력을 가지고 있다는 점이다. 또한 문순태의 여타 작품들의 모티프가 되는 작가의 원체험들, 가령 전쟁으로 인한 마을 사람들의 분열, 열두 살 소년이 감당해야 했던 죽음과 가난에 대한 기억들이 구체적이고 선명하게 그려져 있다는 점도 주목된다. 물론 이 소설에서 더욱 중요하게 관심을 두어야 하는 부분은 서술자가 교수를 퇴직하고 새로운 노년의 삶을 준비하는 변곡점에서 자신의 과거를 조망하면서 새로운 삶을 모색한다는 점이다. 이로써 근현대사의 비극적인 사건들은 노년에 접어든 인물의 서술을 통해 어느 정도 거리를 두고 응시될 수 있게 된다. 앙금이 가라앉았을 때 비로소 걸어온 길을 되돌아보고 나아갈 길을 모색할 수 있기에 노년의 서술자가 자신의 과거를 정리하고 새로운 존재로의 도약을 도모하는 자전적 소설 『41년생 소년』은 자신의 존재를 규

문제와 연결시켜 의미화한다. '전쟁', '고향', '고향 상실의 한'을 들추어내어 '해한'으로 나아가는 글쓰기를 부단히 실천하였고, 후기 소설에서는 분단과 시사적 현안 문제에서 한걸음 나아가 어머니, 노년, 다문화, 생태환경 등으로 소설의 주제를 확장하고 있다. 문순태, 『우리시대 우리작가5』(동아출판사, 1987, 408쪽~411쪽)에 수록된 작가연보 및 조은숙, 위의 책(17~108쪽)을 참고하여 재구성하였다.

3 조은숙, 위의 책, 17쪽.

4 문순태, 『41년생 소년』, 랜덤하우스중앙, 2005.

정해온 한의 근원성 및 해한의 가능성과 더불어 전쟁 세대의 새로운 삶의 가능성을 타진하기에 적합한 작품이 될 수 있는 것이다.

따라서 본고는 소설『41년생 소년』에서 65세의 노년에 이른 문귀남이 자신의 과거를 뒤돌아보는 과정에서 소환되는 전쟁 이전-전쟁-전쟁 이후의 기억과, 그에 따라 변모하는 서술자의 심적 상태에 주목하여 해한의 실마리가 되는 대목을 제시하고 그 과정을 유형화하고자 한다. 한의 형성과 해한, 화해의 가능성에 대한 모색은 노년에 이른 전쟁 세대의 삶을 회복할 동력이 될 수 있다는 점에서 현실과 문학의 유의미한 관계망을 노정한다. 이런 측면을 염두에 두고, 비극의 상황 속에서도 놓지 않았던 희망에 대한 믿음과 절망의 변증법적 통합을 통해 도모되는 삶의 회복 양상을 함께 짚어볼 것이다.

작가의 원체험과 해한으로 나아가는 과정, 또 다른 미래가 될 노년 삶에 대한 비전 제시는 나아가 문학작품과 인간의 제반 문제를 '서사'로 연결하여 작품서사와 자기서사의 상호관계를 바탕으로 자기서사의 회복을 지향하는 문학치료학[5]과의 접점을 모색할 수 있는 작은 토대가 될 것이다.

---

5 문학치료학에서는 문학작품을 인간의 삶에서 나타나는 여러 문제들을 해결할 수 있는 중요한 도구로 여긴다. 문학작품의 바탕에 내재되어 있는 '작품서사'와 인간의 삶에 바탕이 되는 '자기서사'로 나누어 살피고, 인간의 문제를 이해하고 해결하기 위한 매개로서 작품서사를 중시한다. 그리하여 문학치료학은 작품서사를 통해 자기서사를 온전하고 건강하게 변화시키는 일, 즉 건강한 자아를 회복함으로써 궁극적으로 인간관계의 회복과 치유를 지향한다. 한순미, 「용서를 넘어선 포용」, 『문학치료연구』 30집, 한국문학치료학회, 2014, 166쪽 참조.

2. 분열과 한(恨)

김열규는 한국인의 정(情), 원한, 신명의 복합성을 설명하면서 인간관계의 최선으로 여겨지는 정의 파탄, 정의 상처에서 원한이 생겨난다고 보았다. 정과 원한은 쉽게 교체되며, 원한은 정을 머금고 자란다.[6] 문순태의 소설에서 인물들의 마음에 적층되는 한(恨) 역시 오랜 세월 함께 공동체를 이루어 공생했던 마을 사람들 간의 정의 파탄에서 비롯된 원한의 정서에 부합하는 양상을 보인다.

서술자의 한이 형성되기 시작한 것은 열두 살의 나이에 목도한 무고한 마을 사람들의 죽음과 그로 인한 '고향 사람들의 분열'이다. 평화로운 공동체를 이루며 자연에 순응하는 삶을 살았던 마을 사람들은 이념 전쟁으로 인해 애매한 죽음들을 목도하게 된다. 자신의 가족을 살리기 위한 말 한마디와 몸짓 하나가 한 일가족의 몰살을 불러오는 참담한 사건들이 이어지면서 안골 마을 사람들의 분열은 더욱 심해진다. 특히 소설은 당시 열두 살이었던 '나'와 친구 '수돌'의 우정과 그것이 변질되는 과정을 통해 이념 갈등이 불러온 민족의 분열을 다각도로 보여준다.

수돌은 '나'의 집 머슴의 아들로, 아버지가 돌림병으로 죽고 홀어머니와 사는 가장 친한 친구이다. 그는 열다섯 살이 되는 해에 '나'의 집 머슴으로 들어올 아이였지만 두 사람은 죽을 때까지 곁에 있기로 약속한다. 두 아이의 우정은 「검정 고무신」, 「내 친구 먹보 수돌이」, 「앵두가 빨갛게 익을 때」라는 복수의 장들을 통해 비중있게 다루어진다.

---

6 김열규, 『한국인의 원한과 신명』, 서당, 1991, 44~55쪽 참조.

"암턴 귀남이 네 옆에 있는 것이 나헌테는 큰 복이여."

"나도 수돌이 네가 좋아."

"나는 죽을 때꺼정 귀남이 네 옆에 있고 자퍼야." (67~68쪽)

수돌이는 배가 고프면 여뀌 먹은 피라미처럼 몸을 움직이지 않았다. 그런 수돌이를 볼 때마다 마음이 싸하게 아팠다. (95쪽)

둘만의 놀이터였던 팽나무골에서 낚시질, 멱감기, 팽알총 놀이를 하며 놀았던 것, 가난으로 배곯는 일이 잦았던 수돌이를 생각해 할머니 생신 때 반쯤 남긴 흰 쌀밥을 싸다 주었던 일, 사람이 죽을 때 진주를 물고 있어야 천당에 갈 수 있다는 할머니의 이야기를 듣고 수돌의 어머니에게 줄 가재진주를 함께 찾아주기로 약속한 것, '나'의 검정 고무신을 찾아주기 위해 30리를 뛰었던 수돌과의 일화가 아름답게 그려진다. 그러나 당시의 신분 제도에도 개의치 않고 오랜 세월 두텁게 쌓아온 두 사람의 정은 안골 마을이 이념 전쟁을 피할 수 없게 되면서 한의 국면으로 전환된다.

북한군이 쳐들어온다는 소문에 마을이 뒤숭숭해지고, 광주에서 학교를 다니던 마을의 젊은 청년들이 고향으로 돌아오기 시작한다. '나'의 집안 친척인 인석과 박기훈, 김만호는 안골 아이들의 우상과 같은 존재이다. 특히 만호는 수돌에게 글을 가르쳐주며 특히 관심을 보이게 되는데 이를 계기로 아이들의 놀림감이었던 수돌은 부러움의 대상이 된다. 만호가 어느 날 부터인가 연설조의 말투로 "조국, 민족, 무산계급, 자유, 평등, 해방"(112쪽)의 말들을 꺼내기 시작했고, 수돌은 "만호 형 그림자가 되는 것이 소원"이며 만호 형이 함께 가자고 하면 지옥이라도 따라"(115쪽)가겠다고 말한다.

그러던 중 수돌과 '나'는 인민군들이 파나마모자를 쓰고 마을에 나타
난 중년 남성을 살해하는 장면을 목격하게 된다. '나'는 피투성이가 되어
나무에 묶여있는 남자를 구해주려 하지만 수돌은 "악질 반동분자"(118쪽)
를 풀어주면 안 된다고 말한다. '나'는 수돌의 입에서 나온 반동 분자라
는 말과 "푸른 칼날처럼 섬뜩"(119쪽)하게 느껴지는 수돌이의 눈빛, 남자
가 대창에 찔린 채 암매장을 당한 후 그의 흰 구두를 신고 웃는 얼굴로
나타난 수돌이의 모습에 아연해진다. 그리고 결국 수돌은 열두 살의
어린 나이에 만호를 따라 입산하게 된다.

그 후로 경찰들이 빨치산들에게 밥을 해주었다는 이유로 아버지를
비롯한 마을 사람들을 데려가기 시작한다. 경찰들은 빨치산들에게 식량
을 제공해준 이들을 정확히 알고 있었고, 사람들은 서로를 의심하기
시작한다. 빨치산이 누구인지를 알려준 자로 추측되는 떼꾸네는 결국
빨치산들에 의해 살해당하고, 아버지는 경찰에게 끌려가 "등짝이며 허
벅지의 살가죽이 회를 쳐놓은 듯 벌겋게 짓이겨"(132쪽)진 채 돌아온다.

빨치산의 환영식으로 위장한 경찰의 마이크 소리를 듣고 뛰어나갔던
마을 사람들이 모두 죽임을 당했던 "1951년 정월 스무날의 집단 학살
사건"이 벌어지면서 '나'와 일가친척들, 일부 이웃들은 토벌대에 의해
불에 타버린 집과 논밭을 뒤로 하고 백아산으로 향한다. 망연해진 친구
필식은 급기야 수돌이처럼 만호 형을 따라 빨치산이 되지 못한 것을
후회했고, 가족을 떠나서는 살 수 없다고 생각했던 '나'는 필식에게마저
거리감을 느낀다.

'나'와 가족들, 함께 떠나온 이웃들은 전소된 고향집을 떠나 토벌대를
피해 골짜기 속의 마을을 전전하며 낮에는 땅굴에 숨어 지내는 생활을
계속한다. 그러나 인민군이 자신들의 꿈을 유예하고 지리산으로 떠났다

는 말을 듣고 '나'와 가족들은 결국 경찰 주둔지인 월산으로 가지만, 월산의 토굴 생활은 끔찍한 가난 그 자체였다.

> 뱀보다 더 무서운 것은 배고픔이었다. 배고픔은 총알보다 더 무서웠다.
> (48쪽)

> 배가 고파 정신이 몽롱해지면 잠들지 않기 위해 할머니가 가르쳐준 감
> 자꽃 노래를 몇 번이고 되풀이해서 불렀다. 잠이 들면 다시 깨어나지 못할
> 것만 같았다. 할머니는 감자꽃이 피면 굶어 죽는 사람이 없어진다고 했다.
> (50쪽)

백아산에서 탈출해 월산으로 왔을 때 '나'는 지독한 가난을 경험하게 된다. 결국 '나'의 할머니는 땅굴 생활을 이겨내지 못해 목숨을 잃게 되고, '나'의 가족들은 친척의 도움으로 광주로 옮겨와 어머니는 바느질로, '나'와 동생 귀동이는 미군들에게 받은 사탕과 껌을 팔아 근근이 생계를 이어나가게 된다.

'나'와 수돌의 우정은 수돌이 빨치산이 되어 마을을 떠나고 마을 사람들이 이념 갈등의 희생자가 되어 서로에게 총칼을 겨누게 되면서 한으로 전복된다. 정을 기반한 관계였기에 분열로 인한 배신과 원한의 감정은 더욱 증폭된다. 이러한 한은 한국인이 일상적으로 이야기하는 '미운 정'이라는 화해의 가능성을 담지한 개념과 결코 같을 수 없다. 분열과 죽음, 죽음보다 더 끔찍한 가난, 낯선 타향에서의 삶까지 이어진 한은 결국 '나'의 존재를 규정하는 과거 그 자체가 된다.

3. 절망과 희망의 변증법

대학교수가 되어 퇴직을 앞둔 '나'는 자신의 존재가 그 고통스러운 기억의 한 부분과 같음을 고백한다. 그러나 자신의 존재를 구성하는 전쟁의 체험과 기억이 그에게 절망만 가져다 준 것은 아니었음이 과거 행복했던 기억을 떠올리는 서술들, 가령 수돌이와의 추억, 할머니의 맹목적인 사랑, 고향에 대한 그리움의 서술을 통해 드러남으로써 해한의 가능성이 점쳐진다. 요컨대 전쟁과 분열이 남긴 상처들이 어린 아이의 천진한 기억에 관한 서술들과 교차되면서 해한이 모색될 여지가 조성되는 것이다.

'나'가 정년을 앞두고 연구실의 서랍을 정리하며 새로운 삶으로의 도약을 꿈꿀 수 있는 것은 그가 자신이 겪었던 전쟁의 경험들을 절망만으로 인식하지 않았기 때문이다. '나'의 기억을 지배하는 "총소리와 죽음과 두려움과 굶주림의 고통과 슬픈 이별"(23쪽)은 '나'의 존재를 이루는 것들이며 그 기억들은 한편으로 '나'에게 소중한 것이 된다. 기억에 대한 '나'의 다중적 인식은 절망과 희망의 변증법적 통합의 기점이며 이는 그를 과거로의 여행으로 이끌어 자신을 재구성하게 하는 계기이자 해한의 동력이 된다.

> 그날 아무 이유도 없이 억울하게 죽어간 마을 사람들의 이름과 얼굴들이 뙤록뙤록 살아났다. 그리고 마을이 옴씰하게 불에 탄 장면이며, 식구들이 총소리를 피해 떠돌음했던 일, 백아산을 찾아 방황했던 일, 월산 땅굴에서 두더지처럼 뒤엉켜 살았던 기억들이 나를 단 하룻밤도 편안히 잠들게 하지 않았다. 하지만 불면에 시달리기는 해도 기억들을 망각하고 싶지는 않았다. 내 존재가 바로 고통스러운 기억의 한 부분이라 생각했으므로,

과거의 뼈저리게 아팠던 기억은 내게 절망을 이겨낼 수 있는 힘이 되어주기도 했다. (284쪽)

'나'는 불면의 원인이 되어 현재까지 자신을 괴롭히는 과거의 기억을 부정하지 않는다. 오히려 그 기억이 자신의 존재를 구성하고 있다고 믿으며 그 기억을 자기 성장의 밑거름으로 삼고자 한다. 할머니와 어머니, 아버지, 순자 고모, 수돌이가 자신에게 끼친 영향을 구체적으로 서술한 대목은 '나'가 마치 연구실에 있는 책들을 기증하고 서랍장을 정리하듯 죄책감과 상처로 얼룩진 자신의 과거를 정리하는 과정을 순차적으로 보여준다.

할머니는 내게 금반지를 통해 핏줄에 대한 사랑을 가르쳐주었다. 어머니에게서는 고통을 이겨내는 방법을 배웠다. 어머니는 고통조차 자신의 것으로 끌어안고 끙끙대면서도 자식에 대한 사랑을 포기하지 않았다. 아버지에게서는 기다림이 절망이 아니라 희망이 될 수 있다는 것을 깨달았다. 수돌이는, 사람은 자신이 생각하는 만큼 나쁘게도 변한다는 것을 알게 해주었다. 그리고 아이들은 변하는 것이 아니라 성장하는 것이라는 것도 깨달았다. 변하는 것은 부정적인 것도 있지만 성장은 모두 긍정적이라는 것도. 그리고 순자 고모는 죽음은 끝이 아니라는 것을 가르쳐주었다. 왜냐하면 순자 고모는 죽은 후에 내 안에서 더욱 또렷한 존재가 되었기 때문이다. 누구보다 내게 굳건하게 살아갈 수 있는 의지를 키워준 것은 소식이 없는 아버지였다. 나는 언젠가 살아 돌아올지 모르는 아버지 앞에 당당한 모습으로 서기 위해 열심히 살아갈 수 있었다. (284~285쪽)

'나'는 전쟁의 절망 속에서 발견한 삶의 의미를 통해 스스로를 재구성한다. 현재의 '나'는 고통의 기억만으로 이루어진 존재가 아니라 극한의 상황 속에서 결코 꺼지지 않았던 부모의 사랑, 기다림은 또 다른 희망이 며 죽음은 끝이 아니라는 깨달음으로 구성된 존재로서 다시 규정되는 것이다. 절망과 희망의 뒤엉킴 속에서 생성된 삶의 의미와 깨달음들은 무고한 죽음들과 가난, 기약 없는 기다림에서 비롯한 '나'의 한을 해소시 키는 힘이 된다. '오랫동안 망각해온 무이념적 인간들의 억울한 죽음에 대한 해원'과 '새로운 시대를 열고 통일을 성취하기 위해서는 뼈아픈 자기 반성을 통해 역사의 상처를 치유'(7쪽)해야 한다는 작가의 의도가 이 대목에서 여실히 드러난다.

특히 수돌에 대한 '나'의 깨달음은 개인에 국한되는 한의 해소에 머무 르지 않고 상대의 존재를 전제하는 '화해'로 나아갈 단초가 될 수 있다는 점에서 더욱 주목된다. 수돌이가 빨치산이 된 후 두 사람이 처음 조우했 을 때, 수돌은 포로로 잡은 토벌대원의 입을 도려내 빼왔다는 금이빨을 선물이라며 건넨다. 그러나 수돌이 준 금이빨은 '나'에게는 우정이 아닌 '경고'의 징표가 되고, 차마 금이빨을 버리지 못한 '나'는 금이빨을 땅에 묻은 뒤 백아산에서 탈출한다. 수돌이 자신의 포악함을 드러내면서 돌 이킬 수 없게 된 두 사람의 관계는 '나'의 깨달음을 통해 화해의 국면에 다가선다. 어머니와 필식 아버지의 유품을 고향 땅에 묻으면서 과거에 얽힌 자신의 기억들을 함께 묻고 새로운 삶을 다짐하게 되면서, '나'는 어린 수돌이의 변화를 부정적인 것이 아닌 긍정적인 성장으로 이해하게 되었기 때문이다. 65세가 된 '나'는 언제나 타자로 살아왔던 수돌의 삶 과 천지개벽의 시대를 틈타 힘을 가진 자가 되고 싶어 했던 어린 수돌의 치기어린 욕망을 헤아릴 수 있는 존재가 된 것이다. 수돌이의 변화를 성장으로 이해하게 된 '나'의 깨달음은 수돌이 53년 만에 전화를 걸어온 우연한 사건과 맞물리면서 화해의 실마리가 조성된다.

　낯선 번호로 걸려온 수돌의 전화를 받고 '나'는 두려움에 외면했던 고향에 찾아가 과거의 기억을 반추한다. '나'는 여행을 마친 후 집에 돌아와 수돌의 전화를 기다린다. 그러던 중 그가 보는 티비 화면에서 탈북자들이 공안원들을 피해 필사적으로 베이징 일본인 학교의 울타리를 넘어가는 장면이 나온다. 한 청년은 피를 흘리면서도 필사적으로 버티지만, 옆에 있던 노인은 울타리 넘기를 포기한 듯 그냥 매달려 있다. 인민군이 된 후 살인의 광기에 사로잡힌 어린 수돌이의 모습이 화면 속의 노인과 겹친다. 그리고 이때 자신이 선택한 이념에 필사적이었던 어린 수돌이 화면 속의 노인처럼 광기를 버리고 이제는 대화를 통해 이념의 벽을 허물 수 있을지도 모른다는 막연한 '기대'가 생긴다. 이로써 53년이라는 시간이 흘러서야 '나'는 '이제는 그가 꿈꾸어온 세상의 미래에 대한 이야기'를 들을 수 있을 것이라 기대한다.

　'나'가 수돌과 화해를 했는지의 여부보다 중요한 것은 그가 두려움과 기대를 함께 가지고 수돌의 연락을 기다린다는 것이다. 연락을 기다린다는 것은 곧 화해의 여지를 열어두고 있다는 의미이며, 이 지점에서 우리는 '통일'로 의미의 지평을 넓히게 된다. 우정과 한, 자기 반성과 변증법을 통한 한의 해소, 화해의 가능성으로 이어지는 수돌과 나의 관계는 정으로 맥을 이으며 한 민족으로 살았던 남과 북의 관계에 다름 아니다. 전쟁, 분열, 고향 상실, 도시화라는 역사의 흐름들을 놓지 않는 문순태의 소설은 한, 해한 화해의 가능성 모색을 '통일'이라는 민족적 과업으로 견인한다.

4. 삶의 회복과 새로운 미래

『41년생 소년』은 작가의 원체험에 기반하여 역사의 변곡점들을 아우르면서 현대의 우리가 안고 있는 민족적 과업(통일)을 드러냄과 동시에 노년에 접어든 전쟁 세대들의 삶의 회복을 모색한다. 이는 문순태 소설이 노인 인구 증가와 세대 갈등, 노인 소외라는 시대적 현안으로 의미망을 넓히고 있음을 보여준다. 개인의 정신적 차원의 항에 머물렀던 전쟁의 트라우마가 사회적 차원의 문제로 비약[7]되는 것이다.

아버지가 6·25 때 행방불명이 되고 인석 당숙의 사상으로 빨갱이 집안이라는 지목을 받은 이유로 '나'는 처음 얻은 공립 고등학교 교사 자리를 그만두게 되었고, 15년 동안 몸담아 왔던 신문사에서는 반체제 시인의 시를 게재했다는 이유로 해직을 당한다. 과거는 언제나 그림자처럼 그를 따라다녔고, 전쟁이 끝난 후에도 끊임없는 사상 검열에 시달린다. 전쟁 이후 사회 전반의 제도와 문화, 사람들의 의식을 장악하면서 전쟁 트라우마를 확대 재생산[8]하는 반공 이념의 압제는 문순태의 소설에서도 한 존재의 삶을 옭아매는 요인으로 편재되어 있으며, 이로 인해 야기된 세대 갈등과 실존적 삶의 훼손이라는 난제가 수면 위로 떠오른다.

아버지를 향한 기다림, 어머니를 버리고 홀로 도망쳤다는 죄책감, 학살의 기억에서 비롯된 불면증 등 과거에 사로잡힌 '나'의 인생에서 아내는 언제나 주변인일 수밖에 없다. 아내는 남편에게 품었던 희망을 버리고 아들에게 자신의 모든 열정을 쏟는다. 그러나 아들이 캐나다로

---

7 장일구, 「한국전쟁 트라우마의 서사적 형상—몇 가지 국면에 대한 소묘」, 『한민족어문학』 66집, 한민족어문학회, 2014, 385쪽.
8 위의 논문, 390쪽.

이민을 떠나면서 아내의 우울증은 더욱 심해진다. 이러한 상황에서 '나'가 과거를 털어내고 현재의 삶을 사는 존재가 되기 위해 선택한 것은 과거의 망령에서 벗어나 현실의 삶을 회복시키는 일이다.

> 이제는 과거로부터 해방되고 싶다. 과거를 붙들어 안은 채 죽고 싶지 않았기 때문이다. 어쩌면 이번 여행은 과거와 영원히 결별하기 위해 마지막 과거 속으로 뛰어든 것인지도 모른다. 그동안 나는 너무 오랫동안 기억의 밧줄에 묶여 있어, 내 의지대로 가고 싶은 곳에 갈 수 없었다. 기억의 깊은 우물에 빠져 허우적거리느라, 하늘도 제대로 볼 수가 없었다. (285쪽)

> 기억 속의 흔적들은 모두 사라지고 없었다. 기억을 지워버리자 아무것도 아쉬울 것이 없었다. 우리가 며칠 동안 머물렀던 주막집도, 깊지 않은 하천 건너 산자락 아래에 있었던 물레방앗간도 자취를 감추어버렸다. (…중략…) 옛날에 보았던 것을 다시 볼 수 없다는 것은 가슴 아픈 일이다. 그리운 사람을 다시 볼 수 없는 것처럼, 다시 볼 수 없는 것은 죽은 것이나 다름없다. 기억할 수 없는 것보다 더욱 안타까운 것은 볼 수 없음이다. 기억 속에는 행복과 기쁨이 살아 있지만 볼 수 없는 것은 아무것도 남아 있지 않기 때문이다. 볼 수 없음은 완전 소멸과 같다. (275쪽)

'하늘도 제대로 볼 수 없'을 지경의 과거에 대한 강한 집착을 끊어낼 수 있었던 것은, 그가 필식과 다시 고향을 찾았을 때 그의 기억 속에서 언제나 살아 숨 쉬던 공간과 사람들이 이제는 볼 수 없는 것, 이미 소멸된 것에 불과함을 알게 되었기 때문이다. '나'와 필식은 피난 도중 빈집에서 가지고 나온 재봉틀과 괘종시계를 느티나무 밑에 묻는다. 어머니는 재봉틀로 자식들을 건사했고, 필식 아버지는 시계를 보며 시간을 지배하는 주체적 삶을 꿈꾸었다. 재봉틀과 괘종시계는 어머니와 필식 아버지 인생의 일부이자 자식들의 삶에 '무형으로 연결'된 물건이다. 두 사람은 이를 제자리에 가져다 둠으로써 과거와 현재의 연결 고리를 끊고 현재의 삶으로 돌아올 수 있게 된다. 즉, 과거가 소멸되어 무(無)가 되었다는 사실을 수용함으로써 현재 삶의 회복을 도모할 수 있게 되는 것이다.

과거의 기억에서 벗어나 현재진행중인 아내와의 갈등에 집중하여 자신의 현재 삶을 회복시키려는 서술 상황의 전환은 '전쟁', '고향', '과거', '한', '해한'으로 표현되었던 문순태 소설의 의미망이 '현재와 미래', '여성', '어머니', '노년' 등으로 확장되고 있음을 시사한다.

> 요즘 아내를 보고 있으면 하루에도 몇 번씩 가슴이 와르르 무너져 내린다. 긴 세월 아들한테 집착했던 열정과 모성애가 빠져나간 아내는 실체가 사라지고 그림자만 남아 있는 것 같아 마음이 아프다. (14쪽)

> 나는 아내만 생각하면 가슴 밑바닥으로부터 싸하게 치밀어 오르는 아픔을 느꼈다. 지금 아내의 인생은 삶이 아니라는 생각에 마음이 아릿해졌다. 어디 가는 것도 싫다, 누구를 만나는 것도 싫다, 맛난 것 먹는 것도 싫다, 즐기는 것도 싫다, 매사에 아무 의욕이 없으니, 어디 그게 사람 사는 건가. 나는 인생이란 영화처럼 특별한 게 아니라고 생각한다. 가고 싶은 데 가고, 먹고 싶은 거 먹고, 만나고 싶은 사람 만나고, 웃고 싶을 때 웃고, 울고 싶을 때 우는 것이 인생이 아닌가. 나는 어떻게 해서든 아내가 옛날 자식 키울 때처럼 삶에 의욕을 되찾게 해주고 싶다. (286쪽)

전쟁의 흔적은 남편이자 아버지가 된 현재의 '나'에게 깊이 새겨져 아내와 자식들에게 '무형으로' 재차 연결된다. 전쟁 상황에서는 생존을 위해, 자본주의사회에서는 경쟁에서 이기기 위해 사력을 다했던 전쟁 세대에게 부부와 자식과의 관계에 틈이 생기는 것은 수순이다. 서술자가 과거의 망령을 묻고 현실로 돌아왔을 때 그에게 주어진 과제는 현재 삶의 회복과 새롭게 펼쳐질 미래에 대한 준비이다. '나'는 과거에서 벗어나 아내와의 관계에 집중하여 현재를 충실히 살아감으로써 일상의 질서를 회복하고 미래를 계획한다.

전쟁의 분열에서 비롯한 한이 해소되고 화해가 기대되는 국면에 들어서면서 비로소 '나'는 자신에게 주어진 현재의 삶을 응시하고 또 다른 인생을 준비할 수 있게 된다. 노년에 접어든 '나'에게 주어진 과업은 어머니와 아내로 대변되는 여성과 노년, 타인의 삶에 대한 이해와 수용으로 그 자장을 넓힌다. 그리고 문순태의 소설은 문순태와 함께 '긍정적인 성장'의 길로 나아간다.

5. 나가며

『41년생 소년』은 문순태 소설의 모티프가 되는 작가의 원체험을 오롯이 담고 있는 자전적 성장 소설이다. 노년의 삶을 준비하는 65세의 서술자가 앙금이 가라앉은 현재 시점에서 과거를 되돌아보는 서술적 상황을 통해 그간 문순태 소설을 규정해왔던 '한'과 '해한', '화해'의 실마리와 가능성들을 타진해볼 수 있었다.

전쟁으로 인한 공동체의 분열에서 배태된 '한'은 문순태 소설의 길고 긴 여정의 시작점이다. 오랜 세월 쌓아온 마을 사람들 간의 정은 이념 전쟁으로 인한 분열과 죽음, 극한의 가난을 겪으면서 원한으로 전복된다. 휴전과 급격한 도시화로 상황이 전환되면서 전쟁 세대들은 과거의

'한'을 품은 채 '경쟁에서 이기기'라는 또 다른 시대적 과업에 직면하게 된다. 그리고 치열했던 시간들이 지나가고 노년이 되어서야 비로소 과거의 한을 해소하고 일상의 질서를 회복하여 새로운 미래를 계획할 수 있게 된다.

나아가 문순태의 소설은 우리에게 주어진 통일이라는 민족적 과업을 상기, 각인시켜줌과 동시에 전쟁 세대의 삶의 회복이라는 시사적 현안으로 의미의 자장을 넓혀나간다. 그의 소설은 해한과 화해를 넘어 여성, 생태, 노년으로 그 관심을 확장하고 있는 것이다. 이는 역사의 흐름을 놓치지 않으면서 과거의 비극을 당대의 문제와 끊임없이 연결하려는 문순태의 실천하는 글쓰기가 여전히 현재진행중임을 보여준다.

'긍정적인 성장'의 모색을 멈추지 않는 문순태의 소설에서 우리는 절망과 희망의 뒤엉킴 속에서 새로운 존재로 거듭나려는 열두 살 소년을 만난다. 소년은 소설을 읽는 이들 저마다의 삶의 동력이 되어 그들과 함께 과거, 현재, 미래를 아우르면서 성장의 잠재력을 가진 상징적 존재로 거듭난다. 전쟁과 산업화가 몰고 온 고향 상실과 인간 소외는 『41년생 소년』에서 과거의 비극을 극복하려는 65세 노년의 서술자를 통해 지금과는 다를 새로운 삶을 꿈꾸게 하기에 그의 소설은 더욱 값지다.

참고문헌

김열규, 『한국인의 원한과 신명』, 서당, 1991.
문순태, 『우리시대 우리작가5』, 동아출판사, 1987.
_____, 『41년생 소년』, 랜덤하우스중앙, 2005.

장일구, 「한국전쟁 트라우마의 서사적 형상 – 몇 가지 국면에 대한 소묘」, 『한민족
　　　어문학』 66집, 한민족어문학회, 2014.
조은숙, 『생오지 작가, 문순태에게로 가는 길』, 역락, 2016.
한순미, 「용서를 넘어선 포용」, 『문학치료연구』 30집, 한국문학치료학회, 2014.

윤대성 「출세기」에 나타나는 대중매체와 소비사회의 특성 연구

염승한

1. 서론

70년대는 텔레비전과 신문 같은 대중매체가 급속도로 발전한 시기였다. 텔레비전은 1961년 박정희 정권이 들어서면서 어느 매체보다 빠르게 성장하기 시작했는데 1964년 TBC 개국을 시작으로 1966년 텔레비전 수상기 국내 조립, 1969년 MBC가 개국 등 텔레비전은 빠르게 생활의 일부분이 되어갔다. 신문 또한 1960년대 후반 정부의 특혜를 기점으로 양적인 성장이 이뤄졌는데 신문을 읽는 독자가 100명당 5.1부 꼴로 이전의 2.8부 보다 약 두 배 가까이 성장을 했다.

정부의 제도적 지원으로 대중매체가 양적으로 발전하면서 광고 시장 또한 발전했다. 산업화가 이뤄지고 자본주의가 급격하게 성장하면서 광고가 중요해졌는데, 1969년 70억 규모였던 광고 시장이 1979년 2,185억으로 규모가 늘 정도로 폭발적으로 성장했다. 이에 대중매체의 광고 수입의존도도 높아졌는데 1968년 41%, 1970년에는 50%에 육박[1]할 정도로 광고가 대중매체의 주요 수입원이 되어갔다. 그래서 사람들의 이

목을 끌 '특종'이 필요해졌고, 대중매체는 "연예, 오락에 치중하는 상업
주의적 경향"[2]으로 바꾸기 시작했다.

1974년 윤대성이 발표한 「출세기」[3]는 실제 구봉광산에 매몰되었다
생환한 양창선이라는 실제 인물을 모티프로 한 김창호를 통해 대중매체
와 소비사회의 허상을 고발하고 비판하는 작품이다. 이 작품은 붕괴된
탄광에서 16일 동안 살아남아 세계기록을 세웠다는 이유로 대중매체에
집중을 받게 되어 서울로 상경했다가 대중의 관심이 사라지고 빈털터리
가 되어 다시 고향으로 돌아오는 김창호를 그리고 있다. 대중매체는
김창호를 일방적으로 이미지를 부여하여 상품으로 생산하고 대중들에
게 소비시킨다. 작품은 대중매체가 김창호에게 일방적으로 이미지를
부여하는 폭력성과 이것을 빠르게 소비하는 상업성을 집중적으로 보여
주면서 대중매체로 대변되는 70년대의 소비사회를 고발한다.

기존 「출세기」에 대한 연구는 극의 구조에 대한 연구[4], 여성성에 대한
연구[5], 극의 주제의식[6]으로 나눠볼 수 있다. 대부분의 연구가 현대인의
물신주의를 비판하는 것으로 귀결되는데, 특히 홍창수의 경우 70년대
도시 생활과 연결하여 작품을 자본주의 사회의 발전과 함께 나타나는

---

1 강준만, 『한국대중매체사』, 인물과사상사, 2007, 460~461쪽 참조.
2 채백, 『한국 언론사』, 컬쳐북, 2015, 363쪽.
3 윤대성, 『윤대성 희곡 전집』 3, 평민사, 2004. 이하 인용되는 부분은 쪽수로 대체함.
4 서은영, 「윤대성 희곡의 주체와 시공간 연구 : 초기 희곡을 중심으로」, 고려대학교 석사
  논문, 2006.
  이새윤, 「윤대성 희곡의 이중구조 연구」, 이화여자대학교 석사논문, 2009.
  김성희, 『한국동시대극작가론』, 박문사, 2014.
5 박숙자, 「윤대성 희곡에 나타난 여성성 연구」, 고려대학교 석사논문, 2010.
6 정신재, 『한국 현대 희곡 작품론』, 국학자료원, 2001.
  홍창수, 『역사와 실존』, 연극과인간, 2006.

현대인의 욕망에 초점을 맞춰 연구하고 있다. 이러한 논의와 별개로 임준서[7]는 재난극이라는 장르를 제안하면서 「출세기」가 구조자가 사건의 주체로 재난상황을 다루고 있기 때문에 구조자 중심 유형이라고 규정한다. 이때 재난 자체가 상품으로 대중에게 팔리게 되고 매스컴은 재난의 내용을 오락적 콘텐츠로 활용하고 있다고 설명하고 있다. 이러한 연구 경향을 살펴볼 때 「출세기」는 자본주의 사회에서 나타나는 상업화를 밝혀내는데 초점이 맞춰져 있다는 것을 확인할 수 있다.

주목할 점은 신문, 텔레비전으로 대표되는 대중매체가 김창호를 다른 인물로 조작하는 과정이다. 작가는 MBC 방송국에서 일한 경험을 토대로, 대중매체의 실상을 「출세기」를 통해 비판한다.[8] 대중매체는 김창호를 하나의 이미지로 만드는 과정에서 조작하고, 이 이미지를 상품으로 활용한다. 만들어진 이미지는 사회적으로 유통되고 소비되고 빠르게 상품가치를 잃어간다. 「출세기」는 이러한 대중매체의 속성과 폭력성을 고발한다. 따라서 본고는 「출세기」에 나타나는 대중매체를 통해 상품화가 되어가는 과정과 소비사회를 고발하고 있다고 보고 이것들의 특징을 살펴보고자 한다. 이것을 규명하면서 「목소리」(1970), 「출세기」(1974)로 이어지는 70년대 초반 대중매체와 소비사회의 속성의 고발에

---

7 임준서, 「1970, 80년대 탄광촌 희곡을 통해 본 재난극의 유형과 속성」, 『영주어문』 제34집, 영주어문학회, 2016.

8 "한창 MBC 방송국에 있을 때였어요. 매일 방송국에 출근하고 있었으니까. 거기에 있으면서 매스컴의 실상을 적나라하게 봤어. 한마디로 조작이야. 예를 들어서 배우 인터뷰하잖아. 그거 다 거짓말이야. 다 부풀렸어. 여배우가 뻔히 누구랑 동거하고 있는데도 "글쎄요 좋은 남자 있으면 시집갈 거예요." 이래. 기자들은 배우들을 뻔히 알아도 조사해서 돈 받았어. 기자들이 월급이 적으니까 노골적으로 돈 달라며 뜯어먹고 살았어. '이렇게 조작하는구나, 여론을 만드는구나.' 깨달았지. 〈출세기〉에서 기자에게 돈 주는 거 적나라하게 다 표현했지." 홍창수, 『연극과 통찰』, 연극과인간, 2010, 128~129쪽.

천착하고 있음을 밝히고 그의 작품세계를 넓히고자 한다.

2. 일방적인 이미지 부여를 통한 상품 생산

「출세기」는 탄광이 붕괴되어 지하 1500m에 16일 동안 갇혀있게 된 김창호가 홍 기자로 대표되는 매체들을 통해 일방적으로 이미지가 만들어지는 것을 그리고 있다. 탄광이 붕괴됐다는 소식을 듣고 탄광사무소에 찾아온 홍기자가 김창호가 살아 있다는 소식을 듣고 이것을 대서특필하면서 사회의 집중적인 관심을 받게 된다. 이때 탄광 밖에 있는 홍 기자는 전화를 통해 자신에게 필요한 정보만 전해 들으려고 한다. 이러한 의사소통 과정은 이야기의 주도권은 홍 기자가 가지고 김창호는 그것에 수동적으로 응답하는 방식으로 나타난다. 일방적인 의사소통 구조는 극의 전체에 나타나는 의사소통 방식으로 홍 기자는 김창호를 상품화시키기 위해 일방적으로 의미를 부여하기 시작한다. 다시 말하면 홍기자로 대표되는 대중매체가 김창호를 일방적으로 호명되어야 그가 드러나며, 상품으로 역할하는 구조가 된다.

홍 기자는 일종의 연출자로써 사건을 재구성하고 자신이 원하는 방향으로 이끌어간다. 탄광 붕괴 사건을 김창호의 생존을 위협하는 배경으로 사용하는데 사건의 초점은 탄광이 무너져 사람들이 죽은 것이 아닌 김창호의 생존에 맞춰진다. 이 과정은 홍 기자와 김창호가 상호합의를 통해 이미지가 만들어 지는 것이 아니라 그가 일방적으로 상황을 만들어나가면서 이뤄진다. 홍 기자가 탄광 붕괴 사건을 보도하는 태도는 현장을 중계하는데서 잘 나타난다. 붕괴된 탄광의 상황을 중계하는 것보다 탄광 밖의 상황을 중계 하면서 사람들의 일련의 관심을 유도한다. 일련의 관심은 김창호가 살아서 돌아와야 하는 당위성을 부여하고 이것을 통해 새로운 이미지를 부여한다.

> 김창호의 어린 두 남매. '대통령 각하, 아빠를 구해주세요.'란 플래카드를 들고 등장. 뒤에 박 여인, 울상으로 따른다. 아낙네들, 광부들 '김창호를 구하자'라는 플래카드를 든 채 구호를 위치며 등장한다. 기자들 카메라 들이대고 홍 기자 녹음기를 든 채 뛰어들어와 남매 앞에 온다.

> **홍 기자** 애, 여기다 대고 얘기해, 아빠 빨리 오세요 하고. 그리고 동생하고 엄마랑 기다린다고.
>
> **딸** (울먹이며) 아빠 빨리 오세요. 용준이 오빠랑 엄마랑 아빨 기다려요. 그리구, 선생님들, 우리 아빠 구해주세요. 우린 아빠가 없음, 앙- (울어버린다)
>
> **아들** 아부지, 엄마가 아버지 빨리 오시라고 치성을 드려요.

> 훌쩍이는 아낙네들, 광부들. (43쪽)

기자들은 플래카드를 든 두 남매 앞을 둘러싸고 있는데 홍 기자는 녹음기를 들고 남매의 목소리를 녹음하려고 한다. 그는 "아빠 빨리 오세요.", "동생하고 엄마가 기다린다고."라고 직접적으로 할 말을 지시한다. 남매는 홍 기자가 지시한 말을 그대로 따라하는데 주위에 있던 아낙네들과 광부들은 훌쩍이면서 눈물을 짓게 된다. 그래서 사람들은 홍 기자가 조성한 분위기에 동조하게 된다. 이러한 과정을 거치면서 탄광 붕괴 사고는 11명이 죽은 대형사고가 아닌 한 가정의 가장에게 들이닥친 위기로 변화한다. 홍 기자가 두 남매의 말을 통해 가족을 부각시키면서 가장인 김창호는 절대로 죽어서는 안 되고 살아서 돌아와야 한다는 당위성을 부여한다. 김창호의 가족은 그의 생존을 위한 배경이 되고, 대중매체가 극적으로 보여주면서 탄광 붕괴의 본질적인 문제보다 김창호의 생존이 사건의 중심 주제로 이동하게 된다.

작품 내에서 보이는 매체의 의사소통 방식은 위에서 일방적으로 이뤄진다. 이는 은폐와 배제를 통해 이뤄진다. 보드리야르는 생중계 같은 미디어의 기술 수준이 향상되면서 역설적으로 현실과 멀어진다고 설명하면서 "세계의 잘라냄과 해석의 전 체계를 강요"[9]한다고 말한다. 홍 기자는 김창호와 같이 일했던 광부들의 인터뷰 도중에 회사가 탄광 회사의 문제점을 고발하는 발언을 하자 마이크를 끄고 피한다. 탄광 회사의 관리 부실로 붕괴 사고가 계속되는 것에는 관심을 가지지 않는 모습을 보인다. 이는 이후 사고 현장을 생중계로 보도하는 장면에서 더욱 극명하게 들어난다. 사고 현장을 생중계로 보도하는 홍 기자는 김창호의 생존 여부를 집중적으로 보도한다. 이렇게 일부분만 강조되어 보도되는 '11명의 광부의 목숨을 빼앗은 광산 사고는 올들어 두 번째 큰 사고'(53~54쪽)는 김창호의 강인한 생명력을 더욱 강조하는 배경이 되는 아이러니한 상황이 된다.[10]

---

9 장 보드리야르, 이상률 옮김, 『소비의 사회』, 문예출판사, 2015, 196쪽.
10 다니엘 오쇼네시는 텔레비전이 시청자에게 정보를 전달하는 방식을 설명하는 전략이 은폐와 배제라고 설명한다. "텔레비전 내러티브 형식과 장르의 이용은 또한 사회적 모순을 은폐하기도 한다. 형식 자체, 개인에 대한 강조, 문제 해결 방식 등 내러티브의 세 측면이 모두 여기에 기여한다. 첫째, 우리는 극적으로 해결될 문제나 불행의 설정 등과 같은 형식의 내러티브에서 쾌락을 얻는다. 우리는 이야기가 무엇이냐에 대해서보다 내러티브 발전 과정에 빠지기가 더 쉽다. 둘째, 대부분의 내러티브는 우리가 동일시하거나 공감하기 쉬운 개인들에게 초점을 맞춘다. 개인에게 초점을 맞추는 것은 우리가 그 개인을 사회 집단을 대표하는 것으로 보지 않기 쉬우며 따라서 사회와 사회 제도에 관심을

따라서 탄광 붕괴 사고는 계속 해서 반복되는 사회적 비극이 아니라 개인의 생명의 위대성을 알리는 기표가 된다.

> **홍 기자**   이런 국민의 여망에 보답하는 뜻으로도 꼭 살아나와야 겠습니다. (감격해서) 생명은 존엄한 것입니다. 우리는 너무 인간 생명을 경시하는 풍조에 젖어왔습니다. 이 사건을 계기로 인간에 대해 다시 한번 그 존엄성을 확인해야 할 것입니다. 지금까지 사고 현장에서 홍성기 기자 말씀드렸습니다. (…) (55쪽)

> **홍 기자**   국민 여러분! 여기는 강원도 정선군 동진 광업소 사고 현장입니다. 지하 1천 5백 미터 갱 속에 갇혀 만 16일간이나 굶주림과 추위에 싸워가며 초인적인 인내력으로 생명을 지탱해왔던 김창호씨. 그가 드디어 구출되기 직전에 있습니다. 그의 생환은 김창호 씨 개인뿐 아니라 온 국민의 기쁨이며 인간 생명의 승리입니다. 오늘이 있기까지는 각 방송 보도진은 물론이려니와 국민 여러분의 성원 없이는 불가능했을 것입니다. 그럼 담당 영영소 소장 권오창 선생님께 몇 말씀 묻겠습니다. 구출된 시간은 대략 몇 시쯤 됩니까? (59~60쪽)

홍 기자는 생명의 존엄성을 말하면서 생명을 경시하는 풍조를 비판한

더 갖게 되는 것을 의미한다. 셋째, 레이먼드 윌리엄스가 말한 것처럼 복잡한 문제가 갑자기 운명이나 우연으로 풀려서 해피 엔딩으로 끝나는 '마술 같은' 마무리가 있다." 마이클 오쇼네시, 「TV와 이데올로기」, 『텔레비전의 이해: 제도, 텍스트 그리고 수용자』, 한나래, 1995, 126~127쪽.

다. 그래서 김창호를 통해 이러한 풍조를 확인하고 타파해야하는 것처럼 말한다. 홍기자는 유일하게 그리고 오랫동안 살아남았다는 점에서 그에게 '초인적인 인내력'(59쪽), '인간 생명의 승리'(59쪽), '초인적 사나이'(61쪽), '의지와 인내력의 사나이'(79쪽)과 같은 말이 수식어로 붙이면서 김창호를 강한 인간이라는 이미지를 적극적으로 구축시킨다.

이러한 대중매체의 일방적인 모습은 취재 경쟁에서도 잘 나타난다. 김창호가 기자회견장에서 등장하자 카메라를 들이밀며 취재하려는 부분과 끊임 없이 터지는 플래시 때문에 김창호가 움찔거리며 경직되어 가는 모습은 일방적으로 취재하려는 대중매체가 그를 신경쓰고 있지 않는 것을 잘 보여주고 있다. 또한 김창호의 가족들을 취재하는 모습에서도 그의 가족들은 기자1의 취재에 겁에 질려하는 모습을 보여준다. 단순히 돈이 되는 기사를 작성하기 위해 가족들을 신경 쓰지 않는 모습을 보여준다. 또한 취재를 하는 과정에 질문을 하는 과정에서 보여주는 기자들의 대화방식은 자신들이 필요한 정보만 얻는 것에 초점이 맞춰져 있다. 그리고 기자들은 자신들에게 필요한 정보를 얻자 재빨리 퇴장하고 시끌벅적하던 무대가 이내 조용해지는 모습을 보여주면서 대비시켜 대중매체의 일방적인 속성을 보여준다.

3. 이미지의 사회적 상품화와 필요의 소비

김창호는 탄광 붕괴 사건에서 구출되자 서울에서 큰 돈을 벌 수 있다는 말을 듣고 가족을 남겨두고 떠난다. 그가 돈을 벌 수 있는 이유는 기존 탄광에서 매몰되었다가 구조된 기록을 갱신하여 '세계 1등'이라는 타이틀을 가지게 되었기 때문이다. 움베르토 에코는 이미지가 매체들에 의해 신화화가 된다고 지적하면서 "⟨신화화⟩는 무의식적 상징화, 매번 합리화될 수 없는 목적들의 결정체와 그 대상과의 동일시, 한 개인과 공동체 그리고 어떤 역사적 시기 전반에 특별하게 나타나는 경향들과 두려움, 야망과 같은 이미지의 인식으로 규정될 수 있다."[11]고 말한다. 「출세기」에서 김창호가 사회적으로 소비되는 상품화가 될 수 있었던 것은 매체에 의해 절대적인 이미지를 부여받았기 때문인데, 바로 세계 1등이라는 타이틀 덕분이다. 이 타이틀은 김창호가 살고 있는 사회가 가장 중요시하는 가치 중 하나라고 볼 수 있다.

　매체들이 김창호에게 주목 하는 것은 그가 '세계 1등'이라는 타이틀을 가질 수 있을 것인가 하는 부분이다. 그가 무너진 탄광에 매몰된 시간이 길어질수록 '초인', '강인한' 말이 앞에 붙게 되면서 단순한 광부에서 강인한 남성으로 변모된다. 이것은 "1948년 일본 미야끼엥 니시마야 탄광 낙반사고 때 네 명의 광부가 11일 16시간 만에 구출됐고, 서독선 1963년 마힐루데 광산 침수 사고에서 14일간을 살다 나"(57쪽)온 기록을 김창호가 16일로 기록을 갱신하면서 가능해진 것이다.

> **홍 기자**　(…) 먼저 대기한 1954 구급차에 올라 간단한 응급조치와 진단이 있은 후 H19공군 헬리콥터 편으로 서울로 급송됩니다. 공항으로부터 두 대의 백차가 호송하는 가운데 메디컬센터에 입원치료하게 되며 연도에는 수많은 시민들이 김창호씨를 환영할 것입니다. 현재 서울에는 시경국장 진

---

11 움베르토 에코, 윤종태 옮김, 『매스컴과 미학』, 열린책들, 2009, 308쪽.

두 지위하의 1백 명의 경찰 병력이 배치되어 도로 경비에
임하고 있다는 소식입니다. (…) (61쪽)

홍 기자　(흥분했다) 16일간 세계 기록을 수립하고 지하 갱 속에서
굶주림과 추위를 이겨낸 초인적인 사나이 김창호 선수의
모습이 서서히 지상에 나타나기 시작합니다. 5미터, 3미
터…… 2미터…….

　군중의 웅성거림, 경찰의 정리, 밴드 리더의 사인에 이어 밴드가 우렁찬
군악을 연주하기 시작한다. 구조대에 부축되어 나오는 수척한 김창호.
카메라 플래시, 너무나 의외의 현상에 겁이 질린 듯 얼굴 찡그리며 눈을
가리는 김창호. (61~62쪽)

　홍 기자는 김창호가 구조된 이후 헬리콥터로 서울로 급송되는데 공항
에서 차량의 호위를 받으며 병원으로 이동한다고 설명한다. 김창호가
병원으로 가는 길은 경찰병력이 투입되어 도로를 정리를 하고 많은 사
람들이 그를 환영하는데, 이것은 흡사 올림픽 금메달리스트가 카퍼레이
드를 하는 것과 비슷하다. 이러한 모습은 구출되는 장면에서 더욱 명확
하게 보여준다. 홍 기자는 16일간의 세계 기록을 수립한 김창호 '선수'라
고 말한다. 우렁찬 군악 소리와 함께 구조대의 부축을 받으며 김창호를
향해 카메라 플래시가 펼쳐지는 부분은 올림픽 금메달리스트가 비행기
에 내려오면서 금의환향하는 장면과 흡사하다.
　이렇듯 세계 1등이라는 부분은 에코가 지적한 것처럼 김창호의 신화
화된 이미지라고 볼 수 있다. 언론이 부여한 초인적·강한 남자의 이미지
는 세계 신기록이란 타이틀과 함께 성립된다. 정작 그가 탄광에 매몰되

어 있는 동안 정신적인 고통을 호소하고, 파이프로 전달되는 조금의 음식으로 목숨을 겨우 부지하는 것을 지운 채 강인한 몸을 가진 인물로 변모시킨다. 다시 말하면 사고 현장은 일종의 김창호의 능력을 증명하는 자리가 되며, 이것을 극복한 김창호는 세계 1등의 타이틀을 가진 강인한 남자가 된다. 이때부터 김창호의 신체적인 우월함과 강인함은 상품으로 의미를 가지게 되며 소비되기 시작한다.

> **홍 기자** (…)(쪽지 보며) 이 방송은 여성의 미를 창조하는 몽쉘 느그므 화장품 제공입니다. (55쪽)

> **홍 기자** (…) 이 방송은 여성미를 창조하는 몽쉘 느그므 화장품과 스타킹 메이커 와키누가 나일론 제공입니다. (60쪽)

> **매니저 양** 좋습니다. 우악스럽게. 여자들이 들으면 먹고 싶어 미치고 환장하게 해야 합니다. 갑시다.

> **김창호** (읽는다) 과자라면 구수한 경상도 뭉둥깡. 너도 나도 먹자, 영양 많고 맛있는 문둥깡! 문둥깡의 자매품 차카라쿠키! (82쪽)

사고 현장을 보도하는 홍 기자의 마지막 멘트는 광고로 끝을 맺는다. 처음 보도 당시에는 '몽쉘 느그므 화장품', 두 번째 보도에는 화장품과 더불어 '스타킹 메이커 와키누가 나일론'을 광고한다. 사고 현장의 보도에서 광고되는 물품들은 모두 여성의 신체적 아름다움과 관련된 상품들이다. 화장품과 스타킹은 자신의 몸을 꾸미고 더 나은 외모를 가질 수 있다고 믿음을 주는 물건들이다. 이것은 김창호와 연결이 되어 광고되는데, 광고는 상품과 인과적으로 연결이 되지 않는 것을 재맥락화하면서 하나의 의미를 부여한다. 이는 11명이 죽은 탄광 붕괴 사건에서 유일하게 살아남고, 세계 기록을 갖기 직전인 김창호를 여성의 아름다움과 연결시키면서 신체적인 우위를 등치시킨다. 이것은 신체적인 우월함을 욕망하고 소비하려는 사회의 단면을 잘 보여주고 있다.

따라서 김창호는 신체적으로 우월한 남성의 기호가 되며, 이것은 상품가치를 가진다. 구조 이후 서울에 올라간 김창호는 과자 광고를 하게 되는데, 과자는 매니저 양의 말대로 "여자들이 들으면 먹고 싶어 미치고 환장하게 해야" 하도록 선전한다. 이때 김창호는 광부 옷차림에 광부 헬멧을 쓰고 얼굴에 검은 분을 묻힌 채로 등장해 과자를 광고하는데 대중들에게 박혀있는 '광부'라는 이미지를 상품화하여 팔기 시작하고 있다는 것을 알 수 있다. 이러한 광부의 이미지는 신체적인 강인함과 더불어 남성적인 이미지를 가지고 있어서 구매하는 주 구매층인 여성에게 호소력이 있음을 알 수 있다.

그러나 김창호의 상품가치는 급속도로 소모되기 시작하고 더 이상 상품으로 역할하지 못한다.

김창호　　　나두 노래 기차게 잘 할 줄 안다구요. (구성진 유행가를 술집 가락조로 한 구절 뽑는다)

미스터 양　그게 노래요? 편도선 앓는 소리지.

김창호　　　전에는 내가 한마디 하면 모두 박수쳤는데.

미스터 양　그땐 당신이 상품 가치가 있을 때지. 지금은 다 잊어버렸다구요. 신기록이 또 나오기 전엔 김창호 씬 아무 것도 아니야. 매니저가 뭔데? 상품 가치가 있는 사람만 골라내는 게 직업이야.

김창호　　　그럼 다시 땅 속으로 들어갔다가 더 오래 있다 나오면 안
　　　　　　될까요? 그 동안 잘 먹어둬서 자신 있는데…….

김창호의 얼굴 비참하리만치 진지하다. (91~92쪽)

　요정집에서 모아둔 돈을 탕진한 김창호는 다시 돈을 벌기 위해 자신
의 매니저였던 미스터 양을 찾아간다. 그동안 신인 여가수를 데뷔시킨
미스터 양은 김창호에게 냉정한 반응을 보인다. 왜냐하면 그를 대신할
수 있는 다른 상품을 마련했기 때문이다. 그래서 분위기를 반전시키기
위해 미스터 양 앞에서 노래를 불러 보이지만 냉담한 반응을 보인다.
이전 TV쇼에서 음정, 박자가 맞게 노래를 부르자 관객들이 배꼽을 잡고
웃었던 상황과는 정반대이다. 그가 상품가치가 다시 있으려면 신기록이
또 나오기 전까지 다시 말하면 김창호가 탄광에 갇혔던 상황이 반복되
어야 가능해진다.

홍 기자　　　김창호 씨 어떻게 생각하십니까? 지금 지하 1천 2백미터
　　　　　　갱내 대피소에 배관공이 갇혀 있습니다. 그 사람이 구출
　　　　　　될 때까지 갱 내에서 주의할 점은 무엇입니까?
김창호　　　예, 먼저 체온을 유지해야 합니다. (신이 났다) 제 경험으로
　　　　　　봐서 배고픈 건 움직이지 않으면 참을 수 있는데 추운 건
　　　　　　견디기 힘듭니다. 전구라도 있으면 안고 있어야 합니다.
　　　　　　배기 펌프로 공기도 계속 넣어줘야 되구요. (101쪽)

　탄광에서 또 다시 붕괴사고가 일어나자 홍 기자는 김창호를 찾아가
인터뷰를 신청한다. 김창호의 대화에서 확인할 수 있듯이 이 둘의 대화
는 탄광이 어떻게 무너졌는지가 아니라 매몰된 현장에서 어떻게 살아남

는지 '생존전략'에 초점이 맞춰져있다. 김창호는 탄광에 갇힌 이호준이 어떻게 하면 오래 살아남을 수 있는지 생존전략을 인터뷰를 통해 설명한다. 김창호가 다시 상품으로 주목을 받을 수 있는 것은 자신의 정보가 필요해질 때이다. 다시 말하면 상품가치가 없어진 김창호가 상품 가치를 얻게 되는 것은 이러한 사건이 일어날 때인 것이다. 이것은 매니저 양이 "그땐 당신이 상품 가치가 있을 때지. 지금은 다 잊어버렸다구요. 신기록이 또 나오기 전엔 김창호씬 아무 것도 아니야."와 연결되는데 대중의 관심이 탄광 붕괴사건에 쏠릴 때 김창호는 상품으로 역할을 할 수 있게 된다. 하지만 이러한 역할은 얼마가지 못해 끝나게 된다.

홍 기자는 생존자인 이호준이 배기 파이프에 가스가 차서 질식했나는 소식을 전하고 자리를 떠난다. 그와 같이 사고 현장에 몰려든 구경꾼들 또한 흥미를 잃고 자리를 떠난다. 이들에게 중요한 것은 탄광이 무너진 것이 아니라 무너진 탄광 속에 살아남은 생존자였던 것이다. 생존자가 결국 사망함에 따라 김창호는 상품가치가 없어지게 되는데, 자신의 말을 귀기울여줬던 홍 기자와 구경꾼들은 더 이상 그의 말을 듣지 않게 된다. 바글바글 했던 현장이 김창호 가족만 남은 것과 대조되어 그의 말이 더욱 공허하도록 만든다. 이처럼 그가 상품이 될 수 있는 것은 필요에 의해 호명이 될 때이며, 사회적 관심이 또 다른 탄광이 붕괴되고 생존자가 남아 상품으로 소비될 때에만 가치를 인정받을 수 있다.

4. 결론

지금까지 「출세기」에 나타나는 대중매체와 소비사회의 특징을 살펴

봤다. 이 작품은 대중매체가 한 개인을 어떻게 상품화하고 소비시키는
지를 그리고 있다. 탄광 사고는 70년대 대표적인 사고로 많은 사람이
목숨을 잃었다. 그러나 「출세기」에서 매체는 탄광 사고 자체를 대중들
이 유희할 수 있는 일종의 오락이자 상품으로 변모시켰다. 매체가 변모
시킨 오락은 그 안의 생존자가 살아남을 수 있을 것인지, 즉 생존자의
생존 여부를 유흥으로 즐기며 소비하는 장이 된다. 살아남으면 상품으
로 가치가 있게 되고 죽으면 상품으로 효용가치가 없는 살벌한 상황을
풍자의 형식으로 풀어나가고 있다.

　이러한 상황은 대중매체가 보여주는 속성에서 찾아볼 수 있었다. 사
고를 배경으로 제시하면서 한 개인을 부각시키는 방법을 통해 상품화
를 시켜나간다. 이때 대중매체는 일방적인 의사소통구조라는 폭력적인
방식으로 한 개인을 재단해 나가는데, 이들이 주목하는 가치는 많은
대중들이 소비할 수 있는 상품가치이다. 하지만 이렇게 만들어진 상품
은 빠르게 소모되기 시작하고 다른 상품을 찾는데 혈안이 되어 있는
모습을 보인다.

　「출세기」는 이러한 대중매체와 소비사회의 속성을 고발하는 작품으
로 대중매체가 보이는 폭력성을 경계하고 사회적 모순에 침묵하고 상업
화된 것을 비판하고 있다. 이는 「목소리」에서 기자가 느끼는 양심의
가책 문제와 연결 지어 생각해 볼 수 있을 것이다. 어두운 사회 현실에
눈을 감고 자신의 입신양명에만 몰두했던 자신의 삶을 반성하는 기자의
고뇌와 만들어진 이미지로 살다가 버려진 김창호의 고독은 70년대의
속물적이고 비정한 소비 사회의 단면을 드러내고 있다. 이상 「출세기」
를 분석하면서 대중매체의 속성을 밝히고자 시도한 것은 윤대성의 작품
세계를 넓히는 것과 동시에 70년대 매체가 보여줬던 속성을 같이 규명

하고자 함이었다.

2017년 1월 전남대학교 국어국문학과 BK21플러스사업단 제4회
국제학술대회『한국학과 지역어·문학 연구의 세계적 동향』에
발표된 논문을 수정·보완한 논문임.

참고문헌

1. 기본자료
윤대성, 『윤대성 희곡전집』 3, 평민사, 2004.

2. 단행본
강준만, 『한국대중매체사』, 인물과사상사, 2007.
김민환, 『한국언론사』, 나남출판, 1996.
김성희, 『한국동시대극작가론』, 박문사, 2014.
마이클 오쇼네시 외, 『텔레비전의 이해: 제도, 텍스트 그리고 수용자』, 한나래,
        1995.
움베르토 에코, 『매스컴과 미학』, 열린책, 2009.
장 보드리야르, 이상률 옮김, 『소비의 사회』, 문예출판사, 2015.
정신재, 『한국 현대 희곡 작품론』, 국학자료원, 2001.
채백, 『한국 언론사』, 컬쳐룩, 2015.
홍창수, 『역사와 실존』, 연극과인간, 2006.
_____, 『연극과 통찰』, 연극과인간, 2010.

3. 연구논문
박숙자, 「윤대성 희곡에 나타난 여성성 연구」, 고려대학교 석사논문, 2010.

서은영, 「윤대성 희곡의 주체와 시공간 연구: 초기 희곡을 중심으로」, 고려대학교
    석사논문, 2006.
이새윤, 「윤대성 희곡의 이중구조 연구」, 이화여자대학교 석사논문, 2009.

이승우의 '자전적 공간'으로서 『생의 이면』

임 현

1. 들어가며: 자전적 소설에서의 진실성 문제

소설이라는 장르가 필연적으로 허구를 다룬다는 점[1]에서 '자전적 소설' 역시 허구의 장르에 속한다. 그럼에도 내용적 층위에서의 '자전'이라는 조건이 형식적 층위의 '소설'보다 더 큰 영향력을 발휘하는 듯 보이는데 요컨대, 허구적 서사에 비해 자전적 서사가 더 많은 진실을 확보하고 있다는 기대를 독자에게 품게 만든다는 점에서 자전적 소설이 갖는 지위는 특별하다. 작가 자신을 대상으로 삼고 있는 자전적 소설의 경우, 문학작품으로의 형상화 이전 단계가 보다 용이하게 파악되고, 이러한 과정을 통해 해당 작가의 고유한 세계와 그 원형을 검증하기가 비교적 수월하기 때문이다. 이때의 검증 기준이 되는 자료들은 동일한 작가에 의해 씌어지거나(자서전), 작가를 대상으로 삼은 산문(전기), 강연, 인터

---

1 "엄격하게 말해서 순전히 씌어지기 위해 창조된 세계에서는 모든 것이 '꾸며낸' 것이다. 소설적 현실이란, 그것이 어떤 가공법을 받았든지, 그것이 어떤 형식으로 떠오르든지 허구적인 것이다."(마르트 로베르, 김치수·이윤옥 역, 『기원의 소설, 소설의 기원』, 문학과지성사, 1999. 19쪽.)

뷰, 좌담 등의 2차 텍스트일 테고, 검증 결과는 곧 '진실성' 평가와 관련
될 것이다. 그러나 정도의 차이만 있을 뿐, 모든 소설에는 작가의 인성
이 내재되어 있다는 점이 전제된다. 그럼에도 자전적 소설이 다른 소설
에 비해 더 진실하다면 그것은 단순히 양적인 문제인 것일까? 그렇다면
과연 어느 정도의 자전적 요소가 담겨야만 자전적 소설의 자격을 얻는
것일까? 그런데 이 질문에 답하기 앞서 아직 더 난감한 문제들이 남아
있다. 비교의 대상이 소설이 아니라, 진실성의 척도로 사용되었던 자서
전이 되었을 때, 그러니까 자서전보다 자전적 소설이 더 진실하다고
믿는 경우는 또 무슨 이유에서인가?[2]

　자서전의 진실성은 책의 저자와 화자, 주인공의 동일한 이름으로 담
보된다.[3] 허구적인 소설과 달리, 자서전은 텍스트 외부의 정보를 정확히
전달하여야 하며, 정보와의 유사함을 넘어 '동일성'에 그 목표를 두고
있다. 이때의 외부 정보란 저자와 관련된 것이며, 따라서 저자는 텍스트
내부에서 다루어지고 있는 언술 주체로서의 일인칭 화자와 언술 대상으
로서의 주인공과 동일하다. 또한 자서전의 독자는 텍스트를 읽는 동안

2　"나는 회고록의 단 한 개 장에서 더 나가지 못하고 매달려 있으며 그 이유를 다른 곳에서
　찾는다. 내가 그렇게 게으름을 피웠던 진정한 이유는 바로 <u>우리의 소설이 우리들 자신의
　본연적인 것을 보여주기 때문이 아닐까? 오직 허구의 이야기만이 거짓말을 하지 않는다.
　그것은 한 인간의 삶을 향해 비밀의 문을 살짝 열어주고, 그러면 온갖 제어를 벗어난
　그의 미지의 영혼이 그 문으로 미끄러져 들어온다</u>"(Francois Mauriac, 「Commencements
　d'une vie」, 『Ecrots intimes』, La Palatine, 1953, p.14. 필립 르죈, 윤진 역, 『자서전의
　규약』, 문학과지성사, 1998. 61~62쪽에서 재인용. 밑줄은 인용자 강조.)
3　필립 르죈의 『자서전의 규약』은 본고에서 앞서 제시한 질문에 답하는 데 인용할 수 있는
　매우 유용한 고전이다. 르죈에 따르면, 자서전의 규약을 결정하는 것은 언술된 내용이
　아니라 저자가 책 표지에 남겨둔 서명에 의해서이다. 곧, 저자가 독자에게 암묵적이거나
　명시적으로 저자=화자=주인공의 관계를 표시함으로써 성립된다. 더불어, 본고는 르죈의
　이론을 바탕에 두고 있음을 밝힌다.

이것이 저자의 목소리로 저자 자신의 이야기를 하고 있다는 점을 의심하지 않는데, 이는 저자와 독자 간의 모종의 약속으로 인한 기능 작용 때문이다. 필립 르죈은 이를 "자서전의 규약"으로 명명한다.

자서전과 인접한 장르로서 전기는 저자와 화자의 관계가 같을 수도 있고 아닐 수도 있다. 또한 언술 내용의 대상이 되는 주인공은 저자가 아닌, 텍스트 외부의 지시 대상인 실재하는 '모델'과 '유사성'의 관계를 갖는다. 이러한 기준에서 볼 때, 저자와 화자, 주인공 간의 동일성은 자서전의 성립을 위한 필수조건이 되는 셈이다. 그러나 이 기준이 모두 충족되었다고 하더라도 자서전으로서의 자격이 박탈당하는 경우를 추론해 볼 수 있는데, 언술 대상이 의도적으로 날조된 경우, 텍스트 외부의 지시 대상이 실존하지 않을 때, 자서전의 진실성은 심각하게 훼손당한다. 그리고 이때의 자서전으로서의 자격을 박탈당한 언술 내용은 대신 '환영 fantasme'으로서의 가치를 부여받게 된다.[4]

개인적이고 개별적인 것에 근간한 자서전의 진실성과 달리, 소설의 진실성은 보편적인 것, 절대적인 것을 지향하며 '인간의 본성'을 규격화하고 평준화하는 것과 관련되어 있다.[5] 따라서 정확성 기준에서 보자면 자서전은 소설에 비해 진실한 반면, 복합성·모호성의 기준에서 소설의 진실성은 자서전에 우위를 점한다. 때문에 둘 중 무엇이 더 진실한 쪽인

---

4 위의 책, 60~61쪽. 참조.
5 로베르는 소설의 이러한 성향을 태생적 환경과 관련지어 설명한다. "소설은 그 이웃들의 영토를 끈기 있게 병합함으로써 거의 모든 문학 영토를 식민지 상태로 떨어뜨리기까지 했다(…)여러 가지 특징에 의해서 그것이 태어난 제국주의 사회와 유사한 소설은 어쩔 수 없이 보편적인 것, 절대적인 것, 사물과 사상의 전체를 지향하고 있다"(마르트 로베르, 앞의 책, 11~12쪽.)

가를 따지는 일은 이제 무의미한 문제가 되어버린다.[6] 그보다 주목해야 할 것은 저 환영의 가치가 보편적인 성향의 소설을 한 개인의 내면적 진실에 접근하도록 돕는다는 점이다.[7] 여기에 자서전보다 진실한 자전적 소설의 자리가 마련된다.

　자전적 소설이 자서전에 비해 진실하다는 평가는 절대적 수치에 기반한 것이 아니다. 자서전의 한계를 보완한다는 점에서, 곧 자서전이 목표로 했던 바를 자서전 스스로 모두 충족할 수 없고, 자전적 소설이 이를 보충하고 메꾸어 준다는 점에서 상대적이다. 따라서 자전적 소설의 진실성은 오로지 자서전의 기준에 의한 것이며, 이로 인해 자전적 소설 역시 일종의 간접적인 형태의 자서전의 규약을 맺게 되는 것이다. 자전적 소설은 자서전 곁에 함께 놓일 때에야 비로소 의미 있는 진실성 평가를 받을 수 있다. 다시 말해, 자전적 소설은 자서전이 목표로 하는 바를 보완하는 일종의 동료인 셈이다. 그리고 이를 근거로 둘을 함께 아우를 수 있는 보다 상위의 공동 구역, 곧 '자전적 공간'을 상정할 수 있다.[8]

6　필립 르죈, 앞의 책, 64쪽. 참조.

7　"거짓으로 주어진 자서전의 규약은 언술 행위의 층위에서 여전히, 결국은 자서전적인 주체가 되는, 즉 날조된 주체를 넘어 우리가 계속해서 상정하게 될 한 주체를 드러내게 될 것이다. 따라서 그것은 다른 층위에서(전기-자서전의 관계가 아니라 소설-자서전의 관계에서) 분석하는 것으로, 또 우리가 자서전의 공간이라 부를 수 있는 것과 그것이 만들어내는 부각 효과를 정의하는 것으로 귀결된다." (위의 책, .61쪽.)

8　『자서전의 규약』에서는 '자서전의 공간'과 '자전적 공간'의 차이에 대한 언급 없이 혼용되어 사용되는데, 이는 동일한 어휘에 대한 번역의 문제로 보인다. 추후 검토가 요구되는 부분이기도 하다. 본고에서는 자서전 장르를 포함한다는 의미에서 '자전적 공간'만을 선택하여 사용했다. "좀더 정확히 말하자면 자서전과 소설은 어느 하나가 다른 것에 대하여 정의되는 관계이다. 우리에게 의미 있는 것은 두 부류의 텍스트가 새겨지는 공간, 따라서 둘 중 어느 하나로 환원될 수 없는 공간이며, 이러한 방식으로 얻어지는 부각 효과가 바로 독자를 위한 '자서전의 공간'의 창조인 것이다."(위의 책, 64쪽.) "아마도 새로운

국문학에서 자전적 소설에 대한 연구는 서사 추동의 동기로서 원형 체험 모티프를 분석하고, 이를 형상화하는 과정에서의 작가 자신의 내면 성찰, 자아 정체성 탐구 등 그 효과에 주로 주목해 왔다. 이 경우, 정신분석 및 심리학적 관점이 중요한 자리를 차지하게 된다.[9] 그러나 효용적 측면에서의 이러한 접근을 자전적 소설이라는 장르 일반에 적용시키기에는 다소 무리가 있어 보인다. 요컨대, 언술된 내용만으로 보자면 자서전과 자전적 소설은 거의 구분하기 어려우며[10], 이 때문에 자서전이 자전적 소설에 비해 내면을 성찰하는 데 더 부족한 이유를 마땅히 설명할 수도 없기 때문이다. 그렇다면 이와 같은 효과는 넓은 범주에서의 자전적 텍스트가 가진 보편적인 기능으로 이해되어야 하지 않을까? 앞서 언급했듯, 자전적 소설은 자서전과 함께 놓일 때에야 비로소 진실해진다. 그럼에도 국문학에서 자서전의 장르적 입지는 아직 불확실해 보인다.[11] 독립적인 위치를 보장 받지 못한 채 자전적 소설을 이해하기

용어를 만들어, 글쓰기에 대한 이러한 일반적인 태도를 엄격한 의미로 '자서전'이라 부를 수 있는 것, 즉 저자 자신이 자신의 인성의 탄생을 회고하여 쓴 이야기와 구별해야 할 것이다. 이와 같은 텍스트의 유희가 엄격한 의미의 자서전 역시 포함하는 경우, 그것을 지칭하기 위하여 '자전적 공간'이라는 표현을 선택하였다."(위의 책, 249쪽.)

9 본고에서 다루게 될 『생의 이면』의 경우, 분석심리학의 관점을 적용하여 자기실현의 서사로 고찰한 장순덕(2015)과 독특한 구조의 성장담에 주목하며 죄의식의 치유와 극복의 양상을 분석한 홍인영(2014), 소설 쓰기 과정을 일종의 트라우마 극복으로 이해하고 작가의 무의식을 탐사한 김주언(2011)이 그 예라고 할 수 있다.

10 예를 들어, 카뮈의 『이방인』을 읽은 독자는 그 첫 문장("오늘 엄마가 죽었다")만으로 해당 텍스트의 장르를 명확히 구분할 수 없다. 그럼에도 독서 과정에서 장르에 대한 고민을 필요로 하지 않는 이유는, 저자가 이미 소설이라는 점을 암묵적으로든 명시적으로든 밝히며 독자와 모종의 계약 관계를 맺었기 때문이다. 르죈의 분류법이 오늘날, 여전히 유효한 까닭도 여기에 있다.

11 르죈은 저자와 독자 간의 계약이 역사성과 관련되어 있다는 점을 지적한다. 곧, 그에게 사회적 계약이자 제도가 시대의 요구에 맞도록 변화하듯, 장르에 대한 규범 역시 그렇다

위한 도구로써 2차 텍스트의 자리에만 머물러 있는 실정이다. 더구나 이로 인해, 자전적 소설의 자리 역시 애매해질 수밖에 없는데 서두에서 살폈듯, 허구적 장르의 특수한 사례로써 그 모순적 상황이 도드라져 보인다는 점에서 그렇다.

이승우의『생의 이면』[12]은 국문학에서 자서전, 나아가 자전적 소설의 입지를 고찰하기 위한 전범으로써 다루어질 만하다. 이는 텍스트에 녹아 있는 작가의 자전적 요소의 총량 때문이 아니다. 무엇보다 액자식 구성의『생의 이면』이 외적 서사의 '나'와 내적 서사의 '박부길'을 통해 자서전과 인접 장르의 규약이 성립되는 과정을 메타적으로 드러내고 있다는 점에서 그렇다.

본고에서는『생의 이면』에서의 '나'와 '박부길'의 관계를 통해 소설 내에서〈지상의 양식〉이 자서전의 규약을 맺는 과정을 살펴볼 것이고, 이를 바탕으로 드러나는 박부길의 자전적 공간과 나아가 이승우의 자전적 공간의 자격으로서『생의 이면』을 읽어 보고자 한다.

2.『생의 이면』에 드러난 규약의 과정

1) '나'의 전기와 박부길의 자서전

『생의 이면』의 복잡한 서사 구조는 다음과 같이 요약될 수 있다. ①소

는 점이다. 때문에,『자서전의 규약』에서 다뤄지는 텍스트 역시 근대 이후의 프랑스 문학으로 한정되어 있다.

12 이승우,『생의 이면』, 문이당, 개정판, 1992(초판) 2013(개정판6쇄). 이하 인용시 개정판을 기준으로 쪽수만 표기.

설가 박부길의 삶과 문학을 또 다른 소설가 '나'가 기록하는 과정을 중심으로(그를 이해하기 위하여) ②박부길의 이력이 연대기적으로 재구성된다.(연보를 완성하기 위하여·1) ③이와 함께 박부길의 자전적인 미발표 소설 〈지상의 양식〉(지상의 양식)을 전재하여 소개하는 한편, ④여기에 대한 '나'의 전기적 해석과 박부길의 또 다른 자전적 소설, 전기문, 신문기사, 인터뷰 등이 보충자료로 활용된다.(낯익은 결말) ⑤이어 〈지상의 양식〉을 집필할 무렵, 박부길의 짧은 이력을 다시 연대기적으로 소개하는 것으로 마무리된다.(연보를 완성하기 위하여·2)[13]

　시기적으로 보자면, 박부길의 청소년기에 해당하는 ③을 중심으로 그의 유년기(①,②)와 청년기(③,④)가 각각 둘러싸고 있는 구조이다. 여기에 액자식 구성으로써 중간 중간 삽입되는 박부길의 자전적 텍스트와 그로 인한 일인칭 화자의 혼잡한 사용으로 서사의 복잡성은 더해진다. 내용의 시작은 이렇다. '나'는《작가탐구》기획의 일환으로 박부길의 문학과 삶을 집중 조명해 한 권의 책으로 묶어 내는 작업에 참여하게 된다.《작가탐구》의 목적이 개별 텍스트에 대한 논평이 아니라 한 작가의 문학과 삶의 조명이라는 점에서 '나'는 보다 적극적인 독자로서의 총체적인 독서를 요구 받는다. 요컨대 박부길의 "문학을 둘러싸고 있거나 그 안에 틀고 앉아 있는 삶의 궤적들을 소상하고 진솔하게", "한 작가의 삶이 그의 문학에 어떻게 반영되었는가, 또는 반영되지 않았는가를 보여주는 글"을 써야 하는 것이다. 그리고 '나'는 이를 위한 사전 작업으로써 박부길의 십수 권의 저작 중 "자전적 요사가 강한 작품"을 추려

---

13 텍스트 바깥의 자료와 구분하기 위해, 『생의 이면』에서 사용되는 부호를 그대로 인용(ex. 〈지상의 양식〉,《작가탐구》). (강조) 부분은『생의 이면』의 소제목.

읽는다. 특히, 전반부에 해당하는 ①은 박부길의 저작에 대한 '나'의 독서 과정을 그대로 옮겨 놓고 있다. 따라서 『생의 이면』은 '나'에 의해 씌어진 박부길의 《작가탐구》의 결과물과 동일한 셈이다.[14]

> A) 그는 대한민국 지도가 태평양 한쪽에 발을 담그고 있는 남해의 외지고 작고 가난한 바닷가에서 태어났다. 열네 살이 되어 고향을 떠나기까지 그곳에는 버스가 다니지 않았으며, 전깃불도 물론 들어오지 않았었다. 그는 《작가의 고향》이라는 한 종합 교양지의 지면에 그 고향을 가리켜 '고여 있는 마을'이라는 표현을 썼다.

> B) 읍내를 나가자면 가파른 고개를 두 개나 넘어야 했다.(…)불행에 익숙해진 사람은 쉽게 운명의 무게를 받아들인다. 그런 점에서 내 고향 마을 사람들은 모두들 운명론자들이었다. 그들은 도대체 진보라고 하는 것을 믿지 않았다. 내 유년의 고향 마을은 물처럼 고여 있었다. 운명은 방죽에 고인 물과 같은 것이었다.
> (…)지금까지의 나의 삶은 그곳으로부터의 필사적인 탈주였다.

> A) '고향 마을로부터의 필사적인 탈주'라는 그의 고백은 퍽 시사적이다. 차차 밝혀지겠지만, 내게 노출된 그의 지난 시간들은 그 슬픈 고향과, 고향에서의 참혹한 기억들로부터 되도록 멀리 떨어지려는 필사적인 탈주의 나날들로 읽혔다. (19~20쪽)[15]

일인칭으로 서술되고 있다는 점에서 저자인 '나'는 언술 행위의 주체,

---

14 "그러나 지금 **나**는 **이 글**을 쓰고 있지 않은가."(15쪽)
15 액자식 구성의 복잡함을 고려하여 이후, '나'의 외부 서사는 A)로, 박부길의 내부 서사는 B)로 인용.

곧 화자와 동일하지만 언술 내용의 주체(주인공)는 3인칭 그(박부길)이므로 저자/화자와 동일하지 않다. 박부길의 저작을 인용한 B)의 경우는 저자이자 일인칭 화자로서 박부길이 자신의 과거를 회상한다는 점에서 보다 단순한 관계도를 보이고 있다. 따라서 A)가 '나'에 의해 기록된 박부길의 전기라면 B)는 박부길의 자서전인 셈이다.[16]

자서전과 전기의 주인공은 언술 내용의 주체이자, 텍스트 외부의 지시 대상인 '모델'을 전제하고 있다. 따라서 A)와 B)는 모두 텍스트를 통해 '박부길'이라는 모델의 외적 정보를 제공한다는 점에서 유사하다. 하지만 자기 자신에 대해서 스스로 말하고 있는 B)의 정보와 타인(전기의 저자로서 '나')의 판단이 개입한 A)의 정보가 서로 동일한 가치로 보기는 어렵다.[17] 물론, B) 역시, '현재의 나'의 입장에서 기술되는 '과거의 나'에 대한 회상이라는 점에서 망각, 왜곡, 착각 등으로 훼손된 기억일 거라는 의심을 품을 수 있다. 그리고 바로 여기에 자서전과 전기의 차이점이 드러난다.

두 용어 간의 밀접함 때문에 자서전은 종종 '자기 자신에 대해 쓴 전기' 혹은 '전기의 한 특수한 사례'로 오해를 받는다. 이 경우, 일종의 검증의 오류를 범하게 되는데. 그러나 자서전의 경우 언술 내용에 대한 정확성을 엄밀하게 강요받지 않는다. 이는 자서전에서의 화자와 주인공이 언술 행위 자체에서의 고유한 내적관계인 '진정성'을 가진다는 점

---

16 르죈의 구분에 의하면, 전기의 저자는 화자일 수도 있고 아닐 수도 있다. 또한 전기의 주인공은 모델과 유사한 관계를 갖는다. 반면, 자서전의 경우에서는 이와는 다른 관계도를 보이는데, 자서전의 화자와 주인공의 관계는 저자와 모델의 관계와 같다. 필립 르죈, 앞의 책, 60쪽. 도식 참조.

17 위의 책, 57쪽. 참조.

때문이다.[18] 다시 말해, 다소 간의 언술 내용에서의 부정확함이 발견된다고 하더라도 언술 행위 차원에서의 진정성의 가치('나'는 '나'에 대해서 말하고 있다)는 훼손당하지 않는다. 때문에 자서전의 저자는 해당 텍스트가 텍스트 외부의 모델을 반영하고자 노력했다는 의도와 지향성만을 드러내주는 것으로 충분하다. 전기의 저자인 '나'가 자료의 중요성을 강조하는 반면, 박부길의 '나'는 자신의 자전적인 텍스트 어디에서도 자기 자신에 대한 검증 과정을 요구받지 않는 것도 이 때문이다.

A) 내가 지금 관심을 기울이는 것은, 그 작품의 문학성이 아니라, 역사성이다. (…)
나는 그의 삶을 문학과 관련하여 재현하는 일을 떠맡았다. 정확하게 말하면, 그가 쓴 소설에서 그의 생애의 그림자를 건져 내는 것이 내게 주어진 과업이다. 일차적인 자료는 그의 고백이다. 고백이 모든 자료에 우선한다. 그런데 그는 이 대목에서 비협조적이다. 그가 입을 닫으면 나의 입도 닫힌다.
그렇긴 해도 방법이 아주 없는 것은 아니다. 어둠 속에서는 손으로 더듬으면 된다. 나에게는 다른 자료들이 있다. 말과 글은 물론 다르다. 그러나 말이 그의 것인 것과 마찬가지로 글 또한 그의 것이다. 글은 말보다 덜 직접적인 대신 보다 신중하다. 직접적인 것도 미덕이지만, 신중함 또한 미덕임에 틀림없다. 직접성의 미덕을 포기하는 대신 신중함을 택하는 것도 나쁘지 않다. (193쪽)

A) 그렇지만 박부길이 곧바로 알아보았던 것처럼 그녀 또한 그가 자기와 같은 부류의 인간임을 오래지 않아 알아차렸던 것이 아닐까. 이 질문에

---

18 "자기에 관해 말하는 이야기에 있어서의 일인칭의 사용만이 갖는 이러한 고유의 내적 관계를 진정성이라고 부르도록 하자." 앞의 책, 59쪽.

직접적이고 정확한 대답을 한다는 것은 불가능하다. 우리 앞에는 지금 그녀가 없기 때문이다. 그녀는 없지만 그녀에 대한 자료는 있다. 자료는 이 자리에서도 소중하다. (199쪽)

전기의 저자인 '나'는 박부길의 소설을 비롯한 수필, 신문기사, 인터뷰 등을 다수 인용한다. '나'가 재현하고자 하는 목표점은 대개의 전기가 그렇듯 그 역사성에 있으며, 언술 내용의 정확성을 보장받기 위해서는 객관적 자료를 통한 검증이 필수적이기 때문이다. 특히, 박부길의 〈지상의 양식〉에 대한 전기적 해석과 집필 당시의 박부길의 삶을 조명하는 ④(낯익은 결말)에서 '나'의 자료에 대한 강조는 더욱 두드러지고 있다. ③(지상의 양식)에서 전재된 박부길의 〈지상의 양식〉은 "아무 지면에도 발표된 적이 없는 미완성 원고"로 그가 "처음 쓴 소설 형식의 자기 고백"(109쪽)으로 소개되고 있다.

2) 〈지상의 양식〉의 자서전 규약

〈지상의 양식〉은 어느 밤, '나'는 호루라기 소리에 쫓겨 달려든 교회 건물에서 피아노를 치고 있던 연상의 여성, 김종단을 마주하며 사랑에 빠지고, 이후 신학대학에 진학을 결정할 정도로 종교에 몰두하게 된다는 줄거리를 가진다.

A) <u>1970년(19세)</u>
<u>그는 이 해에 교회에 출석하기 시작한다.</u> 그리고 그 교회에서 한 여자를 만난다. 아니다. 여자를 만난 것이 먼저다. 그 여자와의 만남이 그를 종교로 이끌었다. 그의 내부에 있었으리라고 생각되지 않았던 뜻밖의 열정의 분출. 그보다 나이 많은 이 여자(교회 학교 학생)와의 만남은 그의 인생에

새로운 길을 열게 한다.

그 사건의 전말은 〈지상의 양식〉에 비교적 상세히 재현되어 있다. (109쪽)

B) 나는 그녀가 기도를 마치기도 전에, 그녀를 똑바로 쳐다보고, 사랑한다고 말하는 대신 신학 공부를 하여 목사가 되겠노라고 말했다. (183쪽)

A) 그의 연보에 의하면, 그는 실제로 고등학교를 마친 후 곧바로 신학생이 되었다. 자신의 신학교행에 한 여자에 대한 사랑이 운명적으로 개입해 있음을 고백한 이 작품이 현실을 어느 정도로 반영하고 있는지가 당연히 나는 궁금했다. (188쪽)

박부길의 연대기적 자료를 통해, 〈지상의 양식〉이 그의 자전적인 경험을 담고 있다는 점은 어렵지 않게 확인할 수 있다. 그럼에도 소설의 장르적 특성상 허구의 가능성은 여전히 남아 있다. 예컨대, 〈지상의 양식〉에서의 '나'는 열여덟 살로 그려지는 반면, 실제 박부길이 연상의 여자를 만나 교회에 출석하기 시작한 것은 "19세"이다. 이는 〈지상의 양식〉이 자전적 소설이라는 점에서 화자 '나'는 텍스트 외부의 박부길을 반영하고 있지만, 자서전의 규약처럼 동일성을 갖지 않기 때문에 가능하다. 자서전과 달리 자전적 소설은 주인공과 저자의 유사성만으로도 충분하며, 이는 저자와 독자 간의 규약의 문제이다. 그런데 바로 이 규약에 의해 독자의 태도까지 결정된다는 점을 주목해야 한다. 곧, 작가와 주인공의 동일성을 확인할 수 없는 소설의 독자는 오히려 이 둘 사이의 유사성에 흥미를 느끼지만, 이와 반대로 자서전의 독자는 분명하게 주어진 동일성이 아닌 그 둘 사이의 차이점을 발견 하는 데 집착한다는 점이다.[19] 때문에 전기의 저자이자 〈지상의 양식〉의 독자로서 '나'의 관심이 "이 작품이 현실을 어느 정도로 반영"하는지로 향하는 것은 소설적 독자가 가질 수 있는 당연한 태도로 이해된다. 그럼에도 곧바로 이어지는 '나'의 이중적인 태도는 눈여겨 볼 필요가 있다. 이는 〈지상의 양식〉의 장르를 재정립해야 할 필요성과 관련되기 때문이다.

> A) 목사가 되기로 작정한 동기가 순전히 그 여자(그것도 나이가 훨씬 많은)에 대한 사랑(그것도 운명적이라는 포장을 자주 사용하고 있긴 하지만, 어쩐지 충동과 우연의 혐의가 짙은) 때문이라는 그의 주장을 달리 어떻게 이해할 수 있겠는가. 어떻게 여자란 말인가. 어떻게 신에 대한 인식과 믿음이 전무한 한 영혼이 단지 한 여자 때문에, 오직 그 여자를 사랑하기 위해서, 순전히 그 방편으로, 신의 뜻을 지키고 전파하며 살아야 하는 자리로 뛰어들 수 있단 말인가. 적어도 그런 종류의 결단을 좀 더 무겁고 진지한 성찰과 고뇌의 결과물이어야 하지 않을까.(…)
>
> 그런데 그는 그렇게 말하지 않았다. 세상이 전혀 그의 편이 아니라고 줄기차게 고집해 온 이 폐쇄적이고 불만투성이인 이상한 고등학교 2학년생은, 단지 한 여자의 사랑을 얻기 위해서, 적어도 그 시점에서는 신에 대한 확고한 믿음이 부재한 상태로, 목사가 되겠다고 결심했다는 것이다.
> (188쪽)

> A) 물론 나는 한 편의 소설을 회고록이나 자서전과 분간 못할 정도의 맹추는 아니다. 그런 뜻이 아니다. 나 역시, 어쭙짢긴 해도 명색 소설가가 아닌가. 하지만 작품과 삶이 일치하는 부분을 만날 때 독자들은 당연히 흥미를 느낀다. 작가는 물론 자신의 삶을 사실 그대로 베끼지는 않는다. 그러려고 하지 않을 뿐 아니라 그럴 수도 없다. (188쪽)

---

19 앞의 책, 37쪽.

위의 인용문에서 '나'의 이중적 태도, 요컨대, 〈지상의 양식〉의 화자의 정확성 여부를 의심하는 동시에 소설이 사실 그대로의 삶을 베끼지 않는다고 강조하는 대목은 자못 흥미롭다. 〈지상의 양식〉 내부의 '나'와 외부 지시 대상인 박부길 간의 차이점에 주목하는 태도와 "작품과 삶이 일치하는 부분"에서 흥미를 느끼는 태도가 하나의 텍스트에 취해지고 있다는 점은 이러한 이중적 독서 전략이 언술 내용의 차이로 생기는 게 아니라는 점을 드러내고 있다. 또한 전기 작가로서 '나'는 현실의 작가보다 형상화된 소설의 가치를 더 높이 평가하고, 소설의 인물과 현실 속의 작가를 동일시하는 독자의 버릇을 '나쁜 버릇'이라고 지적하고 있는데, 이는 '나'가 스스로 자신의 모순적 태도를 부각시키는 꼴이 된다.

여기에서 〈지상의 양식〉에 규정된 자전적 소설이라는 장르를 문제 삼을 수 있다. 앞서 언급했듯, 자서전을 결정짓는 조건은 텍스트의 저자-화자-주인공의 동일성에 달려 있다. 이러한 동일성은 다음 두 가지의 형태로 드러나는데, 1)자서전의 규약에 의해 저자-화자의 연결이라는 측면에서 '암묵적'으로 성립되는 경우 2)이야기 속에서 화자-주인공이 스스로를 부르는 이름이 직접적으로 동일하게 드러나는 경우가 그것이다. 동일성은 이 둘 중 적어도 하나의 방식으로 성립되어야 한다.[20]

---

20 1)은 다시 두 가지의 형태로 나뉜다. a)제목에서 이야기 속의 일인칭이 저자의 이름을 지칭하는 경우(ex. 나의 인생 이야기, 자서전 등의 제목 사용), b)화자가 텍스트 도입에서 저자인 듯 행세함으로써 독자로 하여금 이야기 속의 '나'가 저자로 믿게끔 하는 경우. 앞의 책, 38쪽. 참조.

B) 《작가탐구》를 준비하면서 우리는 대상 작가의 자전적인 작품 한 편을 받아 싣기로 했다. (…)물론 작가는 처음에 조금 머뭇거렸지만, 우리들의 끈질긴 설득에 승낙하고 말았다. 〈지상의 양식〉이 그 작품이다.(편집자) (110쪽)

B) 예배가 끝나고 성경 공부를 하는 자리에서 그녀는 둘러앉은 내 또래 아이들에게 나를 소개했다. 나는 일으켜 세워졌다. 그녀는 말했다.

"자, 새로 온 친구예요. 자기 소개를 해볼까?"

나는 반장을 쳐다보았다. 그는 유들유들한 예의 표정을 내보이며 나를 채근했다. 나는 자리에서 일어났지만, 말을 제대로 하지 못했다. 그러자 반장이 불쑥 일어나서 내 소개를 대신했다.

"우리 반 친군데요, 대단히 특별한 아이예요. 이름은 박부길이고, 상당히 문학적이죠. 뭐랄까, 좀 과묵하고 진지하고 그리고 좀 반체제적이고, 또……. 사실은 나도 저 아이를 잘 몰라요."(171~172쪽)

《작가탐구》의 대상 작가가 박부길이라는 점은 서두에 이미 밝혀져 있기 때문에, 〈지상의 양식〉의 저자가 박부길이라는 점은 명백해 보인다. 또한 이야기 속에서 언술 행위의 주체인 '나'를 가리키며 부르는 이름이 '박부길'로 언급된다는 점에서 위의 2)의 조건을 충족한다. 때문에 〈지상의 양식〉은 저자=화자=주인공의 관계로써 자서전의 자격을 얻게 된다. 그럼에도 〈지상의 양식〉이 《작가탐구》에 수록될 당시 소설로써 약속되었다는 점에서 〈지상의 양식〉의 독자인 '나'에게는 혼란의 원인이 되었던 셈이다.

물론, 저자가 독자에게 제안하는 책의 출간 형식이 계약의 형태를 규정한다는 점, 따라서 자서전의 규약이 출간 행위와 밀접한 관련을 가진다는 점은 여전히 유효하다.[21] 다만, 〈지상의 양식〉의 경우는 그것이 발표되던 주변적인 상황들 때문에 생긴 다소 예외적인 문제라고 할 수 있다.

A) 이 작품은 그가 최초로, 그러니까 소설가라는 공식적인 이름을 얻기 전에 쓴, 미완성의 꽤 긴 소설이다. 그는 무엇 때문인지 아직껏 이 소설을 발표하지 않고 있다. 어쩌면 발표할 생각이 아예 없는 것도 같다. 이 작품의 존재는 나와의 대화 도중 그의 입을 통해 우연치 않게 확인된 것으로, 그는 오래된 애인의 연애편지를 끼내 보이듯 조심스럽게, 머뭇머뭇거리며 보여 주었다. 그는 굳이 '완성도 안 되었고 또 물건이 못되어서'라고 얼버무렸지만, 그런 구실과는 딴판으로 그 작품은 그가 집필할 때 사용하는 책상의 첫 번째 서랍에 보관되어 있었다. (185~186쪽)

'나'가 처음 접할 당시의 〈지상의 양식〉은 출간 행위 이전의 형태였다는 점, 박부길 스스로도 "물건(소설)"이 되지 못했다는 이유로 이를 발표하기 꺼려했다는 점 등은 〈지상의 양식〉이 갖는 소설로서의 장르적 지위를 약화시킨다. 더욱이 작가와 인물 간의 동일시되는 소설을 문제 삼는 '나'에게 박부길은 "왜요? 그러면 안 됩니까?(191쪽)"라고 반문하는데, 이는 〈지상의 양식〉을 집필한 박부길의 의도가 자서전에 더 가까웠을 거라는 점을 짐작하게 한다. 때문에 독서 과정에서 '나'는 〈지상의 양식〉의 저자이자 언술 주체, 언술 대상으로서의 박부길의 목소리가 모두 동일하다는 점을 의심하지 않았던 반면, 전기를 집필하는 과정에서는 자전적 소설로서 〈지상의 양식〉을 해석하고 있다. 이로 인해, 외부의 지시 대상이자 모델인, 박부길과의 동일성이 아닌 유사성의 관계로

---

21 앞의 책, 67쪽. 참조.

규정함으로써 결과적으로 모순적인 태도를 취할 수밖에 없었던 것이다. 무엇보다 이러한 '나'가 겪고 있는 혼란은 독자에게 동일성의 문제가 자서전 장르를 규정하는 데 결정적이라는 점을 다시금 확인할 수 있는 단적인 사례라 할 수 있다.

3) 박부길이 열어놓은 '자전적 공간'

〈지상의 양식〉이 자서전으로서의 자격을 갖췄다는 점에서 앞서 인용한 '나'의 의문들은 이전과는 다른 의미에서 살펴볼 필요가 있다. 먼저, 〈지상의 양식〉에서의 '나'가 '열여덟 살'임에도 텍스트 외부의 지시 대상이 '19세'라는 점에 대한 평가 역시 수정되어야 한다. 이는 자서전의 측면에서 〈지상의 양식〉이 갖는 엄밀한 정확성은 지적 받을 수 있지만, 언술 행위의 진정성은 훼손당하지 않는 사례로써 분류되어야 한다. 한편, 소설의 독자가 아닌 자서전의 독자로서 '나'는 〈지상의 양식〉이 박부길을 온전히 설명하기에는 부족하다고 여긴다. 무엇보다 미완의 상태로 유지되고 있는 〈지상의 양식〉은 한계를 가지고 있기 때문이다. 그리고 여기에 자전적 공간의 가능성이 생겨난다.

> A) 일차적인 자료는 그의 고백이다. 고백이 모든 자료에 우선한다. 그런데 그는 이 대목에서 비협조적이다. 그가 입을 닫으면 나의 입도 닫힌다.
> 글은 말보다 덜 직접적인 대신 보다 신중하다. 직접적인 것도 미덕이지만, 신중함 또한 미덕임에 틀림없다. 직접성의 미덕을 포기하는 대신 신중함을 택하는 것도 나쁘지 않다. 때로 그 신중함 속에 미묘한 사실이 굴절이 끼어든다고 하더라도 어쩔 수가 없다. (193쪽)

A) 언제나 표현된 것이 전부는 아니다. 아니, 어차피 전부는 표현될 수 있는 것이 아니다. 우리는 그 사실을 안다. 때로는 감추기 위해서 표현하기도 한다. 그러나 어쨌든 표현된 것들을 통해서만 진실에 이를 수 있다는 것도 사실이다. 우리에게 중요한 것은 진실이지, 전체가 아니다. 크든 작든 모든 역사는 의미와 진실에 대한 기록이지, 일어난 모든 일에 대한 사실적인 기록이 아니다. 입장과 세계관에 따른 선택과 배제, 굴절과 왜곡의 과정을 우리는 해석이라고 부른다. 그리고 말한다. 역사는 결국 해석이다. 우리는 그 진실을 안다. (196쪽)

A) 그의 소설 속에서 한 여자에 대한 거의 헌신에 가까운 전적인 몰두를 보여 주는 젊은이의 열정을 엿보게 하는 대목은 이곳 말고도 몇 군데 더 있다. 특이하게도 그의 소설에 등장하는 어떤 여자들은 너무 완벽하고 터무니없이 이상화되어 있다. 그 인물들의 비현실적인 신비감, 그것이야말로 젊은 시절 박부길의 내면에 한 여자가 얼마나 견고하게 달라붙어 있었는가를 간접적으로, 그러나 매우 상징적으로 드러낸다. 그 인물은 '감각과 이성 사이에서 절대로 흔들리지 않는 저울추 같은 균형을 잡고'(《벽과의 대화》의 그녀) 있으며, '완벽한 모성, 그리고 한없이 천진한 어린아이의 순진함, 거기에 더하여 현자의 지혜………'(《그대 또한 삶을 속인다》의 미옥)를 겸비한 여성이다. '그녀'에 대한 박부길의 찬미는 거기서 그치지 않는다. 마침내 그녀는 '하늘에 뿌리를 대고 사는, 근원이 다른 식물'(《꿈의 하늘》의 그녀)에 비유된다. 이 '그녀'들은 한 명의 여자이다. 그 이름을 우리는 알고 있다. 김종단이 그녀의 이름이다. (197쪽)

고백으로서의 '말'은 자아를 드러내는 데 보다 직접적이고 정확하다는 점에서 '자서전'과 유사하다. 반면, '글'의 신중함은 '소설'의 복합성·모호성과 연결된다. 곧, 자서전(말)이 "직접적인" 미덕에 가깝다면 "신중함"의 미덕은 소설(글)에 해당한다. 따라서 소설은 미묘한 사실을 "굴절"시킨다는 한계에도 불구하고, 이를 통해 오히려 자서전이 보여주지 못한 또 다른 이면을 드러내 줄 수 있다. 이는 자서전에 비해 진실한 소설을 떠올리게 한다. 그러나 소설이 진실하다고 평가되는 경우는 자서전의 한계를 보완하는 경우에서만 그렇다. 이 때문에 자서전은 자전적 소설에 우선한다. 그럼에도 자서전 보다 진실한 소설이라는 평가가 무의미하듯, 소설에 비해 덜 진실한 자서전 역시 무의미하다. 무엇보다 진실성을 평가하는 세부 기준이 서로 다르기 때문이다. 따라서 이때의 자전적 소설과 자서전은 대체가 불가능한 영역에서 서로를 보완하는 존재이며, 종국에는 작가의 총체를 이해하는 데 함께 일조한다. 그런데 이를 위해서 작가는 자서전의 한계를 먼저 인정해야 한다. 그때라야만 자신의 전수작품에 간접적인 형태의 자서전의 규약을 확장 적용시키려는 의도를 표출할 수 있으며, 이와 동시에 독자에게 자신의 또 다른 자전적 소설을 자서전과 함께 읽도록 유도할 수 있기 때문이다.

박부길의 경우 〈지상의 양식〉을 완성시키지 못함으로써 자신의 자서전에 대한 실패를 드러내고 있다. 전기의 화자 '나'가 〈지상의 양식〉의 진실성에 의구심을 드러낸 뒤, 박부길의 소설들(〈시간의 부역〉, 《벽과의 대화》, 《그대 또한 삶을 속인다》, 《꿈의 하늘》)에 대한 분석으로 넘어간다는 점은 그래서 주목할 만하다. 더구나 '나'로 하여금 허구의 소설이 자서전에 비해 박부길 내면의 진실성, 곧 '김종단'에 대한 박부길의 태도(이상화, 신비화)에 접근하도록 돕는다. 따라서 "역사는 해석이다"라는 '나'의 말에서 역사란 곧 박부길이며, 해석이란 그를 이해하기 위해서는 총체적인 차원에서의 해석을 가리킨다. 곧, 이때의 총체적인 해석의 지평이 바로 박부길과 독자 '나' 사이에 존재하는 자전적 공간인 셈이다.

3. 『생의 이면』에 열린 '자전적 공간'

이상 자서전 장르가 저자와 독자 간의 관계에 의해 성립된다는 점에 근거하여, 『생의 이면』이 '나'에 의해 씌어진 박부길의 전기라는 점, 특히 자서전으로서의 〈지상의 양식〉이 독자('나')를 향해 저자(박부길)가 열어놓은 자전적 공간으로 이끌고 있다는 점 등을 살펴보았다. 이제 이어서 본고에서 다룰 것은 자전적 소설로서『생의 이면』이 드러내고 있는 이승우의 자전적 공간이다.

'나'와 박부길의 저자와 독자로서의 규약 관계에도 불구하고, 전기의 대상인 박부길이 실재하지 않는 허구의 인물이기 때문에, 박부길의 〈지상의 양식〉 역시 의심할 바 없는 날조된 이야기이다. 이는 언술 행위에서의 진정성을 심각하게 훼손한다. 〈지상의 양식〉은 더 이상 자서전으로서의 지위를 유지하기 어렵다. 그럼에도 변함없는 저 언술 내용은 다른 층위에서 의미를 지니게 되는데 곧, 환영으로서의 가치가 그것이다. 이를 위해 전기의 저자인 '나'가 박부길을 총체적으로 해석하기 위한 일련의 과정은 참고가 될 수 있다. 먼저, 주목할 점은『생의 이면』의 등장인물 박부길과 텍스트 외부의 지시 대상 이승우 간의 유사성이다.

박부길의 유년기를 요약하자면 이렇다. 어린 시절 큰아버지 집에서 자란 박부길은 아버지의 얼굴조차 모른 채 살아간다. 출입이 금지된 구역이었던 큰아버지의 집 뒤란에는 정신병에 걸린 한 남자가 살고 있다. 우연히 그 남자의 존재를 알게 된 박부길은 그 남자에게 빨갛게 익은 감 하나와 함께 손톱깎이를 건네주는데 그 남자가 손톱깎이를 이용해 자살을 한 후, 장례를 치르고 난 후에서야, 박부길은 그 남자가 자신의 아버지임을 알게 된다.

불우한 유년기 이후 신학대학으로의 진학 등을 거치는 박부길의 이력은 이승우의 그것과 몹시 유사하다.[22] 특히, 비극적인 유년의 경험은 이승우의 작품에서 고향이 잘 등장하지 않는 점이나 무겁고 우울한 세계관에 대한 질문을 받을 때 함께 언급되거나, 작가 스스로 근거로서 자주 답하는 내용이기도 하다.[23] 때문에 독자는 박부길에게서 작가 이승우의 흔적을 감지하며 자전적인 요소를 금세 알아챌 수 있다. 그럼에도 자서전의 규약을 따르지 않는다는 점에서 『생의 이면』은 환영으로서의 가치를 지닌다.

이승우는 그의 산문을 통해 『생의 이면』의 집필 배경을 다음과 같이 소개한 적이 있었다.

> 2년 동안 나는 문학잡지에 단 두 편의 중편소설을 발표했다. 장편소설 『생의 이면』 앞부분인 「생의 이면-그를 이해하기 위하여」와 가운데 부분인 「지상의 양식」이 그것이다.
> 그 이야기들은 처음부터 내 안에 있었다. 내가 소설을 쓰기 시작할 때부

---

22 "내가 초등학교 1학년 때 어떤 장례를 치렀다. 날 보고 상주라고 했다. 내가 든 영정사진의 주인공은 마을에서 정신병으로 격리된 인물이었다. 그가 내 아버지라는 사실을 그날 처음 알았다. 가난은 둘째 치고, 이후 우리 식구들은 뿔뿔이 흩어졌다. 쌍둥이 형이 있는데, 형은 광주 친척집으로, 나는 장흥 큰아버지 집에 맡겨졌다. 네 살 위 누나는 외갓집으로 보냈다. 어머니와도 모두 헤어져야 했다."(〈5전6기 영광…"나는 아주 많이, 오래 쓸 것이다" : 2013동인문학상 수상 인터뷰〉,《조선일보》 기사, 2013.10.13.)

23 "사실 『생의 이면』의 몇 퍼센트가 작가의 이야기냐고 물어보고 싶었다. 왜냐하면 그가 스스로 자전적이라고 밝혔기 때문에. 하지만 이승우는 그 상처에 대해서 짧게 대답했다. 나에게 그의 모습은 그가 말한 방어기제로 느껴졌다. "내 작품에 고향이 등장하지 않는 것은 사실입니다. 『생의 이면』 이후 거의 모든 작품에서 고향은 기록되지 않습니다. 특별한 이유가 있는 것은 아닙니다. 단지 관계들에서 아직 자유롭지 못하기 때문입니다." (은미희, 「작가 인터뷰-낯섦과 낯익음, 이승우의 세상 보기」, 『작가세계』, 통권 16권, 작가세계, 2004. 68~69쪽.

터 내 속에 숨어 있었다. 그러나 그냥 숨어 있기만 한 것은 아니었다. 그것들은 나의 여러 작품들에 모티프를 제공하기도 하고, 간헐적이지만 조금 대담하게 얼굴을 내밀기도 했다. 물론 가면을 쓴 채로였다.

　내가 강구한 극적인 방법이란 것이 그 얼굴에서 가면을 벗겨내겠다는 것이었다면 이해할 수 있을까. 벽을 넘다가 수렁에 빠질지도 모른다는 각오는 되어 있었다. 아니, 그런 각오 같은 걸 할 상황도 아니었다. 나는 쓸 수 없는 상황에서도 쓰지 않을 수 없는 자의 운명의 가혹함에 대해 생각하고 있었다. 하지만, 누군가의 우려처럼 가면을 쓰지 않고서야 어떻게 춤을 추겠는가. 가면을 벗기는 자는 이미 다른 가면을 마련하고 있기 마련임을 나는 안다. 기억 속의 얼굴은 가면을 벗지만, 이제 그 가면을 벗긴 '나'는 새로운 가면을 쓴다. 그것이 소설이다, 라고 나는 이해된다.[24]

　이승우의 "가면" 뒤의 맨 얼굴은 그가 상정하고 있는 진실로 이해된다. 따라서 이를 벗겨낸다는 것은 그 진실에 가까워지는 것이다. 곧, '가면-벗기'는 본래의 정확한 얼굴을 찾는다는 점에서 자서전 쓰기와 연결된다. 그러나 가면을 벗긴 이후 곧바로 또 다른 가면이 마련된다는 점에서 가면-벗기 고유의 불가능성이 드러난다. 이는 자서전 작가로서의 실패를 고백하는 단계에 해당하며 동시에 이와 다른 층위의 행위 곧 새로운 '가면-쓰기'를 통한 진실이 요구된다. 요컨대, 가면을 통해 그가 가리고자 하는 것이 무엇인가를 간접적으로 알게 하는 것이다. 따라서, 가면-벗기(자서전)와 가면-쓰기(소설)는 대체가 불가능한 행위이자, 서로를 보완할 뿐 아니라, 가면을 쓰고 벗는 얼굴의 '주인'에게 주목하게끔 한다.

---

24 이승우, 앞의 책, 75~76쪽.

A) 그때부터 지금까지 그의 글쓰기는 **감춰진 것의 드러내기**이다. 그 드러내기는 그러나 감추기보다 더 교묘하다. 그것은 전략적인 드러냄이다. 말을 바꾸면 그는 **감추기 위해서 드러낸다**. 그가 읽는 대부분의 신화들이 그러한 것처럼. (299쪽)

가면-쓰기로서의 『생의 이면』은 텍스트 바깥의 자서전의 규약을 맺은 자료들과 연결되어 이승우가 감추고자 하는 바가 무엇인지 독자에게 간접적으로 알게 한다. 이를 통해 궁극적으로 독자에게 제공되는 진실은 가면의 주인으로서 총체적인 이승우인 셈이다. 따라서 앞서 본고에서 살폈듯 『생의 이면』의 복잡한 구조는 우선, 이승우에 의도로 '감춰진 것[25]'과 관련된 셈이다. 따라서 독자는 작가의 감추는 '행위'를 감지해야 한다.[26]

전기라는 외적 서사의 형식을 통해 내적 서사의 언술 행위 주체인 박부길을 이야기함으로써 『생의 이면』은 박부길에 대한 다양한 언술 내용을 이끌어 낸다.(복합성) 이와 함께, 이승우는 〈지상의 양식〉에서 박부길의 목소리를 빌려, '아버지'를 이야기하는 대신 '김종단'을 이야기하게끔 함으로써 언술 행위 층위에서의 의미를 흐릿하게 만든다.(모호

---

25 이제 여기에 본고의 서두에서 언급한 정신분석 및 심리학적 관점에서의 접근이 요구된다. 곧, 무엇을 감추는가 하는 문제는 무엇을 형상화 했는가 하는 문제와 관련되며, 따라서 서사 추동의 동기로서 원형 체험 모티프의 분석이 필요하기 때문이다. 다만, 본고에서는 개별 텍스트의 형상화 과정보다는 장르 일반을 이해하는 데 그 목적이 있음으로 이에 대한 분석은 생략한다. 『생의 이면』의 정신분석 및 심리학적 관점에서 접근한 사례는 주석10) 참조.

26 "이렇게 해서 얻어진 자전적 공간은 언술된 내용의 다양성이라는 측면에서는 분명히 복합성을 드러낸다. 그리고 언술 행위의 측면에서는 모호성의 효과를 만들어낸다." 필립 르죈, 앞의 책, 251쪽.

성)²⁷ 이는 자전적 공간으로서 자전적 소설의 전략으로 이해된다.

4. 나가며

이상 본고에서는 국문학에서의 자서전의 불안한 장르적 입지를 문제 삼고, 이를 보완하기 위한 밑작업으로써 르죈이 제시한 자서전의 규약 측면에서 『생의 이면』을 읽어 보았다. 외적 서사의 언술 주체인 '나'와 내적 서사의 언술 주체인 박부길 간의 관계를 통해 『생의 이면』은 자서 전과 그 인접 장르의 규약이 성립되는 과정을 메타적으로 보여주고 있 다. 특히, 자서전의 저자로서 박부길과 그의 독자로서 '나'의 사례를 통해 이승우를 비롯한 그밖에 다양한 작가의 자전적 공간을 살피는 데 에 활용할 수 있다는 점에서 『생의 이면』이 지닌 가치가 있다.

---

27 자전적 공간으로써 이승우의 다른 소설에서 역시, '아버지'는 상징화 되거나 관념적인 형태의 일종의 감춰진 모습을 드러난다. "제 소설에서 아버지가 중요한 테마이긴 해요. 육신의 아버지를 나타내기도 하지만, 모든 권위 있는 것들의 표상으로 많이 써요. 카프카 가 그러긴 했죠. 법일 수도 있고, 국가나 제도, 초자아, 신… 우리의 삶을 억압하거나 간섭하는 대상들. 우리는 아버지들에 눌려 살지 않나요? (…) 제 소설은 아버지를 대하는 아들이 주인공이죠. 아버지를 찾거나 아버지와 다투거나 아버지와 대결하거나 아버지의 그늘에서 살아야 되는 아들의 이야기인 거죠. 아버지는 비인격체이고 아들이 인격체인 거예요. 이 시대 아버지의 아픔, 슬픔, 희생, 그런 주제는 제 소설에 없어요. 그것보다는 좀 관념적일 수 있겠지만, 한편으로는 억압적인 아버지의 그늘에서 살아야 하는 아들 이야기니까 실제적이기도 하다고 생각해요."(〈대한민국 대표문학상 수상 작가를 찾아서 10. 이승우〉, 『월간조선』, 2013. 6.)

이 글은 지난 2018년 한국비평문학회에서 발표한 논문과
민음사에서 발간한 『비평 무크지 크릿터』 1호에 게재된 졸고
「나와 '나'에 대하여」 일부를 수정·보완한 것이다.

참고문헌

이승우, 『생의 이면』, 문이당, 개정판, 1992(초판) 2013(개정판6쇄).

_____, 『소설을 살다』, 마음산책, 2008.

〈5전6기 영광…"나는 아주 많이, 오래 쓸 것이다" : 2013동인문학상 수상 인터뷰〉,
　　　조선일보 2013. 10. 13. 기사.

〈대한민국 대표문학상 수상 작가를 찾아서 10. 이승우〉, 『월간조선』, 2013. 6.

김주언, 「트라우마로 읽는 이승우 소설의 이면–『생의 이면』을 대상으로」, 『문학과
　　　종교』, 제16권 2호, 2011.

마르트 로베르, 김치수·이윤옥 역, 『기원의 소설, 소설의 기원』, 문학과지성사,
　　　1999.

은미희, 「작가 인터뷰–낯섦과 낯익음, 이승우의 세상 보기」, 『작가세계』, 통권16
　　　권, 2004.

장순덕, 「이승우의 『생의 이면』에 나타난 자기실현의 의미」, 『영주어문』, 제30집
　　　95, 2015.

필립 르죈, 윤진 역, 『자서전의 규약』, 문학과지성사, 1998.

홍혜원, 「가족로망스와 성장–이승우의 『생의 이면』 연구」, 『인문학연구』, 통권 95
　　　호, 2014.

한승원의 글쓰기 전략

색채어 사용 양상을 중심으로

정도미

1. 들어가며

바다는 오랜 세월동안 인간의 이야기를 빚어내는 질료로 이용되어 왔다. 이는 바다의 다채로운 속성이 인간 삶의 영역과 유사한 면모를 지니고 있기에 가능한 일이었다. 가령 바다의 넓고 깊음, 밝음과 어두움, 또는 수많은 생물을 품어내는 생명력과 파도의 역동적인 힘에 이르기까지, 바다의 모습을 면밀히 들여다보면 분명 인간의 삶과 닮은 구석이 있다. 그리하여 바다는 물리적인 의미를 제외한다면, 단 하나의 명제로 정의될 수 없는 다양성의 공간이자 상상력을 통해 재구성 되어 문학적 의미를 부여받을 수 있는 가능성의 공간으로서 서사적 담론의 기능을 취하게 되었다. 바야흐로 인간과 바다 양자 사이의 유사성으로 인해 바다가 서사의 장 내부로 편입된 것이다. 이렇듯 서사의 제재로 줄곧 소환되며 인간 삶을 조망해 온 바다는 어느 작가에게 있어서는 삶과 동일시되는 사유와 탐색의 대상이 되기도 하였다. 본고가 주목하는 한승원, 그리고 그가 그려내는 바다가 이 경우에 해당한다.

　장흥의 바다와 함께 자라온 한승원은 끊임없이 바다를 소설 속 화두로 내던지며 바다의 속성을 인간 삶의 연장선으로 잇는 작업을 수행하였다. 그에게 바다는 삶과 같은 것이어서 바다를 통해 삶의 본질을 들여다보려 시도한 것이다. 따라서 그의 바다는 필연적으로 인간의 다채로운 감정을 포함한다. 사랑, 분노, 원한, 서러움, 슬픔 등 삶의 굴곡에 따른 갖가지 감정의 결이 그의 소설, 그의 바다와 동치 관계를 이룬다. 이때 바다 역시 인간의 삶, 인간의 감정이 그러하듯 단일한 의미로 귀결될 리 만무하다. 특히 한승원이 다작(多作)의 작가이며 그의 관심사가 사회와 역사, 철학, 종교, 신화 등의 영역으로까지 뻗어나가고 있음을 염두에 둘 때, 그가 그려내는 바다 역시 동일한 흐름에 맞추어 진폭의 양상이 커졌으리라 예상 가능하다.

　이와 같은 한승원의 이력은 그의 소설을 논함에 있어 중요한 사실을 상기시킨다. 바로 그가 빚어낸 바다를 온전히 이해하기 위해서는 텍스트 내부에 표상된 바다 의미뿐만 아니라 텍스트 외부에서 이를 기획하는 작가에 대한 이해 역시 포괄적으로 행해져야 한다는 것이다. 소설 속 바다는 텍스트 외부에 존재하는 작가 한승원의 감각과 체험이 농축되어 이것이 다시금 언어 기호를 통해 재구성 된 것이기 때문이다.

　한승원의 사례를 통해 말하고 있지만 이는 결국 서사란 작가의 언어로 말미암아 형성된 역동적인 구성체이며, 더 나아가 서사에 대한 이해는 작가의 언어가 텍스트 위에 발현되는 과정임을 살피는 것으로 귀결된다.[1] 작가는 자신이 의도한 바를 이야기하기 위해 서사를 구성하는 매개

1　우한용, 「한승원 소설의 談論 特性」, 『국어교육』 90, 한국국어교육연구회, 1995, 155~156쪽.

자는 물론 스토리 내부의 모든 요소들에까지 관여하기 때문이다.[2] 그리
하여 "이 모든 것이 종합적, 순차적으로 연계되었을 때 단순히 서사의
의미나 특징을 잡아내는 것에서 끝나지 않고 작가—텍스트—독자 간의
대화적 관계를 형성하여 생의 또 다른 차원을 빚어내는 선순환적 구조를
실천"[3]하는 등 서사에 대한 참된 이해를 지향해 갈 수 있다.[4] 이러한
맥락을 고려하여 본고는 한승원 서사의 핵심이라 일컬어지는 바다, 혹
은 한승원 서사 전반에 대한 이해를 도모하기 위해서는 작가에 대한
접근이 선행되어야 한다고 본다. 그리고 이는 곧 한승원이 텍스트 내에
서 그의 언어를 구사해 가는 실천적 과정에 주목하는 것이기도 하다.

　한편 본고는 지금까지 다양한 관점에 의해 논의되어 온 바다 의미망
과 그것이 수합된 결과물인 한승원 소설의 담론적 국면들에 대해 대체
적으로 동의하는 입장이다. 다만 본고가 고려하는 사항은 이미 한승원
의 바다 의미망에 대한 선행연구가 집중적으로 이루어진 바 있고 이를
통해 충분한 논의가 진행되어 온 만큼 이제는 한승원과 바다에 주목하
는 관점의 변화가 수반되어야 한다는 것이다. 따라서 본고는 기존 연구[5]

2　O'Neill, Patrick, 이호 옮김, 『담화의 허구』, 예림 기획, 2004, 202~205쪽.

3　우한용, 앞의 글, 153쪽.

4　텍스트 내부를 벗어나 비로소 텍스트 외부 층위에 도달할 때 작가와 독자, 그리고 텍스트
　간의 상호작용이 이루어지는 '텍스트성'에 관한 논의가 가능해진다. 이때 한쪽에는 자신
　의 텍스트가 어떠한 의미를 갖도록 기술하는 작가의 의도가 있고, 다른 한쪽에는 텍스트
　를 읽은 후 각기 나름의 독특한 독서방향에 의해 텍스트가 특별한 의미를 갖도록 해석하
　는 독자의 의도가 있다. 따라서 텍스트성의 층위에서 독자는 그들이 처한 처지나 상황에
　따라 개별적이고도 판이한 독서와 해석의 행위를 할 수 있고, 그로 인해 끊임없이 새로운
　의미를 생산해낸다. (O'Neill, Patrick, 앞의 책, 204~207쪽.) 그리고 이러한 독서행위
　야 말로 텍스트의 의미를 다채롭게 빚어내는 창조적 행위이며, 서사에 대한 바른 이해라
　고 볼 수 있다.

5　한승원과 그가 그려낸 바다에 관한 기존 연구 사례는 다음과 같다. 천명은, 「한승원 연작소

들이 일궈낸 성과를 바탕으로 하되, 텍스트 내에서 바다를 표상하는 한승원의 글쓰기 방식에 보다 초점을 맞추고자 한다. 그의 소설에서 바다가 유의미한 역할을 하고 있다면 그러한 효과를 자아내기 위한 작가 차원의 시도 역시 함께 수반되었을 것이 분명하기 때문이다. 특히나 한승원은 동일한 제재를 끈질기게 탐색하고 써 내려가는 작가로 평가받아 왔다. 그리하여 그가 바다를 사유하고 구상하는 방식에 대한 고찰은 곧 그의 소설 세계 전반에 대한 이해로까지 나아간다 볼 수 있다. 즉 본고는 한승원 소설 속 바다 제재가 작동되는 방식에 관심을 둠으로써, 서사를 구성하는 '무엇'과 '어떻게'라는 양자 사이의 상호작용을 도모하는 한승원의 서술에 이르기까지 포괄적인 이해를 시도하는 것이다.[6]

이러한 전제 하에 본고는 연구의 관심을 한승원의 서술적 측면, 특히 텍스트 내에서 바다 표상의 방식으로 쓰인 색채어와 이를 통해 산출되어지는 효과 중심으로 국한시켜 살필 것이다. 이는 실제 한승원의 소설

설 『안개바다』에 대한 고찰」, 『호남문화연구』 34, 전남대학교 호남학연구소, 2004; 정연희, 「1970년대 한승원의 소설에 나타난 "바다"의 생태론적 의미」, 『현대소설연구』 33, 한국현대소설학회, 2007; 김형중, 「호남 현대소설에 나타난 바다 이미지의 정신분석학적 고찰 – 바다와 모더니티」, 『현대문학이론연구』 28, 현대문학이론학회, 2008; 한순미, 「바다, 몸과 글쓰기의 친화력: 『키조개』를 중심으로 읽어본 한승원의 문학론」, 『동남어문논집』 30, 동남어문학회, 2010; 김주언, 「한승원 소설이 바다와 몸을 상상하는 방식」, 『우리말글』 58, 우리말글학회, 2013; 김춘규, 「문학의 텍스트 생산 경로 연구」, 『한국문예창작』 9, 한국문예창작학회, 2010; 정미경, 「한승원의 원체험과 소설화 과정 고찰」, 『배달말』 56, 배달말학회, 2015.

6 패트릭 오닐은 현대 서사학이 스토리와 담화라는 두 층위를 가장 기본적인 이론의 토대로 삼고 있다 말한다. 이때 스토리와 담화는 각각 서사체 내에서 '무엇'과 '어떻게'에 해당하는 것이다. 이는 곧 서사의 내용과 서사의 표현의 구분이다. (O'Neill, Patrick, 앞의 책, 34~102쪽.) 이를 한승원 소설에 적용해 보았을 때 그의 소설 속 핵심 제재인 바다는 '무엇'에 해당하며, 한승원이 바다를 표상하는 방식은 '어떻게'에 해당한다고 볼 수 있다.

에서 색채어가 빈번하게 사용되며, 이것이 곧 그가 지닌 서술상의 특징 중 하나라 여겨짐에 따름이다. 본래 색채어에 관한 기존 연구는 소설보 다 이미지의 형성에 주목해 온 시 분야에서 구체적으로 다뤄지는 경향 이 있으나,[7] 한승원 소설 속 바다는 작가에 의해 의도적으로 전경화 되 며, 가시적이고도 감각적인 묘사를 통해 서술되고 회화성이 짙은 성격 을 띠기 때문에 동일한 관점에의 접근이 가능할 듯하다.[8]

한편 한승원이 바다를 표상하는 방식의 일환으로 색채어를 적극적으 로 사용하고 있음에도 불구하고 이와 관련한 연구는 몇 가지 해명되지 않은 문제를 안고 있는 것으로 보인다. 물론 몇몇 기존 연구에서 부분적 으로나마 그가 색채어를 사용하고 있다는 사실을 언급한 국면을 볼 수 있기는 하다. 그러나 이러한 연구들은 색채어 사용이 텍스트 외부의 작가 차원에서 시작된 글쓰기 방식임을 이해 한다기 보다는 텍스트 내 부에서 색채어가 은유하고 있는 바가 무엇인지 그 의미를 밝히는 데에 만 집중하는 양상을 보여 왔다.[9] 즉 텍스트 내·외부가 연계된 종합적인

---

7 박갑수, 「현대시에 반영된 색채어 연구」, 『국어교육』 23, 한국국어교육연구회, 1975; 박갑수, 「색채어의 위상: 시와 소설의 경우」, 『先淸語文』 7, 서울대학교 국어교육과, 1976; 박미영, 「조지훈 시의 색채어 연구」, 『정신문화연구』 36, 한국학중앙연구원, 1989; 윤향기, 「박목월과 윤동주의 동시에 나타난 색채어 분석」, 『비평문학』 35, 한국비 평문학회, 2010; 안상원, 「정지용 시의 색채 이미지와 시 쓰기 의식 연구」, 『이화어문논 집』 36, 이화어문학회, 2015 등을 참고 하였다.

8 한승원은 (특히 그 초기 작품들에 있어서) 아트 브뤼트(Art Brut) 계통의 풍경화가로서 탁월한 솜씨를 발휘한다. 그의 팔레트는 산그늘의 '자줏빛', 놀의 '불그레한 빛', 비늘구름 의 '핏빛', 밀물기운의 '분홍' 등 적색을 주조로 하며 바위의 '검은빛'과 득량 바다의 '쪽빛' 이 거기에 어우러져 강력한 원색의 화폭을 펼쳐 보인다. (김화영, 「어둠 속에서 날아오른 새는 빛살이 되어」, 『한승원 삶과 문학』, 문이당, 2000, 99~100쪽.)

9 우한용의 논의에서 작중인물들의 운명은 일종의 한을 떠올리게 하는데, 이것은 곧 어둠 이나 그늘, 혹은 핏빛과 뒤범벅이 되어 그로테스크한 이미지를 환기시킨다. 우한용의

이해를 구축하지 못하고 텍스트 내부 영역에만 치중된 성격을 지녔다는 점이 한계인 것이다. 더불어 색채어의 사용이 한승원 소설의 궁극적인 담론을 완성해 감에 있어 기여하고 있는 바가 있음에도 불구하고 이에 대한 추적이 이루어지지 않았다는 점 역시 다소 아쉬운 바이다.

이러한 까닭에 본고는 한승원이 색채어에 관심을 두고 이를 서술의 기법으로 차용해 바다 표상 방식으로 삼게 된 맥락과, 실제 그의 텍스트에서 색채어가 거두는 효과가 무엇인지 까지를 함께 보고자 한다. 본고의 논의를 통해 한승원과 그의 바다에 대해 다양한 방식으로 접근해 보는 계기가 마련되고, 기존 논의에 대한 보충이 이루어지길 바라는 바이다.

2. 바다 체험에서 색채어 사용으로

한승원은 원체험에서 체득한 인지·감각을 서사의 작동 원리로 삼으

논의는 상반되는 이미지 속에서 균형과 조화를 추구해 가는 한승원 특유의 주제 의식과 담론의 영역을 논하는 과정에서 색채어를 언급하고 있다는 점에서 의의가 있다. (우한용, 앞의 글, 157~159쪽.)
양진오는 한승원이 고향의 바다에 대하여 형언하기 어려운 애정을 쏟아놓고 있다고 언급하며, 그가 색채에 관심을 갖고 있음을 설명한다. 양진오에 따르면 바다의 충격적인 매혹이 있었고, 한승원은 이것을 끊이지 않는 색채의 변화로 그려낸다. 이는 감격적으로 본 자연의 인상과 관찰자에게 있어 망각되지 않는 원초적인 주요장면으로서 기억되는 것이다. (양진오, 「바다, 어머니의 자궁 그리고 신화 – 한승원 초기 중·단편을 중심으로」, 『작가세계』, 세계사, 1996 겨울, 72~73쪽.)
김화영은 한승원의 초기작품들이 대개 붉은색 계열의 강렬한 원색 화폭을 펼쳐 보이고 있음을 언급한다. 이 논의에서 붉은 빛은 원초적인 죄의식 혹은 죽음과 관련을 맺는다. (김화영, 앞의 글, 99~101쪽.)
김현은 한승원 소설 속 노을이 언제나 핏빛의 색채를 풍기고 있음을 언급한다. 그에 따르면 노을뿐만 아니라 뒷산의 계곡, 문어, 낙지 등은 한승원의 소설에서 불길함과 불운의 시니피앙을 갖는다. (김현, 「억압과 저항」, 『한승원 삶과 문학』, 문이당, 2000, 74~77쪽.)

려 했다. 이러한 그의 실천적 태도는 글쓰기 영역에서 여실히 드러난다. 한승원의 원체험이 바다 혹은 물에 관한 것임은 그간의 여러 문헌을 통해 언급된 바 있다. 이때 그의 원체험을 통해 형성된 글쓰기의 특징으로는 호흡이 긴 서술과 그것을 가능하게 한 은유·묘사라는 대략 두 가지의 차원의 기법을 거론할 수 있을 듯하다. 이즈음 은유와 묘사가 서로 어우러졌을 때 비로소 색채어의 사용이라는 지점에 이르러 바다를 표상하는 전략으로 쓰인다. 색채어 사용이라는 한승원 소설의 서술상 특징이 그의 원체험에서 근원적 맥락을 찾을 수 있는 바, 이 장에서는 그 과정을 순차적으로 다뤄보고자 한다.

　　다른 작가들이 보는 바다의 의미는 서정적으로 느껴지는 바다, 손님의 눈으로 바라보는 바다가 일반적인데 섬에서 나고 자란 나는 늘 바다를 끼고 바다 속에서 살았어요. 고등학교를 졸업하고 3년 동안 고기를 잡고 김 양식을 했어요. 지금이야 모든 과정이 기계화 됐지만 당시는 전부 인력으로 했습니다. 때로는 파도를 거슬러 노를 저어 가야하고, 파도 속에서 손으로 김 채취도 해야 하고, 그것을 짊어지고 나와야 했어요. 굉장한 중노동이에요. 그렇게 파도를 견디고 일하며 직접 부딪쳐 본 바다는 삶의 현장이었어요. 내 초기 작품에 주로 그런 바다 이야기가 많아요. 그 당시 내 작가적인 눈으로 볼 때 바다는 산문적인 바다였어요. 저항성이 들어있죠. 북풍이 몰아치면 파도가 거셉니다. 그 북풍을 뚫고 김발까지 노를 저어 가야 하는데 두 걸음 내디디면 한 걸음 물러서게 돼요. 그렇다고 돌아갈 수도 없어요. 일을 안 하면 살 수 없다, 김을 채취해야 돈을 번다는 생각보다 파도를 뚫고 김발까지 노를 저어 간다는 데 의미를 두고 투쟁하듯 산 것이었어요.[10]

한승원은 대담을 통해 자신이 체험한 바다를 회고한 바 있다. 그는 유년시절 바다에 뛰어들어 치열하게 노동해야만 했다. 때문에 그가 말하는 바다는 다른 작가들이 바라 본 풍경들처럼 서정적이거나 아름답지 않다. 삶의 현장으로 존재하는 바다는 실로 고단하고 지난하기 짝이 없을 따름이다. 그는 생계와 생존을 위해 바다를 온몸으로 감당하며 투쟁하듯 살았지만 동시에 생존을 위협받는 고통을 맛보았다.

> 남해의 시퍼런 바다가 곳곳에서 출렁거리고 있는 한승원의 소설에 근접하면서, 대다수의 독자들은 아마도 이 작가가 어렸을 적부터 바닷물에 익숙하였으리라 짐작하기 쉽다.
>
> 그러나 그것은 사실과 다르다. 대개의 바닷가 아이들이 대여섯에 헤엄을 치기 시작하는데 한승원은 유달리 물무섬증이 있었다. 더군다나 다섯 살 때 혼자서 집 앞 웅덩이에 빠져 허우적거리다가 죽을힘을 다해 빠져 나온 적이 있었다. 어린 그에게 바다는 무섭고 어두운 세계였다. 그런 연후에 그가 제대로 헤엄을 배운 것은 열다섯 살 때였으니, 저 완강한 물무섬증이 적어도 그의 소년시절 10년을 따라다닌 셈이다.[11]

한승원 연대기의 일부인 위의 인용 역시 물에 관한 것으로 그의 물 공포증에 관한 일화를 소개한다. 이 대목은 한승원이 물의 깊이와 함께 처음으로 물의 빛깔, 즉 색채를 감지했던 체험을 언급하고 있기에 더욱 눈여겨 볼 필요가 있다. 인용문에 따르면 한승원은 바닷가 출신임에도 불구하고 물을 무서워했는데, 그 까닭으로 어린 시절 물에 빠져 죽을

10 한승원, 『꽃과 바다 한승원 문학의 씨앗말과 뿌림말』, 위즈덤하우스, 2016, 32쪽.

11 김종회, 「바다, 고향, 그리고 원시적 생명력의 절창 – 「목선」에서 『동학제』까지」, 『작가세계』, 세계사, 1996 겨울, 19쪽.

뻔 한 기억을 문제 삼는다. 비단 물에 빠져 죽을 뻔 했던 그날의 사건이
아니더라도 먼저 언급된 한승원의 바다 체험 역시 생존의 문제와 직결
된 것이었다. 이러한 사례들은 한승원의 원체험이 생과 사의 기로에
놓인 기억으로 자리하며 삶과 죽음에 관한 그의 사유를 증폭시킬 것임
을 암시한다.

험난했던 유년기의 체험은 훗날 한승원이 작가 생활을 시작한 이후에
도 그에게 크나큰 영향을 끼친다. 그의 소설이 자신의 끈질긴 바다 한복
판에서의 삶을 근저로 쓰여진 것이기 때문이다. 자연스레 그의 문학세
계의 구심점으로 바다가 자리하며, 이를 담아내는 문체 역시 바다를
닮은 굵고 부피 있는 산문 형태를 선호하게 되었다.[12] 삶과 바다를 동일
한 것으로 여겨 자신이 겪은 바다를 보다 적극적으로 독자들에게 전하
고자 하는 의도가 그의 글쓰기 전반에 묻어난다. 죽음과 맞닿은 유년기
의 체험은 이렇듯 생과 사의 경계에 있는 물이나 바다, 삶에 대한 의지,
빛과 어둠에 대한 감각적인 인식 등을 상세히 풀어쓰는 산문적 글쓰기
로 거듭난다.

이 맥락에서 한승원이 바다와 같은 부피 있는 서술을 지향하며 은유
와 묘사를 즐겨 사용하게 된 것은 어쩌면 자연스러운 수순이라 할 수
있겠다. 은유와 묘사 모두 독자의 이해와 공감을 얻기에 가장 적합한
전략이거니와, 동시에 자신이 몸소 체험한 바를 생생하게 전달해내는
방법이기 때문이다.

가령 문학적 의미에서 은유는 원관념을 숨기고 보조관념을 드러냄으
로써 사물의 숨은 특성을 표현하는 비유법의 차원으로 이해할 수 있다.

---

12 김종회, 위의 글, 58~59쪽.

은유적 표현은 의도한 바(tenor)에 도달하기 위한 수단이나 매개(vehicle)
이며, 이 둘의 관계는 유사성을 토대로 설명 가능하다.[13] 즉 은유는 동일
문화권에서 통용되는 개념과 지각을 바탕으로 구성원들의 소통과 이해
를 이루는 데 기여하는 문화적 코드(code)와도 같은 것이다.[14] 그런가하
면 묘사는 공간적인 것을 가시적이고 회화적인 형태로 제시하는 것을
뜻한다. 다만 묘사는 어느 공간에 존재하는 물체들, 즉 회화의 대상들을
그려나가되 그 방식으로 서술자의 언어틀 취한다.[15] 그리하여 은유와
묘사는 자신의 바다 체험을 상세히 기술하고자 했던 한승원의 의도를
충족시키며, 체험의 대리인으로서 독자의 이해를 돕는 서술 전략의 일
환이라 볼 수 있겠다. 인간 삶의 다양한 결을 바다와의 유사성을 통해
은유적으로 이해하고 이를 적극적으로 묘사해낸 한승원의 글쓰기는 이
야기에 대한 몰입도를 높이며 서사를 장악하는 효과를 거두는 데 성공
하였다.

그런데 한승원이 은유와 묘사 기법을 통해 바다를 서술하는 과정을
들여다보면 자연스레 색채어와 연결되는 지점이 있음을 발견하게 된다.
색채어는 두 기법의 특성을 모두 지니고 있기 때문이다. 가령 색채어는
그것의 연상작용으로 인해 특정 의미나 가치, 인식의 맥락을 갖게 되어
은유의 성격에 부합한다.[16] 이때 한 가지 염두에 두어야 할 점이 있다면

---

13 오형엽, 「인지언어학적 은유론의 수사학적 고찰-레이코프와 존슨을 중심으로-」, 『어문
학』 102, 한국어문학회, 2008, 499~500쪽.
14 Lakoff, George & Johnson, Mark, 노양진·나익주 옮김, 『삶으로서의 은유』, 박이정,
2014, 21~30쪽.
15 한일섭, 『서사의 이론 이야기와 서술』, 한국문화사, 2009, 238~239쪽.
16 문금현에 따르면 색채어는 특정 사물이나 대상에 대한 시각적 정보를 끊임없이 받아들이
기 때문에 결국 색이 아니라 특정 의미나 가치로 인식되는 경우가 많다. (문금현, 「색채어

유사성을 토대로 한 언어 사용 및 담론의 형성[17]이라는 점에서 한승원의 색채어는 은유와 궤를 같이 하지만, 한편으로는 그가 '푸른색' 계열로 통칭되는 바다색을 탈피하고 다양한 색채를 담아내려 시도함으로써 기존의 바다가 갖고 있던 고정관념이나 관습적 은유의 양상을 해체한다는 것이다. 이는 고정되지 않은, 다양하고 파편적인 인간의 삶을 바다에 투영시킨 결과로, 결국 한승원의 색채어가 기존의 관습체계 밖에 있는 새롭고도 창조적인 은유[18]의 성격을 지니며, 그의 소설 속 담론을 형성하는 데에 어느 정도 기여하는 바가 있음을 뜻한다.

　더불어 색채어를 통해 바다를 표상하기 위해서는 색을 표현하는 서술 방식을 취할 수밖에 없기에 묘사 역시 빈번하게 쓰여진다. 이 과정에서 한승원은 관찰자의 시각으로 바다를 초점화하여 감각적이면서도 인상적인 빛깔과 이를 형용하는 어휘를 통해 바다를 묘사한다. 한승원이 그려내는 바다는 단순한 소설의 배경 그 이상의 의미를 획득한다. 묘사의 대상이나 묘사를 대하는 작가의 태도를 고려해 보건데, 그의 소설

관련 관용표현에 나타난 인지의미 양상」, 『국어국문학』 163, 국어국문학회, 2013, 79쪽.)

17 리쾨르는 의미적 차원에서 이야기 장르와 은유가 유사성이 있음을 강조한다. 양자가 공통적으로 언어사용을 토대로 하되, 담론의 형태를 지향한다는 것이다. 그는 은유의 탐구 영역을 어휘나 문장의 영역에서 한발 더 나아가 (은유적) 진술의 영역으로까지 확장시켜야 한다고 본다. 리쾨르의 관점에서 은유는 이야기나 담론과 마찬가지로 상호간의 소통을 가능케 하는 회로와도 같다. (Ricoeur, Paul, 박병수·남기영 옮김, 『텍스트에서 행동으로』, 아카넷, 2002, 11~18쪽.)

18 은유는 관습적 은유와 창조적 은유로 나누어 설명할 수 있다. 먼저 관습적 은유는 우리의 일상에 반영되어 있는 우리 문화의 일상적인 개념체계를 구조화하는 은유이다. 이에 반해 상상적이고 창조적인 은유는 관습체계 밖에 있는 은유이며 우리의 과거나 일상적 활동, 그리고 우리가 알고 믿고 있는 것에 새로운 의미를 줄 수 있는 은유이다. (Lakoff, George & Johnson, Mark, 앞의 책, 242쪽.)

속 바다는 서사의 실재성과 구체성은 물론 바다 저 너머에 있는 삶에 대한 사유로까지 향해가는 하나의 원리라 여겨진다. 서사 내의 사건이나 인물의 감정과 결부되어 시시각각 변하는 바다 색채에 대한 묘사는 결국 인간 삶에 대한 작가의 지속적인 관심과 탐구를 바탕으로 행해지는 것이다. 위의 내용을 종합했을 때 한승원은 자신의 유년기 체험을 통해 인간 삶을 바다와 같은 것으로 지각하고 이를 표현하기 위해 산문 형태의 글쓰기를 구사하였나는 결론에 도달할 수 있다. 그리고 이 과정에서 은유와 묘사라는 서술 기법을 차용하고 있는 바, 색채어의 사용이라는 바다 표상 방식이 생겨난 것이다.

괴테는 『색채론』(1810)을 통해 빛과 그림자, 색채 현상 등에 관심을 표하며 당시 지배적인 색채 이론이던 뉴턴의 광학에 대척되는 색채 이론을 발표한 바 있다. 괴테의 이론은 색채를 관찰자의 감각과 무관한 객관적 실체로 치부하던 뉴턴의 이론을 반박한 것으로, 관찰의 주체와 대상 사이의 유기적 연관성을 강조한 것이다. 괴테는 색채 또한 인간의 감각을 통해 그 실체에 접근 가능하다 보았다. 이는 자연과 인간의 관계, 혹은 세계를 파악하는 그의 사유방식이기도 하다.[19]

바슐라르의 논의 역시 같은 맥락으로 읽어 갈 수 있는 가능성이 농후하다. 그는 이미지를 만드는 상상력에 관심을 두고 색채 역시 그 대상에 포함시켰다. 과학의 대상이던 색채를 시학의 대상으로 옮겨와 그간 과학적 체계에서 간과되던 색채의 미적 가치를 탐구하려 한 것이다. 이는 색채를 경험하는 주체의 내면에 관심을 갖고, 색채를 경험 주체의 내면과의 연관 속에서 해명하려 한 시도이다. 바슐라르의 논의 역시 괴테가

---

19 Goethe, Johann Wolfgang von, 장희창 외 옮김, 『색채론』, 민음사, 2008, 7~47쪽.

그러했던 것처럼 인간의 경험과 감각 그 자체를 강조하는 것이라 볼 수 있다.[20]

이들의 논의는 한승원의 바다 표상 전략으로 상정된 색채어에 타당성을 부여한다. 그의 산문적 글쓰기가 색채어의 사용으로 나아가는 과정 이면에 원체험의 내밀한 기억과 물에 대한 감각적 사유가 분명 존재하기 때문이다. 이것은 괴테나 바슐라르의 말마따나 주체와 대상 사이의 직관적 경험에 의해 추론된 결과이다. 그리하여 한승원의 색채어는 그의 텍스트에서 바다를 재현하는 서술기법으로서만 특징적인 것이 아니라, 그가 세계와 인간 삶을 들여다보는 프리즘과도 같다는 점에서 특징적이라 할 수 있겠다.

3. 색채어 사용과 바다 표상의 효과

1) 생명 근원과 위로의 바다색 차용

이 장에서는 실제 한승원 소설 속 바다를 들여다봄으로써 색채어 사용 양상과 그에 따른 효과를 살피고자 한다.[21] 한승원의 바다는 단일한 색채를 이루지 않는다. 되레 한 소설 내라 하더라도 바다는 다채로운 색을 겸비하여 이를 통해 추론 가능한 담론적 효과 역시 얽히고설킨

---

20 Bachelard, Gaston, 이가림 옮김, 『물과 꿈』, 문예출판사, 2017; 홍명희, 『상상력과 가스통 바슐라르』, 살림출판사, 2005; 김융희, 「바슐라르 이미지론에 나타난 색의 의미」, 『미학·예술학연구』 24, 한국미학예술학회, 2006의 논의를 참고하였다.

21 본고에서 분석 대상으로 삼는 소설은 한승원, 『야만과 신화』, 예담, 2016에 실린 것이다. 이후 인용문에서는 제목과 쪽수만 병기한다.

형태로 제시된다. 인간 삶의 의미가 제각각인 것처럼 한승원 역시 다양한 색채어를 통해 켜켜이 바다의 겹을 이루는 것이다.[22]

먼저 등단작인 「목선」(1968)의 사례이다. 「목선」은 생계유지의 터전인 바다와 노동하는 인간의 삶을 그려낸 소설이다. 그리하여 이 소설은 한승원의 바다 체험이 여실히 농축된 소설이라 말할 수 있다.

> 석주는 어제 그처럼 배를 시원스럽게 내어줄 듯이 말하던 양산댁의 웃는 얼굴을 생각하며 엉성한 돌담 너머로 모래밭을 바라보았다. 조개껍데기들이 하얗게 빛나고 있었다. 찰싹찰싹 모래톱을 핥으며 부서지는 물결들이 햇빛을 받아 고기비늘처럼 빛났다. 황소만큼 한 시절바위가 바닷물에 허리를 적시고 있었다. 그 앞에 갯벌투성이가 된 채취선 한 척이 일렁이는 물결을 따라 이물[船頭]을 끄덕거렸다. 다리뼈가 부러지더라도 저걸 빼앗아 가든지, 자기가 죽고 말든지 하리라 했다. (「목선」, 15쪽)

인용문은 채취선을 빌려 줄 수 없다는 양산댁의 통보 이후 석주의 모습이 담긴 대목이다. 망연자실과 허무함, 울분의 감정이 석주를 사로잡는다. 「목선」에서 채취선은 단지 배 한 척이 아니라 바다와 동일한 의미로 가늠된다. 아내를 잃고 머슴살이를 하는 석주나 스물다섯 나이에 홀어미가 되어 아들과 단 둘이 사는 양산댁 모두 채취선과 바다를 터전으로 생계를 꾸려가는 인물들이다. 때문에 생계수단을 모두 잃을

---

22 염두에 두어야 할 점은 색채어가 한승원의 특징적 서술 기법으로써 그의 서사를 완성하고 담론을 구축하는 데 기여한다는 것이지, 어떤 색채가 어떤 의미를 지녀 그 의미를 차용하기 위해 색채어를 사용한 것은 아니라는 것이다. 오히려 한승원이 자신의 체험을 통해 체득한 감각과 인지를 효과적으로 표현하며 독자와의 소통을 이루기 위한 회로의 방편으로 색채어를 쓰고 있다고 보는 편이 타당할 것이다.

위기에 처한 석주의 분노는 당연하다. 이즈음 석주의 시선은 돌담 너머 바다를 향한다. 그의 눈에 비친 바다는 흰색 계열, 말하자면 빛에 가까운 색이다. 빛으로부터 모든 색이 파생되어 나온다는 점을 상기할 때, 수많은 생물을 품는 바다가 빛과 같은 흰색 계열 색채로 묘사된 것은 바다가 생명의 근원임을 다시금 인지시키는 효과를 거둔다. 바다의 생명력을 말하기 위해 빛의 색이 쓰인 것이다. 이를 이해하고 다시금「목선」을 읽는다면 소설의 초입부에서 인물의 갈등이 시작되는 순간과 소설의 말미 갈등의 절정을 이루는 순간 모두에서 바다가 흰색 빛깔로 그려지고 있음을 알 수 있다.

> "그런디 나는 배 없이 어떻게 살 것이오? 한시도 못 살어라우, 배 없이는 죽어도⋯⋯."
> 양산댁의 눈에 물이 괴고 있었다. 석주는 양산댁의 저고리 앞섶을 움켜쥔 채 바닷물이 흘러들어 쓰린 눈알을 꿈뻑거렸다. ⋯〈중략〉⋯ 그러면서도 그는 멍청히 양산댁이 바라보는 먼 바다의 한 점을 바라보고만 있었다. 먼 바다에는 한가로운 잔물결의 이랑들이 햇빛을 받아 금빛 고기비늘처럼 반짝거리고, 그 반짝거림 속에 오징어잡이 배들이 장난감처럼 조그맣게 보였다. (「목선」, 34쪽)

「목선」은 석주와 양산댁의 시선이 멈춘 바다를 조망하며 끝을 맺는다. 이 장면은 마치 첫 번째 인용의 반복이라 여겨도 좋을 만큼 유사한 형태이다. 현실적 문제가 도외시되는「목선」의 결말에 대해 한승원은 절망하지 않고 허무를 극복하는 생명력을 암시하기 위함이었다고 밝힌 바 있다.[23] 흰 빛깔의 차분하고 평온한 바다는 인물이 겪는 욕망과 갈등, 삶의 애환을 부각시키지만 한편으로는 풍요롭고 넉넉한 모습으로 고된 인간사를 포용하는 역할을 하기도 한다. 이렇듯 바다를 삶의 토대로 삼는 사람들에 대한 위로는 한승원 자신의 바다 체험이 전제되었기에 가능한 것이다. 소설의 마지막 문장 '그 반짝거림 속에서 오징어잡이 배들이 장난감처럼 조그맣게 보였다'(34쪽)는 구절이야말로 한승원이 바닷가 사람들에게 전하는 위로의 메시지이다.

2) 보색 관계를 통한 한의 정서 표출

다음 사례는 「갈매기」(1970)이다. 이 소설은 인물 겸 서술자인 내가 오랜만에 고향 바다를 찾아 과거 자신과 인연이 있던 처녀 정월을 회상하는 이야기이다. 전체 3장으로 구성된 소설에서 1장과 3장은 현재 나의 소회를, 가운데 2장은 과거 정월의 죽음에 관한 사건을 다룬다. 물론 2장과 3장에서도 바다색에 대한 묘사는 반복되지만 특히 눈길을 끄는 것은 1장 흰 갈매기와 짙푸른 바다의 대조이다. 소설의 초입부인 아래 장면에서 나는 그간 잊고 지내던 정월을 다시금 떠올린다.

> 백합 꽃잎같이 흰 날개를 나비처럼 부드럽게 저으며 갈매기가 날아오고 있었다. 눈을 감아도 날아오고, 눈을 떠도 날아왔다. 비 오려고 우중충한 때에 들끓는 하루살이 떼처럼 어지럽게 날아오고 있었다. …〈중략〉… 내 고향 덕도 앞의 득량만은 마치 큼직한 호수 같은 바다로 쪽빛 에나멜 수천수 만 드럼을 퍼부어놓은 듯 짙푸르렀다. 그 바다 위를 나는 갈매기는 티 없이 맑은 처녀의 혼령이 된 새처럼 맑고 깨끗했다. 열아홉 살 되던 해에 그 바다에 몸을 던져 죽은 정월이라는 처녀가 있었다. …〈중략〉… 그 갈매기

---

23 한승원, 『한승원의 소설 쓰는 법』, 랜덤하우스, 2010, 317쪽.

는 바로 그 처녀의 덧니를 생각나게 하는 흰 새였다. 여느 때 나는 그
흰 새를 머릿속에 떠올려주는 흰빛을 싫어했다. 그 처녀에 대한 생각 속에
잠기는 것은 나로선 그렇듯 유쾌한 일은 아닌 것이었다. (「갈매기」, 37~38쪽)

초점화가 단지 시야에만 국한된 것이 아니라 심리적/이데올로기적
요소의 문제임을 고려할 때, 이 장면의 초점화 대상인 바다와 갈매기는
물리적 의미 그 이상으로 해석의 여지를 갖게 된다. 초점화는 응시하는
자의 지각이나 생각, 추정, 이해, 욕망 등이 복합적으로 결부된 개념이
기 때문이다.[24] 그리하여 이 장면에서는 인물 겸 서술자/초점자인 내가
바라보거나, 생각하거나 이해하는 바다와 갈매기의 의미를 파악하는
것이 핵심일 것이다.

덕도 앞 바다와 그 위를 날아다니는 갈매기는 분명한 색채의 대조를
이룬다. 이 장면은 나에게 있어 아름다운 장면이 아니다. 되레 불편함을
유발하는 장면이다. 나는 흰 갈매기를 보며 죽은 정월을 떠올린다. 나의
시선에 흰 갈매기는 처녀의 혼령과도 같고, 백합 꽃잎이나 나비처럼
연약한 존재로 보이기도 한다. 심지어 흰 갈매기, 그리고 정월은 내가
눈을 감거나 뜨는 것에 아랑곳하지 않고 끊임없이 내 앞을 서성인다.
마치 문제는 눈에 보이는 것이 아니라 심리적인 것에 있음을 각인시키
듯 말이다. 이즈음 흰 갈매기에 정월의 이미지가 투영되었음을 알 수
있다. 흰 갈매기가 상기시키는 정월의 이미지는 과거 그녀의 죽음에
대한 나의 죄책감에서 기인한 것이다.

유난히 어두운 바다 색채 역시 마찬가지이다. 나는 내 아이를 임신한

---

24 O'Neill, Patrick, 앞의 책, 153쪽.

정월을 버렸고, 그녀는 차디찬 바다에 몸을 던졌다. 이 문제를 회피하는 듯하지만, 내 속내에서는 스스로가 정월 모녀에게 '너무 했음'(58쪽)을 인정한다. 정월이 몸을 던진 차가운 바다는 나의 죄책감과 조응하여 그 색채의 깊이를 더해간다. 소설은 높은 명도와 진함의 정도를 표시하는 "짙다"와 "푸르다"가 결합된 색채어를 사용함으로써,[25] 나의 죄책감이 점차 증폭되고 있음을 나타낸다. 정월은 스스로 바다에 몸을 던졌지만 실상 내가 그녀를 죽음으로 내몬 것과 다름없기에, 바다를 바라보는 나의 시선 속 바다는 갈매기를 집어삼킬 것처럼 위협적이며 흰 갈매기는 상대적으로 위태롭다.

소설은 짙푸른 바다와 그 위를 배회하는 혼령 같은 흰 갈매기를 나란히 배치함으로써 정월의 한과 나의 죄책감의 무게를 그려냈다. 한은 한승원 소설의 주된 정서 중 하나이다. 특히 한의 주체는 여성인 바, 그의 소설에서 여성은 생계를 꾸리느라 고단하며, 남성 혹은 역사로 명명되는 이들에 의해 희생당하기도 한다. 「갈매기」의 정월 역시 그러하다. 바다에 몸을 던져야 했던 정월의 한은 차디 찬 바다만큼이나 시린 것이기에 이것은 오랜 세월이 지난 후에도 나의 죄책감을 유발하는 기제로 작용한다. 그러한 죄책감이 이 소설에서는 갈매기를 집어 삼킬 듯 한 짙푸른 바다로 표상된 것이다. 먼저 살핀 「목선」의 흰 빛깔이 생명 근원의 바다 이미지와 바닷가 사람들에 대한 작가의 위로를 담아낸 경우였다면, 「갈매기」에 쓰인 색채의 대조는 한승원 소설이 갖는 한의 정서를 극적으로 표현하기 위함이라 볼 수 있겠다.

---

25 손세모돌, 「국어 색채어 연구」, 『한말연구』 6, 한말연구학회, 2000, 139쪽.

3) 생성과 소멸의 이질적 바다 표상

한편 한승원의 소설들 중 「폐촌」(1976)과 「낙지같은 여자」(1977)는 갖은 굴곡에도 살아남는 끈질긴 생명력을 갖춘 인물을 다룬다. 때문에 두 소설에서 발생하는 사건이나 인물이 가지는 특성은 매우 흡사하며, 한승원이 전달하고자 하는 메시지 역시 상통하는 지점이 있다. 가령 이들 소설에서 한승원은 죽음과 생성이라는 양가적 속성에 관심을 갖는 바, 이를 소설의 구조적 원리로 삼는다. 이때 한승원이 죽음과 생성의 이미지를 동시에 추구하고, 죽음으로부터 생성을 이끌어내는 순환과 통합, 조화를 강조하는 만큼[26] 상이한 두 이미지는 서로 다른 색채어에 의해 구현 될 가능성이 농후하다.

먼저 「폐촌」의 경우이다. 소설은 이념대립의 상흔으로 폐촌이 된 하룻머릿골이 신화적 인물 뱃강쉬와 미륵례로 말미암아 다시금 생명의 공간으로 탈바꿈 하게 될 것임을 이야기한다. 하룻머릿골은 현대사의 비극에 직면한 한국의 상황을 가리킨다. 이때 두 작중인물은 마을이 폐촌으로 전락함에 있어 연관된 인물들이다.(112쪽) 비극의 역사와 직·간접적으로 관련된 이들을 작중인물로 설정함으로써 한승원은 한국의 역사도 우리 민족에 의해 다시금 재건 가능함을 역설한다.

---

26 바다는 죽음의 이미지만을 드러내지 않고 새로운 생성의 이미지를 보여주게 된다. 그런데 생성과 죽음이라는 상반된 이미지의 순환을 보이는 작법(作法)은 「폐촌」에서만 보이는 특징이 아니다. 두 이미지의 연속되는 순환은 「폐촌」뿐만 아니라 그의 이름으로 서술된 거의 모든 소설에서 발견되는데, 그렇다면 이는 한승원 소설의 구조적 원리라고 말할 수 있다. (양진오, 앞의 글, 78쪽.)

① 하룻머릿골의 밤을 대낮같이 밝히면서, 마치 하늘을 태우고 바닷물을 지글지글 끓게 하는 듯 맹렬히 치솟는 시뻘건 불길을 보면서, 그해 열세 살 나던 밴강쉬는 넓바위 옆에 웅크린 채 벌벌 떨고만 있었다. 바싹 마른 데다 밑바닥 부분에 솔기름을 두껍게 먹여둔 배에 붙은 불은 한밤중쯤 해서 이글거리는 숯불로 변했는데, 사실은 그것이 이 하룻머릿골을 폐촌으로 만든 불씨였던 것이다. (「폐촌」, 130쪽)

② 마을 사람들이 몰려들이 형을 타일렀는데, 형은 그들을 뿌리치고 모래밭을 달려 갯마을 쪽 어둠 속으로 사라져버렸다. 그 어둠속을 향해 아버지는 피맺힌 울부짖음을 쏘아 날렸다. (「폐촌」, 134쪽)

③ 개들은 하룻머릿골을 쩌렁쩌렁 흔들었다. 남빛에 먹딸기 빛이 섞인 듯한 하늘의 별들이 우수수 떨어질 것처럼 흔들거리고 있었다. 그는 손바닥으로 두 귀를 틀어막으면서 아랫골목을 걸어서 찬샘 있는 골짜기로 갔다. 어둠에 잠겨 일렁거리는 바다 위로 개 짖는 소리들이 아득하게 퍼져가고 있었다. (「폐촌」, 158~159쪽)

나열된 인용문은 ① 미륵례 아버지인 비바우 영감이 마을 사람들에게 살해당하는 장면, ② 여·순 반란사건에 가담했다 돌아온 밴강쉬의 형이 미륵례의 어머니와 언니 야실이를 살해하고 도망치는 장면, ③ 미륵례의 두 오라비 들독이와 껌철구 형제가 살해당하던 날 밤 풍경에 해당한다. 이 장면들은 공통적으로 붉은색과 검은색 색채가 교차되어 쓰였다. 특히 ①의 경우 앞으로 마을에 닥치게 될 비극의 서막을 불씨에 비유했다는 점에서 주목할 만하다. 시뻘건 불씨는 하늘을 태우고 바닷물을 끓게 할 정도로 맹렬히 치솟은 후에야 숯불로 변하였는데, 이는 훗날 사건에 가담한 모든 사람들이 씨도 없이 다 죽었다는 서술자의 발화(161

쪽)로 연결된다. 혼란한 시국 속 비극적 죽음을 맞이한 이들이 흘린 피가 시뻘건 불씨라는 붉은 색채로 은유된 것이다.

②와 ③은 매 사건이 발생할 때마다 하룻머릿골에 흐르는 긴장을 보여준다. 비극적 사건은 항상 어두운 밤 시간대에 일어난다. 빛이 소실된 어둠은 대개 죽음과 맞닿은 공포의 시간으로 간주된다.[27] 그리하여 '갯마을의 어둠'이나 '어둠에 잠겨 일렁이는 바다'와 같은 검은 색채는 누군가의 죽음, 그리고 또 다시 누군가를 겨냥하게 될 죽음의 공포를 재현한다. 검은색 색채 위로 '피맺힌 울부짖음'이나 '먹딸기 빛'과 같은 붉은 색이 얹어진 것 역시 예견된 죽음을 결코 피하지 못하였음을 암시한다.

그러나 「폐촌」이 비극적 죽음만 그리고 있는 것은 아니다. 오히려 소설은 죽음 이후 순환의 과정을 거쳐 다시금 생성으로 나아가는 면모를 보여준다.

> 이튿날 아침, 밤새 들썽거리던 바람은 죽은 듯이 잤고, 득량만 건너 소록도와 금당도 사이에서, 불덩이 같기도 하고 전날 미륵례가 흰 엉덩이 살을 감춘 팬티 빛깔 같기도 하며, 또 어찌 보면 미륵례 아버지나 어머니나 야실이나 두 오빠들이 죽으면서 쏟은 핏덩이 빛깔 같기도 한 해가 아주 천연덕스럽게 솟아 득량만의 시푸른 물결을 온통 핏빛으로 물들여 놓았는데, 하룻머릿골 폐촌 옆의 찬샘골에서는 젖빛 짚불 연기가 피어오르고 있었다. (「폐촌」, 194쪽)

---

27 검은색이 줄곧 두려움과 연관된 것은 밤이 선사하는 두려움에서 비롯된 것이다. 특히 불을 피우는 일이 결코 쉬운 일이 아니었던 시절, 인간에게 밤은 공포 그 자체였음이 틀림없다. 때문에 인간에게 공포와 두려움을 안겨준 밤을 연상시키는 검은색은 곧 죽음을 연상시키는 색이 되었다. (Harvey, John Robert, 윤영삼 옮김, 『이토록 황홀한 블랙』, 위즈덤하우스, 2017, 27~31쪽.)

「폐촌」의 마지막 장면은 '이튿날 아침'이라는 시간적 표지로부터 시작된다. 짧막한 표지이지만 이를 문장의 서두에 배치하여 얻는 효과는 크다. 지금껏 어두운 밤이 죽음을 연상케 한 데 비해, 아침은 밝은 빛이 떠올라 만물이 소생하는 시간임을 명시하기 때문이다. 그리하여 이 시간적 표지는 더 이상 밝음과 어두움이라는 색채와 무관하지 않고 소설의 결말과 주제를 암시하는 것으로까지 나아간다. 이 문장 바로 뒤 이어 천연덕스럽게 해가 뜨고, 두 작중인물이 결합하였다는 서술이 이어지는 것은 그리 놀라운 일이 아니다.

이어 주목할 것은 붉은 색에 대한 묘사이다. 하룻머릿골의 바다를 비추는 붉은 빛은 미륵례의 속옷 빛깔 같기도 하고 죽은 자들이 흘린 피의 빛깔 같기도 한다. 범상치 않은 미륵례에 투영된 붉은색은 여성의 생식 능력, 즉 생명을 관장하는 원초적 여성성 혹은 여성신의 면모를 부각시킨다.[28] 반면 죽은 자들이 흘린 피는 그들의 희생을 뜻한다. 서로를 죽음에 이르게 한 두 집안의 과거는 굴곡의 역사와 함께 사라지고, 이제는 살아남은 남·여가 결합하여 화해의 국면에 이를 것을 암시한다. 비극의 역사를 타개하고 훗날을 기약함에 있어 두 작중인물은 물론이거니와 수많은 자들의 희생이 있었음을 강조하는 것이다. 이즈음 전날까지 죽음을 가리키던 붉은 피가 이제는 아침 해와 함께 생성을 뜻하게

---

28 스파이스 버클로는 "이 세상으로 들어오는 입구는-우리 어머니의-피로 얼룩져 있으며, 이 세계로 떠나는 출구들 중 일부도-우리들 자신의-피로 얼룩져 있을 수 있다."고 말한다. 그의 말 중 앞의 대목은 여성의 생명 잉태와 출산에 따른 피를 의미한다. 이러한 과정으로 말미암아 붉은색은 여성의 생식 능력, 혹은 생명을 관장하는 원초적 여성성을 가리키게 되었다. 위의 소설에서 미륵례는 폐허가 된 마을에 다시금 새 생명을 불어넣을 여성성이 부각되는 인물이기에 붉은 색 이미지가 더해졌다. (Bucklow, Spike, 이영기 옮김, 『빨강의 문화사』, 컬처룩, 2017, 286~291쪽.)

된 것은 꽤나 인상적이다. 하나의 색채가 단일한 의미 체계에서 벗어나 상반되는 의미를 취하고 있기 때문이다. 이것은 삶과 죽음, 생성과 소멸이 실은 동전의 양면에 지나지 않음을 말하려 한 한승원의 의도가 엿보이는 맥락이다. 매 순간 제각각의 의미를 드러내는 색채어는 이러한 의도가 반영된 결과이다.

「낙지 같은 여자」의 순한네 역시 「폐촌」의 미륵례처럼 여성성이 부각되는 인물이다. '나는 낙지 같은 여자를 알고 있었다'(222쪽)는 인물/서술자의 발화로부터 순한네에 대한 이야기가 시작되는데, 순한네의 외형에 대한 언급을 필두로 성격과 행동, 삶에 이르기까지 소설 전반에 걸쳐 그녀는 낙지에 비유된다. 심지어 '음험하고 잔인한 이야기'(221쪽)의 주인공으로 마을 사람들 입에 회자되는 것마저 그녀는 낙지와 닮았다. 소설은 순한네를 이야기 하지만 이것은 곧 바다에 대한 은유로 나아간다. 때문에 그녀는 단순히 스토리 내 피조물인 인물의 위치에만 머물지 않는다. 순한네는 한승원 담론이 여실히 반영된, 텍스트 내·외부를 연결시키는 역동적인 구성체에 가깝다.

　　그녀는 기다란 팔과 다리로 나를 휘감았다. 여자의 두 다리가 내 허벅다리와 종아리를 오르내리며 물장구를 쳤다. 그리고 깊고 뜨거운 빨판으로 나를 빨아들이고 있었다. 나는 어쩌면, 낙지를 잡느라고 갯벌에 파놓은 무르고 깊은 수렁 속으로 빠져 들어가고 있었고, 그 수렁 속에 든 거대한 낙지의 우악스런 발에 휘감기고 있었다. 이빨이 톱날 같은 상어처럼, 빨판이 억세고 큰 낙지였다. 나는 눈을 감은 채 흡혈귀의 피 묻은 입 같은 낙지의 빨판에 온몸을 빨리고 있었다. …〈중략〉… 순간, 그녀가 내 목을 끌어안았다. 두 다리로 아랫도리를 휘감아버렸다. 우리는 물속 깊이 가라앉아 들어갔다.

나는 갯물을 벌컥벌컥 삼켰다. 그녀의 가슴을 힘껏 걷어 밀면서 발버둥을 쳤다. 그러나 나는 거대한 낙지한테 휘감겨 허우적거리고 있는 한 마리의 문저리에 지나지 않았다.

"다시는 오지 마씨요잉······. 그때는 이 섬에서 한 발도 못 걸어 나가고 죽을 것인께." (「낙지 같은 여자」, 265쪽)

인용문은 순한녜를 죽이려 찾아간 내가 역으로 그녀의 공격을 받는 장면이다. 소설의 서술자가 남성인 것은 새삼 순한녜가 지닌 양가적 여성성을 환기시킨다. 알몸의 순한녜(여성)가 마치 낙지처럼 나(남성)을 짓누르고 휘감는 장면은 매혹과 공포의 감정을 동시에 유발한다.[29] 순한녜와 낙지를 통한 연상작용은 자연스레 바다로 향한다. 수많은 생명을 품는 자궁 같은 바다 역시 어느 순간 무서운 얼굴을 내보이며 인간에게 위협을 가할 때가 있기 때문이다. 결국 이 소설은 바다가 지닌 양가적 속성과 모순에 대한 작가의 인식을 낙지 같은 여자 순한녜를 통해 말하고 있는 것이라 볼 수 있다. 그리하여 인물에 투영된 바다의 상이한 면모는 한승원 소설 전체를 지배하는 심층원리와도 같기에, 순한녜에 대한 묘사가 바다의 속성으로 연결되는 맥락에 유념 할 필요가 있다.

바닷물은 부두를 넘을 만큼 가득 밀려들어 있었다. 껌껌한 먼바다에서 밀려온 잔물결이 부두 끝과 부두 뒤쪽의 허리를 가만가만 핥듯이 쓰다듬듯이 찰싹거릴 뿐이었다. 부두 안의 수면은 잔잔하게 일렁거렸다. 거기 뜬 별 떨기들이 물속 궁전에 휘황하게 빛나는 등불들 같았다. 줄타기나

---

29 김형중, 「호남 현대소설에 나타난 바다 이미지의 정신분석학적 고찰-바다와 모더니티」, 『현대문학이론연구』 28, 현대문학이론학회, 2006, 77쪽.

널뛰기를 하는 노랑 저고리들처럼 일렁거렸다. 아니, 어쩌면 바야흐로 무더운 이 여름의 어둠 발을 타고 내려온 별들과 해수와의 은밀한 혼례가 벌어지고 있는 것인지도 알 수 없었다. 마녀처럼 음탕한 바다였다. 시꺼먼 빛깔의 한없이 큰 입과 끝없이 넓고 깊은 부드러운 자궁을 가진 바다는 탐욕스럽게 벼들을 품에 안아 쌀을 일 듯 애무하고 있었다. 거무스레한 해무를, 머리카락처럼 산발한 밤바다의 찰싹거림은 어쩌면 별들을 핥고 빨고 입맛 다시는 소리였다. (「낙지 같은 여자」, 241~242쪽)

인용문은 순한녜가 영남의 위협을 피해 바닷가로 도망친 날 밤 바다에 대한 묘사이다. 이제껏 순한녜를 향하던 서술자/초점자의 시선은 바다에 멈추어 장황한 서술을 시도한다. 서술의 대상은 바다이자 순한녜이다. 바다에 순한녜의 이미지가 겹쳐진 이 날, 바다는 검은색과 흰색이라는 가장 극명하고도 대조적인 색채를 통해 묘사되었다. 이제껏 소설이 바다와 순한녜(여성)의 양가적 속성에 주목해 온 바, 이를 서술하는 방식 역시 동일한 맥락을 취하고 있는 것이다. 양극에 위치한 두 색채는 바다와 순한녜의 상이한 이미지에서 한발 더 나아가 인간 삶을 구성하는 다양한 명제들[30]을 소환하는 데 성공한다. 생명과 죽음, 풍요와 파멸, 빛과 어둠과 같은 대립적 관계에 있는 것들이 이에 해당한다. 이들은 모두 한승원 소설을 지배하는 체계이자 원리이다.[31] 「낙지 같은 여자」에서 한승원은 서로 상반되는 색채들이 자연스럽게 하나의 물결로 채워지는 과정을 보여줌으

---

30 양진오, 앞의 글, 74쪽.
31 한승원은 자신의 소설을 구성하는 원리를 다음과 같이 설명한다. "제 소설은 모순에 대한 인식에서 시작됩니다. 우리의 삶 자체, 육체와 정신을 가지고 있다는 그 자체가 하나의 모순이지 않습니까? 그래서 늘 갈등·대립 하는거죠.. 내 속의 그러한 갈등·대립이 나를, 이 우주를 치열하게 만듭니다. 제 초기의 소설에서 보이는 향일성과 배일성의 대립관계, 즉 어둠과 빛과의 관계는 동시에 두 개가 한시적으로 융합되면서 또 다시 갈등·대립하고, 그러면서 어둠이 빛을 뿜어 올리는 그런 힘의 율동관계일 거에요." (신덕룡, 「대담, 바다 깊고 넓은 원융의 세계」, 『한승원 삶과 문학』, 문이당, 2000, 51쪽.)

로써 삶의 다양한 가치를 탐색하고 그 의미를 채워 나가는 것이라 볼 수 있다.

4. 나오며

한승원은 바다를 근저로 한 텍스트 창작으로 말미암아 동어반복적인 성격을 지닌 작가, 혹은 일관된 작품 세계를 선보이는 작가 등으로 평가받아왔다. 그러나 사유의 변천에 의해 수반되어지는 상이한 바다 의미망이 그의 소설세계의 적층의 과정에 놓여있기 때문에 엄밀히 말해 한승원 소설이 동어반복의 구조만을 따르고 있다 보기는 어렵다. 오히려 그의 소설은 단일한 바다가 작가의 상상력에 의해 재구성되어 끝없이 변주 양상을 이루고 있는 것이라 보는 편이 타당하다.

본고는 한승원 소설에서 색채어가 바다 표상의 방식으로 쓰이고 있음에 주목하였다. 그리하여 한승원이 색채어에 관심을 갖고 서술의 방식으로 삼게 된 맥락과, 실제 그의 소설에서 색채어가 사용되는 양상 및 그로 인한 효과가 무엇인지까지를 살피었다. 이는 한승원 소설의 중심축인 바다 의미망에 대한 고찰이며 동시에 그의 사유와 글쓰기에 대한 관심이기도 하다.

정리하자면 색채어 사용은 그의 원체험에서 비롯된 서술상의 특징으로부터 기인하는 것이다. 한승원은 자신이 직접 체험한 바다를 독자들에게 효율적으로 전달하고자 하였다. 그 과정에서 굵고 부피 있는 산문형태의 글쓰기를 선호하게 되었고, 묘사와 은유를 주된 서술 기법으로 차용하였다. 이때 색채어는 묘사와 은유의 성격을 모두 지니면서도 그의 바다 체험을 드러내는 데 가장 유용하기 때문에 바다 표상의 방식으로 상정 되었다.

실제 한승원의 소설을 살폈을 때, 색채어는 텍스트 내·외부를 넘나들며 작가의 의도 및 그의 문학 세계를 아우르는 심층원리를 잘 드러내고 있는 것으로 보인다. 가령 색채어는 바닷가 사람들에 대한 작가의 애정과 위로를 전하거나, 생명의 근원인 바다를 효과적으로 그려내거나, 여성적 한의 정서를 담아내거나, 혹은 모순되거나 이질적인 한승원의 사유방식을 전면화 하는 방식으로 쓰였다. 즉 한승원은 인간 삶의 다채로운 모습을 색채어를 통해 바다에 투영시킨 것이라 볼 수 있다. 이상의 논의를 통해 색채어의 사용이 한승원 소설의 담론을 구축함에 있어 막대한 영향을 끼치고 있으며, 그의 서사 전략으로 사용되고 있음을 확인하는 계기가 되길 바란다.

이 글은 지난 2018년 한국비평문학회에서 발간한 『비평문학』
제70호에 게재된 논문을 수정·보완한 것이다.

참고문헌

1. 기초 자료
한승원, 『야만과 신화』, 예담, 2016.

2. 논문 및 단행본
김용희, 「바슐라르 이미지론에 나타난 색의 의미」, 『미학·예술학연구』 24, 한국미학예술학회, 2006, 227~257쪽.

김종회 외 8인, 『작가세계』 31, 세계사, 1996.

김주언, 「한승원 소설이 바다와 몸을 상상하는 방식」, 『우리말글』 58, 우리말글학회, 2013, 395~416쪽.

김춘규, 「문학의 텍스트 생산 경로 연구」, 『한국문예창작』 9, 한국문예창작학회, 2010, 139~163쪽.

김화영 외 33인, 『한승원 삶과 문학』, 문이당, 2000.

김형중, 「호남 현대소설에 나타난 바다 이미지의 정신분식학석 고찰-바다와 모더니터」, 『현대문학이론연구』 28, 현대문학이론학회, 2008, 69~94쪽.

문금현, 「색채어 관련 관용표현에 나타난 인지의미 양상」, 『국어국문학』 163, 국어국문학회, 2013, 73~102쪽.

박갑수, 「현대시에 반영된 색채어 연구」, 『국어교육』 23, 한국국어교육연구회, 1975, 21~54쪽.

_____, 「색채어의 위상: 시와 소설의 경우」, 『先淸語文』 7, 서울대학교 국어교육과, 1976, 171~189쪽.

박미영, 「조지훈 시의 색채어 연구」, 『정신문화연구』 36, 한국학중앙연구원, 1989, 211~227쪽.

손세모돌, 「국어 색채어 연구」, 『한말연구』 6, 한말연구학회, 2000, 133~165쪽.

안상원, 「정지용 시의 색채 이미지와 시 쓰기 의식 연구」, 『이화어문논집』 36, 이화어문학회, 2015, 205~225쪽.

오형엽, 「인지언어학적 은유론의 수사학적 고찰-레이코프와 존슨을 중심으로-」, 『어문학』 102, 한국어문학회, 2008, 499~500쪽.

우한용, 「한승원 소설의 談論 特性」, 『국어교육』 90, 한국국어교육연구회, 1995, 153~177쪽.

윤향기, 「박목월과 윤동주의 동시에 나타난 색채어 분석」, 『비평문학』 35, 한국비평문학회, 2010, 333~359쪽.

정미경, 「한승원의 원체험과 소설화 과정 고찰」, 『배달말』 56, 배달말학회, 2015, 311~336쪽.

정연희, 「1970년대 한승원의 소설에 나타난 "바다"의 생태론적 의미」, 『현대소설연구』 33, 한국현대소설학회, 2007, 191~204쪽.

천명은, 「한승원 연작소설 『안개바다』에 대한 고찰」, 『호남문화연구』 34, 전남대학

　　　교 호남학연구소, 2004, 225~258쪽.

한순미, 「바다, 몸과 글쓰기의 친화력: 『키조개』를 중심으로 읽어본 한승원의 문학
　　　론」, 『동남어문논집』 30, 동남어문학회, 2010, 339~358쪽.

한승원, 『한승원의 소설 쓰는 법』, 랜덤하우스, 2010.

_____, 『꽃과 바다 한승원 문학의 씨앗말과 뿌림말』, 위즈덤하우스, 2016.

한일섭, 『서사의 이론 이야기와 서술』, 한국문화사, 2009.

홍명희, 『상상력과 가스통 바슐라르』, 살림출판사, 2005.

황도경, 『문체, 소설의 몸』, 소명출판, 2015.

Bucklow, Spike, 이영기 옮김, 『빨강의 문화사』, 컬처룩, 2017.

Goethe, Johann Wolfgang von, 장희창 외 옮김, 『색채론』, 민음사, 2008.

Harvey, John Robert, 윤영삼 옮김, 『이토록 황홀한 블랙』, 위즈덤하우스, 2017.

Lakoff, George & Johnson, Mark, 노양진·나익주 옮김, 『삶으로서의 은유』, 박이
　　　정, 2014.

O'Neill, Patrick, 이호 옮김, 『담화의 허구』, 예림 기획, 2004.

Ricoeur, Paul, 박병수·남기영 옮김, 『텍스트에서 행동으로』, 아카넷, 2002.

집의 헤테로토포스

손홍규 소설의 비인 모티프와 경계의 로컬리티

정미선

1. 소수자, 장소감, 거주

주거 공간은 일상을 영위하고 지속가능한 생활을 가능케 해주는 근거지[1]라는 점에서 인간 삶의 필수적인 요건이다. 주거권이라는 성문화된 권리는 인권의 관점에서 집을 바라보는 시선[2]을 통해 '집'이라는 개념이 인간에게 있어서 비단 구체적이고 물리적인 장소, 점유할 수 있는 특정한 공간이라는 의미 이상으로 인지되고 있음을 보여준다. 가령 근래 우리에게 익숙해진 '집밥' 담론에서 집밥의 이미지가 단순히 집에서 먹는 밥의 의미뿐만 아니라 정서적 의미를 함축하고 있듯이, 집이라는 은유적 개념은 실제적인 장소를 지칭함과 동시에 집에 대한 인간의 체험적 게슈탈트에 기반하는 장소감(sense of place)인 안정감, 편안함, 친숙함, 비호성 등의 의미 자질을 함축하고 있는 것이다. 이와 같은 집에

---

1   박활민, 「당신의 집은 살아 있습니까?」, 사카구치 교헤 외, 『99%를 위한 주거』, 북노마드, 2011, 36쪽.
2   주거권운동네트워크 엮음, 『집은 인권이다』, 이후, 2010, 24쪽 참조.

대한 의미망은 인간과 공간의 관계를 체험 공간으로서 사유하는 하이데 거와 볼노의 계보, 그리고 인문지리학적 변형태로서의 논지들에서 정주 · 안정 · 보호 등으로 대표되는 인간의 실존적 내부성을 의미하는 개념인 장소성(placeness) 및 그와 반대되는 개념인 무장소성(placelessness)을 통해 인간 삶의 공간에 대한 반성적인 준거점을 마련해온 것으로 평가된다. 이러한 맥락에 따르면 집은 우선적으로 장소성의 토포스(topos)로서 정위될 수 있는 무엇이다.

그런데 오늘날의 사회문화적 맥락에서 집은 아토포스(atopos)[3]로서의 맥락을 강하게 띤다. 무엇보다도 실제 삶의 장소에 위치한 집은 사회적 배치와 위계화된 이념을 함축하는 공간적 생산의 산물이다. 1960년대 부터 본격화된 도시화의 도정 속에서 주거의 이념사로 대표되는 계층의 공간적 분화와 지리적 재배치라는 고전적 과정[4]과 더불어서, 주거 공간의 사회적 배치는 특히 오늘날 임대아파트, 원룸, 고시원, 반지하방, 옥탑방, 찜질방, 쪽방 등의 임시적인 생활 시설 혹은 홈리스와 같이 부유하는 원자화된 거주 양태들을 생산해내면서[5] 주거권의 당위적 의제를

---

3 아토피아(atopia)는 부정의 접두사 a와 장소topia의 합성어로 장소 없음, 사유지 경계선이 없는 사회를 의미한다. 하지메는 이러한 아토피아를 근대적 공간의 근본 상황으로 설정함으로써, 아토피아의 의미를 무장소성의 논점과 근사하게 사유하고 있다고 판단된다. 마루타 하지메, 박화리 · 윤상현 옮김, 『'장소'론』, 심산, 2011, 260쪽 참조.

4 이러한 진단은 다음의 문헌들을 참고한 것이다. 박해천, 『콘크리트 유토피아』, 자음과모음, 2011; 박해천, 『아수라장의 모더니티』, 워크룸프레스, 2015; 박인석, 『아파트 한국사회─단지 공화국에 갇힌 도시와 일상』, 현암사, 2013.

5 특히 1960년대만 해도 도시의 게토로 존재했던 슬럼의 초기 모델로서의 달동네를 지도상에서 몰아내는 도시 개발이 계속 진행되었고, 이로 인해 오늘날 한국의 빈곤은 더 이상 지리적 군집을 이루기보다 원자화됨으로써 가난이 사라진(보이지 않는) 시공간과 사회적 소수자들의 비가시화를 가속화하고 있다는 안수찬의 지적에 관심을 기울일 만하다. 그의 글은 이러한 사회적 소수자의 배치를 빈곤 청년의 문제와 접속시켰으나 본고는 '소수자와

무색하게 만든다. 비단 이러한 문제 상황을 도시빈민의 정치경제학으로
만 환원할 수도 없는 것은, 주거 경험과 장소감의 문제가 사회적 소수자
들에 대한 사회적 배제의 척도가 되는 여러 요건들에 의해 중층결정되
는 순환의 경제를 밟을⁶ 뿐만 아니라, 이 순환이 장소성의 토포스를 상
실하는 거주의 경험과 공간의 질서를 문화적 공시태로서 보다 전면적으
로 확장하고 있다고 판단되기 때문이다. 주거로서의 유의미성 부재⁷로
집약되는 이러한 거주의 사회적 기억은 집의 아토포스라는 문제의식을
징후적으로 만든다.⁸

　이 글은 소수자와 장소의 문제, 사회적 소수자들의 장소 경험을 논의
의 출발선으로 삼아, 2000년대 문학의 공간에서 집의 아토포스에 대한
소설적 대응 양상의 한 단면을 읽어보고자 하는 시도이다. 이러한 맥락
에서 본고는 손홍규의 작업들에 주목하는데, 일차적으로 손홍규의 소설
들에서 발견할 수 있는 것은 사회적 소수자들에 대한 작가적 관심이다.
정근식(2011)이 지적하는 것처럼 손홍규의 소설들은 우리 시대의 비주류

장소'라는 테제에 주목할 때 위의 논점이 비단 특정한 정체성을 갖는 사회적 소수자 집단에
한정되지 않는다고 생각한다. 안수찬, 「그들과 통하는 길: 언론이 주목하지 않는 빈곤
청년의 실상」, 《프프ㅅㅅ》 2015.01.26. http://ppss.kr/archives/36543. 검색일: 2019.
08.21.

6　남원석, 「도시빈민 주거지의 공간적 재편과 함의」, 『문화과학』 39, 문화과학사, 2004,
98~100쪽 참조.

7　나영정, 「주거권과 가족상황차별-소수자 주거권에 대한 논의를 시작하며」, 『월간 복지
동향』 163, 참여연대사회복지위원회, 2012, 50쪽 참조.

8　본고는 인간과 공간의 관계성 속에서 생성되는 장소감(sense of place)의 논제를 바탕으
로 집의 장소성 자질과 대비되는 집의 장소상실성 자질을 '아토포스'라는 상태로 포착해보
고자 한다. 토포스/아토포스는 인간의 장소감을 전제하는 개념이며, 이에 따라 본고 전체
에서 장소성/토포스라는 개념은 인간 삶의 원형적 중심 공간으로서 집에 사상(mapping)
된 은유적 자질을 함축하는 '장소성의 토포스'라는 용례로 혼용하여 쓰일 것이다.

문제를 폭넓게 다루고 있으며[9], 첫 소설집인『사람의 신화』(2005)에서부터 『그 남자의 가출』(2015)까지를 포함하여 살펴볼 때[10] 이 작가의 관심은 사회의 주변부적 위치성을 공유하는 노동자, 탈북자, 조선족 이주자, 장애인, 농민, 여성, 정신질환자, 고아 등 사회적 시스템이 생산하는 차별과 배제의 논리에서 장소성을 박탈당하는 이들의 삶의 양상을 문학의 공간으로 끌어오는 데 있다고 생각된다.

그런데 손홍규 소설의 특이섬은 비단 사회적 소수자들의 형상을 묘사하는 데서 그치지 않는다는 점이다. 손홍규의 소설들은 항상 주변부적 삶을 살아가는 존재들을 조명하고 있음과 동시에 이들을 감싸 안는 정조를 내포한다. 주지하듯이 손홍규 소설에 대한 대부분의 비평적 논의가 첫 단편집『사람의 신화』에서 촉발되는 모티프인 '비인(非人)'의 계열체에 주목하고 있음에도 불구하고, 이들 논의는 신형철이 적절하게 지적한 바 있는 "반인간적 세계에서 비인간이 됨으로써 저항하던 이들이 종국에는 윤리적 인간으로 탄생하게 되는 긴 서사"[11]라는 자장에서 손홍

---

9 정기문, 「손홍규론—기억하기, 사랑의 윤리학」, 『동남어문논집』 32, 동남어문학회, 2011, 60쪽.

10 본고가 다루고자 하는 소설들의 출처/목록은 다음과 같다. 손홍규, 『사람의 신화』, 문학동네, 2005; 『귀신의 시대』, 랜덤하우스코리아, 2006; 『봉섭이 가라사대』, 창비, 2008; 『톰은 톰과 잤다』, 문학과지성사, 2012; 『그 남자의 가출』, 창비, 2015. 아래 본문 인용 시에는 제목과 해당 쪽만 병기한다.

11 신형철, 「비인의 인간학, 신생의 윤리학」(해설), 손홍규, 『사람의 신화』, 문학동네, 2005, 322쪽. 손홍규 소설에 대한 기존 논의는 다문화소설의 맥락에서 『이슬람 정육점』을 논급한 몇 편의 사례들을 제외하고는 대체적으로 비평적 언급들이 논의의 대부분을 차지하고 있으나, 이들 논의는 손홍규 소설을 의미화하는 데 있어서 급진적인 차이 지점들을 보여주고 있지는 않은 것으로 판단된다. 다음의 서지들은 이러한 진단과 특히 유사한 맥락으로 손홍규를 의미화하는 연구들이다. 김영찬, 「비루한 동물극장」, 『문학동네』 12(4), 문학동네, 2005; 고인환, 「'인간의 신화'와 인간 이전(이후) 세계의 공명」, 『실천

규의 소설 세계를 의미화하는 방향성을 대체적으로 인정하고 있다. 이러한 경향은 "타자의 고통에 함께 앓는 윤리"[12], "타자지향적 사유와 응시"[13]와 같은 표현을 통해 손홍규 소설들의 지향성을 규명하면서, 또한 한편으로는 이 점을 손홍규의 직선적인 메시지 중심 서사로 의미화하면서 "소설의 상상력이 계몽적, 윤리적 전언으로 축소되는"[14] 경향이라거나 "그가 지닌 문제의식이 추상적이고 관념적인 구조물로 건축되었다는 인상"[15]의 한계점과 나란히 둔다.

이 감싸 안는 시선의 존재가 단순한 전언 이상으로 인식될 수 있기 위해서는 손홍규 소설을 담론화하는 주요 키워드가 되어온 비인의 상상력을 둘러싼 저변들이 좀 더 구체적으로 해명될 필요가 있다. 물론 시기적으로 작가 손홍규가 2000년대 소설의 계보에 속한다는 점에서 많은 연구 성과의 적층을 기대할 수는 없으나, 기존 연구사들에서는 전반적으로 명시적으로 구현되는 인물 형상의 동물-되기에 주목해왔을 뿐 그 비인 형상이 연원하는 맥락에 대한 관심은 상대적으로 많이 이루어지지 못했던 것으로 판단된다.[16] 그렇지만 비인 모티프는 그것이 내포하는

문학』 81, 실천문학사, 2006; 권채린, 「상상은 어떻게 단련되는가」, 『문학과경계』 6(1), 문학과경계사, 2006; 양진오, 「한국소설, 비인의 인간학을 위하여」, 『실천문학』 92, 실천문학사, 2008; 강지희, 「비루한 비극 속 조용한 테러」, 『문학과사회』 21(3), 문학과지성사, 2008.

12 정기문, 앞의 글, 69쪽.

13 이미림, 「『이슬람 정육점』에 나타난 다문화적 사유와 타자지향적 응시」, 『한민족어문학』 64, 한민족어문학회, 2013, 492쪽.

14 권채린, 「상상은 어떻게 단련되는가」, 『문학과경계』 6(1), 문학과경계사, 2006, 350쪽.

15 고인환, 「'인간의 신화'와 인간 이전(이후) 세계의 공명」, 『실천문학』 81, 실천문학사, 2006, 400쪽.

16 그러나 본고는 인물 형상과 서사 담론의 불가분성에 더 주목한다. 서사론적 맥락에서,

의미 형상과 긴밀하게 연결되지 않을 경우, 그 소재 자체가 갖는 허구성
으로 인해 수사로 치부되기 쉽다. 따라서 본고는 비인의 상상력이 갖는
미시적 의미에 더 주목해보고자 한다.

이 글은 크게 두 가지 가설을 의미화해보고자 하는 시도이다. 첫째로,
손홍규 소설에서 빈번하게 등장하는 비인의 모티프는 단순한 전언이나
기교에 그치는 것이 아니라, 집의 아토포스라는 문제의식에서 촉발되는
서사공간의 기획과 연관되는 형상이라고 본다. 둘째로, 비인의 상상력
을 분화하여 살펴봄으로써 손홍규의 소설에서 몸, 집, 고향의 공간 스케
일로 확장되는 토포스의 은유적 계열체들이 공간의 질서에 대한 헤테로
토포스적 계열체[17]로 작동하면서 경계의 로컬리티를 가시화하는 변별
적 양상을 구체화할 수 있다. 본고는 이 두 가지 가설을 잠정적으로
논의하면서, 손홍규의 소설에서 비인의 상상력이 새로운 의미로 형상화

소설은 일상어를 통해 담화를 직조하고 효력을 발생시키는 담론이며 그 과정에서 인물을
포함하는 서사적 매개자들과 서사 층위들이 구성된다. 패트릭 오닐, 이호 옮김, 『담화의
허구』, 예림기획, 2004, 57~102쪽 참조.

17 본고에서는 집의 헤테로토포스적 자질에 주목하는데, 이때 거주의 공간이 서사 속에서
의미체로 형상화되는 방식에 관심한다. 헤테로토포스적 자질을 가진다는 것의 의미를
이 글에서는 사회적 배치의 질서에 대한 이의제기로 간주하고자 한다. 이는 푸코의 헤테
로토피아 개념에서 착안한 것으로, 푸코는 헤테로토피아를 다른 '배치'로 구성된, 그럼으
로 해서 '우리 문화 내부에 있는 온갖 다른 실제 배치들이 재현되는 동시에 이의제기당하
고 또 전도되는' 장소 없는 공간으로 설명한다. 예시에 따르면 헤테로토피아는 거울의
비유를 통해 이해될 수 있는 작동 원리를 갖는데, 이때에 거울을 보는 나는 거울이라는
헤테로토피아에 비친 거울상으로서의 나를 봄과 동시에, 나를 바라보는 거울상의 시선이
갖는 재귀적 효과에 의해 탈영토화됨과 동시에 재영토화된다는 것이다. 이처럼 헤테로토
피아는 '다른 모든 공간'에 이의제기를 함으로써 사회 속에서 공간적으로 작동하고 기능
한다. 미셸 푸코, 이상길 옮김, 『헤테로토피아』, 문학과지성사, 2014 참조. 특히 이 책에
실린 「다른 공간들」은 이러한 헤테로토피아 개념의 의미와 원리들을 살펴볼 수 있는 문헌
이다.

하여 발굴하는 집에 대한 헤테로토포스적 구현태들이 '소수자와 장소'
라는 테제에서 거주의 공간에 대한 장소 투쟁[18]으로 존재한다고 볼 수
있는 가능성을 통해 집의 헤테로토포스라는 테제의 유효성을 질문해보
고자 한다.[19]

2. 집의 아토포스와 동물/인간의 의미망

그 누구도 체류하지 않으면서 살아갈 수는 없다. 그러나 손홍규의
소설들 속에서 거의 대부분의 인물들은 체류하기보다는 표류하며, 표류
하지도 못하는 인물들은 유폐된다. 『사람의 신화』에 수록된 단편 「거미」
는 비인의 계열체에 속하는 '거미'인 나를 통해 미성년인 인물에게 "인간
의 치욕"(「거미」, 190쪽)이 몰아닥치는 과정을 반성장의 모티프로 보여주
고 있다. 이 소설에서 나의 가족은 그 기원에서는 여공 출신인 어머니와

---

18 본고는 장소 투쟁(lutte des places)을 사회 속에서 지배받는 자들의 물리적·상징적 '자
리'들을 보듬거나 지키거나 혹은 새롭게 만드는 양상을 통칭하는 개념으로 사용한다.
이는 문지문화원 사이 편집부, 『인문예술잡지 F 20호-장소 투쟁』, 문지문화원사이,
2016에서 제안한 개념을 문학의 공간 안에서 생각해보고자 하는 시도이다. 이 책의 문두
에 실린 이상길의 글, 5쪽 참조.

19 장일구(2009)는 근대소설 속에서 집의 장소 표지가 퇴색하고 공간 표지가 부각되는 현상에
주목하면서, 집이라는 토포스적 계열체가 근대화의 과정에서 헤테로토피아(이종공간)적
계열체로 변화되는 양상에 주목한다. 또한 장일구(2011)에서는 도시의 서사공간 형상
차원에서 양귀자의 『원미동 사람들』이 구현하는 원미동 표상 또한 실제 장소에 국한되지
않고 도시에 대한 성찰을 함축하고 있는 과도 공간이라는 이종공간적 계열체로 드러남에
주목하여, 서사적 이종공간 형상들의 패러다임이 갖는 의미와 가치에 주목할 필요가 있음
을 논급했다. 본고는 이러한 주장에서 아이디어를 얻었다. 장일구, 「장소에서 공간으로-
한국 근대소설에 드러난 이종공간의 몇 가지 표지」, 『현대문학이론연구』 36, 현대문학이
론학회, 2009; 『경계와 이행의 서사공간』, 서강대학교출판부, 2011, 251~272쪽 참조.

날건달 아버지로부터 시작했지만, 그들은 한때에는 단란한 시절도 있었고 몇 번의 실업과 직업을 전전하면서도 악착같이 모아 살 집인 아파트도 마련한 보통의 가족이다. 그런데 이들 가족에게 거주의 장소인 아파트는 안정감과 가족 간의 공동체적 유대를 내포하는 공간이 아니다.

> 나는 아파트 단지를 위태롭게 비행하다가 301동 1101호 베린다 창문의 틈새로 빨려들어갔다. 산등성이의 빈민촌을 허물고 기반을 세운 탓에 그 아파트는 다른 단지의 아파트보다 옹벽의 높이만큼 더 위로 솟아 있었다. 십일층에서 세상을 바라보고 있노라면 이따금 현기증을 느끼기도 했지만 실샘이 마르거나 하는 일은 벌어지지 않았다. 나는 공중을 비행하면서 오로지 공기와 바람만을 섭취했으며, 그 탓에 내가 뽑아내는 실은 가볍고 눅눅했다. (「거미」, 168쪽)

이는 그들이 기거하는 아파트가 도시의 빈민촌을 허물고 지은 집이라는 기원적 단서에서부터 드러난다. 또한 이 가족의 장소는 실업자인 아버지가 강도로 변신하고, 그 돈들을 등쳐먹힌 아버지가 되돌아오는 곳이며, 채권자인 다나까가 복사받은 집 열쇠로 마음껏 침범하여 '나'의 언니를 성적으로 유린하는 공간이다. 아버지는 '나'를 고아로 속여 위탁양육금을 받아내려고 하고, 그들의 보금자리인 아파트도 곧 **빼앗길** 처지에 놓여있다. 이렇듯 '나'가 인간에서 거미의 기억을 되찾는 것, 거미로서 자신의 기원담을 다시 쓰면서 인간이라는 종족으로서의 자기-기원을 부정하게 되는 기원에는 불안의 공간으로서의 집과 정주할 수 없는 가족에 대한 인식과 그럼에도 이 위협들로부터 벗어날 수 있는 바깥의 공간이 없기에 집의 의미망이 유폐된 감옥의 형국으로 구성되는 양상이 그 배경으로 있는 것이다.

그런데 이 거미-되기는 인간과 거미라는 종족 양쪽에서 진화나 퇴화의 가치 지향적 맥락을 함축하지 않기에, 손홍규의 소설들에서 발견되는 비인 모티프가 갖는 의미망을 구성하는 데 있어서 주의 깊게 보아야 할 지점이다. 거미는 인간보다 우월한 종적 지위를 담보하는 종족일 수 없는데, 그 까닭은 '나'가 거미라는 종족을 자처하게 되는 이유의 핵심에는 다만 "허공에 매달리고 싶을 뿐이었다"(「거미」, 164쪽)라는 서술을 통한 안전한 장소에의 욕구가 자리하는 것이기 때문이다. 이처럼 거미라는 종족의 기원사는 온전히 진화를 통한 실패로, 위협으로부터 벗어나기 위해 겨우 '허공'이라는 장소 아닌 장소를 발견한 종족으로 있다.

「거미」의 마지막 서술부에서, 가족의 집단 투신과 함께 뛰어내린 바닥에서 십일층의 집 사이의 허공에 매달려 거미줄을 기어오르는 '나'의 정경은 거미-되기가 단지 '나'에게 있어 생존의 문제와 연결될 뿐이라는 것을 함축한다. 기실 이 소설에서는 '나'의 거미-되기가 인식론적인 맥락을 넘어서 존재론적 변신을 함축하는 것인지에 대해서도 의문의 여지가 있다. 왜냐하면 내가 거미가 되었다는 사실을 가족들이 인정하는 것은 그들의 자살 직전에서뿐이기 때문이다. 또한 '나'는 마지막 탈피를 마치고 단단한 껍질로 태어나 집 안의 거미와 성적 결합을 하고자 하지만, 이 결합은 '나'의 가족의 기원담인 아버지와 어머니의 결합을 '강간'에 의한 것으로 짐작하는 것과 유사하게 제 짝인 이 거미의 시선을 '제 눈에 보이는 것만 보는', 그리하여 언니를 유린하는 다나까와 같은 시선으로 묘사하고 있다.

이처럼 「거미」에서 드러나는 다른 존재 되기의 양상은 긍정적인 의미의 이행이 아니라 반성장의 모습으로 있다. 소설 속에서 '자궁'이라는

인간 존재의 탄생담에 기원이 되는 집의 원형이 "누구나 한 번쯤은 왕자
거나 공주였던 적"(「거미」, 186쪽)의 기억이라는 장소성의 토포스로 의미
화된다면, '나'의 거미-되기는 오직 장소성을 확보할 수 있는 터에 대한
"유일한 기회"(「거미」, 187쪽)가 기억할 수 없기에 겪지 않은 것이나 마찬
가지라는 점에서, 가족에게 엄습하는 인간의 치욕이라는 피할 수 없는
힘으로부터 도주하여 허공에라도 최소한의 안전을 담지할 수 있는 터를
짓고자 하는 욕구의 발현에 가깝다.

「거미」에서 가족의 치욕이 인간 종 전체의 치욕으로 확장되듯이, 집
의 형상 또한 이 치욕을 막아낼 수 없는 거주할 수 없음의 표상으로
정박된다. 이때에 토포스를 상실하는 몸은 거미-되기의 변신을 수행하
게 되지만, 이것은 "세계의 영도"[20]로서 모든 가능한 장소가 시작되는
중심의 의미를 갖는 몸의 정반대편에서 아포토스로서의 몸이라는 의미
형상의 반작용으로 자리한다. 단편집 『사람의 신화』에 실려 손홍규의
비인 모티프의 핵심적 단서들을 담고 있는 것으로 평가되는 「사람의
신화」에서도 서사는 "너는 사람이 아니다"(「사람의 신화」, 9쪽)에서 "나는
사람이 아니다"(「사람의 신화」, 9쪽)로, 그리고 다시 사람이 되는 과정을
밟는다. 다시 인간이 문제이며, 동물-되기는 이행이 아니라 생존의 보
루에 가까운 의미망을 갖는 것이다. 이때의 변신이 존재의 여행이거나
유목의 의미로 있지 않듯이, 거미의 형상 또한 인간의 대타항으로서만
설정 가능하다는 점에서 여행할 수 없음으로 기운다.

손홍규의 소설들 속에서 비인의 모티프는 부정적인 의미에서 사람에
미달하는 것들로 평가되는 원천적으로 장애가 있거나 유폐되어야 하는

---

20 푸코, 「유토피아적인 몸」, 앞의 책, 37쪽.

것들, 이곳과 저곳을 표류하면서 삶을 부려내야하는 존재들과 같이, 넓은 의미에서 '사람이 아닌' 것들로 간주되는 따라지 인생들, 사회의 주변화된 존재들을 인물로 형상화할 때 동반되는 설정으로 구현된다.

『봉섭이 가라사대』에 수록된 단편 「뱀이 눈을 뜬다」는 이러한 주변적 존재들이 처한 삶의 조건들을 서사화하면서, 언제든 대체가능한 육신이라는 노동의 조건이 만들어내는 귀신, 허깨비 같은 헛것들을 뱀-인간을 통해 보여준다는 점에서 주목해 봄직하다. 이 소설은 사람이 쓰다 버려진다는 것이 주는 견디기 어려운 분노와 좌절을 '뱀이 눈을 뜨는' 순간들로 구체화하면서, 뱀이 몸 안에 깃든 사내가 자신 내부에 깃든 뱀의 존재를 자각하는 장면을 통해 뱀-인간의 의미망을 만든다. 가령 소설 속에서 용역 선로원으로 다리를 잃었으나 아무런 보상도 없이 해고된 아버지, 역사의 계약직 보일러공으로 근무하다가 해고되는 '그', 회사 구내식당에서 일하며 그를 만나지만 해고와 함께 소리소문 없이 사라지고 마는 경숙, 분신자살한 프레스 임, 그밖에도 파산하거나 해고되는 삶의 모멸을 견디기 어려워 철로에서 자살하는 사람들은 모두 인간이라기보다 뱀의 존재로 흡인되는 이들이라고 할 수 있다.

이때의 뱀은 인간에 의해 죽임당하거나 철로에서 으스러질 존재들로 묘사된다. 그의 내부에서 뱀이 눈을 뜨는 주요 순간이 프레스 임처럼 분신자살을 생각하는 순간이라는 점을 고려할 때, 그들 뱀-인간의 계열체들은 삶의 자리를 부여받지 못한 존재들이라고 할 수 있다. 그들은 그들이 어떻게 대해질 지도 모른 채 아무에게나 맡겨져야 한다는 점에서 소설 속 은주의 운명과 같다. 그러나 지체장애자로 사랑해라는 말밖에 배우지 못했으며, 화상을 입어 얼굴 한 편이 무너진 은주가 인물탈이 아닌 귀면탈을 쓰는 것이 역설이듯이, 그가 뱀이라는 것도 역설이다.

그들의 몸은 어딘가에 쓰이는 한시적인 대상으로 배치될 때에만 의미 있는 무엇이라는 점에서 표류는 아포토스의 연쇄로 계열화되고 있다.

이즈음 『봉섭이 가라사대』의 단편 「테러리스트들」에 주목하여 생존을 위해 억척스럽게 살아야 했던 어머니를 말 그대로 '개처럼' 살았다고 묘사하는 것을 함께 염두에 두면, 손홍규의 소설들 속에서 주요 모티프화되는 '비인'들 역시 상당히 그 존재 방식과 특징, 구현(담론화) 정도 등에 따라 분화하여 살펴야 한다는 점을 알 수 있다. 가령 「뱀이 눈을 뜬다」에서 비인 모티프는 앞서 살폈던 「거미」나 「사람의 신화」의 비인 형상의 구현 정도에서 한층 빗겨나가 뱀이 인간인 그의 몸 안에 공존하는 양상으로 설정되는 것이다. 오히려 손홍규의 소설들 속에서 두드러지게 나타나는 양상으로 보이는 비인 모티프는 그 비인 형상을 구성하는 저변에 깃든 아토포스로서의 몸과 장소성이 요원한 집의 불구적 현상 속에서 다루어질 필요가 있는 것으로 보인다.

「테러리스트들」에서도 "지구의 틈새"(「테러리스트들」, 282쪽) 같은 반지하방의 장소 표지와 개-인간들이 유사한 계열체로 반복되면서 유허지로서의 집의 의미를 북돋는 한편, 「갈 수 없는 여름」(『사람의 신화』)에서도 도시와 도시, 장소와 장소 사이를 무의미하게 떠돌아야 하는 인물들이 초점화되고 있다. 인물들에게 단지 'ㄱ시'라고 불리는 도시는 낯익은 것이 되지 못하며, 그곳은 언젠가는 떠나야 할 곳으로서 "고향이 아닌 타향"(「갈 수 없는 여름」, 58쪽)으로 불리운다. 비인의 의미가 가시화되지 않고 인물 형상들을 규정짓는 가장 축소된 형태의, 일종의 사람 구실을 하지 못하는 인물들로 설정되어 있는 「매혹적인 결말」(『봉섭이 가라사대』)에서도 '나'가 고향 집을 떠나 도착하는 서울의 방은 살풍경한 장소로, 비인 모티프와 장소성의 부재 상황이 상호 연동되고 있다는 점을 보여준다.

이즈음『톰은 톰과 잤다』에 수록된 단편「내가 잠든 사이」에서 드러나듯이, "누군가는 나를 가리켜 도시의 유목민이라고 일컬었지만 나는 결코 유목민이 되고 싶지 않았다. 정착민이 되고 싶을 뿐이었다"(「내가 잠든 사이」, 43쪽)라는 언명은 이러한 문제 지점을 극대화하여 유목이 곧 거주의 불가능성과 연역됨으로써, 노마드적 삶이 파생된 연원으로서의 장소의 모순을 되비춘다. 이는 동시대 소설들에서 빈번하게 등장하는 여행의 모티프들 속에서, 손홍규의 소설세계가 지향하는 집의 은유가 그 향방을 달리 구성할 수 있음을 가늠케 하는 단서가 되어준다.[21] 여행과 탈장소화(displacement)라는 은유의 유행에도 불구하고, 실제로 탈장소화는 많은 이들에게 보편적으로 가능하거나 욕망되지 않으며 평등하게 경험될 수 있는 것이 아니기 때문에, 현대 문화에서 탈장소화를 재현하는 은유와 상징들이 주로 개인화되고 미학적인 조건들을 가리킨다고 지적하는 카렌 카플란[22]의 지적처럼, 장소감이 부재하는 아토포스적 공간들[23]은 그 자체로 문제적 상황으로 자리하면서 여러 서사 담론들의

---

21 손홍규는 그의 에세이에서 집 없는 행복을 실감하는 세상이라는 수사와 "비슷한 삶이 거래되고 교환되며 방들은 젊음을 집어삼키"는 정경들을 대조하기도 한다. 손홍규,「지상의 방 한 칸」,『다정한 편견』, 교유서가, 2015, 98~99쪽 참조.

22 정민우·이나영,「청년 세대, '집'의 의미를 묻다—고시원 주거 경험을 중심으로」,『한국사회학』45(2), 한국사회학회, 2011, 148쪽에서 재인용. 원 출처는 C. Kaplan, *Questions of Travel: Postmodern Discourses of Displacement*, Duke UP., 1996, pp.1~4.

23 이는 비단 손홍규의 소설들 속에서만 드러나는 징후는 아니다. 가령 이현영(2012)은 은희경, 편혜영, 김애란의 소설들을 바탕으로 문화적 개념체계와 연루되는 집의 의미를 살피고 있는데, 이때의 집은 외부세계와 구별되는 사적 영역, 프라이버시와 익명성을 전제하는 공간으로서 형상화된다. 집의 계열체는 오히려 주거 공간의 부호화, 구속과 공포의 공간으로서의 집으로 드러난다는 것이다. 이현영,「현대소설에 나타난 '집'의 의미양상 고찰—1990년대 이후 작품 중심으로」,『현대소설연구』50, 한국현대소설학회, 2012 참조.

향배를 기획하게 하는 문화적 조건으로 인식되고 있다고 볼 수 있는 것이다.

토포스에 대한 감각과 아토포스로서의 몸이 동반하는 균열적 감각이 손홍규의 서사공간에 작용하는 비인의 모티프를 바탕으로 계속해서 제시되고 있으면서도, 「배우가 된 노인」(『그 남자의 가출』)에서는 비인 모티프를 변용하여 몸의 의미를 새로이 쓰는 서사 전략이 돋보여 주목할 만하다. 이 소설에서 비인의 존재론은 배우의 존재론으로 옮겨간다고 말할 수 있는데, 다만 지금까지 발표되어 온 소설들 속에서 이와 유사한 계열체들은 거의 발견되지 않기 때문에 단지 잠정적으로만 거론할 수 있는 논항이라 생각된다.

소설에서 주요 인물인 '나'가 사는 장소는 전형적인 도시의 풍경, 즉 난삽하게 뒤섞인 랜드스케이프에 한 영역을 삭제하고 지어지는 의미 맥락이 부재하는 건물들로 인해 "구조의 가능성이 희박한 대양 한가운데서 표류하는 듯한"(「배우가 된 노인」, 63쪽) 감각을 자아내는 공간이다. 이 소설의 중심 배경으로 설정되는 공원 또한 마찬가지로 그곳은 지금까지 살아남았다는 자부심에 찬 노인들과 그렇게 살아남을 자신조차도 없어 불안한 시험 준비생들이 퇴적되는 '난바다' 같은 형상을 띤다. 이 "무례하기 짝이 없"(「배우가 된 노인」, 62쪽)는 공간에서는 그 속에 사는 사람들 또한 무례함이 일종의 사회적 게스투스(gestus)처럼 각인되어 있어서, 이 공원에 나타난 노인의 우아함은 그들에게 있어 곧바로 이질적인 것으로 연역된다.

나는 꿈을 꾸고 싶었다. 부유하고 상냥한 남자의 손에 윤희의 손을 넘겨주면서 행복하길 바라, 하고 얼굴을 우그러뜨린 채 말하는 꿈을. 그대신

꿈에 노인이 등장했다. 전세 삼천짜리 반지하방에서 꿈틀대던 거대한 구더기가 방문을 열고 계단을 오르면서 점차 회색 양복을 입은 늠름한 노인으로 변하는 꿈이었다. 내가 꿈에서도 납득할 수 없었던 건 그 노인이 행복한지 혹은 불행한지 알 수 없다는 점이었다. (중략) 나는 단숨에 노인이 되고 싶었다. 노인이 겪었을 삶은 생략한 채 우아하고 세련되게 단숨에 늙어서 감히 나를 어쩌지 못한 이 험난한 세상을 부드럽게 조롱하다 죽고 싶었다. (「배우가 된 노인」, 72~73쪽)

따라서 '나'가 느끼는 실망감은 노인도 자신과 같은 부동산에 방을 내놓은 반지하 전세방으로 상징되는 존재라는 것, 그도 똑같이 후회할 선택들을 하면서 이 장소에 돌아온 회한에 찬 늙은이임을 알게 된 것에서 연원한다. 그렇다면 이 우화등선의 이미지는 무엇인가? '나'는 시공간에 웜홀이 열려 시공간에 접혀진 주름을 통해 한 장소에서 젊을 적의 아내를 만난다는 노인의 말을 끝내 믿지는 않는다. 그가 보는 세계는 난립하는 공사의 소음이 누군가에게는 특별할 수 있는 장소들을 영속적으로 지워버리는 세계이며, 자신이 서 있는 곳의 장소가 도대체 무엇인지를 끝내 알 수 없고, 소유할 수 있는 장소가 없으면 곧 "이 세상에는 없는 텅 빈 존재"(「배우가 된 노인」, 86쪽)가 되는 공간이기 때문이다.

이 공간의 질서 속에서는 애초부터 환(幻)이 틈입할 틈새가 없다. 그래서 '나'는 노인을 이미 도착한 '나'의 미래로, 노인의 옷을 입고 삶의 공간을 배우라는 메타적 시선으로 바라보게 된다. 이 소설의 서사 전략이 '나'와 노인의 개별 스토리 사이의 혼선을 빚고자 모의하는 지점들에 있다는 것을 염두에 둘 때, 이 의도성은 인간을 인간으로 연기함으로써 빚어지는 시선의 교차와 경계의 사이 공간(liminal space)을 확보하고자 한 것으로 여겨진다. 이것은 선형적인 이차원 시공간에서는 불가능한 관점, 이중으로 보기이다. 이렇듯 배우란 혐오스럽지 않은 인간이란 처음부터 불가능한 세상에서 삶의 품위를 연기하는 자로, 이때에 몸에 투사된 게스투스의 경계선은 허물어지면서 인간이라는 종이 다시금 분화하는 것이다. 다만 이러한 맥락은 단지 잠재적으로만 드러나고 있어서 분명 일정부분 한계를 지닌다고 할 수 있다.[24]

손홍규의 소설들에서 몸은 가장 축소되고 왜소화된 형태의 집입과 동시에, 사회 공간의 배치가 이미 사상되어 있는 몸이기 때문에 아토포스적 의미망을 가장 강하게 띠는 계열체로 형상화된다고 할 수 있을 것이다. 이때에 이 비인의 계열체, 즉 동물-인간들은 그 자신을 먼저 '너는 사람이 아니다'라고 부정당한 자리에서 실존적 자기 인식이라는 최소한의 대응에 의해 촉발되는 담론이라는 점에서, 집의 아토포스와 전망 없는 실존적 열망에서 기획되는 경계적 형상이라고 정리할 수 있다.

3. 고향의 장소 기억과 귀신/인간의 의미망

비인의 상상력은 사람과 사람 아닌 것 사이에 그어진 경계선을 반(反) 공간으로 전유하는 데 그치지 않고, 몸을 사회적으로 배치하는 경계선 자체에 대한 반성적 사유를 가능케 하는 매개체로도 구현됨으로써 대타적 형상을 만든다. 그런 의미에서 비인의 계열체 중에서 소-인간과 관련된 논항은 좀 더 주의 깊게 다루어질 필요가 있다. 손홍규의 소설들이

---

24 「배우가 된 노인」의 경우 외에도 장편소설 『서울』의 경우를 참조하면, 『사람의 신화』의 경우들과 비교했을 때 현저하게 동물/인간의 계열체라는 맥락과 같이 비인의 가시적 형상을 더 이상 명확하게 규정하지 않는 양상을 관찰할 수 있다.

유달리 근대화 곧 도시화의 역사적 과정 속에서 주변적인 것으로 치부
되어온 지방, 농촌, 소도시들에 주목해왔다는 점을 상기해볼 때, 고향
이라는 표상은 재론될 여지를 얻는다.

　명시적인 측면에서, 소-인간의 계열체는 그 맥락(context)으로서 몸
이라는 공간 스케일을 넘어서 고향이라는 역사적·사회적 공간과 접속
하고 있다. 그의 장편소설『귀신의 시대』에서 '노령산맥'이라는 장소를
통해 인상적으로 호명된 바 있는 이 '고향'의 의미망은 단편집『봉섭이
가라사대』의「이무기 사냥꾼」,「봉섭이 가라사대」,「푸른 괄호」나『그
남자의 가출』의「그 남자의 가출기」에서도 그 정도를 달리하면서 모습
을 나타낸다. 다만 이들 소설에서 차이가 있는 지점은 단편들에서 설정
되는 시간축이 특정한 역사적 과거에 값하지 않는 현재에 있다면,『귀신
의 시대』는 저 1987년 '전라북도 정읍'을 명시적인 시공간적 기표로 설
정한다는 점에 있다.

　단편소설들 속에서 이 고향 공간의 의미망은 "저 논은 그냥 논이 아니
라 제 살과 피를 묻은 땅입니다. 잘 아시잖습니까?"(「푸른 괄호」, 199쪽)라
는 질문이나, "정체를 알 수 없으나 아버지와 어머니에게 물려받은 게
분명한 유서 깊은 슬픔에 사로잡혔다. 이 자리에서 벼가 자라고 잘리고
또다시 자라고 잘리는 동안 단 한번도 이 땅에 매인 질긴 운명의 끈을
잘라내지 못했다. 그러나 …… 여기에서 부서지고 싶지는 않았다"(「그
남자의 가출기」, 39쪽)라는 인식이나, "석산 저수지"(「이무기 사냥꾼」, 84쪽)
같은 공유되는 기표, 응삼-봉섭(소)-봉섭의 "이게 사람인지 손지"(「봉섭
이 가라사대」, 112쪽) 헷갈릴 만큼 그 존재 방식의 경계가 유사성을 띠는
양상 등에서 그 단서를 드러낸다. 그러나 이들 단편적 단서들은 대체적
으로『귀신의 시대』에 등장하는 장소 표지와의 공유를 보여주는 경우가

많고 또한 의미론적 맥락으로도 포섭가능하다고 판단하기에, 이 장에서는 『귀신의 시대』를 중점적으로 살핀다.

『귀신의 시대』에서 가장 독특한 점은 서술자의 담화적 특성이 빚어내는 모종의 효과에 있다. 이 소설은 시간 구조에서 유의할 만한 중층적 특성으로 설계되어 있는데, 그것은 첫 번째로 프롤로그와 에필로그에서 인물 서술자로 등장하는 성인 남성인 '나'와 그에게 이야기를 해주는 존재인 소년과의 분리에서 비롯되는 것이다. 이 소년의 존재는 1987년 무렵 노령산맥을 둘러싼 과거의 이야기를 서사적 현재의 시간 층위에서 '나'에게 들려주는 역할을 맡는다. 또한 소설의 전체 틀 이야기에서 성인 남성 화자인 '나'가 소년을 만난 내력과 그 과정 속에서 빚어진 시간의 흐름(붕어 산란기인 봄에서 칠석까지)과 저수지 인근에서 빚어진 사건(원자력 발전소의 터를 닦는 과정에서)이 압축적으로 서술되는 양상은 틀 이야기를 포괄한 전체 이야기를 통어하여 화행하는 발화자로서의 '나'를 상정하게 한다. 이를 통해 우선적으로 이야기의 메타 층위가 조성되는 셈이다.

> 내가 이 저수지를 찾은 건 아침나절이었다. 새벽녘 잠에서 깨어난 나는 낚시 가방을 들고 고속버스 터미널로 갔다. 그리고 무턱대고 아무 버스에나 몸을 싣고 서울을 떠났다. 그렇게 이곳 역시 무턱대고 찾아왔다. (중략) 그렇게 소년과 나의 기묘한 만남은 시작되었다. 지난 3년 동안 낚시가 금지되었던 탓에 소년은 무척이나 배가 고팠던 모양이다. 낚싯바늘이 박혀 있는 줄 뻔히 알면서도 떡밥을 덜컥 물었으니 말이다. 소년은 내가 끓여준 라면을 먹고도 내 곁을 떠나지 않았다.
>
> 그 뒤 나는 매일같이 그 저수지를 찾았으며 소년은 내가 나타나면 저수지에서 걸어나와 내 곁에 앉았다. (중략) 처음에는 붕어를 잡기 위해서였다. 아니, 나는 처음부터 무엇을 낚기 위해 저수지를 찾았는지 스스로도

모르고 있었을 것이다. 그러나 소년을 알게 된 뒤로 나는 시내에 거처를 정하고 녀석을 만나기 위해 날마다 이 저수지를 찾았다. (중략) 나는 소년을 통해 많은 걸 알게 되었다. 이 저수지가 어떻게 생겨났는지, 그동안 어떻게 변해왔는지, 뿐만 아니라 소년이 어떻게 해서 저수지에서 물고기처럼 살게 되었는지를 말이다. (『귀신의 시대』, 5~11쪽)

소설의 모두에서 '나'는 서울에서 무턱대고 떠나 아무런 특별한 의미도 없는 이곳 저수지로 흘러들어온다. 처음에 그는 삶의 존재적 위기를 겪고 있는 인물로 상정되는데, 그가 하릴없이 낚싯대를 들고 서울의 공간을 떠나 노령으로 흘러들어오는 까닭은 그곳에 버티고 "살려고 한다는 것"(『귀신의 시대』, 8쪽)에 대한 의지 자체가 소멸되어버린 데서 비롯되는 것이다. 이 허무 의식은 서사적 무대 공간을 현재의 노령으로 옮기게 할 뿐만 아니라, 전체 서사 속에서 기이한 소년을 만나 노령의 이야기를 듣게끔 하는 동기로 작용한다는 점에서 소설의 의미 맥락을 추산하는 첫 단서가 되어준다. 이 과정에서 처음에는 '서울이 아닌 아무 곳'으로의 표류와 방황에 불과했던 여행기가 에필로그에 이르러서는 '고향으로의' 여행으로 의미 변경을 꾀하게 되는 것이다.

이즈음 『귀신의 시대』에서 구현되는 담론의 향방이 고향을 특정한 정태적인 장소(regional area)적 차원에서 도시-고향의 의미론적 대립쌍으로 환원될 익숙한 노스탤지어나 환멸의 서사로 조성하는 데 초점을 두지 않을 것이라는 단서를 얻을 수 있다. 이 소설은 노령산맥이라는 공간을 전근대적 질서라는 근원성의 기표로 사유하려는 일종의 회귀 이데올로기와는 거리를 두는 것으로 보인다. 그 까닭은 두 가지 정도의 단서에서 찾을 수 있는데 첫째는, 이 소설이 전반적으로 보았을 때 장소로서의 '노령산맥' 그 자체보다는 대대로 머슴 출신의 비루하기 그지없는 혈통들의 동네인 선암촌의 표지를 바탕으로 한 '노령산맥의 그늘'을 주제로 삼고 있기 때문이다. 둘째는 소년 '나'의 서사 이전인 이 소설의 시작점부터 노령산맥의 줄기에 터널이 뚫리고 호남고속도로가 들어서면서 불연속적인 삶의 공간들 사이의 체험적 거리가 급격하게 축소되고, 그로 인해 각 장소들을 통어했던 원리들이 각자의 '금기'들로서 착종되는 시대적 과도기를 배경으로 삼고 있기 때문이다.

앞서 『귀신의 시대』가 갖는 시간 구조의 중층성에 대해 언급하였는데, 이는 이 소설의 주된 화행 양상에서도 구체화된다. 명시적으로 보았을 때 이 소설의 시공간 지표는 1987년 노령산맥 어귀의 선암촌을 중심으로 하고 있으며, 박종철 고문치사 사건이나 평화의 댐 관련 모금운동, 6·29 선언, KAL기 폭파를 둘러싼 사건, 4·13 호헌 조치와 노동자운동, 농민운동, 유월항쟁 등 당대의 거시사적 사건들이 촘촘하게 언급된다. 노령산맥을 둘러싼 장소가 과도기에 처해있다는 것은 이러한 거시사적 사건들과 도시화를 위시한 공간적 질서의 재편이 노령산맥의 존재성에 영향을 미치고 착종되는 양상을 서술하는 대목들에서 확인된다.

> 거의 매년 노령산맥의 그늘이 덮고 있는 들판은 증산왕을 배출했지만 아무도 배부르지는 않았다. 신기하게도 토양은 해가 거듭될수록 척박해져갔고 사람들은 비료와 농약의 사용량을 늘려갔다. 해마다 풍년이었지만 그럴수록 땅은 더 거칠어졌고 더 이상 손가락 따위를 썩히고 분해시켜 흙의 일부로 받아들이지도 않았다. (『귀신의 시대』, 247쪽)

> 나는 장례식 내내 방직공장 앞을 흐르는 개천을 바라보았으며 그곳에서 흐르는 검붉은 폐수를 핏물 같다고 여겼다. 공장 앞에 세워진 행기 아저씨

의 오토바이는 점점 녹슬어가고 있었으며 한번 바닥난 연료는 좀처럼 채워지지 않았다. (『귀신의 시대』, 259쪽)

노령산맥을 표지로 하는 고향의 장소는 시대적 변화와 무관할 수 있는 신화적인 공간이 아니라 삶의 양태를 재편하는 "보이지 않는 힘들"(『귀신의 시대』, 365쪽)의 영향력을 단적으로 보여주는 공간이다. 확성기를 통해 너무 많이 튼 나머지 늘어진 새마을 노래나 노령산맥의 틈 어귀에 들어서는 공장들, 땅과 직접적으로 매개하면서도 농사를 지음으로 인해 계속 가난해져만 가는 노령산맥 주민들의 모습이 그 단서가 된다. "그 큰 밭이 돈 먹는 밭"(『귀신의 시대』, 257쪽)이 되고 방직공장도 도산하여 자살한 행기 아주머니의 이야기나 손가락을 잃는 소년 '나'의 아버지, "공장의 노동자가 머슴과 그다지 다르지 않다는 걸 조금씩 깨달아"(『귀신의 시대』, 198쪽)가는 주민들은 노령의 장소에 새롭게 대두된 공간의 질서 속에서 할당되는 그들의 자리가 그 재편 속에서 이중으로 소외되는 자리임을 직감한다. 따라서 그들은 행기 아저씨를 필두로 하는 군중이 되어 관공서로 몰려가거나 수세 고지서에 항의하여 읍내로 몰려가는 것으로, 정기문(2011)이 "세상을 뒤집어 재구축하고자 한 열망"[25]이라고 요약하는 저항을 수행하고자 한다.

그러나 이 두 차례의 저항은 노령이라는 과도기의 공간에서 착종되는 이중의 금기에 의해 좌절된다. 하나는 아직까지 노령의 주민들에게 영향을 미치는 설화적 세계에서의 금기로, '제비가 죽으면 흉년 든다'라는 말은 '우체국이 망하면 1년 농사 망한다'라는 해석으로 와전되어 행기

---

25 정기문, 앞의 글, 67쪽.

아저씨를 위시로 한 군중들의 발걸음을 돌리게 하는 원인이 된다. 또한 나머지 하나는 노령을 재편하는 근대성의 금기로, 이는 읍내에서의 농민운동을 진압하는 당골네 막내에 의해 드러나게 된다. 무당 당골네의 막내아들은 노령의 주민이면서도 서울로 상경하여, 무시당하지 않기 위해서 사투리를 고치고 용역 깡패로 전전하면서도 출신을 지우고자 노력한다. 그는 새로운 질서 속에서 자리를 부여받기 위해서는 노령을 부정해야 한다는 금기를 받아들임으로써 같은 노령의 주민들을 박해하며 부정하게 된다.

소설은 이렇게 명시적인 시공간 지표인 1987년 노령에서 일어난 서사적 사건들을 서술하여 금기의 문제를 중심적인 논제로 만들면서, 동시에 노령이라는 장소에 적층되어 있는 기억들을 서술하는 독특한 화행 양상을 통해서 노령의 장소 기억을 금기에 의해 지배된 역사로 구축한다. 이 소설의 명시적 시공간 지표는 이야기 속에서 등장하는 개별 인물들의 내력을 풀이하는 화행의 괄호들, 농경문화와 기나긴 머슴의 역사들, 고부 농민봉기와 일제강점기와 한국전쟁과 빨치산과 새마을 운동과 경공업단지의 역사적 축을 아우르면서 이 소설의 명시적 시공간성을 일정부분 허무는 서술적 특성을 통하여 확장되는 셈이다.

> 삼촌과 당골네 막내는 숨도 쉬지 않았다. 그러나 둘은 살아 있었다. 농민군과 민보군이 되어 역사를 되풀이하고 있었다. 아니, 앞으로도 되풀이될 것이며 머슴 유전자는 자신의 형질을 대대로 물려줄 것이고 이따금 노령산맥의 정기와 만나 장군을 배출할 것이다. 그러나 장군은 태어나면서부터 날개가 꺾일 것이며 기껏해야 각목이나 휘두르다가 어느 깊은 산속에서 주검으로 발견될 것이다. 노령산맥이 꿈틀꿈틀거리다 자리를 박

차고 일어나 거대한 용이 되어 승천하지 않는 이상 삼촌은 자신의 운명을 자신의 대에서 끝낼 수 없다는 사실을 망각하지 못할 것이다. (『귀신의 시대』, 336~337쪽)

노령산맥의 그늘이라는 반복되는 표현은 금기에 의해 지배된 장소의 기억을 함축하면서, 시대에 따른 '금기의 내용'보다는 '금기의 존재 방식과 작동 방식' 자체를 문제 삼는다. 문명과 함께 작동하는 금기의 항상성은 몸을 사회적으로 배치하는 경계선이자 사회적 질서로 표상된다. 그러나 "보이지 않는 힘들과 싸우는 걸 포기해버렸다. 그건 곧 그들의 가슴속에 아무도 모르게 각인된 금기나 마찬가지였다. 절망은 존재하는 게 아니라 강요되는 것이다"(『귀신의 시대』, 365쪽)라는 대목에서 명시적으로 드러나듯이, 금기의 존재 방식은 그 금기에 대한 저항 혹은 복종이라는 두 가지 행위만으로는 넘을 수 없는 것이다. 이때에 소설의 내부 이야기를 매개하는 서술자인 소년 '나'가 금기에 대한 이탈의 자의식을 보여준다는 것은 이 소설의 의미 맥락에 있어서 주요한 결절점이 되어 준다.

소년 '나'는 할머니가 일러주는 소소한 일상의 금기들, 즉 문지방에 걸터앉으면 복 달아난다, 다듬잇돌에 머리 베고 자면 입 비틀어진다, 문지방 베고 누우면 가난해진다, 머리를 서쪽으로 두고 자면 가난해지고 북쪽으로 두고 자면 단명한다, 이름을 빨간색으로 쓰면 죽는다, 자를 부러뜨리면 3년 재수 없다 등과 같은 금기들을 계속해서 일부러 범하려고 한다. 동시에 '나'는 "모든 금기를 뛰어넘고 싶었으며, 마지막으로 죽음이라는 금기를 넘고 싶었다"(『귀신의 시대』, 361쪽)라는 서술에서 드러나는 것처럼 소설의 말미에서 노령의 저수지에 빠져 귀신이 된다.

'나'의 귀신-되기는 앞선 장에서 살펴본 것처럼 금기가 표상하는 사회적 질서 속에서 주변화된 존재들이 그 실존적 조건을 동물-되기의 형상을 통해 드러내는 양상과는 변별된다. 이때의 귀신은 산 자와 죽은 자라는 가장 명시적인 존재론적 단절조차 거부하고, 이러한 존재 양태를 나누어놓는 엄격한 경계선들 자체를 금기라는 키워드를 통해 성찰하는 양상을 취하는 것이다. 따라서 이 소설의 프롤로그로 되돌아가면, 외부 서술자이지 인물 초점자인 '나'에게 소년은 죽은 자도 산 자도 아니고 물고기도 사람도 아닌 신비한 존재로서 다가오게 된다.

저수지에 사는 소년은 물고기처럼 '나'의 낚싯바늘을 무는 것으로 최초의 존재감을 알린다. 서사적 현재에서 '나'는 살아있는 자이고, 소년은 망자(귀신)이다. 그렇다면 '나'를 찾아온 이 귀신, 망자의 목소리를 어떻게 대해야 하는가. 이때에 앞서 언급한 것처럼 소설의 문두에서 '서울이 아닌 아무 곳'으로의 여행이 '나'에게 있어서 소설의 말미에 이르러 '고향으로의' 여행으로 변경되는 이유는 일단 에필로그 부분에서 성인인 '나'가 소년 '나'를 동일자로 호명한다는 서사적 사실 때문이다.

나는 성불이나 해탈 혹은 영생하지 못해도 좋다고 여겼다. 다만 나의 어린 시절을 찾게 된 게 기뻤을 뿐이다. 삶이 내게 강요한 것은 복종이 아니었다. 내 안에 자리 잡고 있던 금기들이 나를 그렇게 만들었던 것이다. 삶은 복종이나 저항으로 완성할 수 있는 게 아니었다. 나를 붙잡고 있던 금기가 나를 놓아주고 있었다. 조금은 두려웠다. 이제 무엇에 의지해 살아가야 하나. 그래서 나는 소년을 꼭 껴안았다. 너무 세게 껴안으면 빠져나갈 것처럼 미끌미끌했다. 나는 조심스럽게 그러나 결코 놓칠 수 없다는 듯이 격렬하게 소년을 품었다.

아이야, 내가 바로 죽지 않고 살아남은 너란다. (『귀신의 시대』, 367쪽)

그렇지만 이 호명은 서사적 사실의 문제라기보다 서사적 의미로서 다룰 논제이다. '나'가 소년을 꼭 껴안음으로써 소년을 '나'의 존재로 치환하는 것은 소년, 더 나아가서 노령산맥이라는 장소의 내력과 계보를 풀이하는 마지막 지점에 '나'를 위치시킴으로써 노령산맥에 드리워진 몇 겹의 그늘 속에서 손가락이든 다리든 잃어갔던 사람들의 이야기를 '나'의 내력으로 전유하는 과정이기도 하다. 이때 서사를 통해 복원되는 고향은 현재와 과거를 아우르며 사회적 질서 속에 배제당하고 주변화된 장소이기도 하면서, 동시에 몸의 사회적 배치에 대한 역사적 계보와 숱한 금기의 역사적 착종들을 담지하고 있는 공간적 형상으로 기획된다. 이처럼 『귀신의 시대』의 서사공간에서 구현되는 고향의 재호명은 이중적인 귀신-되기를 통하여 주변부적인 존재들이 장소성의 토포스를 잃어갔던 과거(망자)의 역사를 현재화하면서, 이 역사의 계보를 조망하는 시선을 통해 몸을 사회적으로 배치하는 경계선 자체에 대한 반성적 사유와 상대화를 이끌어냄으로써 경계의 로컬리티를 호출한다.

4. 결론

유의미한 장소에 대한 열망은 인간의 보편적인 욕구이면서도, 장소감의 논제는 공간적 질서에 의해 배제당하고 주변화되는 존재들에게 있어 더욱 절실하게 요구되는 범주라 할 수 있다. 오늘날 소수자와 장소라는 테제 아래에서 집의 아토포스에 대한 소설적 대응에 관심할 때, 손홍규의 소설들은 주목할 만한 논점을 보유하고 있다. 손홍규는 그의 소설세계에서 비인의 상상력이라는 키워드를 제출한 바 있는데, 이 글은 이 비인의 계열체가 담론화되는 맥락과 구현 양상을 보다 세분화하여 살핌으로써 장소성의 토포스에 대한 그의 관심과 연역되는 다층적 서사공간이 드러날 수 있을 것이라는 전제에서 비롯되었다.

이 시도를 통해 본고가 중요하게 본 것은 이들 계열체에서 공간 스케일의 장소적 거점으로 있는 몸, 집, 고향의 헤테로토포스적 계열체들이 유토피아와 디스토피아의 의미 계열 그 양자 어디에도 속하지 않는 경계 공간들로서, 경계 그 자체에 결부된 사회적 공간성의 배치를 되묻는 장소 없는 공간으로 작동한다는 점이었다. 아토포스로서의 몸을 비인의 형상들을 통해 경계적 공간성으로 연역해내는 한 계열체가 있다면, 몸의 사회적 배치에 대한 역사적 계보학으로서 고향 공간의 의미를 조직해내는 계열체가 그것이다.

이에 따르면, 손홍규 소설의 비인 모티프들은 집의 장소성 자질과 대비되는 집의 장소상실성 자질을 대표하는 일종의 상태 개념으로서 '아토포스'라는 장소감의 맥락을 형상화하는 서사공간의 생산에 핵심적인 구심점으로 자리하면서, 그럼에도 잔여 혹은 지향으로서 인간에게 남겨져있는 장소성의 토포스를 환기하고 있다고 볼 수 있을 것이다. 이처럼 손홍규 소설은 오늘날의 문화적 상황에서 거주의 문제를 서사 담론화하는 데 천착하고 있으며, 인간 삶의 핵심 문제인 거주의 문제를 재론하고 당대의 사회문화적 맥락에서 거주의 불가능성이 더욱 심화되는 양상을 사회적 소수자들의 비인 형상을 통해 형상화하고 있는 것이다. 이에 본고는 손홍규 소설에 대한 작가론적 접근을 통하여 중심 모티프가 갖는 문제의식의 저변을 해명해보고, 동시에 오늘날 주도적인 장소감으로 있는 아토포스와 거주의 모순 사이의 관계를 조명해보고자 한 시도로 정리될 수 있다.

이들을 아우르는 비인의 상상력은 아토포스의 감각이 연원 없이 자연화된 삶의 패시브 스킬로 엄존하는 것 같은 이 문제적 공간에서 도대체 장소란 무엇이고, 더 나아가 거주(dwelling)란 무엇일 수 있는가에 대해 질문하게 한다. 소설이 여타의 서사 장르들처럼 하나의 가상이라면 그것은 현실을 대체하기보다 확장하고 겹쳐 있음으로 인해 일종의 증강현실(augmented reality)로 기능하는 문화일 것이다. 이 주제에 대한 동시대 소설들의 여러 모색들과 함께 향후 손홍규의 소설세계가 빚어낼 장소감, 경계, 로컬에 대한 문학적 담론들이 계속해서 궁금해지는 이유이기도 하다. 집의 헤테로토포스라는 논제에 대한 관심은 우리가 거주할 수 있는 장소가 어떻게 기획되어야 하는지, 삶의 공간이 어떻게 재구조화되어야 할 것인지에 대한 단서를 탐색한다는 점에서, 오늘날의 문화적 저변 속에서 장소, 공간, 장소상실의 현상에 대한 인문 형상들로서 관심 있게 조명될 필요가 있다고 본다.

이 글은 지난 2016년 한국문학이론과 비평학회에서 발간한 『한국문학이론과 비평』 72집에 게재된 논문을 수정·보완한 것이다.

참고문헌

1. 기본도서
손홍규, 『사람의 신화』, 문학동네, 2005.
_____, 『귀신의 시대』, 랜덤하우스코리아, 2006.

손홍규, 『봉섭이 가라사대』, 창비, 2008.
_____, 『톰은 톰과 잤다』, 문학과지성사, 2012.
_____, 『그 남자의 가출』, 창비, 2015.
_____, 『다정한 편견』, 교유서가, 2015.

2. 단행본 및 연구논문
김현경, 『사람, 장소, 환대』, 문학과지성사, 2015.
문지문화원 사이 편집부, 『인문예술잡지 F 20호-장소 투쟁』, 문지문화원사이,
    2016.
박인석, 『아파트 한국사회-단지 공화국에 갇힌 도시와 일상』, 현암사, 2013.
박해천, 『콘크리트 유토피아』, 자음과모음, 2011.
_____, 『아수라장의 모더니티』, 워크룸프레스, 2015.
부산대학교 한국민족문화연구소 편, 『로컬의 문화지형』, 혜안, 2010.
_____, 『로컬의 일상과 실천』, 소명출판, 2013.
장일구, 『경계와 이행의 서사공간』, 서강대학교출판부, 2011.
조 은, 『사당동 더하기 25』, 또하나의문화, 2012.
주거권운동네트워크 엮음, 『집은 인권이다』, 이후, 2010.
E. 렐프, 김덕현·김현주·심승희 옮김, 『장소와 장소상실』, 논형, 2005.
마루타 하지메, 박화리·윤상현 옮김, 『'장소'론』, 심산, 2011.
M. 푸코, 이상길 옮김, 『헤테로토피아』, 문학과지성사, 2014.
나리타 류이치, 한일비교문화세미나 옮김, 『고향이라는 이야기』, 동국대학교출판
    부, 2007.
O. 볼노, 이기숙 옮김, 『인간과 공간』, 에코리브르, 2011.
P. 오닐, 이호 옮김, 『담화의 허구』, 예림기획, 2004.
사카구치 교헤 외, 『99%를 위한 주거』, 북노마드, 2011.
Y. 투안, 심승희·구동회 옮김, 『공간과 장소』, 대윤, 2007.
강지희, 「비루한 비극 속 조용한 테러」, 『문학과사회』 21(3), 문학과지성사, 2008.
고인환, 「'인간의 신화'와 인간 이전(이후) 세계의 공명」, 『실천문학』 81, 실천문학
    사, 2006.
권채린, 「상상은 어떻게 단련되는가」, 『문학과경계』 6(1), 문학과경계사, 2006.
김영찬, 「비루한 동물극장-백가흠과 손홍규의 소설」, 『문학동네』 45, 문학동네,

2005.

나영정, 「주거권과 가족상황차별−소수자 주거권에 대한 논의를 시작하며」, 『월간 복지동향』 163, 참여연대사회복지위원회, 2012.

남원석, 「도시빈민 주거지의 공간적 재편과 함의」, 『문화과학』 39, 문화과학사, 2004.

박정원, 「육체−되기의 정치경제학−라틴아메리카 '포스트−붐'의 전위적 실험과 소수 문학」, 『숨−문학의 이름으로』 2, 문학실험실, 2016.

양진오, 「한국소설, 비인의 인간학을 위하여」, 『실천문학』 92, 실천문학사, 2008.

유예원, 「손홍규 소설의 유토피아 의식 연구」, 『이화어문논집』 30, 이화여자대학교 한국어문학연구소, 2012.

이미림, 「『이슬람 정육점』에 나타난 다문화적 사유와 타자지향적 응시」, 『한민족어문학』 64, 한민족어문학회, 2013.

이은숙·신명섭, 「한국인의 고향관−그 지리학적 요인과 정서(ethos)의 관계」, 『대한지리학회지』 81, 대한지리학회, 2000.

이현영, 「현대소설에 나타난 '집'의 의미양상 고찰−1990년대 이후 작품 중심으로」, 『현대소설연구』 50, 한국현대소설학회, 2012.

장일구, 「장소에서 공간으로−한국 근대소설에 드러난 이종공간의 몇 가지 표지」, 『현대문학이론연구』 36, 현대문학이론학회, 2009.

정기문, 「손홍규론−기억하기, 사랑의 윤리학」, 『동남어문논집』 32, 동남어문학회, 2011.

정민우·이나영, 「청년 세대, '집'의 의미를 묻다−고시원 주거 경험을 중심으로」, 『한국사회학』 45(2), 한국사회학회, 2011.

최강민, 「리얼리즘 미학의 새로운 가능성」, 『창작과비평』 130, 창비, 2005.

안수찬, 「그들과 통하는 길: 언론이 주목하지 않는 빈곤 청년의 실상」, 《ㅍㅍㅅㅅ》 2015.01.26. http://ppss.kr/archives/36543. 검색일: 2019.08.21.

필진 소개(원고 수록 순)

박수진

전남대학교 국어국문학과 학술연구원

박은빈

전남대학교 국어국문학과 박사과정 수료

백지민

전남대학교 국어국문학과 학술연구원

신 송

전남대학교 국어국문학과 박사과정 수료

장 람

전남대학교 국어국문학과 박사과정 수료

진건화

전남대학교 국어국문학과 박사과정

김민지

전남대학교 국어국문학과 박사과정 수료

문지환

전남대학교 국어국문학과 박사과정

염승한

전남대학교 국어국문학과 박사과정 수료

임 현

전남대학교 국어국문학과 박사과정

정도미

전남대학교 국어국문학과 박사과정 수료

정미선

전남대학교 국어국문학과 강사

지역어와 문화가치 학술총서 ⑦

지역어문학 기반 국문학 연구의 도전과 성과

2019년 8월 30일 초판 1쇄 펴냄

지은이 전남대학교 BK21플러스 지역어 기반 문화가치 창출 인재 양성 사업단
펴낸이 김흥국
펴낸곳 도서출판 보고사

책임편집 이소희
표지디자인 손정자

등록 1990년 12월 13일 제6-0429호
주소 경기도 파주시 회동길 337-15 보고사 2층
전화 031-955-9797(대표), 02-922-5120~1(편집), 02-922-2246(영업)
팩스 02-922-6990
메일 kanapub3@naver.com / bogosabooks@naver.com
http://www.bogosabooks.co.kr

ISBN 979-11-5516-934-6   93810
ⓒ 전남대학교 BK21플러스 지역어 기반 문화가치 창출 인재 양성 사업단, 2019

정가 23,000원